# 章法學新裁

陳滿銘著

# 目錄

# 卻顧所來徑——代序

陳滿銘

章法學是研究章法（含篇法）理論與實際的一門學問。它受人注意，是很早的事。早在南朝時，劉彥和在《文心雕龍‧章句》裡便提到了章法與篇法。而後來也有許多文論家觸及此一問題，卻由於都只見樹而不見林，語焉而不詳，所以就對它的範圍、原則與內容，一直模糊不清，更不用說是形成一個體系了。

就在三十幾年前，爲了講授「國文教材教法」這門課程之需要，不得不接觸「章法」。記得有鑾長一段時間，爲了要弄懂「章法」，只好埋在古今人書堆裡摸索，卻始終不得要領。於是改弦更張，先以捕捉到的有限「章法」，切入各類文章，作一檢視；再就所發現的「章法」現象，加以分析、統整，以求得其通則。這樣一路走來，才逐漸地集樹而成林，深入了「章法」的領域。

# 一

回顧這段路，在四方傳來「章法無用」的打擊聲中，走得雖辛苦，卻也十分慶幸自己沒有因而放棄它。數一數二十多年來所發表的有關「章法」的文章，共有四十幾篇。其中最早的是〈常見於稼軒詞裡的幾種詞章作法〉（原題〈稼軒詞作法舉隅〉）一文，於民國六十三年六月發表於臺灣師大《文風》第二十五期，所涉及的章法有「今昔」、「遠近」、「大小」、「虛實」（情、景）、對照（「正反」）、演繹（「先凡後目」）、歸納（「先目後凡」）等。而在後來的十七年裡，又依序發表了下列文章：

65．6〈談詞章的兩種基本作法：歸納與演繹〉《中等教育》二十七卷三、四期

72．12〈章法教學〉《中等教育》三十三卷五、六期

74．6〈談安排詞章主旨的幾種基本形式〉師大《國文學報》十四期

74．10〈談運用詞章材料的幾種基本手段〉《中等教育》三十六卷五期

76．9〈談主旨見於篇外的幾篇課文〉《國文天地》三卷四期

77．11〈談主旨見於篇末的幾篇課文〉《國文天地》三卷六期

76・12〈談主旨見於篇首的幾篇課文〉《國文天地》三卷七期
77・1〈談主旨見於篇腹的幾篇課文〉《國文天地》三卷八期
77・2〈演繹法在詩詞裡的運用〉《國文天地》三卷九期
77・4〈歸納法在詩詞裡的運用〉《國文天地》三卷十一期
77・5〈談採先敘後論的形式所寫成的幾篇課文〉《國文天地》三卷十二期
77・12〈談詞章聯絡照應的幾種技巧〉《中等教育》三十六卷六期
78・6〈詞的章法與結構〉《教學與研究》十一期
78・6〈國中國文課文分析舉隅〉《國文教學研討會論文集》
79・6〈如何畫好課文結構分析表〉《國文教學津梁》

在這些文章裡，對自己的研究而言，有如下幾點突破：首先是〈章法教學〉一文，首度以「秩序」、「聯貫」、「統一」等三大原則來規範章法，而所涉及的章法，除「遠近」、「大小」、「今昔」、「本末」、「輕重」、「虛實」、「凡目」外，還兼及詞句、節段的聯貫與主旨的安置（篇首、篇腹、篇末、篇外）等。其次是〈談運用詞章材料的幾種基本手段〉一文，大大地開拓了章法的視野，只涉及了「賓主」、「正反」、「順逆」（時、空、事理）、「虛實」（真僞、情景、時間、空間）與「抑揚」等章法。又其次是〈演繹法在詩詞裡的運用〉與〈歸納法在詩詞裡的運用〉二文，首度以「單軌」與「雙軌」來凸顯「凡目」法所形成之結構類型。再其次是〈談採先敍後論的形式所寫成的幾篇課文〉一文，首度談到了「敍論」這種常見的章法。接著是〈談詞章聯絡照應的幾種技巧〉一文，首度針對著「聯貫原則」，用「基本」（詞句、節段）與「藝術」（材料、方法）兩類，加以舉例說明。最後是〈如何畫好課文結構分析表〉一文，首度提出畫好課文結構表之注意事項，藉以收到拋磚引玉的效果。

## 二

到了八十年代，在前六年裡，又發表了如下文章：

80・9〈插敍法在詞章裡的運用〉《國文天地》七卷四期
80・10〈談詞章主旨、綱領與內容的關係〉《國文天地》七卷五期
80・10〈常見於詩詞裡的兩種寫景法〉《中等教育》四十二卷五期
81・4〈凡目法在高中國文課文裡的運用〉《第一屆臺灣地區國語文教學學術研討會論文集》
81・7〈談詞章的兩種作法——泛寫與具寫〉《國文天地》八卷二期
81・9〈凡目法在國中國文課文裡的運用〉《國文天地》八卷二期

82．9〈談文章作法賞析——以國中國文課文爲例〉《國文天地》九卷四期
82．10〈談詞章剪裁的手段——以周敦頤〈愛蓮說〉與賈誼〈過秦論〉爲例〉《國文天地》九卷五期
83．11〈談詞章的義蘊與運材的關係〉《國文天地》十卷六期
84．5〈章法分析與國文教學〉《台灣、大陸、香港、新加坡四地中學語文教學論文集》
84．6〈談課文結構分析的重要——以高中國文課文爲例〉《兩岸暨港新中小學國語文教學國際研討會論文集》
84．8〈談詞章主旨的顯與隱——以中學國文課文爲例〉《國文天地》十一卷三期
84．10〈從軌數的多寡看凡目法在詞章裡的運用——國高中國文課文爲例〉《國文天地》十一卷五期
84．12〈談〈與宋元思書〉與〈溪頭的竹子〉二文在結構上的異同〉《國文天地》十一卷七期
85．4〈凡目法在蘇辛詞裡的運用（上）〉《國文天地》十一卷十一期
85．5〈凡目法在蘇辛詞裡的運用（下）〉《國文天地》十一卷十二期
85．6〈談篇旨教學〉《高級中學國文英文物理化學四科輔導資料彙編》
85．11〈談補敘法在詞章裡的運用〉《國文天地》十二卷六期

這些文章，可以一提的有如下幾點：首先是〈插敘法在詞章裡的運用〉一文，首度分「解

釋」、「追述」、「具寫景物」和「拈出主旨」（綱領）等四方面，來說明「插述」法的妙用。其次是〈談詞章的兩種作法——泛寫與具寫〉一文，首度呈現了「泛具」章法的概略面貌。又其次是〈談詞章剪裁的手段〉一文，首度分全篇、節段兩類，談到了「詳略」（疏密）這一章法。再其次是〈從軌數的多寡看凡目法在詞章裡的運用〉一文，除了涉及單、雙軌之外，又首度談到了三、四、五、六等軌所形成的凡目結構。末了是〈談補敍法在詞章裡的運用〉一文，首度以「補敍事情發生的時間」、「補敍事情形成的緣由」、「補敍人名或追懷親友、舊遊」等三方面，舉例說明「補敍」法的功用，這和「插敍」法，對章法「變化原則」之確立，是有催化作用的。

## 三

而近四年來，則陸續又發表了下列文章：

86．8〈談詞章主旨在凡目結構中的安排〉《國文天地》十三卷三期
89．10〈談三疊法在詞章裡的運用〉《國文天地》十三卷五期
86．12〈談詞章章法的主要內容（上）〉《國文天地》十三卷七期
87．1〈談詞章章法的主要內容（下）〉《國文天地》十三卷八期

87・11〈高中國文〈散曲選〉課文結構分析〉《國文天地》十四卷六期

87・12〈高中國文〈近體詩選〉(一)課文結構分析〉《國文天地》十四卷七期

88・3〈蘇軾〈留侯論〉結構分析〉《國文天地》十四卷十期

88・6〈談見於詩詞裡的凡目結構〉《第一屆中國修辭學學術研討會論文集》

88・6〈如何進行課文結構分析——以高中國文教材爲例〉《臺灣省政府教育廳國文科教學研究專輯㈤》

88・10〈談篇章結構(上)〉《國文天地》十五卷五期

88・11〈談篇章結構(下)〉《國文天地》十五卷六期

89・1〈談篇章結構分析的切入角度〉《國文天地》十五卷八期

89・6〈談平提側收的篇章結構〉《第二屆中國修辭學學術研討會論文集》

89・10〈文章主旨或綱領安置於篇腹的結構類型——以蘇、辛詞爲例〉《人文及社會學科教學通訊》十一卷三期

89・10〈談篇章的縱向結構〉已通過審查,將載於《中國學術年刊》二十二期

89・12〈談縱橫向疊合的篇章結構〉《國文天地》十六卷七期

在這十幾篇文章中,有如下幾點,是值得一提的:首先是〈談詞章主旨在凡目結構中的安排〉

一文，首度就一種章法，結合主旨來談它們的關係。其次是〈談詞章章法的主要內容〉一文，首度在三大原則（秩序、聯貫、統一）上，又加「變化」一大原則來規範章法；它的內容，除前此所提到的十幾種章法外，又新增了「高低」、「貴賤」、「親疏」、「立破」、「問答」、「平側」（平提側注）、「縱收」和「因果」等八種，到此，章法學的一個體系，總算大略完成了。又其次是〈談篇章結構〉一文，首度結合形式與內容來談篇章結構；所謂篇章結構，平常雖多只是指由章法形成之結構而言，但嚴格說來，還要包括內容（情意）在內，兩者一縱（情意）一橫（章法），是不可分割的。所以談內容（情意），甚至於談篇旨、義蘊，看似與章法無關，但實際上卻息息相關，尤其是主旨之安置與綱領之通貫，更涉及章法之「統一原則」，怎麼可以棄而不顧呢？接著是〈談篇章結構分析的切入角度〉一文，首度用不同角度切入同一文章，據所形成之結構，探討其優劣，以强調結構分析「没有絕對是非，只有相對好壞」的觀點。繼而是〈談平提側收的篇章結構〉一文，首度提出這種結構，而這種結構雖普遍存在，卻不能用「平提側注」來加以涵蓋，因此特地凸顯出來，爲篇章結構新添一個類型。再來是〈談篇章的縱向結構〉一文，首度就縱向的「情」、「理」、「景」（物）、「事」，論它們的單一與複合類型，進而談它們和横向（章法）結構的關係，以補〈談篇章結構〉一文之不足。最後是〈談縱横向疊合的篇章結構〉，首度用結構分析表呈現縱横相互疊合的情形，提供了分析文章結構的努力方向，期望有助於章法學將理論與應用結合的研究。

## 四

爲了將章法學廣加傳揚，在上舉四十幾篇期刊或專書論文之外，又撰寫了《文章結構分析》和《詞林散步——唐宋詞結構分析》兩本書，分別於民國八十八年五月、八十九年一月，由萬卷樓圖書有限公司出版。前者選了國、高中國文課本中的七十幾則課文爲例，各附以結構分析表，作了扼要的結構分析；後者則選了唐宋名家詞一百二十首，也各附以結構分析表，從章法的角度切入，結合情意加以分析，幫助讀者深入作品。很幸運地，都獲得了相當大的肯定；而這種肯定，是彌足珍貴的。

此外，也從民國八十二年起，將「章法學」納入了指導博、碩士研究生撰寫學位論文的主題範圍。開始是指導臺灣師大碩士班仇小屏同學，以〈中國辭章章法析論〉一文，於民國八十六年五月取得碩士學位。由於它首度以長篇論文形式，兼顧理論與實例，驗證了一個章法學的體系，頗受學界稱許，於是將字數由六十多萬字精減過半，以《文章章法論》爲名，由萬卷樓圖書公司於民國八十七年十一月出版。接著又指導她將章法由二十幾種擴充至三十五種，形成各種結構類型，並且兼及其心理與美感來探討，也由萬卷樓圖書公司於八十九年二月出版，普獲好評。如今又指導她由章法切入，嘗試尋出其心理基礎與美感效果，來研析古典詩詞時空設計之類型，特以《古典詩詞時空設計之研究》爲題，完成博士論文，並正提請審查中。其次是指導碩士班夏薇薇同學，以〈文章賓主法析論〉一文，於八十九年六月取得碩士學位。又其次是指導碩士班陳佳君同學，正以〈文章虛實法析論〉爲題，撰寫其碩士論文，準備於九十年四月申請論文口試。再其次是指導教學碩士班黃淑貞同學，以〈文章主旨或綱領安置於篇腹的結構類型〉爲題，也正加緊撰寫其碩士論文，以求早日取得學位。

以上幾位同學，可說是持續研究「章法學」的生力軍，將會或多或少地對此一嶄新之研究，作出貢獻。

如此結合心理基礎與美感效果來研究章法，求的正是「真、善、美」。因爲探討心理基礎，就是求「真」；探討章法結構，就是求其規律化，亦即求「善」；而探討美感效果，則是求「美」。如此牢籠本末終始加以研究，希望不久的將來，會以團隊的力量，陸續完成《章法心理學》、《章法美學》、《中國章法史》……等論著，和大家見面。也希望由此釐清章法和文法、修辭格、風格之間的界限，並進而由「往下分析深入」的瑣細，觸動「往上融貫提昇」的統整，有系統地整合各種章法，化繁爲簡，以利於應用，而化解有些人對「章法」的疑慮。相信這不是天方夜譚式的一種奢望。

在瞻望未來之同時，回顧過去所走過的步步痕迹，很慎重地從上舉的四十幾篇（除後面的十一篇，與〈詞的章法與結構〉、〈常見於詩詞裡的兩種寫景法〉二文外，都已分別收入《國文教學論叢》及《國文教學論叢續篇》二書中）之中，選了二十四篇文章，由不同的角度爲「章法學」的研究，結集一些心得，特取名爲《章法學新裁》，由萬卷樓圖書有限公司出版，供大衆參考。就在出版前夕，不厭其煩地將自己走上「章法學」這條路的原因和進程，作一陳述，所謂「卻顧所來徑，蒼蒼橫翠微」（李白〈下終南山過斛斯山人宿置酒〉詩），心情有些波動，千祈讀者不要厭煩才好！

民國八十九年十一月十九日　序於國立台灣師大國文系

# 常見於稼軒詞裡的幾種詞章作法

詞章的作法，由於作者之意度心營，巧妙各有不同，於是靈活運用起來，便千變萬化，很難拘之於一定的格式，俗語所說的「文無定法」，就是這個意思。不過，作者在謀篇布局之際，無可否認的，都難免會在無形之中受到人類共通理則的左右，以致寫成的作品，在各色各樣的枝葉底下，往往藏有一些基本的、共通的幹身。因此，古今人的作品，無論體裁是屬於駢散的，或是詩詞的，如果試予剖析，均不難發現它們在作法上有著許多「不謀而合」的地方。即以稼軒詞而論，亦不例外。在它衆多的作法當中，可以說是屬於共通性質的，便不在少數。以下就是其中比較常見的十種類型：

## 一、平敘法

這是順著時間或空間的自然展演過程，依次遞寫的一種作法。這種作法含有多類形式，稼軒常用的是以下三種：

㈠由昔及今的形式

〈**菩薩蠻**〉晝眠秋水

葛巾自向滄浪濯，朝來漉酒那堪著（未眠）。高樹莫鳴蟬，晚涼秋水眠（入眠）。竹牀能幾尺，上有華胥國（作夢）。山上咽飛泉，夢中琴斷絃（夢醒）。

這首詞的上闋，首先拈出「朝酒」，然後接以「晚眠」，將題目點醒；換頭則承上闋的「眠」字，從入夢說到夢醒，暗寓感慨作結。敍次由「昔」而「今」，井井有條，很明顯的，是順著時間的自然展演過程，依次遞寫而成的。

㈡由近及遠的形式

〈**鷓鴣天**〉代人賦

陌上柔桑破嫩芽（最近），東鄰蠶種已生些（次近）。平岡細草鳴黃犢（次遠），斜日寒林點暮鴉（最遠）。（下略）

這是〈鷓鴣天〉詞的上半闋。它先就眼前的桑陌寫起，再逐漸伸向遠處，由桑陌外的東鄰寫到東鄰外的平岡，然後及於平岡外的寒林，而依次以嫩桑、幼蠶、黃犢與暮鴉作鮮明的點綴，把田園一派欣欣向榮的春日景象，由近而遠的描繪得極其優美生動。

### ㈢由小及大的形式

**〈南歌子〉**新開池，戲作

散髮披襟處，浮瓜沈李杯（小）。涓涓流水細侵階（中）。鑿箇池兒，喚箇月兒來（大）。（下略）

這是〈南歌子〉詞的上半闋。作者在這兒先寫甘瓜李杯，再寫浮沈甘瓜李杯的涓涓流水，然後說到容納涓涓流水的新開池兒。範圍由小而大，層層遞進，與上引的〈鷓鴣天〉詞，可以說同樣是順著空間的自然展演過程，依次遞寫而成的。

## 二、逆敘法

這與平敘法恰恰相反，是把時間或空間的自然展演過程完全倒轉過來，依次逆寫的一種作法。這也有三種形式是稼軒所常用的：

㈠由今及昔的形式

〈**西江月**〉遣興

醉裡且貪歡笑，要愁那得工夫。近來始覺古人書，信著全無是處（如今的感想）。昨夜松邊醉倒，問松「我醉何如」。只疑松動要來扶，以手推松曰「去」（昨夜的醉態）。

在此詞的上片，作者寫的是自己目前的感想，也可以說是對當時政治上沒有是非的現狀，所發出的一種慨歎。而下片寫的則是昨夜的醉態與狂態，也可以說是對當時政治現實不滿的一種表示。這闋詞，先敍目前，而後敍昨夜，顯然的已把時間上由昔及今的自然展演順序顛倒過來了，所用的正是逆敍的手法。

㈡由遠及近的形式

〈**清平樂**〉呈趙昌甫。時僕以病止酒。昌甫日作詩數篇，末章及之。

雲煙草樹，山北山南雨（最遠）。溪上行人相背去，惟有啼鴉一處（次遠）。門前萬斛春寒，梅花可嚥摧殘（次近）。使我長忘酒易，要君不作詩難（最近）。

此詞描寫情景的順序是這樣子的：首先是雨中的遠山和遠樹，其次是溪上的行人與啼鴉，再來是門前的寒梅，最後是室內的人物。由遠而近，層次井然。

㈢由大及小的形式

**〈踏莎行〉**庚戌中秋後二夕，帶湖篆岡小酌

夜月樓臺（最大），秋香院宇（次大），笑吟吟地人來去（次小）。是誰秋到便淒涼？當年宋玉悲如許（最小）。（下略）

這是〈踏莎行〉詞的上半闋。作者在這裡，先寫明月下的樓閣，再寫樓閣中的院宇，然後由院宇中的人羣收到人羣中的一人——以宋玉自比的作者身上。範圍由大而小，層層遞進，讀起來極感明快。

## 三、虛實法

這是把所要描寫的事物或情景，依據它們的性質——抽象的或具體的，予以分開，以安排先後敘次的一種作法。大致說來，稼軒詞裡，具備了如下二種形式：

㈠先虛後實的形式

〈點絳唇〉

身後虛名，古來不換生前醉。青鞋自喜，不踏長安市（虛）。　竹外僧歸，路指霜鐘寺。孤鴻起，丹青手裡，剪破松江水（實）。

在這首詞的上半闋，作者主觀的抒發了自己的感慨，是抽象的，是虛的；到了下半闋，則客觀的描繪了眼前的景物，是具體的，是實的。先虛後實，兩相配襯，充分的表現出作者濃厚的隱退思想。

㈡先實後虛的形式

〈鷓鴣天〉鵝湖歸，病起作。

枕簟溪堂冷欲秋，斷雲依水晚來收。紅蓮相倚渾如醉，白鳥無言定自愁（實）。　書咄咄，且休休，一丘一壑也風流。不知筋力衰多少，但覺新來嬾上樓（虛）。

此詞的上片，寫的是溪堂內外的寂寥夏景，而下片，寫的是作者晚年落寞的情懷。一實一虛，先後相應，把作者廢退後的失意心境，刻畫得非常生動。

## 四、錯間法

這是把昔與今、小與大、近與遠，或虛與實，互相間錯而寫的一種作法。這種作法，在稼軒詞裡，是很常見的。

### ㈠今昔相間的形式

**〈瑞鷓鴣〉**

膠膠擾擾幾時休？一出山來不自由（今）。秋水觀中山月夜，停雲堂下菊花秋（昔）。隨緣道理應須會，過分功名莫強求。先自一身愁不了，那堪愁上更添愁（今）。

右詞當是作者起廢帥浙東後所作。詞中所謂的「山」，是指鉛山而言；至於秋水觀與停雲堂，則是作者在鉛山別墅裡的二所居第。細繹此詞，很明顯的，起二句是敍目前官場生涯的苦悶；而次二句，乃由現在倒回到過去，寫的是從前隱居生活的悠閒；過片則又從過去拉回到現在，回應首二句，表出自己對二度出山的悔恨與壯志不酬的哀愁。今昔相間，寫來意味格外深長。

## ㈡近遠相間的形式

〈**好事近**〉送李復州致一席上和韻

和淚唱陽關，依舊字嬌聲穩（近）。回首長安何處，怕行人歸晚（遠）。　垂楊折盡只啼鴉，把離愁勾引（近）。卻笑遠山無數，被行雲低損（遠）。

這首詞的上闋，先就眼前室內的別筵寫起，再由此伸展到室外遙遠的去處——長安（指臨安而言），以寫「怕行人歸晚」的心情。過片則先承篇首二句，藉眼前的垂楊與啼鴉，點出離愁；再承上片三、四兩句，說到歸途中被行雲低損的無數遠山。這些情景，一遠一近，相間相糅，使行間充滿著無限的離情。

## ㈢小大相間的形式

〈**酒泉子**〉

流水無情，潮到空城頭盡白（大）。離歌一曲怨殘陽，斷人腸（小）。　東風官柳舞雕牆。三十六宮花濺淚（大），春聲何處說興亡。燕雙雙（小）。

此詞每二句成一組。上片起二句，寫潮打空城的景象，是遼闊的；次二句，寫在空城裡人賦離歌的情景，是縮小的。下片首二句，寫的是金陵故宮的無邊春色，是遼闊的；結二句，寫的是在故宮裡能說興亡的小小雙燕，是縮小的。作者將這些情景和事物互相間錯起來，便有著無窮的感慨興亡的意思。

### (四)虛實相間的形式

〈**鷓鴣天**〉鵝湖歸，病起作。

翠木千尋上薜蘿，東湖經雨又增波（實）。只因買得青山好，卻恨歸來白髮多（虛）。明畫燭，洗金荷，主人起舞客齊歌（實）。醉中只恨歡娛少，無奈明朝酒醒何（虛）！

此詞上下兩片的首二句，分別寫東湖雨後的風光與作者夜宴的情景，是具體的，是實的；而後二句，則分別寫白髮歸耕的恨意與壯志不酬的愁緒，是抽象的，是虛的。顯而易見，這是篇採虛實相間之形式所寫成的作品。

# 五、呼應法

也叫做問答法。一般說來，它可分為單呼、單應及一呼一應等三種形式。而在稼軒詞裡，卻只發現了以下兩種：

## ㈠單呼不應的形式

〈**鵲橋仙**〉贈鷺鷥

溪邊白鷺，來吾告汝：「溪裡魚兒堪數。主人憐汝汝憐魚，要物我欣然一處。　白沙遠浦，青泥別渚，剩有鰕跳鰍舞。聽君飛去飽時來，看頭上風吹一縷。」

右詞自第三句以下至末了，都是作者告白鷺的話。他囑咐白鷺，要與溪裡的魚兒欣然相處，斷不可加害它們；要是餓了，則不妨去啄食遠浦別渚的蝦兒與泥鰍，吃飽了再回來。由表面上看，這雖是戲言，但實際上，或許別有所指，亦未可知。

### (二)一呼一應的形式

〈**沁園春**〉將止酒，戒酒杯使勿近。

「杯汝來前！老子今朝，點檢形骸。甚長年抱渴，咽如焦釜；於今喜睡，氣似奔雷？汝說：『劉伶，古今達者，醉後何妨死便埋。』渾如此，歎汝於知己，真少恩哉！　更憑歌舞為媒，算合作、人間鴆毒猜。況怨無小大，生於所愛；物無美惡，過則為災。與汝成言：『勿留亟退，吾力猶能肆汝杯。』」杯再拜，道：「麾之即去，招則須來。」

這闋詞從開頭到「吾力猶能肆汝杯」句止，是作者向酒杯講論道理，並發出警告的言辭，而「麾之即去」二句，則是酒杯對作者所作的抗議性的回答。就在這一呼一應之間，毫不費力的，把自己在政治上失意的苦悶與牢騷，都整個發洩出來了。

## 六、比喻法

這是把兩種不同類的事物互作比擬譬喻的一種作法，這種作法，大致可分爲明比與暗比兩種；在稼軒詞裡，到處都可以找到這類例子，如：

〈**賀新郎**〉賦海棠

著厭霓裳素。染胭脂、苧羅山下，浣沙溪渡。誰與流霞千古醞，引得東風相誤。從臾入、吳宮深處。鬢亂釵橫渾不醒，轉越江，剗地迷歸路。煙艇小，五湖去。（下略）

根據右詞上闋「苧羅山下，浣沙溪渡」、「入吳宮深處」及「轉越江」、「五湖去」等詞句，很容易的可以看出作者是把海棠比作西施，以她的遭遇來寫它的幽獨與哀怨的。所用的，正是明比的方法。又如：

〈**行香子**〉三山作

好雨當春，要趁歸耕。況而今已是清明。小窗坐地，側聽簷聲。恨夜來風，夜來月，夜來雲。　花絮飄零，鶯燕丁寧。怕妨儂湖上閒行。天心肯後，費甚心情。放霎時陰，霎時雨，霎時晴。

這闋詞的發端三句，直接點明本意，文意非常清楚：「小窗坐地」五句，是說遭到讒謗迫擾，使人不能忍受；過片開頭三句，是說顧慮尚有種種牽制，不能自由歸去；結五句，是說只要諭旨一允，萬事便了，然而君意難測，然疑間作，不由得令人爲之悶殺（說本梁啓超《稼軒先生年譜》淳熙五年考證）。無疑的，這是用暗比的方法寫成的。

## 七、對照法

這是把兩種事物互作比較，成爲強烈對照的一種作法。這種作法，辛稼軒也時常採用。如：

〈**醜奴兒**〉書博山道中壁

少年不識愁滋味，愛上層樓。愛上層樓，為賦新詞強說愁。　而今識盡愁滋味，欲說還休。欲說還休，卻道「天涼好箇秋」。

此詞的上半闋，寫的是少時春花秋月、無病呻吟的閒愁，而下半闋，寫的則是而今關心國事、懷才不遇的哀愁。一是由於「不識愁滋味」，所以愛「强說愁」；一是由於「識盡愁滋味」，所以「欲說還休」。兩相比較，成了鮮明的對比，使人讀後湧生無窮的感慨。這是構成對比的兩個部分，彼此的字數都相當的例子，也有字數不相當的，如：

〈**破陣子**〉爲陳同甫賦壯語以寄

醉裡挑燈看劍，夢回吹角連營。八百里分麾下炙，五十絃翻塞外聲。沙場秋點兵。　馬作的盧飛快，弓如霹靂絃驚。了卻君王天下事，贏得生前身後名。可憐白髮生。

這闋詞從開頭到「贏得生前身後名」句止，極寫抗金部隊的壯盛軍容、橫戈躍馬的戰鬥生活，以及收復中原的偉大勝利。這種豪壯動人的場面，與末句那種「可憐白髮生」的淒涼情景，恰恰形成強烈的對照。就在這種對照之下，把作者忠君愛國與個人功名的複雜思想，以及壯志不酬的悲憤心情，都和盤襯托出來了。

## 八、演繹法

這是採先總括後條分的形式，以組合思想材料的一種作法。稼軒詞中有不少用這種方法寫成的作品，如：

〈**鷓鴣天**〉有感

出處從來自不齊（總括）。後車方載太公歸；誰知寂寞空山裡，卻有高人賦采薇（條分一）。　黃菊嫩，晚香枝，一般同是采花時（條分二）。蜂兒辛苦多官府，蝴蝶花間自在飛（條分三）。

在這闋詞裡，作者首先用「出處從來自不齊」一句，揭出一篇的主旨，以統括全詞，然後針對主旨，分別列舉三樣出處不齊的例證來：在第一個例證裡，太公望相周，是「出」；伯夷、叔齊隱於首陽山，採薇而食，是「處」；這是就人類的「不齊」來說的。在第二個例證裡，黃菊始開，是「出」；晚香將殘，是「處」；這是就植物的「不齊」來說的。在第三個例證裡，蜂兒辛苦，是「出」；蝴蝶自在，是「處」；這是就昆蟲的「不齊」來說的。所謂「綱舉目張」，寫來條理清晰異常。又如：

〈**玉樓春**〉樂令謂衛玠：「人未嘗夢搗虀餐鐵杵，乘車入鼠穴。」以謂世無是事故也。余謂世無是事而有是理，樂所謂無，猶云有也。戲作數語以明之。

**有無一理誰差別，樂令區區猶未達。事言無處未嘗無，試把所無憑理說**（總括）。**伯夷飢采西山蕨，何異搗虀餐杵鐵**（條分一）。**仲尼去衛又之陳，此是乘車穿鼠穴**（條分二）。

此詞先根據題意，反駁樂令的說法，立了「事言無處未嘗無」的總論；然後以伯夷採蕨西山的絕世行徑與孔子去衛之陳的困阨遭遇爲例，「憑理」把它們視作「搗虀餐杵鐵」與「乘車穿鼠穴」的事故，以闡明「事言無處未嘗無」的論點。雖然它的總論與分說兩個部分，在字數的多寡上，不像上篇那樣有絕大懸殊，但是作法還是一樣的。

## 九、歸納法

這與上法正相反，是採先條分後總括的形式，以組合思想材料的一種作法。這種作法，在稼軒詞裡，也是屢見不鮮。如：

〈**鷓鴣天**〉鵝湖寺道中

一榻清風殿影涼，涓涓流水響回廊。千章雲木鉤輈叫，十里溪風䆉稏香（條分一——林泉）。

衝急雨，趁斜陽，山園細路轉微茫（條分二——忙）。倦途卻被行人笑：只為林泉有底忙（總括）！

作者寫這首詞，首先把上闋四句與過片二句析爲兩個部分，分別描寫鵝湖寺道周遭的林泉勝景，及「衝急雨」、「趁斜陽」的匆忙情形，然後以「倦途卻被行人笑」一句，承上啓下，借人之口引出「只爲林泉有底忙」的一句話來，以總括上面兩個部分的文意作結。先條分，後總括，很顯然的，是用歸納法寫成的。又如：

〈**清平樂**〉題上盧橋

**清泉犇快，不管青山礙。十里盤盤平世界。更著溪山襟帶**（條分一——形勝）。**古今陵谷茫茫，市朝往往耕桑**（條分二——興亡）。**此地居然形勝，似曾小小興亡**（總括）。

此詞先以「清泉犇快」四句，描寫上盧橋畔的「形勝」；再以「古今陵谷茫茫」二句，泛寫陵谷市朝的「興亡」；然後以「此地居然形勝」二句，總括上文，發出感慨收束。作法與上篇完全相同。

## 十、綜合法

這是融合兩種或兩種以上的方法，以組合思想材料的一種作法。這種作法，因爲比較富於變化，不易把它畫分爲幾個固定的類型，所以在這裡只能列舉稼軒的幾首詞爲例，略加說明，以見一斑。

**〈西江月〉**夜行黃沙道中

**明月別枝驚鵲，清風半夜鳴蟬。稻花香裡說豐年，聽取蛙聲一片。　七八箇星天外，兩三點雨山前。舊時茆店社林邊，路轉溪橋忽見。**

這闋詞的上片，主要的是寫夜行黃沙道中所聽到的各種聲音：起先是「別枝」上的鵲聲，其次是「清風」中的蟬聲，最後是稻田裡的蛙聲；這可以說是採「由小及大」的形式來寫的。而下片，主要的是寫夜行黃沙道中所見到的各種景物：起先是遙天外的疏星，其次是山嶺前的雨點，最後是社林邊的溪橋；這可以說是採「由遠及近」的形式來寫的。顯而易見，這是混合平敘與逆敘兩種作法寫成的作品。

**〈生查子〉**簡吳子似縣尉

**高人千丈崖，太古儲冰雪。六月火雲時，一見森毛髮。　俗人如盜泉，照影都昏濁。高處掛吾瓢，不飲吾寧渴。**

右詞把高人與俗人，分別比作高崖上的冰雪與盜泉裡的泉水，來加以刻畫描繪，使他們成爲一個强烈的對照。這顯然是融合比喻與對照兩法寫成的。

〈**念奴嬌**〉賦傅巖叟香月堂兩梅

未須草草，賦梅花、多少騷人詞客。總被西湖林處士，不肯分留風月。疏影橫斜，暗香浮動，把斷春消息。試將花品、細參今古人物。　看取香月堂前，歲寒相對，楚兩龔之潔。自與詩家成一種，不係南昌仙籍。怕是當年，香山老子，姓白來江國。謫仙人，字太白，還又名白。

這首詞大約可分爲兩個部分：由起句至「把斷春消息」句止，是第一個部分；由「試將花品」句至末了，是第二個部分。頭一個部分，先從曾賦梅花的許多詞客說起，再收縮到其中的一人——林逋的身上，這是採「由大及小」的形式來寫的。第二個部分，先用「試將花品」兩句，作一總述；然後分別舉出楚兩龔（楚人龔勝與龔舍）、白香山與李太白等古今人物來比喻潔白芬芳的梅花，可以說是混合演繹與比喻兩法來寫的。在一首詞裡，前後共用了三種作法，手段能不說是高明嗎？

上述的十種作法，在稼軒詞裡，是用得最爲普遍的。雖然它們都只是屬於基本的類型，未足以概括稼軒詞裡極其多變的寫作形式，但是即此而論，已不難看出它的多樣性來了。而這些作法，無疑的，在其他作家的各類作品裡，也同樣的可以分別找到，所不同的，只是在運用之數量與技術上，多寡巧拙，各有差別而已。初學詞章的人如果能夠把這些根本的作法細加揣摩，並加類反，以至於心領神會，運用到各類作品的欣賞與寫作上面，則所謂「熟能生巧」，自不難增進自己的讀寫本領，使它逐漸邁向高妙的境地。這麼說，該不會是僅止於動聽而已吧？

（原載民國六十三年六月師大《文風》第二十五期，頁十一～十五）

# 章法教學

所謂的章法，是指文章構成的型態而言，也就是將句子組合成節段，由節段組合成整篇的一種方式。任何一個作家，不論是在古、今或中、外，於寫作文章時，一定得把各個句子與節段作合適的配置，才能夠使作品產生巨大的感染力量；這正如構組一部機器一樣，必須使每個機件，按照各自所擔任的作用與應處的部位，一一予以配置妥當，才能構成一個整體，以發揮它最大的功能。所以章法在詞章的創作上，是占有著極重要的地位的。而這種文章構成的型態，雖然不免隨著作者設計經營手段的不同，而呈現多樣的變化，使得我們很難用幾個固定的格式來牢籠它們，俗語所謂「文無定法」，指的就是這個意思。不過，每個作家在謀篇布局之際，無疑地都會不知不覺地受到人類共通理則的支配，以致寫成的作品，在各式各樣的枝葉底下，都無可例外地藏著些基本的、共通的幹身；這點，只要拿古今人的作品稍加剖析，即可以獲得證明，俗語說的「文成法立」，便是這個意思。而這些基本的、共通的幹身，大抵說來，可以用三個原則來加以概括，那就是：秩序、聯貫和統一。對這三個原則，我們在教學時，如能加以掌握，作簡要的說明，那麼，不僅可以增進學生對課文文義的了解，從而提高他們的閱讀能力；也可以與習作教學取得緊密的聯繫，藉以加强他們的寫作本領。現在就針對這三個原則，依序舉例說明如左。

## 一、秩序原則

這是就材料次第的配排來說的。通常，作者係依空間、時間或事理展演的自然過程作適當的配排。這種配排的方式，最常見的，以空間而言，有「由近及遠」、「由遠及近」、「由小而大」、「由大而小」等；以時間而言，有「由昔及今」、「由今及昔」等；以事理而言，有「由本及末」、「由末及本」、「由輕及重」、「由重及輕」、「先實後虛」、「先虛後實」、「先凡後目」、「先目後凡」等。茲舉國、高中的幾篇課文爲例，簡單說明如次：

劉鶚〈**黃河結冰結**〉

老殘洗完了臉，把行李鋪好，把房門鎖上，他出來步到河隄上看。只見那黃河從西南上下來，到此卻正是個灣子，過此便向正東去了。河面不甚寬，兩岸相距不到二里。若以此刻河水而論，也不過百把丈寬的光景。只是面前的冰，插得重重疊疊的，高出水面有七、八寸厚。

再望上游走了一、二百步，只見那上游的冰，還一塊一塊地慢慢價來，到此地被前頭的冰擱住，走不動，就站住了。那後來的冰趕上他，只擠得嗤嗤價響。後冰被這溜水逼得緊了，就竄到前冰上頭去。前冰被壓，就漸漸低下去了。看那河身，不過百十丈寬，當中大溜，約莫不過二、三十丈。兩邊俱是平水，這平水之上，早已有冰結滿。冰面卻是平的，被吹來的塵土蓋住，卻像沙灘一般。中間的大道大溜，卻仍然奔騰澎湃，有聲有勢，將那走不過去的冰，擠得兩邊亂竄。那兩邊平水上的冰，被當中亂冰擠破了，往岸上跑，那冰能擠到岸上有五、六尺遠。許多碎冰被擠得站起來，像個小插屏似的。看了有點把鐘工夫，這一截子的冰，又擠死不動了。

老殘復行望下游走去，過了原來的地方，再望下走。只見兩隻船，船上有十來個人，都拿著木杵打冰。望前打些時，又望後打。河的對岸，也有兩隻船，也是這們打。

看看天色漸漸昏了，打算回店，再看那隄上柳樹一棵一棵的影子，都已照在地下，一絲一絲地搖動，原來月光已經放出光亮來了。回到店中，吃過晚飯，又到隄上閒步。這時北風已息，誰知道冷氣逼人，比那有風的時候還厲害些。擡起頭來看那南面的山，一條雪白，映著月光，分外好看。一層一層的山嶺，卻不大分辨得出。又有幾片白雲，夾在裡面，所以看不出是雲是山。及至定神看去，方才看出那是雲，那是山來。雖然雲也是白的，山也是白的；雲也有亮光，山也有亮光，只因為月在雲上，雲在月下，所以雲的亮光，是從背面透過來的。那山卻不然，山上的亮光，是由月光照到山上，被那山上的雪反射過來，所以光是兩樣子的。然祇稍近的地方如此，那山往東去，越望越遠，漸漸地天也是白的，山也是白的，雲也是白的，就分辨不出甚麼來了。

老殘就著雪月交輝的景致，想起謝靈運的詩：「明月照積雪，北風勁且哀」兩句，若非經歷北方苦寒景象，那裡知道「北風勁且哀」的一個「哀」字下得好呢？

這時月光照得滿地灼亮，擡起頭來，天上的星，一個也看不見。只有北邊北斗七星，開陽、搖光……像幾個淡白點子一樣，還看得清楚。那北斗正斜倚紫微星垣的西邊上面，杓在上，魁在下。老殘心裡想道：「歲月如流，眼見斗杓又將東指了，人又要添一歲了！一年一年地這樣瞎混下去，如何是個了局呢？」想到此地，不覺滴下淚來，也就無心觀玩景致，慢慢走回店去。老殘一面走著，覺得臉上有樣物件附著似的，用手一摸，原來兩邊掛著了兩條滴滑的冰。起初不懂甚麼緣故，既而想起，自己也就笑了。原來就是方才流的淚，天寒，立刻就凍住了。地下必定還有幾多冰珠子呢。老殘悶悶的回到店裡，也就睡了。

㈠**由大處看**：本文可分爲如下兩大部分。

1.寫景部分：包括一、二、三、四等段。

2.抒情部分：包括五、六兩段。

作者在此，用四段先寫黃河結冰的景象，再於第五段引謝靈運的詩，以承上啓下，帶出末段，來抒發哀情。這和李後主在其〈相見歡〉詞裡，先在上片用「無言獨上西樓，月如鉤，寂寞梧桐深院、鎖清秋」三句寫悲景，然後在下片用「剪不斷，理還亂，是離愁，別是一番滋味、在心頭」四句寫悲情，同樣是採先實後虛的順序來寫，所謂「即景抒情」，自然是合乎秩序原則的。

**(二)由細節看：**

1.寫景部分：這個部分又可按時間的先後，即黃昏與夜晚，析爲兩截：

(1)黃昏之景：此截包括一、二、三等段，係採先概寫（凡）而後細寫（目）的方式寫成：

①概寫：僅一段，即起段。寫黃河結冰的大概情形，可以說是本文的引子。作者在此扣緊題面依次寫：

甲、河道

乙、河面

丙、河上之冰

先由河道一縮至河面，再由河面二縮至河上之冰，這顯然是照「由大而小」的順序來配排的。

②細寫：包括二、三段，寫黃河結冰的詳細情形。作者在此，很有次序地先寫上游，再寫下

游。

甲、上游：即第二段，主要是寫擠冰的情景。首先承起段所寫河上之冰，寫溜冰，再逐次擴大，寫到大溜、平水，最後及於岸上，這無疑是依「由小而大」的順序來配排的。

乙、下游：即第三段，主要是寫打冰的情景。作者先從河的這邊寫起，再寫到河的對岸，這可以說是依「由近及遠」的順序來寫的。

(2)夜色：此截僅一段，即第四段，係採「由近及遠」的順序寫成：

①近處雪月交輝的景色

②遠處雪月交輝的景色

在這一截裡，作者先承接上截之末，寫近山，寫地面，再藉著冷風、積雪、白雲和月光，逐漸推展開來，寫遠山，寫天空，將遠近雪月交輝的景致，描寫得極爲迷濛淒美。

2.抒情部分：包括兩段：

(1)先以一段，即第五段，引謝靈運的〈歲暮詩〉，轉景爲情，拈出一個「哀」字，以上收一、二、三、四等段之景，下啓末段之情，把全文聯貫成一個整體。謝靈運的原詩是：「殷憂不能寐，苦此良夜頹。明月照積雪，北風勁且哀。運往無淹物，年逝覺已催。」作者在此雖只是從中引用了三、四兩句而已，卻把全詩的涵義悉數納入篇中。譬如末段前半所寫老殘望著北斗七星湧生的感慨，不正合「運往無淹物，年逝覺已催」的兩句詩意嗎？又如結處寫：「老殘悶悶的回到店裡，也就睡了。」試問老殘究竟睡著了沒有？當然沒有，爲什麼？這可從「殷憂不能寐，苦此良夜頹」的兩句詩裡找到答案。而且所謂「殷憂」，即是「悶悶」，也就是「北風勁且哀」的「哀」，這正是本文的綱領所在。有了這個綱領，我們就可以曉得，前面四段所寫的景，是虛，是陪襯；而最後一段所抒的情，才是實，才是主體。所以本段引了謝詩，插在這裡，不僅發揮了引渡的功用，也揭明了一篇的綱領，其地位可說是十分重要的。

⑵後以一段，即末段，依次：

①寫月下之北斗七星，與前述雪月交輝的景致打成一片，暗含「運往無淹物」的意思，以作下文寫哀情的引子。

②藉老殘看著北斗七星所想的一段話，寫出哀情。

③先用眼淚把哀情具體表出，再由淚的結冰，與黃河上所結的冰連成一體，將整條河裡的冰都化成爲國人的眼淚。

作者在這裡，就這樣由實而虛地藉哀景引出哀情，然後又由虛而實的，自哀情寫到哀淚、哀冰，與一、二、三、四等段的哀景，牢牢的連接在一起，巧妙地寫出了作者深切的家國之憂，手法是極高的。

## 羅曼羅蘭〈**樂聖貝多芬**〉

他短小臃腫，外表結實，生就運動家的骨骼。一張土紅色寬大的臉，額角隆起，寬廣無比。烏黑的頭髮，異乎尋常地濃密，好像從未梳過，到處逆立。一雙眼睛，又細小，又深陷；興奮或憤怒的時候才大張起來，眼珠兒不停地旋轉著，射出獷野的光，有著一股奇異的威力，使所有見到他的人為之震懾。不過在平時，他總是用憂鬱的眼光向天凝視。闊大的鼻子，又短又方，竟是獅子的模樣。嘴巴還顯得有幾分秀氣，但下唇有比上唇前突的傾向。牙牀結實得厲害，似乎可以嗑破核桃。左邊的下巴有一個深陷的小渦，使他的臉顯得古怪地不對稱。他的微笑是很美的，談話時，往往有一副可愛而令人高興的神氣。但另一方面，他的笑卻是不愉快的，粗野的，難看的，並且為時甚短。──那是一種不慣於歡樂的人的笑。他通常的表情是憂鬱的，顯示出一種無可療治的哀傷。──這就是魯特維克·范·貝多芬。

他在一七七〇年十二月十六日生於波昂一所破舊房子的閣樓上。他的父親，是一個平庸而酗酒的男高音歌手。母親是女僕。在童年，他就過著艱難困苦的生活。父親想開拓他的音樂天分，把他當作神童一般炫耀。四歲時，他就被整天價釘在鋼琴前面，或和一架提琴一起關在房間裡，幾乎被繁重的工作折磨死；竟然沒有因此而厭惡這種藝術，可算是萬幸的了。他從少年時代就得操心生活問題，打算如何掙取麵包。十一歲，他加入戲院樂隊；十三歲，當大風琴手。一七八七年，喪失了他熱愛的母親，他事母至孝，這使他終生抱憾。由於父親酗酒已不能工作，貝多芬十七歲便做了一家之主，擔負起兩個弟弟的教育之責。這些可悲的事實，在他心上留下了深刻的創痕。

一七九二年十一月，貝多芬離開了故鄉，到音樂之都維也納去。在那兒開始了他的鋼琴演奏和作曲生涯。他那豪放的樂曲，他那美妙的演奏，甚至於他那粗暴的態度，都風靡了那些喜愛音樂的貴族，使得他們對他讚歎而傾服。貝多芬這時充滿了自信，帶著睥睨一切的神情。然而，痛苦已在叩門，它一朝進入他身上之後，就永遠不再退隱。耳聾！一個音樂家最大的敵人，開始了它的酷刑，耳朵日夜作響，他的內心也受劇烈的痛楚折磨。聽覺越來越衰退。在好幾年中，他瞞著人家，避免與人見面，好使他的殘廢不致被人發現。他獨自守著這可怕的祕密，直到不得不絕望地告訴他最親近的朋友。貝多芬說他實在沒有勇氣對人說：「請高聲點說，大聲喊吧！因為我是聾子！」他難過得幾乎要結束自己的生命。

但是強毅的天性使他不會遇到磨難就屈服。他逐漸以堅強的意志克服了悲觀和沮喪，他決心要「扼住命運的咽喉」，不向它屈服！他的樂曲，絕大部分是在耳聾開始之後寫成的。第五交響曲，可說就是他向命運挑戰的宣言，它不但是一首偉大的樂曲，而且是貝多芬自己心靈深處的表白。第三交響曲，本來是為拿破崙寫的，起初貝多芬把他看成一位英雄、自由的鬥士，但當他自立為帝之後，貝多芬對他失望了，便刪去了題目下面的獻詞。

因為他心目中的英雄，乃是一個具有堅強精神的人，其實沒有人比貝多芬自己更適合於這樣的描述。

一八一四年，是貝多芬幸運的頂點。在維也納會議中，人家看他作歐洲的光榮。但不久之後，接踵而來的是最悲慘的時期，他的耳朵完全聾了，經濟拮据，健康也一天不如一天。貝多芬隱遁在自己的內心生活裡，和人們隔絕著，他祇有在自然中覓得些許安慰。在維也納時，每天沿著城牆遶一個圈子。在鄉間，從黎明到黑夜，他喜歡獨自在外散步，不戴帽子，冒著太陽，冒著風雨。他寫道：「世界上沒有一個人像我這樣地愛田野，……我愛一株樹，甚於愛一個人。」自然是他唯一的知己。

在悲苦的深淵裡，貝多芬卻從事於謳歌歡樂，完成了第九交響曲。在他指揮著演奏的時候，絲毫不曾覺察到全場一致的彩聲，直到一個女歌唱員牽著他的手，使他面對著羣眾時，他才突然看見全場起立，揮舞著帽子，向他鼓掌的樣子。但是音樂會不曾給他掙什麼錢，物質生活依然窘迫。他貧病交迫，孤獨無依；可是他戰勝了——戰勝了人類的平庸，戰勝了他自己的命運，戰勝了他的痛苦。

一八二七年三月二十六日，貝多芬因肋膜炎性的感冒，終於在一個大雷雨的夜裡逝世了。

一個不幸的人，一個由貧窮、残廢、孤獨、痛苦造成的人，世界不曾給他歡樂，他卻創造了歡樂給予世界！他用他的苦難來鑄成歡樂；而「用苦難來鑄成歡樂」，這就是他一生的寫照。

**㈠由大處看**：本文可分爲如下兩大部分。

1.分述部分：包括一至七段。這個部分又可析分爲二：

⑴寫先天：即起段，就先天寫貝多芬交織著苦難與歡樂的形貌與神情。

⑵寫後天：包括次段至七段，就後天寫貝多芬由苦難鑄成歡樂的過程與成就。

2.總贊部分：這個部分僅一段，即末段，將前文做個總結，對貝多芬的一生加以論贊。

在這篇文章裡，作者是先就先天寫貝多芬的形貌神情，以見出他具有由苦樂鑄成歡樂的潛在力量；再就後天的遭遇，寫他由苦難逐漸鑄成歡樂的過程；然後就其一生加以論贊。這樣先目而後凡的來寫，當然是合乎秩序原則的。

**㈡由細節看**：

1.分述部分：

⑴寫先天：作者在此依次寫：

①形貌（實）：起先是整個外表，其次是臉，再其次是額角、頭髮，又其次是鼻子，然後是嘴巴、牙床，最後是下巴。

②神情（虛）：首先是微笑，然後是表情。

很顯然地，作者在這裡，是採由大而小、由上及下、由實而虛的順序來寫，層次十分清楚。

⑵寫後天：作者在此依次從貝多芬的出生、童年、少年、青年，一直寫到壯年、老年、逝世爲止，可說是完全依時間展演的順序來寫的。

2.總贊部分：作者在此先寫苦難（一個不幸的人，一個由貧窮、殘廢、孤獨、痛苦造成的人），再寫鑄造歡樂（世界不曾給他歡樂，他卻創造了歡樂給予世界），接著總括苦難與鑄造歡樂（他用他的苦難來鑄成歡樂），然後疊上一句述明「這就是他一生的寫照」，以裹抱全文收結，層層遞寫，井井有序。

辛棄疾〈**西江月**〉夜行黃沙道中

明月別枝驚鵲，清風半夜鳴蟬。稻花香裡說豐年，聽取蛙聲一片。　七八個星天外，兩三點雨山前。舊時茆店社林邊，路轉溪橋忽見。

此闋詞分上下兩片：

㈠上片：主要是寫夜行黃沙道時所聽到的各種聲音，依次是：

1.別枝上的鵲聲

2. 清風中的蟬聲

3. 稻田裡的蛙聲

這是依「由小而大」的順序來寫的。

㈡下片：主要是寫夜行黃沙道中所見到的各種景物，依次是：

1. 遙天外的疏星

2. 山嶺前的雨點

3. 溪橋後的茆店

這是依「由遠及近」的順序來寫的。

作者將自己在黃沙道中所聽到的聲音與見到的景物，就這樣很有次序地連綴起來，成爲一幅鄉村夜晚的恬靜畫面，以抒寫出自身的閒適心情來。在此必須一提的是：此詞上片的末兩句，與下片的末兩句一樣，是倒裝句，即「聽取蛙聲一片」在「稻花香裡說豐年」，也就是說「說豐年」的該是蛙，而非一般人所認爲的農夫或作者友朋。因爲有蛙就有水，有水就有收成，所以古代便以蛙鼓來卜豐年。作者這樣寫，只不過是將蛙擬人化而已。

溫庭筠〈**菩薩蠻**〉

小山重疊金明滅，鬢雲欲度香顋雪。懶起畫蛾眉，弄妝梳洗遲。　照花前後鏡，花面交相映。新貼繡羅襦，雙雙金鷓鴣。

這首詞是依「由景及人」的順序寫成的：

㈠寫景：僅一句，即首句，是本詞的引子。寫旭日明滅，繡屏掩映的景象，為抒寫怨情安排了一個適當的環境，並從旁點明了地點與時間，以引出下面寫人的部分。

㈡寫人：自次句至末，按時間的先後寫屏內美人的各種情態或動作，依次是：

1. 睡醒
2. 懶起
3. 梳洗、弄妝
4. 簪花
5. 試衣。

作者就由這些尋常的動作或情態中，寫出這位美人無限的幽怨來。從表面上看，似不經意，而其實針線卻極其綿密。唐圭璋評說：「此首寫閨怨，章法極密，層次極清。」（《唐宋詞簡釋》）是一點也不錯的。

## 二、聯貫原則

這是就材料前後的接榫來說的。這種材料前後的接榫，方式頗多，根據黃師錦鋐博士著《中學國文教學法》一書所舉，屬於基本方面的，有聯詞、聯語、關聯句子、關聯段落等四種，可做上下文的接榫；屬於藝術方面的，則有首尾呼應、暗伏明應、一路照應、層遞接應、過渡聯絡等。茲因限於篇幅，僅就關聯詞句與關聯節段兩類，舉例說明如左：

### ㈠關聯詞句作上下文接榫者

**《左傳．曹劌論戰》**

十年春，齊師伐我，公將戰。曹劌請見，其鄉人曰：「肉食者謀之，又何間焉？」劌曰：「肉食者鄙，未能遠謀。」遂入見。問何以戰？公曰：「衣食所安，弗敢專也，必以分人。」對曰：「小惠未徧，民弗從也。」公曰：「犧牲玉帛，弗敢加也，必以信。」對曰：「小信未孚，神弗福也。」公曰：「小大之獄，雖不能察，必以情。」對曰：「忠之屬也，可以一戰。戰則請從。」

公與之乘，戰於長勺。公將鼓之，劌曰：「未可。」齊人三鼓，劌曰：「可矣。」齊師敗績，公將馳之，劌曰：「未可。」下視其轍，登軾而望之，劌曰：「可矣。」遂逐齊師。

既克，公問其故，對曰：「夫戰，勇氣也。一鼓作氣，再而衰，三而竭。彼竭我盈，故克之。夫大國難測也，懼有伏焉；吾視其轍亂，望其旗靡，故逐之。」

本文一意貫串，採問答緊連的方式，始終繞著「遠謀」二字來敘寫，文凡四段：

㈠首段用作上下文接榫的語句，約有：

1. 曹劌請見，其鄉人曰
2. 劌曰
3. 遂（入見）

作者在本段敍齊師伐魯，曹劌入謁莊公的情事，藉鄉人之問領出曹劌之答，拈出「遠謀」二字，作爲全文的綱領。

㈡次段用作上下文接榫的語句，約有：

1. 問何以戰
2. 公曰

3.對曰

此段藉曹劌之一「問」三「對」，與莊公之三「曰」，由「小惠未徧」遞至「小信未孚」，進而遭出「忠之屬也」，敍明魯國抗齊的憑藉，以見曹劌能遠謀於未戰之先。

**㈢三段用作上下文接榫的語句**，約有：

1.公將鼓之，劌曰

2.齊人三鼓，劌曰

3.公將馳之，劌曰

4.下視其轍，登軾而望之，劌曰

5.遂（逐齊師）

此段敍曹劌指揮作戰的經過，分兩「未可」與「可矣」來寫曹劌能遠謀。先以齊人三鼓而後鼓（養士氣）來寫他能遠謀於方戰之時，再以視轍登軾而後馳（察敵情）來寫他能遠謀於既勝之後。

**㈣末段用「既克，公問其故，對曰」來引出曹劌的答話**，以追敍的方式，寫曹劌所以遠謀於方戰時與既勝後的理由。

縱觀此文，作者是以「遠謀」二字來貫穿全篇的。他拿「十年春齊師伐我」、「（公）戰於長勺」、「齊師敗績」的史實作爲本文的大背景，而中間則安排了曹劌與鄉人、莊公的問答，以曹劌爲主，鄉人與莊公爲賓，用上舉的各個語句作前後的接榫，將背景與一問、一答連接得牢不可分，以寫魯之所以大敗齊師，即在於曹劌能遠謀，可謂一意盤旋，了無渣滓。

**《戰國策・鄒忌諫齊王》**

鄒忌脩八尺有餘，而形貌佚麗。朝服衣冠窺鏡，謂其妻曰：「我孰與城北徐公美？」其妻曰：「君美甚，徐公何能及君也！」城北徐公，齊國之美麗者也。忌不自信，而復問其妾曰：「吾孰與徐公美？」妾曰：「徐公何能及君也！」旦日，客從外來，與坐談，問之客曰：「吾與徐公孰美？」客曰：「徐公不若君之美也。」明日，徐公來，熟視之，自以為不如。窺鏡而自視，又弗如遠甚。暮寢而思之，曰：「吾妻之美我者，私我也；妾之美我者，畏我也；客之美我者，欲有求於我也。」

於是入朝見威王，曰：「臣誠知不如徐公美。臣之妻私臣，臣之妾畏臣，臣之客有求於臣，皆以美於徐公。今齊地方千里，百二十城，宮婦左右，莫不私王；朝廷之臣，莫不畏王；四境之內，莫不有求於王。由此觀之，王之蔽甚矣！」王曰：「善！」乃下令：「羣臣吏民，能面刺寡人之過者，受上賞；上書諫寡人者，受中賞；能謗譏於市朝，聞寡人之耳者，受下賞。」令初下，羣臣進諫，門庭若市；數月之後，時時而閒進；朞年之後，雖欲言，無可進者。

燕、趙、韓、魏聞之，皆朝於齊，此所謂：「戰勝於朝廷。」

本文自首至尾都用三疊的手法來寫，首先直接從鄒忌的身上寫起，用歸納的方法與三疊的形式，敘明鄒忌妻、妾、客人之所以對他讚美，乃是由於「私我」、「畏我」、「有求於我」的緣故。接著藉鄒忌的諷言，由自己推及於威王身上，依然用三疊的手法，將「私」、「畏」、「有求」等語盡情地翻弄，生出「蔽甚」二字來。然後由此及於下令之詞及下令之後國內外的反應，終於逼出「戰勝於朝廷」的一句論斷，以收束全文。文凡三段：

**㈠首段用作上下文接榫的語句**，約有：

1. 朝服衣冠，窺鏡，謂其妻曰
2. 忌不自信，而復問其妾曰
3. 旦日，客從外來，與座談，問之
4. 明日，徐公來……

作者在本段先用「鄒忌脩八尺有餘」二句，描述鄒忌形貌的軒昂美麗。再用三疊的手法，依次以「朝服衣冠窺鏡謂其妻曰」、「忌不自信而復問其妾曰」、「旦日客從外來與坐談問之」等句子作爲聯絡，也作爲引子，分別領出鄒忌「我孰與城北徐公美」、「吾孰與徐公美」、「吾與徐公孰美」等句意相同而句式略異的問語，以及妻、妾、客人「君美甚徐公何能及君也」、「徐

公何能及君也」、「徐公不若君之美也」等又是句意相同而句式略異的回答。並且特地在鄒忌妻子的答話下，插入「城北徐公，齊國之美麗者也」二句，以承上點明城北徐公之美麗，並探下交代鄒忌不自信的原因。然後先以「明日」二字，應上文之「朝」與「旦日」，作時間上之聯絡；再以「徐公來」一句作爲引子，採三疊的形式，依次由「熟視之」、「窺鏡而自視」、「暮寢而思之」三句，分別引出「自以爲不如」、「又弗如遠甚」二句及「曰吾妻之美我者，私我也」六句，拈出「私」、「畏」、「有求」等字，點明大家所以讚美自己的原因，以概括上文，並生發下文。

㈡次段用作上下文接榫的語句，約有：

1. 於是入朝見威王曰

2. 由此觀之

3. 王曰善，乃下令

4. 令初下

5. 數月之後

6. 朞年之後

在這一段裡，作者先以「於是」二字作上下兩段的接榫，由「入朝見威王」一句領出鄒忌諷諫的一段話來。這段話，先承上段的「自以爲不如」、「又弗如遠甚」二句，帶出「臣誠知不如徐公美」一句；承上文的「吾妻之美我者，私我也」六句，稍予變換句式，生出「臣之妻私臣」五句，以己爲例，說明妻、妾、客人所以贊美自己的緣故。再以「今齊地方千里」二句一轉，轉到威王身上，由上文「臣之妻私臣」四句引出「宮婦左右，莫不私王」六句，將「私」、「畏」、「有求」等語盡情翻弄之後，以「由此觀之」一句作個總結，生出「王之蔽甚矣」的一句論斷，以諷勸威王納諫。然後以「王曰善，乃下令」二句，針對鄒忌的諫言，輕輕一應一渡，採三疊的形式，帶出「羣臣吏民」及「令初下」各八句，簡述威王下令之詞與羣臣進諫由「門庭若市」至「無可進者」的情形。暗示齊國由此日趨强盛，預爲下段開路。

㈢**末段用作上下文接榫的**，僅一句，即「燕趙韓魏聞之」，由此引出「皆朝於齊」一句，敍述齊王納諫之後，四方來朝的事實，而接以「此所謂戰勝於朝廷」一句論斷，回應上段作結。

很顯然地，如果沒有這些語句作連貫之用，那就必然破碎零亂，不成篇章了。

㈡關聯節段作上下文接榫者

范仲淹〈**岳陽樓記**〉

慶曆四年春，滕子京謫守巴陵郡。越明年，政通人和，百廢具興，乃重修岳陽樓，增其舊制，刻唐賢今人詩賦於其上，屬予作文以記之。

予觀夫巴陵勝狀，在洞庭一湖。銜遠山，吞長江，浩浩湯湯，橫無際涯；朝暉夕陰，氣象萬千；此則岳陽樓之大觀也，前人之述備矣。然則北通巫峽，南極瀟湘，遷客騷人，多會於此，覽物之情，得無異乎？

若夫霪雨霏霏，連月不開；陰風怒號，濁浪排空；日星隱耀，山岳潛形；商旅不行，檣傾楫摧；薄暮冥冥，虎嘯猿啼；登斯樓也，則有去國懷鄉，憂讒畏譏、滿目蕭然，感極而悲者矣。

至若春和景明，波瀾不驚，上下天光，一碧萬頃；沙鷗翔集，錦鱗游泳，岸芷汀蘭，郁郁青青。而或長煙一空，皓月千里，浮光躍金，靜影沈璧，漁歌互答，此樂何極！登斯樓也，則有心曠神怡、寵辱偕忘、把酒臨風，其喜洋洋者矣。

嗟夫！予嘗求古仁人之心，或異二者之為，何哉？不以物喜，不以己悲，居廟堂之高，則憂其民；處江湖之遠，則憂其君。是進亦憂，退亦憂；然則何時而樂耶？其必曰：先天下之憂而憂，後天下之樂而樂乎！噫！微斯人，吾誰與歸？時六年九月十五日。

范文正公的這篇文章，依其結構，可分爲如下兩個部分：

㈠記敍部分：包括一、二、三、四等段。這個部分又可分爲如下兩截：

1.敍作記因由：此截僅一段，即起段。由滕子京之謫守巴陵郡與重修岳陽樓，寫到囑己作記的情事，預爲下文對樓外景觀的敍寫鋪路。

2.敍樓外景觀：此截也可析分爲二：

⑴常景：自次段開頭至「前人之述備矣」句止，依先條分（全湖、湖面、氣象）後總括的方式，寫岳陽樓的不變景觀。

⑵變景：包括三、四兩段。採對照的手法，先寫雨景悲情（覽物異情之一），再寫晴景喜情（覽物異情之二），以生發末段的感慨。

㈡**抒感部分**：僅一段，即末段。先應變景部分，寫古仁人之心，不同於一般的遷客騷人，既不會以物而喜，也不會因己而悲，從而逼出「先天下之憂而憂，後天下之樂而樂」的一篇主旨，然後表出無比的嚮往之情，以自抒懷抱，並勉知己於遷謫之中。

〈岳陽樓記〉一文的結構，大致是如此，而其中負責把常景一截過到變景一截的，是「然則北通巫峽，南極瀟湘，遷客騷人，多會於此，覽物之情，得無異乎」的一節文字。文中如果沒有這一節文字，藉「然則」這個聯詞作一轉折，引出「覽物異情」四字來，就不會有三、四兩段實寫「覽物異情」的文字；而末段也將失去有力的憑藉，以反照出古仁人的用心，並進而得出「先天下之憂而憂，後天下之樂而樂」的篇旨。所以這一節的文字雖短，卻是肩負著有聯貫和照應上下文的重大任務的。

## 胡適〈**我的母親**〉

每天，天剛亮時，我母親便把我喊醒，叫我披衣坐起。我從不知道她醒來坐了多久了。她看我清醒了，便對我說昨天我做錯了什麼事，說錯了什麼話，要我認錯，要我用功讀書。有時候，她對我說父親的種種好處。她說：「你總要踏上你老子的腳步，我一生只曉得這一個完全的人，你要學他，不要跌他的股。」（跌股就是丟臉、出醜。）她說到傷心處，往往掉下淚來。到天大明時，她才把我的衣服穿好，催我去上早學。學堂門上的鎖匙放在先生家裡，我先到學堂門口一望，便跑到先生家裡去敲門。先生家裡有人把鎖匙從門縫裡遞出來，我拿了跑回去，開了門，坐下唸生書。十天之中，總有八、九天我是第一個去開學堂門的。等到先生來了，我背了生書，才回家吃早飯。

我母親管束我最嚴，她是慈母兼任嚴父。但她從來不在別人面前罵我一句，打我一下。我做錯了事，她只對我一望，我看見了她的嚴厲眼光，便嚇住了。犯的事小，她等到第二天早晨我睡醒時才教訓我。犯的事大，她等到晚上人靜時，關了房門，先責備我，然後行罰，或罰跪，或擰我的肉。無論怎樣重罰，總不許我哭出聲音來。她教訓兒子，不是借此出氣叫別人聽的。

有一個初秋的傍晚，我吃了晚飯，在門口玩，身上只穿著一件單背心。這時候，我母親的妹子玉英姨母在我家住，她怕我冷了，拿了一件小衫出來叫我穿上。我不肯穿，她說：「穿上吧！涼了。」我隨口回答：「娘（涼）什麼！老子都不老子呀。」我剛說了這句話，一擡頭，看見母親從家裡走出，我趕快把小衫穿上。但她已聽見這句輕薄的話了。晚上人靜後，她罰我跪下，重重地責罰了一頓。她說：「你沒了老子，是多麼得意的事！好用來說嘴！」她氣得坐著發抖，也不許我上牀去睡。我跪著哭，用手擦眼淚，不知擦進了什麼黴菌，後來足足害了一年多的眼翳病，醫來醫去，總醫不好。我母親心裡又悔又急，聽說眼翳可以用舌頭舔去，有一夜她把我叫醒，真用舌頭舔我的病眼。這是我的嚴師，我的慈母。

我在我母親的教訓之下住了九年，受了極大極深的影響。我十四歲（其實只有十二歲零兩三個月）便離開她了。在這廣漠的人海裡，獨自混了二十多年，沒有一個人管束過我。如果我學得了一絲一毫的好脾氣，如果我學得了一點點待人接物的和氣，如果我能寬恕人，體諒人，——我都得感謝我的慈母。

本文依其結構，也可析爲兩大部分：

㈠**條分部分**：包括一、二、三段：

1.首段：採泛寫的方式，從每天天剛亮寫到天大明，由喊醒、指錯寫到催上學，以寫出他母親關心他學業，並在晨間於他犯事小時訓誨自己的情形。

2.次段：全段作爲上下文的接榫。

3.三段：採實寫的方式，記一個夜晚，因自己穿衣說了輕薄話而受到母親重罰，以致生病的經過，寫出了他母親關心他健康，並在夜裡於他犯事大時訓誨自己的情形。

㈡**總括部分**：僅一段，即末段。在這一段裡，作者先用「我在母親的教訓之下住了九年……沒有一個人管束過我」等句，寫自己三十多年來，除了母親外，沒有受過任何人的管束，以見他母親對自己影響之大；然後以三個假設句作橋梁，領出「我都得感謝我的慈母」的一篇主旨，謙虛的表示，如果自己有一些成就，都得歸功於他的慈母，以見她母親的偉大。

通觀此文，有寫「嚴」的部分，也有寫「慈」的部分；不過，顯而易見地，寫「慈」是主，而寫「嚴」則為賓；而且從實際上來說，作者在寫這篇文章的時候，早就把從前的「嚴」化成了如今的「慈」了。所以用來貫穿全文的，可以說僅是一個「慈」字。為了要具體的寫出這個「慈」，作者便特地安排了一、三兩段；但由於這兩段，一寫清晨，一寫夜晚；一寫犯事小，一寫犯事大，都各自獨立，無法連成一體；於是又安排了第二段，以作為承上啓下之用。我們可以很清楚地看出：這一段自「我母親管束我最嚴」起至「她等到第二天早晨我睡醒時才教訓我」止，是上應頭一段來寫的；自「犯的事大」起至篇末，是下應第三段來寫的。這樣以一半收起段，一半啓後段，十足的發揮了聯貫的功用。

## 三、統一原則

這是就材料情意的統一來說的。我們都知道，使文章從頭到尾都維持一致的思想情意，是每個作家所努力以求的；因此每個作家在寫一篇文章的時候，都必須立好明確的主旨，藉以貫穿全文，這樣才能使所寫的文章產生最大的說服力與感染力。譬如上舉的〈黃河結冰記〉是以「哀」字來統一全文的，〈樂聖貝多芬〉是以「用苦樂來鑄成歡樂」來統一全文的，〈西江月〉詞是以恬靜閒適來統一全詞的，〈菩薩蠻〉詞是以幽怨來統一全詞的，〈曹劌論戰〉是以「遠謀」來統一全文的，〈鄒忌諫齊王〉是以「蔽」字來統一全文的，〈岳陽樓記〉是以先憂後樂來統一全文的，〈我的母親〉是以「慈」字來統一全文的。其中除兩首詞的篇旨是見於篇外而外，其餘的都可從篇中尋得。有了這些見於篇內或篇外的中心意旨來統攝全詞或全文，那就無怪令人讀後都會大受感動了。為求進一步的了解，我們再舉幾篇課文來看看：

沈復〈**兒時記趣**〉

余憶童稚時，能張目對日，明察秋毫。見藐小微物，必細察其紋理，故時有物外之趣。

> 夏蚊成雷，私擬作羣鶴舞空，心之所向，則或千或百，果然鶴也；昂首觀之，項為之強。又留蚊於素帳中，徐噴以煙，使之沖煙飛鳴，作青雲白鶴觀；果如鶴唳雲端，為之怡然稱快。
>
> 又常於土牆凹凸處，花臺小草叢雜處，蹲其身，使與臺齊；定神細視，以叢草為林，蟲蟻為獸，以土礫凸者為丘，凹者為壑，神遊其中，怡然自得。
>
> 一日，見二蟲鬥草間，觀之，興正濃，忽有龐然大物，拔山倒樹而來，蓋一癩蝦蟆也。舌一吐而二蟲盡為所吞。余年幼，方出神，不覺呀然驚恐。神定，捉蝦蟆，鞭數十，驅之別院。

這篇文章是用先總括後條分的方式寫成的：

㈠**總括部分**：僅一段，即首段。直接用回憶之筆，由因而果，拈出「物外之趣」四字，作爲一篇的綱領。

㈡**條分部分**：包括二、三、四等段：

1.條分一：即第二段，以一羣蚊子爲例，細察牠們的紋理，把牠們擬作「羣鶴舞空」、「鶴唳雲端」，寫出作者獲得「昂首觀之，項爲之强」、「爲之怡然稱快」的這種「物外之趣」的情形。

2.條分二：即第三段，以土牆凹凸處的叢草、蟲蟻爲例，細察它（牠）們的紋理，把叢草擬作樹林，蟲蟻擬作野獸，寫出作者獲得「神遊其中，怡然自得」的這種「物外之趣」的情形。

3.條分三：即末段，以草間的二蟲與癩蝦蟆爲例，細察牠們的紋理，把癩蝦蟆擬作龐然大物，舌一吐，便盡吞二蟲，寫出作者獲得「神定，捉蝦蟆，鞭數十，驅之別院」的這種「物外之趣」的情形。

很明顯地，全文以「物外之趣」一意貫串，自始至終無不針對著「趣」字來寫，使前後都維持著一致的意思。有的人以爲二段的「昂首觀之，項爲之强」，寫的不是「物外之趣」，這應是錯誤的看法；因爲「趣」，不只限於寫心理而已，用動作或姿態來寫，同樣也是可以的；而「昂首觀之，項爲之强」，正是作者獲致「物外之趣」的結果。又有人以爲篇末「神定，捉蝦蟆，鞭數十，驅之別院」數句，是寫作者主持正義的行爲，這也該是錯誤的看法；因爲作者要是主持正義的話，必然是一鞭就會把蝦蟆鞭死，怎麼可能在鞭數十下之後，竟然還活著，而又把牠趕到別院去呢？還有，果是如此，則寫的已不再是童心童趣，與前文也就不能維持一致的意思了。所以此數句，說是寫作者得到「物外之趣」的動作，該是不會太離譜才對。

柳宗元〈**黔之驢**〉

黔無驢，有好事者船載以入。至則無可用，放之山下。

虎見之，尨然大物也，以為神，蔽林間窺之。稍出近之，慭慭然莫相知。

他日，驢一鳴，虎大駭遠遁，以為且噬己也，甚恐。然往來視之，覺無異能者。益習其聲，又近出前後，終不敢搏。稍近益狎，蕩倚衝冒，驢不勝怒，蹄之。虎因喜，計之曰：「技止此耳。」因跳踉大㘎，斷其喉，盡其肉，乃去。

噫！形之尨也類有德，聲之宏也類有能。向不出其技，虎雖猛，疑畏卒不敢取。今若是焉，悲夫！

本文可分爲兩個部分：

㈠頭一部分：自篇首至「盡其肉乃去」止，共三段。作者在此，首先交代黔驢的來歷、體形，然後寫牠由炫技而技窮，終於被虎噉的經過，以引出下個部分的感想與議論。

㈡第二部分：自「噫」至篇末，僅一段。作者在此，針對上個部分的故事，發出深切的感慨，將一篇的主旨，也就是諷喻的意思，巧妙地表露出來。

我們很清楚的可以看出：這篇文章是用先敍後論的方式寫成的。其中的第二段是爲末段「形之尨也類有德」一句結語而寫的，第三段是爲末段「聲之宏也類有能」至「今若是焉」等數句結語而寫的。而第一段，雖然看似跟末段没有什麼直接的關係，但是如果不先在此點出黔驢的來歷，則全文所述老虎初見驢時那種由陌生而引起的畏懼情形，便將被視爲是荒謬而不可理喻的了。這樣，也就不可能有第三段來描寫老虎一步緊一步去探試黔驢技能，以至於看破而跳踉大噉的過程；沒有了這段過程的描述，那麼第四段的感想與議論也就無從發出了。所以各段的關係都至爲密切，而其中又以末段最爲緊要，因爲如果沒有這一段將前幾段加以總括，則全文的意思便不能統一起來了。

馮延巳〈**鵲踏枝**〉

誰道閑情拋棄久，每到春來，惆悵還依舊。日日花前常病酒，不辭鏡裡朱顏瘦。　河畔青蕪堤上柳，為問新愁，何事年年有？獨立小橋風滿袖，平林新月人歸後。

這闋詞是採先總括、後條分的方式寫成的：

(一)**總括部分**：自起句至「惆悵還依舊」止。在這個部分裡，作者自設問答，由一問一答中，將一篇主旨「惆悵」拈出，用以貫穿全詞。

(二)**條分部分**：這個部分又可分爲四小節：

1.條分一：包括「日日花前常病酒」兩句。這一小節，以「日日花前」的「花」上應「春來」，以「常病酒」、「朱顏瘦」來寫惆悵。

2.條分二：包括「河畔青蕪堤上柳」三句。這一小節，借景生情，以「年年」上應「依舊」，以「青蕪」、「堤柳」上應「春來」，並進一步譬作自身的新愁。所謂「新愁」，即「惆悵」的另一種說法。

3.條分三：即末兩句。寫作者佇立橋畔、空對新月的形象，所謂「以景結情」，有著無盡的惆悵。

在這首詞裡，作者在開頭就點出「惆悵」二字以總括全詞，然後依次用病酒顏瘦、新草嫩柳和對月佇立，以具體的表出「惆悵」，使得全詞無處不帶有深濃的「惆悵」意味。

劉向《**說苑選·復恩一則**》

楚莊王賜羣臣酒。日暮，酒酣，燈燭滅，乃有人引美人之衣者。美人援絕其冠纓，告王曰：「今者燭滅，有引妾衣者，妾援得其冠纓持之。趣火來上，視絕纓者！」王曰：「賜人酒，使醉失禮，奈何欲顯婦人之節而辱士乎！」乃命左右曰：「今日與寡人飲，不絕冠纓者不懽。」羣臣百有餘人，皆絕去其冠纓而上火，卒盡懽而罷。

居二年，晉與楚戰。有一臣常在前，五合五獲，首卻敵，卒得勝之。莊王怪而問曰：「寡人德薄，又未嘗異子，子何故出死不疑如是？」對曰：「臣當死！往者醉失禮，王隱忍不暴而誅也。臣終不敢以蔭蔽之德而不顯報王也，常願肝腦塗地，用頭血湔敵久矣。臣乃夜絕纓者也。」遂敗晉軍，楚得以強。此有陰德者必有陽報也。

本則是用先條分、後總括的方式寫成的：

㈠條分部分：這個部分又可分為如下兩截：

1. 條分一：自篇首至「卒盡懽而罷」止，記在楚莊王的賜宴席上，有個臣子因醉失禮，而楚莊王卻代為掩飾，不予罪誅，使得羣臣都能盡歡而散，以見楚莊王是位「有陰德」的君主。

2. 條分二：自「居二年」至「楚得以强」止，記楚國與晉國作戰時，楚莊王時時見到有一個臣子，「常在前」，奮勇殺敵，終於使楚國打了次勝仗，後經探問，原來就是從前因醉失禮、「隱忍不暴而誅」的人，以見楚莊王是位「有陽報」的君主。

㈡總括部分：僅一句，即「此有陰德者必有陽報」

十分明顯地，這則文章的主旨安置在篇末，而全文所寫的，也不過是「有陰德者必有陽報」一句話而已，這樣以先目後凡的方式來寫，通篇自然是能維持一致的意思了。

從以上所舉的例子中，我們可以看出，文雖無定法，但以基本的原則而言，還是有脈絡可尋的。我們可以找最適當的時機，將章法分析給學生聽，使學生在不知不覺中聽進耳裡，等到聽成了習慣，而且也聽出了味道，曉得非透過章法分析，便無法完全掌握課文、了解課文，那就可以改零為整，轉無形為有形，正正式式的從事章法教學了。

（原載民國七十二年十二月《中等教育》二十七卷三，四期，頁五～十五）

# 談安排詞章主旨（綱領）的幾種基本形式

每個詞章家，無論是在古時或現代，只要是在自己所蘊蓄的思想情意已臻於飽和狀態時，都會不由自主的透過文字將它宣洩出來。就在他透過文字宣洩思想情意之際，首先接遇的問題，便是主旨（綱領）的安排。這種主旨（綱領）的安排，雖然由於作者的意度心營，巧妙各有不同，而呈現多樣的面貌，但就其安排的部位而論，卻有著如下幾種共通的基本形式：

## 一、安置於篇首者

這是將主旨（綱領）開門見山的安排於篇首，作個統括，然後針對主旨（綱領），條分為若干部分，以依次敍寫的一種形式。這種形式，就整個的篇章結構來說，古時稱爲外籀，今則通稱爲演繹。由於它具有直截了當的特性，所以在古今人的各類作品，如詩、詞或散文裡，是相當常見的。

詩如：

杜審言〈**和晉陵陸丞早春遊望**〉

獨有宦遊人，偏驚物候新。雲霞出海曙，梅柳渡江春。淑氣催黃鳥，晴光轉綠蘋。忽聞歌古調，歸思欲霑巾。

祖詠〈**蘇氏別業**〉

別業居幽處，到來生隱心。南山當戶牖，灃水映園林。竹覆經冬雪，庭昏未夕陰。寥寥人境外，閑坐聽春禽。

李白〈**謝公亭**〉

謝公離別處，風景每生愁。客散青天月，山空碧水流。池花春映日，窗竹夜鳴秋。今古一相接，長歌懷舊遊。

杜甫〈**登樓**〉

花近高樓傷客心，萬方多難此登臨。錦江春色來天地，玉壘浮雲變古今。北極朝廷終不改，西山寇盜莫相侵。可憐後主還祠廟，日暮聊為〈梁甫吟〉。

這四首詩的首篇，是客中傷春的作品。作者首先在起聯即將綱領「偏驚物候新」提明，然後藉頷、頸聯，承「物候新」寫早春的景象，藉結聯承「偏驚」，並收題中的「和」字，寫讀了陸丞詩後的悠悠別恨。王文濡說這首詩「以驚字爲詩眼，起結意相應。」（《唐詩評注讀本》）看法是非常正確的。次篇乃抒寫「隱心」的作品，作者同樣的在首聯便點明主旨（綱領）「幽處」、「生隱心」，接著先由頷、頸聯，承起聯之頭一句，寫蘇氏別業的清幽環境，再由尾聯承起聯之次句，具體的將隱居生活的閑適——「隱心」寫出來。三篇是春日懷舊的作品，與上兩篇完全一樣，在起聯即將主旨「風景每生愁」點出，接著各以二句依次寫當時與今日之「風景」，然後以「今古一相接」句承上啓下，引出「長歌懷舊遊」一句，回應篇首的「生愁」二字收結。四篇是傷時念亂的作品，作者一開始便把一因一果的兩句話倒轉過來，敍出主旨；再依次以三、四兩句寫「登臨」所見，以五、六兩句寫「萬方多難」，最後藉尾聯，承「傷客心」，寫「登臨」所感，發出當國無人的慨歎，蘊義可說是極其深婉的。這些作品，很顯然的，都在篇首便點明主旨（綱領），然後依此分述，所謂「綱舉目張」，條理都清晰異常。

詞如：

韋莊〈**菩薩蠻**〉

紅樓別夜堪惆悵，香燈半掩流蘇帳。殘月出門時，美人和淚辭。　琵琶金翠羽，絃上黃鶯語。勸我早歸家，綠窗人似花。

馮延巳〈**蝶戀花**〉

誰道閑情拋棄久，每到春來，惆悵還依舊。日日花前常病酒，不辭鏡裡朱顏瘦。　河畔青蕪堤上柳，為問新愁，何事年年有？獨立小橋風滿袖，平林新月人歸後。

周邦彥〈**六醜**〉薔薇謝後作

正單衣試酒，悵客裡、光陰虛擲。願春暫留，春歸如過翼，一去無迹。為問花何在？夜來風雨，葬楚宮傾國。釵鈿墮處遺香澤，亂點桃蹊，輕翻柳陌。多情為誰追惜，但蜂媒蝶使，時叩窗槅。　東園岑寂，漸蒙籠暗碧。靜繞珍叢底，成嘆息。長條故惹行客，似牽衣待話，別情無極。殘英小、強簪巾幘，終不似、一朵釵頭顫裊，向人欹側。漂流處、莫趁潮汐。恐斷紅、尚有相思字，何由見得。

辛棄疾〈**鷓鴣天**〉有感

黄菊嫩，晚出處從來自不齊。後車方載太公歸；誰知寂寞空山裡，卻有高人賦采薇。

香枝，一般同是采花時。蜂兒辛苦多官府，蝴蝶花間自在飛。

這四首詞的首闋，是抒寫別恨的作品。它的主旨「別夜惆悵」（即別恨），在起句就直接交代清楚；接著依次以「香燈」句就「紅樓」寫夜別的所在，以「殘月」兩句寫在門外夜別的惆悵；然後於下片，承「香燈」句，補寫在樓上夜別的情景，透過美人之琵琶與言語，將「別夜惆悵」從中帶了出來，令人讀後也爲之惆悵不已。次闋是抒寫春愁的作品；作者在此以設問開端，由一問一答中，把主旨「惆悵依舊」道出；而緊接而來的「日日」兩句，從表面上看，寫的雖是「病酒」、「顏瘦」，但也依然未離「惆悵」兩字，因爲「病酒」、「顏瘦」正是惆悵的結果啊！至於下片，則由景而生情，所謂「青蕪」、「堤柳」，其嫩芽恰如在舊恨中添了新愁一般，自是年年而有；十分明顯的，所寫的也是惆悵，只不過換了個寫法而已。末兩句，則更進一層的描繪了作者佇立風橋、對月惆悵的樣子，所謂「以景結情」，意味是十分深長的。三闋是從追惜落花來「悵客裡光陰虛擲」的作品，全詞雖長，卻只分兩段。在前段裡，作者劈頭即直點作意──「悵客裡光陰虛擲」，接著便藉「春歸」，亦即薔薇花的凋謝與飄飛，來描繪春天「一去無迹」的景況；然後以蜂蝶的「時叩窗槅」，慨歎無人追惜，而拍轉到「悵」字上來結束上段。而下段則先以兩句承上段的「春去無迹」，寫窗外薔薇落後「岑寂」的景象，再以九句應上段的「多情爲誰追惜」，寫詩人觸景「歎息」、「追惜」的情形；最後則由花之落聯想到它的漂流，藉紅葉題詩的故事，對斷紅致深切的關懷之情，以寫出作者「客裡光陰虛擲」的無限惆悵，意致可謂纏綿極了。末闋是慨歎出處不齊的作品，在這闋詞裡，作者先用「出處從來自不齊」一句，揭出一篇之綱領，以統括全詞；然後依此綱領，分別列舉三樣「出處不齊」的例證來。在第一個例證裡，太公望相周，是「出」；伯夷、叔齊隱於首陽山，採薇而食，是「處」；這是就人類的「不齊」來說的。在第二個例證裡，黃菊始開，是「出」；晚香將殘，是「處」；這是就植物的「不齊」來說的。在第三個例證裡，蜂兒辛苦，是「出」；蝴蝶自在，是「處」；這是就昆蟲的「不齊」來說的。這樣採先總括、後條分的方式來寫，詞旨便自然的與其他的三首詞一樣，格外的凸出了。

散文如：

**《左傳．曹劌論戰》**

十年春，齊師伐我，公將戰。曹劌請見，其鄉人曰：「肉食者謀之，又何間焉？」劌曰：「肉食者鄙，未能遠謀。」遂入見。問何以戰？公曰：「衣食所安，弗敢專也，必以分人。」對曰：「小惠未徧，民弗從也。」公曰：「犧牲玉帛，弗敢加也，必以信。」對曰：「小信未孚，神弗福也。」公曰：「小大之獄，雖不能察，必以情。」對曰：「忠之屬也，可以一戰。戰則請從。」

> 公與之乘，戰於長勺。公將鼓之，劌曰：「未可。」齊人三鼓，劌曰：「可矣。」齊師敗績，公將馳之，劌曰：「未可。」下視其轍，登軾而望之，劌曰：「可矣。」遂逐齊師。
>
> 既克，公問其故，對曰：「夫戰，勇氣也。一鼓作氣，再而衰，三而竭。彼竭我盈，故克之。夫大國難測也，懼有伏焉；吾視其轍亂，望其旗靡，故逐之。」

本文一意貫串，始終繞著「遠謀」二字來敘寫。文凡四段：首段敘齊師伐魯，曹劌入見莊公的情事，藉鄉人之問領出曹劌之答，拈出「遠謀」二字，作爲全文的綱領；次段藉曹劌之一「問」三「對」，與莊公之三「曰」，由「小惠未徧」遞至「小信未孚」，進而逼出「忠之屬也」，敘明魯國抗齊的憑藉，以見曹劌能「遠謀」於未戰之先；三段敘曹劌指揮作戰的經過，分兩「未可」與「可矣」來寫曹劌能「遠謀」：先以齊人三鼓而後鼓（養士氣）來寫他能遠謀於方戰之時，再以視轍登軾而後馳（察敵情）來寫他能遠謀於既勝之後；末段用「既克，公問其故」來引出曹劌的答話，以補敘的方式，寫曹劌所以「遠謀」於方戰時與既勝後的理由。縱觀此文，很顯然的，作者是以「遠謀」二字來貫穿全篇的。他拿「十年春齊師伐我」、「（公）戰於長勺」、「齊師敗績」的史實作爲本文的大背景，而中間則安排了曹劌與鄉人、莊公的問答，以曹劌爲主，鄉人與莊公爲賓，以寫魯之所以大敗齊師，即在於曹劌能「遠謀」，真可謂一意盤旋，了無渣滓。又如：

陸游〈**跋李莊簡公家書**〉

李丈參政罷政歸鄉里，時某年二十矣。時時來訪先君，劇談終日，每言秦氏，必曰咸陽，憤切慨慷，形於色辭。

一日平旦來，共飯，謂先君曰：「聞趙相過嶺，悲憂出涕；僕不然。謫命下，青鞵布襪行矣，豈能作兒女態耶！」方言此時，目如炬，聲如鐘，其英偉剛毅之氣，使人興起。

後四十年，偶讀公家書，雖徙海表，氣不少衰，丁寧訓戒之語，皆足垂範百世，猶想見其道「青鞵布襪」時也。

本文先從李丈罷歸鄉里後與作者先君時相過從的事實寫起，很巧妙的拈出「憤切慨慷，形於色辭」八字，作為一篇的綱領；然後依次以作者二十歲時所見李丈本人的言行，及六十歲時所讀李丈家書的內容作為例證，敘明李莊簡公為人之英偉剛毅與家書之足以垂範後世。其中二段的「聞趙相過嶺」六句及三段的「雖徙海表」四句，寫的是「憤切慨慷，形於辭」；而二段的「目如炬」四句及三段的末句，寫的則是「憤切慨慷，形於色」。先凡後目，一意貫串，寫得真是「鬚眉欲動，千載如生」（林雲銘《古文析義》）。

## 二、安置於篇末者

這是針對著主旨（綱領），先條分爲若干部分，依次敘寫，然後才畫龍點睛的將主旨（綱領）點明於篇末的一種形式。這種形式，就整個的篇章結構來說，古時稱爲內籀，今則稱爲歸納。由於它具有引人入勝的優點，所以古今人的詩、詞或散文作品裡，也是相當常見的。

詩如：

崔顥〈**黃鶴樓**〉

昔人已乘黃鶴去，此地空餘黃鶴樓。黃鶴一去不復返，白雲千載空悠悠。晴川歷歷漢陽樹，芳草萋萋鸚鵡洲。日暮鄉關何處是？煙波江上使人愁。

李白〈**登金陵鳳凰臺**〉

鳳凰臺上鳳凰遊，鳳去臺空江自流。吳宮花草埋幽徑，晉代衣冠成古丘。三山半落青天外，二水中分白鷺洲。總為浮雲能蔽日，長安不見使人愁。

杜甫〈**曲江**〉

一片花飛減卻春，風飄萬點正愁人。且看欲盡花經眼，莫厭傷多酒入脣。江上小堂巢翡翠，苑邊高塚臥麒麟。細推物理須行樂，何用浮榮絆此身？

蘇軾〈**和劉道原詠史**〉

仲尼憂世接輿狂，臧穀雖殊竟兩亡。吳客漫陳〈豪士賦〉，桓侯初笑越人方。名高不朽終安用，日飲無何計亦良。獨掩陳編弔興廢，窗前山雨夜浪浪。

右引的首篇，是懷古思鄉的作品。作者先將題目叩緊，透過想像，在起、頷二聯，就黃鶴樓虛寫它的來歷；而由黃鶴之一去不返與白雲千載之悠悠，預爲結句「愁」字蓄力。接著在頸聯，仍針對著題目，實寫登樓所見的空闊景物；而由歷歷之晴川與萋萋之芳草，正如所謂的「水流無限似儂愁」（劉禹錫〈竹枝詞〉）、「王孫遊兮不歸，春草生兮萋萋」（《楚辭・招隱士》），帶著無限愁恨，再爲結句之「愁」字助勢。然後在結聯，由自問自答中，承上聯，把空間從漢陽、鸚鵡洲推拓出去，伸向遙遠的故園，且在其上抹上一望無際的渺渺輕煙，從而逼出一篇的主旨「鄉愁」作結，手法之高，真可說是橫絕古今啊！次篇是懷古感遇的作品，它和首篇一樣，先在起端，就題詠鳳凰臺的來歷，而以「鳳去臺空」，蘊含著無盡的悵恨，以通貫結句的「愁」字；繼而在頷頸聯，依然就鳳凰臺，寫登臺觀望的景致，而藉「吳宮」、「晉代衣冠」抒發出懷古人而不見的愁緒；最後在結聯，以「浮雲蔽日」，一面承上，和三山、白鷺洲連成一片，一面啓下，領出「不見長安」句，以寫「望帝鄉而不見」（蕭士贇《分類補注李太白詩》）的悲哀，把一篇的主旨——「愁」巧妙地點出，手法也是相當高明的。三篇是歌詠及時行樂的作品，作者先在首、頷兩聯，藉飛花減春、翡翠巢堂、麒麟臥塚的殘敗景象，暗寓萬物好景無常的盛衰道理，而在頸聯表出其珍惜時光、及時行樂的思想；然後以「細推物理須行樂」一句，將上六句的意思作個總括，從而引出「何用浮榮絆此身」一句，發出感慨收束。真是一筆兜裹全篇，律法精嚴極了。四篇是弔古傷今的作品，作者在這首詩裡，首先分述仲尼憂世、接輿狂歌；臧與穀二人牧羊，一因挾莢讀書，一因博塞以游，而俱亡其羊；陸機作〈豪士賦〉以刺齊王冏矜功自伐，受爵不讓；以及扁鵲（名越人）謂齊桓侯有疾，而桓侯以爲扁鵲好利，欲以不疾者爲功的故事。然後總括這些史實，發出了感慨，把自己弔古傷今的意思——主旨充分的表現出來。這樣來安排主旨（綱領），可說和上三篇一樣，是足以收到畫龍點睛的效果的。

**詞**如：

馮延巳〈**蝶戀花**〉

六曲闌干偎碧樹。楊柳風輕，展盡黃金縷。誰把鈿箏移玉柱，穿簾燕子雙飛去。 滿眼游絲兼落絮。紅杏開時，一霎清明雨。濃睡覺來鶯亂語，驚殘好夢無尋處。

晏殊〈**浣溪沙**〉

小閣重簾有燕過，晚花紅片落庭莎，曲闌干影入涼波。　一霎好風生翠幕，幾回疏雨滴圓荷，酒醒人散得愁多。

周邦彥〈**瑞龍吟**〉

章臺路，還見褪粉梅梢，試花桃樹。愔愔坊陌人家，定巢燕子，歸來舊處。　黯凝佇，因念箇人痴小，乍窺門戶。侵晨淺約宮黃，障風映袖，盈盈笑語。　前度劉郎重到，訪鄰尋里，同時歌舞，惟有舊家秋娘，聲價如故。吟箋賦筆，猶記〈燕臺〉句。知誰伴，名園露飲，東城閑步，事與孤鴻去。探春盡是、傷離意緒。官柳低金縷，歸騎晚，纖纖池塘飛雨。斷腸院落，一簾風絮。

辛棄疾〈**清平樂**〉題上盧橋

清泉犇快，不管青山礙。十里盤盤平世界，更著溪山襟帶。　古今陵谷茫茫，市朝往往耕桑。此地居然形勝，似曾小小興亡。

右引的首闋詞，是抒寫「驚殘」況味的作品。作者在這裡，首先在上片寫輕風「驚」柳、鈿箏「驚」燕的景象，將景寓以一「驚」字；再在下片的首三句寫游絲落絮、杏花遭雨的景象，將景寓以一「殘」字；然後以「濃睡覺來鶯亂語」一句作聯絡，引出「驚殘好夢無尋處」一句，回抱前意作收，使得風吹柳絮、燕飛花落的外景，與驚殘好夢的內情產生相糅相襯的效果，令人讀後感染到極爲强烈的「驚殘」況味。次闋是抒寫春暮閑愁的作品，此詞的主旨在末尾的「酒醒人散得愁多」一句上。因爲這種「愁」實在太抽象了，無從產生巨大的感染力量，於是作者就特意的安排了映入眼簾的具體景物把它襯托出來：首先是重簾下的過燕，其次是庭莎上的落紅，再其次是涼波中的闌影，接著是翠幕間的一陣好風，最後是圓荷上的幾回疏雨。這些由近及遠的景物，對一個「酒醒人散」的作者來說，每一樣都適足以增添他的一份愁，那就難怪他會「得愁」那樣「多」了。三闋是抒寫「傷離意緒」的作品，全詞共分三疊，在首疊，作者藉「歸來舊處」「探春」所見的景物，來指明時序、地方，並蘊含「人面不知何處去，桃花依舊笑春風」的情思，預爲後二疊進一層的抒寫鋪路。而次疊則以「黯凝佇」承上啓下，引出「因念」兩字，與上疊的「還見」呼應，並藉以提舉下文，以追敍當年初見「箇人」的情景，把「箇人」的妝扮、舉止和神態都刻畫得極爲逼真生動，大力的爲末疊蓄勢。至於末疊，乃總括的部分，爲全詞之重心所在；作者在此，先以六句，應首疊，用直筆與側筆，順次寫自己如當年「劉郎」歸來舊處的失意與「人面不知何處去」的悲哀；再以五句，應次疊，藉李商隱和柳枝、杜牧和張好好的韻事，以寫初見「箇人」後彼此交往的情形；然後以「探春盡是，傷離意緒」一句把上意作個總結，點出主旨；終以「官柳」五句，寫在「歸騎」上所見暮春寂寥的黃昏景物來襯托出「傷離意緒」；所謂「以景結情」，令人讀後倍覺淒切黯然。雖然周濟說：「此不過桃花人面，舊曲翻新耳。」（《宋四家詞選》）但藝術的技巧是極爲高超的。四闋是感慨興亡的作品，作者先以「清溪犇快」四句，描寫上盧橋畔的「形勝」；再以「古今陵谷茫茫」二句，泛寫陵谷市朝的「興亡」；然後以「此地居然形勝」二句，總括上意，發出感慨收束。以上四闋詞，內容上雖各不相同，但在主旨（綱領）的安排上，卻顯然是一致的。

散文如：

**《禮記．檀弓選一則》**

晉獻公將殺其世子申生。公子重耳謂之曰：「子蓋言子之志於公乎？」世子曰：「不可。君安驪姬，是我傷公之心也！」曰：「然則蓋行乎？」世子曰：「不可。君謂我欲弒君也。天下豈有無父之國哉？我何行如之？」使人辭於狐突曰：「申生有罪，不念伯氏之言也，以至於死；申生不敢愛其死？雖然，吾君老矣，子少，國家多難。伯氏不出而圖吾君；伯氏苟出而圖吾君，申生受賜而死！」再拜稽首，乃卒。是以為恭世子也。

本則所寫的只是一個「恭」字而已，末句所謂的「是以爲恭世子也」，正是一篇主旨之所在。由於太子申生但諡爲恭，而不諡爲孝，是有它的用意的。所以本文先透過重耳的勸告，引出申生的回答，以見申生處處關心老父，怕「傷公之心」，所寫的可說是順於父事；後來使人辭於狐突，知他至死不忘國家之憂，所寫的則可說是不忘國憂。然而申生最後竟自殺於新城，陷獻公於不義，而孝子卻是不能陷親於不義的，所以申生在死後，不諡爲孝，但諡爲恭，以見申生只是順於父事，不忘國憂而已。於是到了最後便畫龍點睛，拈出篇旨「恭」字，統括順於父事與不忘國憂，以收拾全文。又如：

**《史記．孔子世家贊》**

太史公曰：《詩》有之「高山仰止，景行行止。」雖不能至，然心鄉往之。余讀孔氏書；想見其為人；適魯，觀仲尼廟堂、車服、禮器，諸生以時習禮其家，余祗回留之，不能去云。

天下君王，至於賢人，眾矣；當時則榮，沒則已焉。孔子布衣傳十餘世，學者宗之。自天子王侯，中國言六藝者，折中於夫子，可謂至聖矣。

本贊首先引《詩》虛虛攏起，從而拈出「鄉往」二字（綱領），以貫穿全篇；然後敍自己讀孔子遺書、弔其遺迹的情形，及孔子布衣傳十餘世，其道爲天子王侯所折中的偉大，而依次以「想見其爲人」、「低回留之，不能去云」、「宗之」、「折中」等語句，由局部而全部的表出作者自身（一人）、孔門學者（多人）及天子王侯、中國言六藝者（全中國的讀書人）對孔子的嚮往之情，以結出主旨「至聖」（嚮往到極點的一種尊號）二字。這樣一節進一節的寫來，有著無盡的仰止之意。

## 三、安置於篇腹者

這是將主旨（綱領）安置於文章的中央部分，以統括全篇文義的一種形式。這種形式，由於多半須藉插敘（提開緊接）的手法來完成，所以除了在慣用插敘法以抒情的詩詞裡還可以時常見到之外，在散文中卻是不可多見的。這類的作品，

詩如：

王勃〈**送杜少府之任蜀州**〉

城闕輔三秦，風煙望五津。與君離別意，同是宦遊人。海內存知己，天涯若比鄰。無為在岐路，兒女共霑巾。

李白〈**送友人**〉

青山橫北郭，白水繞東城。此地一為別，孤蓬萬里征。浮雲遊子意，落日故人情。揮手自茲去，蕭蕭班馬鳴。

李白〈**子夜歌**〉

長安一片月，萬戶擣衣聲。秋風吹不盡，總是玉關情。何日平胡虜，良人罷遠征？

杜甫〈**春望**〉

國破山河在，城春草木深。感時花濺淚，恨別鳥驚心。烽火連三月，家書抵萬金。白頭搔更短，渾欲不勝簪。

這四首詩的首篇，是宦中送別的作品。作者首先在起聯提明客主握別之地——長安與客人將去之處——五津（蜀中），特意將空間拓大，以預爲下個部分的抒情鋪路。接著在頷聯寫宦中送客的惆悵，正面拈出主旨——「離別意」（即離愁），以統括全詩。然後在頸、尾兩聯，寫離別時候自己對客人所說的寬慰話，以回應「與君離別意」作結。次篇也是首送別的作品，全詩共分三個部分：起聯、頷頸聯和尾聯。其中起、尾兩聯都是用來寫景的：一是就送別的地方，寫送別時所見的靜態景物；一是就友人的離去，寫離去時所見到的動態景物。這兩個部分，本是緊緊相連的，而作者卻把它們提開，空出頷、頸兩聯來，插入抒情的部分。這個部分先以「此地」、「萬里」上接起聯，並下應尾聯，而巧妙地由此引出「別」字、「征」字，敍明離別；然後又以「浮雲」、「落日」，和起、尾兩聯的景物打成一片，並由此透過譬喻，帶出「遊子意」、「故人情」，點明客主雙方的離情別意。就這樣，一篇的主旨「離情別意」便自自然然的凸顯出來了。三篇是寫少婦思念征人的作品，作者首先在起二句，就少婦所在之地——長安，寫月下處處響起「搗衣聲」的情景，面對著這種情景，以一個閨中少婦而言，自然是會引起無限相思之情的。於是在三、四兩句，便順勢寫少婦對征人的思念之情，成功的和一、二兩句作了緊密的連繫；在這兩句裡，頭句「秋風」的「秋」字，除了用以指明季節外，所謂的「何處合成愁，離人心上秋」（吳文英〈唐多令〉詞），顯然地也藉以加强了「玉關情」的感染力量，而這個出現於次句的「玉關情」，正是一篇之主旨所在。因此五、六兩句便針對著「玉關情」三字，採用激問的修辭方式，以進一層的寫出少婦思念征人的愁緒來。末篇是感時傷別的作品，全詩可以依聯分爲四個部分。它的主旨是「感時」、「恨別」，作者特地將它安置在第二部分裡。而由其他的三個部分來補足它的意思。以第一部分而言，寫的是國中「無人」：「無餘物」（《司馬溫公詩話》）的殘破情狀，這主要是就「感時」來說的；以第三部分而言，寫的是在烽火中難於接獲家書的痛苦，這主要是就「恨別」來說的；以第四部分而言，寫的則是白髮蕭疏、日搔日少的形象，這是合「感時」與「恨別」來說的；所以全詩所寫的無非是「感時」、「恨別」四字而已。以上四首詩的主旨（綱領），可以說全不在首、尾，而在中央，這是很容易就可以分辨出來的。

詞 如：

韋莊〈**菩薩蠻**〉

勸君今夜須沈醉，尊前莫話明朝事。珍重主人心，酒深情亦深。　須愁春漏短，莫訴金盃滿。遇酒且呵呵，人生能幾何！

范仲淹〈**蘇幕遮**〉

碧雲天，黃葉地。秋色連波，波上寒煙翠。山映斜陽天接水，芳草無情，更在斜陽外。黯鄉魂，追旅思。夜夜除非，好夢留人睡。明月樓高休獨倚，酒入愁腸，化作相思淚。

歐陽修〈**踏莎行**〉

候館梅殘，溪橋柳細。草薰風暖搖征轡。離愁漸遠漸無窮，迢迢不斷如春水。　寸寸柔腸，盈盈粉淚。樓高莫近危闌倚。平蕪盡處是春山，行人更在春山外。

柳永〈**雨霖鈴**〉

寒蟬淒切，對長亭晚，驟雨初歇。都門帳飲無緒，方留戀處，蘭舟催發。執手相看淚眼，竟無語凝咽。念去去、千里煙波，暮靄沈沈楚天闊。　多情自古傷離別，更那堪、冷落清秋節。今宵酒醒何處，楊柳岸、曉風殘月。此去經年，應是良辰好景虛設。便縱有、千種風情，更與何人說。

上引的首闋詞，是敘寫主人情深的作品。全詞共分三部分，頭一部分即開端兩句，第二部分爲三、四兩句，第三部分則是下半闋四句。在第一、三兩部分裡，作者先後記敘了主人在夜晚對客（作者）勸酒的話語。這段話語原是前後銜接的，而作者卻特意把它上下撐開，插入「珍重」兩句，成爲第二部分，拈出「主人」、「情深」的主旨，以統括全詞。作者用了這種安排的方式，不得不說是相當特殊的。次闋是秋日懷鄉的作品，此詞，大體說來，上片寫景，下片抒情。在上片寫景的部分裡，作者採用了頂真的手法，一環套一環地將倚樓所見的秋日寂寥景色，由近及遠的一一寫下來，予人以纏綿的強烈感受。唐圭璋說：「上片，寫天連水，水連山，山連芳草；天帶碧雲，水帶寒煙，山帶斜陽。自上及下，自近及遠，純是一片空靈境界，即書亦難到。」（《唐宋詞簡釋》），是說得一點也不錯的。而在下片抒情的部分裡，則分爲兩節來寫：頭一節爲開頭四句，寫的乃淹留在外時刻思鄉的情懷；就在這一節裡，作者十分技巧地用「黯」字、

「追」字帶出「鄉魂」、「旅思」，將一篇的主旨──「鄉思」（即鄉愁）明白的點了出來。第二節即結尾三句，這三句雖未脫抒情的範圍，但情中卻帶景，描繪了作者倚樓醉酒、對月相思的情景，使得抽象的「鄉思」得以具象化，而與上片所寫的景融成一體，達到情景交融的境界，其手法之高，真是不得不令人贊歎不已。三闋是春日送別的作品，它和首闋一樣，可以分爲三個部分：頭一部分即開端三句，第二部分爲中間五句，第三部分則是結尾三句。在第一、三部分裡，作者由近及遠的寫了目送行人遠去時所見到的各種景物，先是候館旁的殘梅，其次是溪橋邊的細柳，再其次是平原周遭的香草，最後是草原盡頭的春山。很顯然的，這些足以襯出離情的景物，是互相緊密的連接在一起的，而作者卻特意在草原之間把這個寫景的部分前後割開，插入了抒情的部分。這個抒情的部分是這樣寫的：首先將主旨「離愁」直接道出，然後依次用「迢迢春水」、「寸寸柔腸」和「盈盈粉淚」加以譬喻或渲染，把「離愁」具體的描寫出來，並且由「漸遠」（就行人言）上接第一個部分，由「危闌倚」下開第三部分，大力的將全詞連成一個整體。經由這種連繫，那就難怪會使得第二部分的「内情」和第一、三部分的「外景」達於相糅相襯的地步了。這首詞之所以令人「不厭百回讀」（卓人月《詞統》），跟作者這種細密的安排，不會沒有關係吧！四闋是秋日送別的作品，乃作者採先實後虛的手法所寫成的。全詞分爲兩個部分，即一實一虛：實的部分是由篇首至「竟無語凝咽」止，寫的是長亭周遭的寥落秋景與客主臨別的「留戀」情態；虛的部分是自「念去去」至篇末，分三個小節來依次描寫「執手相看淚眼，竟無語凝咽」時所設想「蘭舟」甫發當時、當夜及次日以後「經年」的種種情景，而特在一、二節間插入「多情自古傷離別」兩句，點明主旨（綱領），以統括全詞的意思，真是布置得像行雲流水般，了無連接的痕迹，可謂巧妙到了極點。

散文如：

李密〈**陳情表**〉

臣密言：

臣以險釁，夙遭閔凶。生孩六月，慈父見背。行年四歲，舅奪母志。祖母劉愍臣孤弱，躬親撫養。臣少多疾病，九歲不行；零丁孤苦，至於成立。既無叔伯，終鮮兄弟；門衰祚薄，晚有兒息；外無期功彊近之親，內無應門五尺之僮；煢煢獨立，形影相弔。而劉夙嬰疾病，常在牀蓐；臣侍湯藥，未曾廢離。

逮奉聖朝，沐浴清化。前太守臣逵，察臣孝廉；後刺史臣榮，舉臣秀才；臣以供奉無主，辭不赴命。詔書特下，拜臣郎中。尋蒙國恩，除臣洗馬。猥以微賤，當侍東宮，非臣隕首，所能上報。臣具以表聞，辭不就職。詔書切峻，責臣逋慢。郡縣逼迫，催臣上道。州司臨門，急於星火。臣欲奉詔奔馳，則劉病日篤；欲苟順私情，則告訴不許；臣之進退，實為狼狽。

伏惟聖朝以孝治天下，凡在故老，猶蒙矜育；況臣孤苦，特為尤甚。且臣少仕偽朝，歷職郎署，本圖宦達，不矜名節。今臣亡國賤俘，至微至陋，過蒙拔擢，寵命優渥；豈敢盤桓，有所希冀！但以劉日薄西山，氣息奄奄，人命危淺，朝不慮夕。臣無祖母，無以至今日；祖母無臣，無以終餘年。母孫二人，更相為命；是以區區，不能廢遠。臣密今年四十有四，祖母劉今年九十有六，是臣盡節於陛下之日長，報劉之日短也。烏鳥私情，願乞終養！

臣之辛苦，非獨蜀之人士，及二州牧伯，所見明知；皇天后土，實所共鑒。願陛下矜愍愚誠，聽臣微志；庶劉僥倖，保卒餘年。臣生當隕首，死當結草。

臣不勝犬馬怖懼之情，謹拜表以聞。

這篇文章共分四段。它所寫的，如衆所知，只是一個「孝」字而已；而這個「孝」字，除一面由第三段首句直接點明，作爲一篇綱領外，又一面針對著上表這件事，在第四段以「願陛下矜愍愚誠，聽臣微志；庶劉僥倖，保卒餘年」幾句話作具體的表達。這幾句話，既充分的道出了作者的孝思，也説明了上表的目的。不過，要達成這個目的，成全孝思，是必須要有堅實的憑藉來説服人家的；而這個憑藉就是作者異於常人的「辛苦」，所以他在第四段開頭即說：「臣之辛苦，非獨蜀之人士，及二州牧伯，所見明知；皇天后土，實所共鑒」。但徒口是無憑的，是無法使人相信的，於是作者便先在第一、二段分別就私情（孝）、「赴命」（忠），具體的寫出他「辛苦」的實情，然後在第三段再就私情（孝）與「赴命」（忠），先寫他進退兩難的情形，以見出他「辛苦」的原因，再更進一步的作緩急的比較，以見出自己欲就私情（孝）、拒「赴命」（忠）的「辛苦」所在，藉以乞求准許所請。作者這樣一路的握定「孝」字來寫，可說完全出自於一片至性，使得文章裡面了無一處虛言矯飾，這就無怪會寫得這樣「悲惻動人」（吳楚材評，見《評註古文觀止》），而真正達成「聽臣微志」的願望了。又如：

劉鶚〈**黃河結冰記**〉

老殘洗完了臉，把行李鋪好，把房門鎖上，他出來步到河隄上看。只見那黃河從西南上下來，到此卻正是個灣子，過此便向正東去了。河面不甚寬，兩岸相距不到二里。若以此刻河水而論，也不過百把丈寬的光景。只是面前的冰，插得重重疊疊的，高出水面有七、八寸厚。

再望上游走了一、二百步，只見那上游的冰，還一塊一塊地慢慢價來，到此地被前頭的冰攔住，走不動，就站住了。那後來的冰趕上他，只擠得嗤嗤價響。後冰被這溜水逼得緊了，就竄到前冰上頭去。前冰被壓，就漸漸低下去了。看那河身，不過百十丈寬，當中大溜，約莫不過二、三十丈。兩邊俱是平水，這平水之上，早已有冰結滿。冰面卻是平的，被吹來的塵土蓋住，卻像沙灘一般。中間的大道大溜，卻仍然奔騰澎湃，有聲有勢，將那走不過去的冰，擠得兩邊亂竄。那兩邊平水上的冰，被當中亂冰擠破了，往岸上跑，那冰能擠到岸上有五、六尺遠。許多碎冰被擠得站起來，像個小插屏似的。看了有點把鐘工夫，這一截子的冰，又擠死不動了。

老殘復行望下游走去，過了原來的地方，再望下走。只見兩隻船，船上有十來個人，都拿著木杵打冰。望前打些時，又望後打。河的對岸，也有兩隻船，也是這們打。

看看天色漸漸昏了，打算回店，再看那隄上柳樹一棵一棵的影子，都已照在地下，一絲一絲地搖動，原來月光已經放出光亮來了。回到店中，吃過晚飯，又到隄上閒步。這時北風已息，誰知道冷氣逼人，比那有風的時候還厲害些。擡起頭來看那南面的山，一條雪白，映著月光，分外好看。一層一層的山嶺，卻不大分辨得出。又有幾片白雲，夾在裡面，所以看不出是雲是山。及至定神看去，方才看出那是雲，那是山來。雖然雲也是白的，山也是白的；雲也有亮光，山也有亮光，只因為月在雲上，雲在月下，所以雲的亮光，是從背面透過來的。那山卻不然，山上的亮光，是由月光照到山上，被那山上的雪反射過來，所以光是兩樣子的。然祇稍近的地方如此，那山往東去，越望越遠，漸漸地天也是白的，山也是白的，雲也是白的，就分辨不出甚麼來了。

老殘就著雪月交輝的景致，想起謝靈運的詩：「明月照積雪，北風勁且哀」兩句，若非經歷北方苦寒景象，那裡知道「北風勁且哀」的一個「哀」字下得好呢？

這時月光照得滿地灼亮，擡起頭來，天上的星，一個也看不見。只有北邊北斗七星、開陽、搖光……像幾個淡白點子一樣，還看得清楚。那北斗正斜倚紫微星垣的西邊上面，杓在上，魁在下。老殘心裡想道：「歲月如流，眼見斗杓又將東指了，人又要添一歲了！一年一年地這樣瞎混下去，如何是個了局呢？」想到此地，不覺滴下淚來，也就無心觀玩景致，慢慢走回店去。老殘一面走著，覺得臉上有樣物件附著似的，用手一摸，原來兩邊掛著了兩條滴滑的冰。起初不懂甚麼緣故，既而想起，自己也就笑了。原來就是方才流的淚，天寒，立刻就凍住了。地下必定還有幾多冰珠子呢。老殘悶悶的回到店裡，也就睡了。

本文可分爲寫景與抒情兩大部分。以寫景的部分而言，又可按時間的先後，即黃昏與夜晚，析爲兩截。頭一截，寫的是黃昏之景，包括一、二、三段。首段是由河道、河面而河上之冰，自大而小的概寫黃河上結冰的情景；次段是由溜冰、大溜而平水、岸上，自小及大的細寫黃河上擠冰的情景；三段是先由河的這邊推擴到河的對岸，自近及遠的寫黃河上打冰的情景。而第二截，則寫的是月色，僅一段，即第四段。作者在這裡，先承上截之末，寫近山、寫地面，再藉冷風、積雪和月光，由近及遠的推展開來，寫遠山，寫天空，將遠近雪月交輝的景致描寫得極其迷濛淒美。

以抒情的部分而言，包括兩段，即第五及末段。在第五段裡，作者引了謝靈運的〈歲暮詩〉，轉景爲情，拈出一個「哀」字，以上收一、二、三、四等段之景，下啓末段之情，將全文聯貫成一個整體。謝靈運的原詩是：「殷憂不能寐，苦此良夜頹。明月照積雪，北風勁且哀。運往無淹物，年逝覺已催。」作者在此雖只是從中引用了三、四兩句而已，卻把全詩的涵義悉數納入篇中。譬如末段前半所寫老殘望著北斗七星湧生的感慨，不正合「運往無淹物，年逝覺已催」的兩句詩意嗎？又如結處寫：「老殘悶悶的回到店裡，也就睡了。」試問老殘究竟睡著了没有？當然是没有，爲什麼？這可從「殷憂不能寐，苦此良夜頹」的兩句詩裡找到答案。而且所謂「殷憂」，即是「悶悶」，也就是「北風勁且哀」的「哀」，這正是本文的綱領所在。有了這個綱領，我們就可以曉得，前面四段所寫的景，是虛，是陪襯；而最後一段所抒的情，才是實，才是主體。所以本段引了謝詩，插在這裡；不僅發揮了引渡的功用，也揭明了一篇的綱領，其地位可說是十分重要的。而末段，則首寫月下的北斗七星，把它們和前文所述雪月交輝的景致打成一片，暗含「運往無淹物」的意思，以作下文寫哀情的引子；次藉老殘看著北斗七星所想的一段話，寫出哀情；末則先用眼淚把哀情具體表出，再由淚的結冰，與黃河上所結的冰連成一體，將整條河裡的冰都化成爲國人的眼淚。作者就這樣藉哀景引出哀情，然後又由哀情寫到哀淚、哀冰，與一、二、三、四等段的哀景，牢牢的連接在一起，巧妙地寫出了作者深切的家國之憂，手法是極高的。

## 四、安置於篇外者

這是將主旨蘊藏起來，不直接點明於篇內，而讓人由篇外去意會的一種方式。這種方式，由於最合乎含蓄的要求，即所謂的「不著一字，盡得風流」，所以在古今人的各類作品裡，是最爲常見的。

詩如：

李白〈**玉階怨**〉

玉階生白露，夜久侵羅襪。卻下水精簾，玲瓏望秋月。

李白〈**黃鶴樓送孟浩然之廣陵**〉

故人西辭黃鶴樓，煙花三月下揚州。孤帆遠影碧空盡，惟見長江天際流。

劉禹錫〈**石頭城**〉

山圍故國周遭在，潮打空城寂寞回。淮水東邊舊時月，夜深還過女牆來。

元稹〈行宮〉

寥落古行宮，宮花寂寞紅。白頭宮女在，閑坐說玄宗。

這幾首詩的首篇，是抒寫怨情的作品。寫的是美人玉階久立，露侵羅襪，猶下窗簾，望月思人的情景。從頭到尾所寫的僅僅是美人的動作或周遭的景物而已，卻從中透露出濃濃怨情來。蕭粹可評說：「無一字言怨，而隱然幽怨之意見於言外，晦菴所謂聖於詩者。」（《唐宋詩舉要》引）作者這樣將詩旨置於篇外，那自然就使得作品更加感人了。次篇是春日送別的作品。全詩分爲兩部分，一是敍事部分，即起二句，敍的是故人西辭武昌前往廣陵——揚州的事實；二是寫景部分，即結二句，寫的是故人乘船遠去，消失於天際的景象，作者就單單透過「事」與「景」，從篇外表出無限的離情來。唐汝詢說：「黃鶴樓，分別之地；揚州，所往之鄉。煙花，敍別之景；三月，紀別之時。帆影盡則目力已極，江水長則離思無涯。悵望之情，具在言外。」（《唐詩解》）所謂「悵望之情，具在言外」，正指明了本詩的最大特色。三篇是感慨興亡的作品。從表面上看來，這一首詩所寫的，不過是石頭城的潮聲與月色而已，但是作者卻巧妙地由「故國」、「舊時」帶出六朝時的繁華，和眼前所見到的「空」與「寂寞」，作成强烈的對比，以充分的從篇外表出不盡的感慨之意來。沈德潛說：「只爲山水明月，而六代繁華俱歸烏有，令人於言外思之。」（《唐詩別裁》）所以此詩，篇幅雖短，而意卻無窮，是極耐人尋味的。四篇也是感慨興亡的作品。此詩和上篇一樣，所寫的，在字面上看來，也極其簡單，只是宮內的景致與宮女之話舊罷了，卻由於作者藉篇內的「古」、「白頭」、「玄宗」等字詞托出玄宗當年的盛況，有意的和如今的「寥落」、「寂寞」和「閑坐」形成鮮明的對照，從而表出强烈的盛衰之感來。許文雨說：「此詩點出寥落之景，並及白首宮人懷舊之訴，盛衰之感深寓於短章矣。」（《唐詩集解》）能將「盛衰之感深寓於短章」，那就無怪沈德潛要說「只四句話，已抵一篇〈長恨歌〉」（《唐詩別裁》）了。

詞如：

溫庭筠〈**菩薩蠻**〉

小山重疊金明滅，鬢雲欲度香腮雪。懶起畫蛾眉，弄妝梳洗遲。　照花前後鏡，花面交相映。新貼繡羅襦，雙雙金鷓鴣。

李煜〈**玉樓春**〉

晚妝初了明肌雪，春殿嬪娥魚貫列。鳳簫聲斷水雲間，重按〈霓裳〉歌遍徹。　臨風誰更飄香屑，醉拍闌干情未切。歸時休放燭花紅，待踏馬蹄清夜月。

晏殊〈**浣溪沙**〉

一曲新詞酒一杯，去年天氣舊池臺。夕陽西下幾時廻？　無可奈何花落去，似曾相識燕歸來。小園香徑獨徘徊。

辛棄疾〈**西江月**〉夜行黃沙道中

明月別枝驚鵲，清風半夜鳴蟬。稻花香裡說豐年，聽取蛙聲一片。　七八個星天外，兩三點雨山前。舊時茆店社林邊，路轉溪橋忽見。

右引的首闋，是抒寫閨怨的作品。作者在首句，即寫旭日明滅、繡屏掩映的景象，爲抒寫怨情安排了一個適當的環境，並從中提明了地點與時間，以引出下面寫人的句子。而自次句至末，則按時間的先後，寫屏內美人的各種情態與動作，首先是睡醒，其次是懶起，再其次是梳洗、弄妝，接著是簪花，最後是試衣。作者就藉著這些尋常的動作或情態，從篇外逼出這位美人無限的幽怨來。唐圭璋評說：「此首寫閨怨，章法極密，層次極清。」（《唐宋詞簡釋》）是一點也不錯的。次闋是寫宴遊之樂的作品。作者首先在上片，藉著春日宮中歌舞的盛況，寫出聽覺和視覺上的享受；然後在下片，藉著風裡「飄香」的助興、「醉拍闌干」的狂態，與踏月而歸的雅趣，寫出嗅覺、味覺和心靈上的享受，使得全詞雖未著一「樂」字，卻無處不洋溢著「樂」的氣息。李于麟說：「上敍鳳輦出遊之樂，下敍鸞輿歸來之樂。」（《草堂詩餘雋》）他從篇外尋得一個「樂」字來貫穿上下片，是極具眼力的。三闋是春日懷人的作品。上片用以寫眼前所見景象，而將「天氣」、「池臺」與「夕陽」和「去年」作一啣接，以引出離索之感；下片則用以寫「花落」、「燕歸」、「小徑」、「徘徊」的情景，而藉「無可奈何」、「似曾相識」與「獨」字，以表抑鬱之情。唐圭璋說：「此首諧不鄰俗，婉不嫌弱。明爲懷人，而通體不著一懷人之語，但以景襯情。」（《唐宋詞簡釋》）採「以景襯情」的方法來寫，意味自然就格外雋永了。末闋是寫夏夜村景的作品。其上片，主要是寫夜行黃沙道時所聽到的各種聲音，先是別枝上的鵲聲，其次是清風中的蟬聲，最後是稻田裡的蛙聲；而下片，主要是寫夜行黃沙道中所見到的各種景物，先是遙天外的疏星，其次是山嶺前的小雨，最後是溪橋後的茆店。作者就這樣，先由小而大，再由遠及近的將自己在道中所聽到的聲音與見到的景物，很有次序的連綴起來，成爲一幅農村夜晚的恬靜畫面，以抒寫出自己的閒適心情來。顯然的，它的篇旨見於篇外，和上幾篇是完全一樣的。

散文如：

列子〈**愚公移山**〉

太形、王屋二山，方七百里，高萬仞，本在冀州之南、河陽之北。北山愚公者，年且九十，面山而居，懲山北之塞、出入之迂也，聚室而謀曰：「吾與汝畢力平險，指通豫南，達于漢陰，可乎？」雜然相許。

其妻獻疑曰：「以君之力，曾不能損魁父之丘，如太形、王屋何？且焉置土石？」雜曰：「投諸渤海之尾，隱土之北。」遂率子孫荷擔者三夫，叩石墾壤，箕畚運於渤海之尾。鄰人京城氏之孀妻有遺男，始齔，跳往助之；寒暑易節，始一反焉。

河曲智叟笑而止之曰：「甚矣，汝之不慧！以殘年餘力，曾不能毀山之一毛，其如土石何？」北山愚公長息曰：「汝心之固，固不可徹；曾不若孀妻弱子。雖我之死，有子存焉；子又生孫，孫又生子；子又有子，子又有孫；子子孫孫，無窮匱也；而山不加增，何苦而不平？」河曲智叟亡以應。

操蛇之神聞之，懼其不已也，告之於帝。帝感其誠，命夸娥氏二子負二山，一厝朔東，一厝雍南。自此冀之南、漢之陰，無隴斷焉。

這是我國著名的一則寓言故事。在這則故事裡，作者寄寓了「人助天助」、「有志竟成」的道理於篇外，是非常耐人玩味的。文凡四段，作者首先在起段記敍愚公鑒於太行、王屋兩座大山阻礙了南北交通，便決意要剷平它們並獲得家人贊可的情形；再在次段記敍愚公選定投置石土的地點，並率領子孫實際去從事移山工作的經過；然後在三段記敍智叟笑阻愚公，而愚公卻不爲所動，以爲只要堅定信心，努力不懈，便必能成功的一段對話；最後在末段記敍愚公的偉大精神，終於感動了天地，獲得神助，完成了移山願望的圓滿結局。顯而易見的，起、次、三段是針對著「有志」、「人助」來寫的，而末段則寫的是「天助」、「竟成」。作者就這樣用一個簡單的故事，使人在趣味盎然中領悟出見於篇外的做人、做事的道理，這可說是寓言故事的普遍特色，是其他的各類文體所無法趕上的。不過，這種寓言體的文章，也有將道理直接在篇內道破的，如柳宗元的〈黔之驢〉，便在末段透過「向不出其技，虎雖猛，疑畏卒不敢取。今若是焉，悲夫！」幾句話，將諷喻的意思表達出來，這樣，主旨即直接見於篇內，與正體的寓言故事將主旨置於篇外的，便兩樣了。又如：

劉義慶〈**世說新語選**〉一則

晉明帝數歲，坐元帝𦢊上。有人從長安來，元帝問洛下消息，潸然流涕。明帝問：「何以致泣？」具以東渡意告之。因問明帝：「汝意謂長安何如日遠？」答曰：「日遠。不聞人從日邊來，居然可知。」元帝異之。明日，集羣臣宴會，告以此意；更重問之。乃答曰：「日近。」元帝失色曰：「爾何故異昨日之言耶？」答曰：「舉目見日，不見長安。」

這是寫晉明帝「夙惠」的一則故事。作者首先在開頭即交代晉明帝在當時僅數歲而已，並正坐於元帝膝上；接著安排有人從長安帶來胡人攻陷洛陽的消息，使元帝爲之落淚，以引出明帝的問話，預爲進一層的問答鋪路；然後記敍元帝之一問與明帝之二答，一問是「汝意謂長安何如日遠？」二答是「日遠」與「日近」；明帝面對同樣的問題，僅是隔一天而已，卻有兩種不同的回答，他的理由依次是「不聞人從日邊來，居然可知」和「舉目見日，不見長安」。從這兩種不同的回答中，作者輕鬆的寫出了明帝的「夙惠」。這「夙惠」二字，雖未置於篇內，卻凸顯於篇外，所謂「義生文外」，是倍加動人的。

以上四種安排主旨的基本方式，無論是那一種，在任何詞章家的作品中，相信都可以隨處找到許多運用的例子。因此，我們在從事閱讀、教學或創作時，如果能掌握這四種方式，那麼必可使文章主旨充分凸顯出來，從而分清凡目、虛實、賓主等等的關係，以增進閱讀、教學或創作的效果。這麼說，該不會僅止於動聽而已吧？

（原載民國七十四年六月《國文學報》第十四期，頁二〇一～二二四）

# 談運用詞章材料的幾種基本手段

一個詞章家，經過構思立意，使文章的骨骼粗具以後，便須從平日所儲存的各種材料中去選取最適切的部分，加以靈活運用，以有效的將所建立的意思，具體的展演出來，成爲一個完整而有系統的組織。從表面上看來，這種運用材料的手法，雖然常隨著作者的意度心營與所寫文章性質的不同，而有許多的變化，令人不免覺得它們是各自有別，是無法相通的。然而若仔細的由根本上去探看，則將輕易的發現人與人、文與文之間實有著一些「不謀而合」的地方。這種「不謀而合」的方法，常見的約有如下數種：

## 一、賓主

作者想要具體的表出詞章的義旨，除了要直接運用主要材料之外，往往也需要間接的藉著輔助材料來使義旨凸顯，以增强它的感染或說服力量。直接運用主要材料的，即所謂的「主」，而間接運用輔助材料的，則是「賓」。一篇文章裡要有主有賓，才能將它的義旨充分的表達出來。譬如：

周敦頤〈**愛蓮說**〉

水陸草木之花，可愛者甚蕃；晉陶淵明愛菊。自李唐以來，世人盛愛牡丹。予獨愛蓮之出淤泥而不染，濯清漣而不妖；中通外直，不蔓不枝；香遠益清，亭亭淨植，可遠觀而不可褻玩焉。

予謂：菊，花之隱逸者也；牡丹，花之富貴者也；蓮，花之君子者也。噫！菊之愛，陶後鮮有聞。蓮之愛，同予者何人？牡丹之愛，宜乎眾矣。

這篇文章是採先「敘」後「論」的方式寫成的：

㈠**敘的部分**：即起段。在這個部分裡，作者先以開端兩句作個總括，提明世上有許多「水陸草木之花」；然後以「晉陶淵明獨愛菊」十句，依次分寫衆花中的菊、牡丹、蓮和愛這三種花的人。由於陶淵明愛菊、世人愛牡丹，是人所共知的事實，所以只須交代這個事實，卻不必作進一步的解釋；至於愛蓮，則是作者個人的喜好，當然須把自己愛蓮的理由加以說明，因此作者便用「出淤泥而不染」七句，寫出蓮花與衆不同的特質，藉以象徵君子的高潔品格，以充分的爲下文

「蓮，花之君子者也」的一句論斷蓄力。

㈡**論的部分**：即次段，也是末段。在這個部分裡，作者先就菊、牡丹與蓮等三種花的品格加以衡定，然後論及愛這三種花的人，發出感慨收結。在衡定花品的一節裡，敍述菊、牡丹和蓮的次序，完全與首段相同；而在論及人物的一節裡，卻將牡丹和蓮的次序加以對調，作者作了這樣的安排，顯然的，對當代人但知追求富貴，而缺少道德理想的情形，是有著貶責的意思的，不過在語氣上卻力求委婉罷了。

很明顯的，作者在這篇文章裡，主要的是寫蓮與愛蓮的自己，這是「主」的部分。爲了使這「主」的部分更爲突出，便又不得不寫牡丹、菊和愛菊、愛牡丹的人，這就是「賓」的部分。有了這「賓」的部分作陪襯，那麼作者愛蓮與諷喻的意思——「主」便格外的清楚了。這是借賓以喻主的一個明顯例子。又如：

方苞〈**左忠毅公軼事**〉

先君子嘗言，鄉先輩左忠毅公視學京畿。一日，風雪嚴寒，從數騎出，微行，入古寺。廡下一生伏案臥，文方成草。公閱畢，即解貂覆生，為掩戶，叩之寺僧，則史公可法也。及試，吏呼名，至史公，公瞿然注視。呈卷，即面署第一；召入，使拜夫人，曰：「吾諸兒碌碌，他日繼吾志事，惟此生耳。」

及左公下廠獄，史朝夕窺獄門外。逆閹防伺甚嚴，雖家僕不得近。久之，聞左公被炮烙，旦夕且死，持五十金，涕泣謀於禁卒，卒感焉。使史公更敝衣草屨，背筐，手長鑱，為除不潔者，引入，微指左公處，則席地倚牆而坐，面額焦爛不可辨，左膝以下，筋骨盡脫矣。史前跪，抱公膝而嗚咽。公辨其聲，而目不可開，乃奮臂以指撥眥，目光如炬。怒曰：「庸奴！此何地也，而汝來前！國家之事，糜爛至此。老夫已矣，汝復輕身而昧大義，天下事誰可支拄者！不速去，無俟姦人構陷，吾今即撲殺汝。」因摸地上刑械，作投擊勢。史噤不敢發聲，趨而出。後常流涕述其事以語人曰：「吾師肺肝，皆鐵石所鑄造也！」

崇禎末，流賊張獻忠出沒蘄、黃、潛、桐間，史公以鳳廬道奉檄守禦，每有警，輒數月不就寢，使將士更休，而自坐幄幕外，擇健卒十人，令二人蹲踞，而背倚之，漏鼓移，則番代。每寒夜起立，振衣裳，甲上冰霜迸落，鏗然有聲。或勸以少休，公曰：「吾上恐負朝廷，下恐愧吾師也。」

史公治兵，往來桐城，必躬造左公第，候太公、太母起居，拜夫人於堂上。

余宗老塗山，左公甥也，與先君子善，謂獄中語乃親得之於史公云。

這篇文章寫的是左光斗的一、二軼事。全文分三個部分繞著「忠毅」兩個字來寫：

㈠**頭一部分**：即首段，爲本文的序幕。寫的是左光斗識拔史可法的經過。在這個部分裡，作者借其父親之口，敍明左公曾「視學京畿」，將左公所以能識拔史公的原因作個交代；接著以「一日」與「及試」作時間上之聯絡，依次記敍左公於微服出巡時在一古寺識得史公，以及主持考試時當史公面爲署第一的情形；然後以「召入」二字作接榫，引出「使拜夫人」數句，藉史公入拜左公夫人的機會，用「吾諸兒碌碌」三句話，寫出左公對史公的深切期許，認爲只有史公才足以繼承他忠君愛國的志業，將左公爲國舉拔英才的忠忱與苦心，寫得極其生動。

㈡**第二部分**：即次段。是本文的主體。寫的是左公被下廠獄後史公冒死探監的經過。這段文字以「及」字承上啓下，首先用四句敍明左公被下牢獄與禁人接近的事實；接著用「久之」與「一日」作時間上的聯絡，依次寫左公受刑將死、史公冒死買通獄吏，以及史公探監、左公怒斥史公使離去的情形；然後著一「後」字，帶出史公「吾師肺肝」的兩句感慨的話，充分的寫出左公的公忠憂國與剛正不屈來。

㈢**第三部分**：包括三、四、五段，是本文的餘波。這個部分，先以第三段寫史公受左公感召，繼其志業，「忠毅」的奉檄守禦流寇的辛苦；再以第四段寫史公篤厚師門，時時不忘拜候左公父母及夫人的情事；然後以末段補敍本文所記的軼事，確係有根有據，以回應篇首的「先君子嘗言」，以收束全文。

縱觀此文，作者始終是針對著對「忠毅」二字來寫的。其中寫左公「忠毅」的部分是

「主」，而寫史公「忠毅」的部分則爲「賓」；也就是說，寫史公的「忠毅」，便等於在寫左公的「忠毅」，所謂「借賓以定主」，手段是相當高明的。又如：

韓愈**〈送孟東野序〉**

大凡物不得其平則鳴。草木之無聲，風撓之鳴。水之無聲，風蕩之鳴，其躍也，或激之，其趨也，或梗之；其沸也，或炙之。金石之無聲，或擊之鳴。人之於言也亦然。有不得已者而後言，其謌也有思，其哭也有懷，凡出乎口而為聲者，其皆有弗平者乎！

樂也者，鬱於中而泄於外者也，擇其善鳴者而假之鳴：金、石、絲、竹、匏、土、革、木八者，物之善鳴者也。維天之於時也亦然。擇其善鳴者而假之鳴：是故以鳥鳴春，以雷鳴夏，以蟲鳴秋，以風鳴冬，四時之相推奪，其必有不得其平者乎！其於人也亦然。人聲之精者為言，文辭之於言，又其精也，尤擇其善鳴者而假之鳴。

其在唐虞，咎陶、禹，其善鳴者也，而假以鳴。夔弗能以文辭鳴，又自假於韶以鳴。夏之時，五子以其歌鳴。伊尹鳴殷。周公鳴周。凡載於詩書六藝，皆鳴之善者也。周之衰，孔子之徒鳴之，其聲大而遠。傳曰：「天將以夫子為木鐸」其弗信矣乎！其末也，莊周以其荒唐之辭鳴。楚，大國也，其亡也，以屈原鳴。臧孫辰、孟軻、荀卿以道鳴者也。楊朱、墨翟、管夷吾、晏嬰、老聃、申不害、韓非、慎到、田駢、鄒衍、尸佼、孫武、張儀、蘇秦之屬，皆以其術鳴。秦之興，李斯鳴之。漢之時，司馬遷、相如、揚雄，最其善鳴者也。其下魏、晉氏，鳴者不及於古，然亦未嘗絕也；就其善者：其聲清以浮，其節數以急，其辭淫以哀，其志弛以肆；其為言也，亂雜而無章。將天醜其德莫之顧邪？何為乎不鳴其善鳴者也？

唐之有天下，陳子昂、蘇源明、元結、李白、杜甫、李觀，皆以其所能鳴。其存而在下者，孟郊東野始以其詩鳴。其高出魏、晉，不懈而及於古，其他浸淫乎漢氏矣。從吾遊者，李翺、張籍，其尤也。三子者之鳴信善矣，抑不知天將和其聲，而使鳴國家之盛邪？抑將窮餓其身，思愁其心腸，而使自鳴其不幸邪？三子者之命，則懸乎天矣。其在上也，奚以喜？其在下也，奚以悲？東野之役於江南也，有若不釋然者，故吾道其命於天者以解之。

這是一篇贈序體的文章。作者特以「天假善鳴」來贈送將前往溧陽擔任縣尉的孟郊，以寬解他的「不平」心緒。全文分爲「論」與「敍」兩大部分來寫：

㈠**論的部分**：這個部分由篇首至「奚以悲」句止，是採先總括後條分的方式寫成的：

1.總括的部分：即起首「太凡物不得其平則鳴」一句，這是一篇大旨之所在，林西仲說：「『不平』二字，是一篇之線。」（《古文析義》卷四）是一點也不錯的。

2.條分的部分：這個部分又析爲「鳴」與「善鳴」兩截來寫：

⑴第一截：此一截寫「鳴」，自起段次句至段末。依次以草木、水、金石、人言（人聲之粗者）爲例，來說明「物不得其平則鳴」的情形。

⑵第二截：此一截寫「善鳴」，包括二、三、四等段。作者在此，先就樂器來寫善鳴的金、石、絲、竹、匏、土、革、木等八音，次就天時來寫善鳴的春鳥、夏雷、秋蟲、冬風等四季的聲音；再就文辭（人聲之精者）來寫善鳴的古今人物：這些古今人物，先是唐虞之際的咎陶、夔，三代的夏五子、商伊尹、周周公，春秋戰國的孔子之徒、莊周、屈原、臧孫辰、孟軻、荀卿、楊朱、墨翟、管夷吾、晏嬰、老聃、申不害、韓非、慎到、田駢、鄒衍、孫武、張儀、蘇秦和李斯，漢代的司馬遷、司馬相如、揚雄，魏晉的一些善鳴者，唐代「以其所能鳴」的陳子昂、蘇源明、元結、李白、杜甫、李觀和「存而在下」的孟郊、李翺、張籍。末就「三子」（孟郊爲主，李翺、張籍爲賓）之善鳴，發出嘆詠。以爲他們是在上以鳴國家之盛，還是在下以鳴自己之不幸，都不足以喜、不足以悲。語語在悲壯之中流露出無限的寬慰之意來。

對這兩截文字，林西仲評說：「篇中從物聲說到人言，從人言說到文辭，從歷代說到唐朝，總以『天假善鳴』一語作骨，把個千古能文的才人看得異樣鄭重，然後落入東野身上，盛稱其詩，與歷代相較一番，知其爲天所假，自當聽天所命。又扯李翺、張籍二人伴說，用『從吾遊』三字，連自己插入其中，自命不小！以此視人之得失、升沈，宜不足以入其胸次也。語語悲壯。」

（《古文析義》卷四）見解十分精到。

㈡**敍的部分**：即末段。作者在此，先以「東野之役於江南也」一句，單結孟郊，敍其行役；再以「有若不釋然者」一句，結出「不平」；然後以「故吾道其命於天者以解之」一句，應上文的四個「天」字作收，就這樣，作者便將所以作序之意明白的交代出來了。

作者在這篇文章要寫的，只不過是「孟郊東野以其詩鳴」而已，卻特意的在孟郊之外，扯出許多物、許多人來，作者這樣做，無非是想藉以襯出孟郊「以其詩鳴」的意思罷了。因此寫孟郊「以其詩鳴」的是「主」，而寫「不得其平則鳴」的許多物或人的，則是「賓」。王文濡說：「從許多物、許多人，奇奇怪怪，繁繁雜雜，說來無非要顯出孟郊以詩鳴，文之變幻至此。」（《評注古文觀止》卷七）看法是十分正確的。又如：

宋玉〈**對楚王問**〉

楚襄王問於宋玉曰：「先生其有遺行與？何士民眾庶不譽之甚也！」

宋玉對曰：「唯，然，有之；願大王寬其罪，使得畢其辭。客有歌於郢中者，其始曰下里巴人，國中屬而和者數千人；其為陽阿薤露，國中屬而和者數百人；其為陽春白雪，國中屬而和者，不過數十人；引商刻羽，雜以流徵，國中屬而和者，不過數人而已；是其曲彌高，其和彌寡。故鳥有鳳而魚有鯤。鳳皇上擊九千里，絕雲霓，負蒼天，翱翔乎杳冥之上；夫蕃籬之鷃，豈能與之料天地之高哉？鯤魚朝發崑崙之墟，暴鬐於碣石，暮宿於孟諸，夫尺澤之鯢，豈能與之量江海之大哉？故非獨鳥有鳳而魚有鯤也，士亦有之。夫聖人瑰意琦行，超然獨處，夫世俗之民，又安知臣之所為哉？

此文是以一問一答組合而成的：

㈠問的部分：這個部分是本文的引子，主要是在提明問者、被問者及所問的問題，以引出下面回答的部分。

㈡答的部分：這個部分是本文的主體。首先以「唯，然，有之」承問作了三應，然後以「願大王寬其罪，使得畢其辭」兩句話，委婉的領出所以「不譽」的正式回答來。這個針對「不譽」所作的正式回答，是以先「賓」後「主」的形式表出的：

1.賓的部分：這個部分自「客有歌於郢中者」至「豈能與之量江海之大哉」止，共含三小節：

⑴第一節：這一節以曲爲喻，先依和曲者人數之遞減，條分爲四層來說明，以得出「其曲彌高，其和彌寡」的結論，初步爲「主」的部分蓄勢。

⑵第二節：這一節以鳥爲喻，拿鳳凰和藩籬之鷃作個比較，以得出藩籬之鷃不足以「料天地之高」的結論，進一步的爲「主」的部分蓄勢。

(3)第三節：這一節以魚爲喻，拿鯤魚與尺澤之鯢作個比較，以得出尺澤之鯢不足以「量江海之大」的結論，又再一次的爲「主」的部分蓄勢。

2.主的部分：這個部分先以「故非獨鳥有鳳而魚有鯤也，士亦有之」兩句作上下文的接榫，再承上文的鯤、鳳凰和「引商刻羽，雜以流徵」的高雅曲子帶出「夫聖人瑰意琦行，超然獨處」兩句，然後承「尺澤之鯢」、「藩籬之鷃」及「國中屬而和者數千人」、「數百人」等句，引出「世俗之民，又安知臣之所爲哉」兩句，以暗示「行高由於品高，不合於俗由於俗不能知」的道理，既回答了楚王之問，也藉以罵倒了那些無知的世俗人，真是單筆短調，其妙無比啊！林西仲說：「惟賢知賢，士民口中，如何定得人品？楚王之問，自然失當，宋玉所對，意以爲不見譽之故，由於不合於俗，而所以不合之故，又由於俗不能知，三喻中不但高自位置，且把一班俗人伎倆、見識，盡情罵殺，豈不快心！」（《古文析義》卷三）由此看來，這篇短文之所以能獲得古今人之讚譽，並不是沒有理由的。

## 二、虛實

所謂的「虛」，指的是「無」，是抽象；所謂的「實」，指的是「有」，是具體。通常一個詞章家在創作之際，在運材上，往往從兩方面著手：一是就「有」，運用時所見、所聞、所爲的實際材料；一是就「無」，運用憑著個人內心的感覺或想像所捕捉或製造的抽象材料。兩者在一篇文章裡是可以並用，也是可以單用的。茲分述如下：

㈠單用者

單用是指全文1.內容純屬虛構、2.只記事而不抒感或說理、3.只寫景而不抒情、4.只抒情而不寫景、5.只寫未來或無法以目見之遠方等而言，其中1.、2.、5.三類爲虛，2.3.兩類爲實。譬如：

**《韓非子·外儲說左上一則》**

鄭人有欲買履者，先自度其足，而置之其坐。至之市，而忘操之；已得履，乃曰：「吾忘持度。」反歸取之。及反，市罷，遂不得履。人曰：「何不試之以足？」曰：「寧信度，無自信也。」

王維〈**鳥鳴澗**〉

人閑桂花落，夜靜春山空。月出驚山鳥，時鳴春澗中。

韓愈〈**盆池**〉

瓦沼晨朝水自清，小蟲無數不知名。忽然分散無蹤影，惟有魚兒作隊行。

杜甫〈**月夜**〉

今夜鄜州月，閨中只獨看。遙憐小兒女，未解憶長安。香霧雲鬟濕，清輝玉臂寒。何時倚虛幌，雙照淚痕乾。

李之儀〈**卜算子**〉

我住長江頭，君住長江尾。日日思君不見君，共飲長江水。　此水幾時休，此恨何時已？只願君心似我心，定不負相思意。

上引作品的首篇，是則寓言性質的短文，作者在此，特借一個鄭人想要買履，卻只相信自己所量尺寸，而不相信自己的雙腳，以致買不成履的虛構故事，以喻世人逐末忘本之非。通篇但就「虛」處著筆，而把所要表達的意思藏於篇外，與列子的〈愚公移山〉一文，可說是出自同一機杼的。次篇是一首寫景（全實）詩。上聯寫花落山空，夜靜人閑；下聯寫月出鳥鳴，清聽盈耳。簡單的幾句話就將皇甫嶽雲溪別墅的夜景描摹得十分幽靜悅人，而主人翁恬適的心境也充分的在篇外襯托出來了。三篇也是首寫景（全實）詩。上聯寫晨間水清，有無數小蟲出現於盆池裡面；下聯寫小蟲忽然逃散，則有游魚列隊而出。即景成詠，格外顯得清麗。四篇是月下懷人的一首詩，作者先以起聯提明自己的妻子在鄜州看月，想念自己；再以頷聯，採旁襯的手法，寫兒女年小，不識離別，惟妻子對此明月，長夜相思；接著以頸聯，承上兩聯，實寫妻對月相思，不辭風霜、鬢濕臂寒的情景；然後以尾聯作期望之詞，用「淚痕乾」三字寫異日月下重逢之喜，藉以大力的反襯出眼前相思之苦來。很顯然的，作者寫這首詩，純從對方著筆，全不說自己如何的想念妻子，卻句句說他的妻子在怎樣的思念自己，這種全虛的手法，與《詩經．陟岵》篇，是完全相同的。五篇是閨相思詞。作者在上片，以起二句，寫相隔之遠；以後二句，寫相思之久。換頭以後，則以前兩句，敘恨無已時；以結兩句，敘兩情不負。就這樣，以「長江」爲媒介，以「不見」爲根由，純用「虛」的材料，始終未雜以任何寫景的句子來襯托，卻將「思君」的情感表達得極其真切深長，無論從其韻味或用語來看，都像極了古樂府。唐圭璋說它「意新語妙，直類古樂府。」（《唐宋詞簡釋》）是很有見地的。

㈡並用者

虛實並用，在一般詞章裡，是最爲常見的。茲依其性質，分三方面作簡單的說明：

**1.就情景而言者**：虛實就情景來說，情是抽象的，是虛；景是具體的，是實。通常由於單靠抽象的情感，是很難使詞章產生巨大的感染力的，所以詞章家在創作的時候，往往須求助於具體的景物來襯托情感，以增强它的情味力量。譬如：

孟浩然〈**宿建德江**〉

移舟泊煙渚，日暮客愁新。野曠天低樹，江清月近人。

杜甫〈**旅夜書懷**〉

細草微風岸，危檣獨夜舟。星垂平野闊，月湧大江流。名豈文章著，官應老病休。飄飄何所似？天地一沙鷗。

周邦彥〈**蘭陵王**〉柳

柳陰直，煙裡絲絲弄碧。隋隄上，曾見幾番，拂水飄緜送行色。登臨望故國，誰識，京華倦客。長亭路，年去歲來，應折柔條過千尺。　閒尋舊蹤迹。又酒趁哀絃，燈照離席。梨花榆火催寒食。愁一箭風快，半篙波暖，回頭迢遞便數驛，望人在天北。　悽惻，恨堆積。漸別浦縈迴，津堠岑寂。斜陽冉冉春無極。念月榭攜手，露橋聞笛。沈思前事，似夢裡，淚暗滴。

辛棄疾〈**鷓鴣天**〉鵝湖歸，病起作。

枕簟溪堂冷欲秋，斷雲依水晚來收。紅蓮相倚渾如醉，白鳥無言定自愁。　書咄咄，且休休，一丘一壑也風流。不知筋力衰多少，但覺新來嬾上樓！

以上四首作品，其首篇是旅舟夜泊、即景生情之作。首二句寫泊舟時地與客中新愁，後二句則寫悽清之景，情景交融，有著無盡的意味。唐汝詢說：「客愁因景而生，故下聯不復言情，而旅思自見。」（《唐詩解》）把這首詩的好處已扼要的道出來了。次篇也是泊舟江邊、觸景生情之作。起聯藉孤舟、風岸、細草，寫江邊的寂寥；頷聯藉星月、平野、江流，寫天地的高曠；這是寫景的部分，爲實。頸聯就文章與功業，寫自己事與願違、老病交迫的苦惱；尾聯就旅舟與沙鷗，寫自己到處飄泊的悲哀；這是抒情的部分，爲虛。一虛一實，就這樣產生相糅相襯的效果，使得滿紙盈溢著悲愴的情緒。仇兆鰲說：「上半旅夜，下半書懷。」（《杜詩評注》）浦二田也說：「起寫景淒絕，三四開襟曠遠，五六揣分謙和，結再即景自況，仍帶風岸夜舟。筆力高老。」（《歷代詩評解》引）兩人的說法，詳略雖異，而精當則一。三篇是託柳起興，以詠別情之作。全篇分三疊，第一疊首先點題直起，寫「隋隄上」煙裡弄碧、拂水飄緜的柳色，然後緊承著頂上的「幾番」、「送行」，透過故園心眼，落於自家身上，藉「年去歲來」的折柳贈別來寫自己淹留京華的痛苦。第二疊是先以「閒尋」一句收束上疊的意思。再以「又酒趁」三句，刻畫此番餞別的情景，並點明當前的時令，而後用一「愁」字領起四句，「代行者設想」，虛寫行者船行之速，以表出依依不捨的離情。第三疊則首以「悽惻」兩句，將上疊的「愁」字加以渲染，以加强它的感染力量；次用「漸別浦」三句，承上疊的末節來實寫行者離去後所見「別浦」周遭的晚景，充分的流露出滿懷的離情別緒；末以「念月榭」兩句虛寫往事舊歡，以「沈思」三句，由過去拉回現在，實寫爲愁所苦、淚下潸潸的情景，這樣一實一虛的詠來，真如周濟所說「不辨是情是景，但覺煙靄蒼茫。」（《宋四家詞選》）有著無窮的韻味。四篇是夏日病起、即景抒情之作。上片寫的是溪堂內外的寂寥夏景，而下片寫的則是作者晚年落寞的情懷。一實一虛，先後相應，把作者廢退後的失意心境，刻畫得非常生動。

2. **就空間而言者**：虛實就空間來說，凡窮盡目力，寫眼前所見的，是實；而透過設想，寫遠處情況的，則是虛。由於作品中所收容之空間越大，則越足以使所抒寫的情意產生綿綿不盡的效果，所以自古以來，詞章家都喜歡用實與虛連成一個無盡的空間，以烘托深長的情意。譬如：

王維〈**九月九日憶山東兄弟**〉

獨在異鄉為異客，每逢佳節倍思親。遙知兄弟登高處，偏插茱萸少一人。

韋應物〈**秋夜寄邱二十二員外**〉

懷君屬秋夜，散步詠涼天。山空松子落，幽人應未眠。

李煜〈**浪淘沙**〉

往事只堪哀，對景難排。秋風庭院蘚侵階。一桁珠簾閑不捲，終日誰來？　金劍已沈埋，壯氣蒿萊。晚涼天淨月華開。想得玉樓瑤殿影，空照秦淮。

柳永〈**八聲甘州**〉

對瀟瀟暮雨灑江天，一番洗清秋。漸霜風淒緊，關河冷落，殘照當樓。是處紅衰翠減，苒苒物華休。唯有長江水，無語東流。　不忍登高臨遠，望故鄉渺邈，歸思難收。嘆年來蹤迹，何事苦淹留！想佳人、妝樓顒望，誤幾回、天際識歸舟。爭知我、倚闌干處，正恁凝愁。

這四首的首篇，是重九懷鄉之作。上聯就自身所在之地，寫佳節思親的情懷，這是「實」的部分；下聯透過想像，將空間由客居地伸向故鄉，寫兄弟登高時思念自己的情景，這是「虛」的部分。很顯然的，「虛」的部分是專爲加强「實」的情味力量而設計安排的。次篇是秋夜懷人之作。上聯藉涼天散步，實寫自己秋夜「懷君」的情懷，下聯憑著想像，虛寫空山友人「未眠」的情形；將自己對邱二十二員外的懷念，寫得極爲動人。唐汝詢說：「涼天散步，敍己之離懷；松子夜零，想彼之幽興。」（《唐詩解》）「想彼之幽興」，適足以增添「己之離懷」，兩者的關係是至爲密切的。三篇是在汴京遙念金陵之作。作者在此，首先以上片起二句，寫自己想及前塵往事所湧生的沈重哀痛，作爲綱領，用以貫穿全詞。接著依次以「秋風庭院蘚侵階」句，承上句「對景難排」之「景」，寫秋天寥落的白晝景象；以「一桁珠簾閑不捲」兩句，承起句的「哀」字，寫極致孤獨的悲哀；以下片起二句，承上片起句的「往事堪哀」，寫故國淪亡、銷盡豪氣的痛苦；以「晚涼天淨月華開」句，承上片的「景」，寫秋月升空的淒涼景象；然後以結兩句，承上句的「月」、「空」，將空間由汴京推擴至金陵，虛寫失國後宮廷內外的冷落月色，表出對過去一切已無可挽回的一種沈哀，寫得真是語語慘然，使人不忍卒讀。四篇是秋日懷鄉之作，首以起二句，就時令與氣候，寫一雨成秋的情形；次以「漸霜風淒緊」七句，寫雨後寂寥的黃昏秋景；再以「不忍登高臨遠」三句，由景轉情，寫自己登樓望遠的情形，拈出「歸思」作一篇主意，以統括全詞；接著以「嘆年來蹤迹」二句，承上句，寫自己不得已淹留在外的痛苦；然後以「想佳人」至篇末，循著「長江水」，由登高處一線直通至故鄉，從對面著想，虛寫佳人憑樓顒望，哀怨至極的情狀，以回應篇首的「對」字與換頭的「歸思」二字，表出自己「倚闌」凝眸所湧生的無限哀愁來。十分明顯的，這與前三篇一樣，就空間而言，是虛實並用的。

**3.就時間而言者**：虛實就時間來說，凡是敍事、寫景或抒情，只限於過去或當前的，是

「實」；透過想像，伸向未來的，則爲「虛」。因爲這和就空間而言的虛實一樣，足以增加情意的感染力量，所以在一般人的作品裡是相當常見的。譬如：

王維〈**送別**〉

山中相送罷，日暮掩柴扉。春草明年綠，王孫歸不歸？

李商隱〈**夜雨寄北**〉

君問歸期未有期，巴山夜雨漲秋池。何當共剪西窗燭，卻話巴山夜雨時？

張先〈**天仙子**〉

水調數聲持酒聽，午醉醒來愁未醒。送春春去幾時回，臨晚鏡；傷流景，往事後期空記省。沙上並禽池上暝，雲破月來花弄影。重重簾幕密遮燈，風不定，人初靜，明日落紅應滿徑。

蘇軾〈**賀新郎**〉

乳燕飛華屋。悄無人、桐陰轉午，晚涼新浴。手弄生綃白團扇，扇手一時似玉。漸困倚、孤眠清熟。簾外誰來推繡戶，枉教人、夢斷瑤臺曲。又卻是，風敲竹。　石榴半吐紅巾蹙。待浮花浪蕊都盡，伴君幽獨。穠艷一枝細看取，芳心千重似束。又恐被、秋風驚綠。若待得君來，向此花前，對酒不忍觸。共粉淚，兩簌簌。

右引作品裡的頭一首，是山中送別之作。上聯寫的是山中送別後柴門深掩的景象，這是「實」的部分；下聯則將時間延伸至明春草綠的時候，以「歸不歸」之問，寫王孫（所別之人）歸期之不定，以襯托出送者無限的離思來，這是「虛」的部分。先實而後虛的來寫，使作品添增了無比的韻味。第二首是客中寄遠之作，上聯實寫歸期未定、夜聽秋雨的寂寞情懷，下聯則承起句之「歸期」，就未來的某一天，用設問的手法，虛寫剪燭相對、傾訴今夕寂寞的情景。顯然的，這是採由實而虛的手段寫成的一首作品。第三首是暮春傷懷之作，首以起二句，寫午醉醒後的一番愁思；次以「送春春去幾時回」四句，承上句的「愁」字，寫流光無情、人事多紛、往事空勞回首、後期徒勞夢想的感傷；再以換頭二句，寫入夜的淒寂景象，而藉「並禽」、「花影」反襯出自己的孤單淒涼；接著以「重重翠幕密遮燈」三句，寫夜半不寐、不敢面對落花的情景；然後以結句，由實轉虛，透過想像，寫明朝落花滿徑的淒涼景象，歸結到送春、惜春之本意上作收。作者這樣由午而至晚，由晚而至夜，再由夜而至明日，層層寫來，實有著不盡的傷春之意。第四首是自傷幽獨之作，作者在此詞的前段，寫了一位絕塵的美人，藉她本身及周遭的「幽獨」

物事，再加上「新」、「白」、「玉」、「清」和「悄」、「孤」等字眼，以烘托出她的高潔與孤單。而在後段，則先分初放與盛開兩階段，來描寫不與「浮花浪蕊」爲伍而願「伴君幽獨」的榴花，並予以擬人化，以表出無限的幽獨「芳意」；然後由實入虛，透過想像，寫榴花驚風衰謝和美人哀憐落淚的失意情狀，使得情寓景中，達於人花交融的境界；到了這時候，究竟何者是花？何者是人？已完全無從分辨了。從這種詞意與安排看來，我們不難明白：作者是有意藉此以寓其懷才不遇的抑鬱情懷和不肯與流俗妥協的孤高人格的，這就無怪會有一股清峻之氣流貫於篇什之間了。丁紹儀以爲此詞「寄托深遠，與詠雁卜算子同一比興」（《聽秋聲館詞話》），看法是非常正確的。

## 三、正反

一般說來，作者尋覓材料加以運用，既可全著眼於「正」的一面，也可專著眼於「反」的一面。前者如沈復的〈兒時記趣〉一文，從頭到尾全著眼於正面的「趣」事，卻未雜以任何反面的材料；後者如李斯的〈諫逐客書〉一文，從頭到尾專著眼於反面的「用客之利」，卻很少雜以正面「逐客之害」的材料。這種清一色的運材方法，在古今人的作品中，是相當常見的。除此之外，作者當然也可以部分用「正」、部分用「反」，使一正一反，兩兩對照，以充分的將詞章的義旨顯現出來。譬如：

**《史記．秦楚之際月表序》**

太史公讀秦、楚之際，曰：初作難，發於陳涉；虐戾滅秦，自項氏；撥亂誅暴，平定海內，卒踐帝祚，成於漢家。五年之間，號令三嬗。自生民以來，未始有受命若斯之亟也。

昔虞、夏之興，積善累功數十年，德洽百姓，攝行政事，考之於天，然后在位。湯、武之王，乃由契、后稷，修仁行義，十餘世，不期而會孟津八百諸侯，猶以為未可；其後乃放弒。秦起襄公，章於文、繆；獻、孝之後，稍以蠶食六國，百有餘載，至始皇乃能并冠帶之倫。以德若彼，用力如此，蓋一統若斯之難也！

秦既稱帝，患兵革不休，以有諸侯也。於是無尺土之封，墮壞名城，銷鋒鏑，鉏豪桀，維萬世之安。然王迹之興，起於閭巷，合從討伐，軼於三代。鄉秦之禁，適足以資賢者，為驅除難耳。故憤發其所為天下雄，安在無土不王？此乃傳之所謂大聖乎？豈非天哉！豈非天哉！非大聖孰能當此受命而帝者乎？

這篇文章是採先條述後總括的方式寫成的：

㈠**條述的部分**：這個部分包括一、二兩段，用一正一反的對照寫法，記漢高祖受命之快速與先王一統的艱難事實。

1.「正」的部分：即起段。這段文字，先從秦楚之際，天下號令之遞嬗情形説起，用層遞的手法，順次各以「初作難」、「虐戾滅秦」、「撥亂誅暴，平定海內，卒踐帝祚」等句作爲引子，分別領出「發於陳涉」、「自項氏」、「成於漢家」三句，以簡述號令遞嬗的過程；然後用「五年之間，號令三嬗」作一總括，並領出「自生民以來」兩句結語，既爲下段鋪路，又爲末段張本。

2.「反」的部分：即次段。此段承首段「自生民以來」句，用「昔」字統攝全段，依次以「虞夏之興」、「湯武之王」、「秦起襄公」等句領頭，分三節採泛寫方式，簡述虞夏、湯武及秦國統一天下的過程，而各以「積善累功數十年」、「修仁行義十餘世」、「稍以蠶食六國，百有餘載」等句，與上段「五年之間，號令三嬗」兩句，正反相較，以見一統的困難，並由此引出「以德若彼」等三句結語，從反面回應上段，並振起下意。

㈡**總括的部分**：即末段。此段承二段「至始皇乃能并冠帶之倫」句，從反面用「秦既稱帝」一句作引子，先領出「患兵革不休」二句，揭出秦廢封建制度的原因，再用「於是」二字，作上下文的接榫，以「無尺寸之封」五句，敍明秦廢封建制度的措施與期望；然後著一「然」字一轉，先承上節「患兵革不休」二句，由反而正的振出「王迹之興」四句，點明這種平民革命是完全出乎秦皇意料的；再遙承「無尺寸之封」數句，近接「王迹之興」等句，自然的生出「鄉秦之禁，適足以資賢者，爲驅除難耳」的論斷，點明秦廢封建制度的結果，爲下文「豈非天哉」的感歎預先作伏。接著用一「故」字，直承上文，帶出「憤發其所爲天下雄」二句，指明秦廢封建制度的後果在於成就高祖「無土而王」的大業。繼而先以「此乃傳之所謂大聖乎」一句，緊接上文，讚美高祖是位大聖；再以「豈非天哉」兩句，上承「王迹之興」七句，進一層作重複的詠歎，認爲這是有天意出乎其間的。然後由此一轉一振，興起「非大聖孰能當此受命而帝者乎」的讚歎，認爲秦爲漢驅難，雖屬天意，但如非大聖，亦不能獨得天眷，這樣快速的受命爲帝，以回應一、二段作結。

在這篇文章裡，作者由「正」（起段）而「反」（次段），又由「反」（末段前半）而「正」（末段後半）的往復敍寫，寫得真是曲折濬宕，婉妙異常。吳楚材說：「前三段一正，後三段一反，而歸功於漢，以四層詠歎，無限委婉，如黃河之水，百折百迴，究未嘗著一實筆，使讀者自得之，最爲深妙。」（《評注古文觀止》卷五引）評析得極爲精當。又如：

蘇軾〈**超然臺記**〉

凡物皆有可觀；苟有可觀，皆有可樂，非必怪奇偉麗者也。餔糟啜醨，皆可以醉；果蔬草木，皆可以飽：推此類也，吾安往而不樂？

夫所謂求福而辭禍者，以福可喜而禍可悲也。人之所欲無窮，而物之可以足吾欲者有盡；美惡之辨戰乎中，而去取之擇交乎前，則可喜者常少，而可悲者常多，是謂求禍而辭福。

夫求禍而辭福，豈人之情也哉？物有以蓋之矣。彼遊於物之內，而不遊於物之外。物非有大小也，自其內而觀之，未有不高且大者也，彼挾其高大以臨我，則我常眩亂反覆，如隙中之觀鬥，又焉知勝負之所在？是以美惡橫生，而憂樂出焉，可不大哀哉！

余自錢塘移守膠西，釋舟楫之安而服車馬之勞，去雕牆之美而蔽采椽之居，背湖山之觀而適桑麻之野。始至之日，歲比不登，盜賊滿野，獄訟充斥，而齋廚索然，日食杞菊，人固疑余之不樂也。處之朞年，而貌加豐；髮之白者，日以反黑。余既樂其風俗之淳，而其吏民亦安余之拙也，於是治其園圃，潔其庭宇，伐安丘高密之木，以修補破敗，為苟完之計。而園之北，因城以為臺者舊矣，稍葺而新之，時相與登覽，放意肆志焉。

南望馬耳常山，出沒隱見，若近若遠，庶幾有隱君子乎？而其東則盧山，秦人盧敖之所從遁也。西望穆陵，隱然如城郭，師尚父齊桓公之遺烈猶有存者。北俯濰水，慨然太息，思淮陰之功，而弔其不終。

臺高而安，深而明，夏涼而冬溫。雨雪之朝，風月之夕，余未嘗不在，客亦未嘗不從。擷園蔬，取池魚，釀秫酒，瀹脫粟而食之，曰：樂哉遊乎！方是時，余弟子由適在濟南，聞而賦之，且名其臺曰「超然」，以見余之無所往而不樂者，蓋遊於物之外也。

本文是用先「論」後「敘」的方式寫成的：

㈠**論的部分**：這個部分包括一、二、三等段。作者在此，先從正面寫「可樂」，再由反面寫「不樂」，以引出「敘」的部分來。

1.「正」的部分：即起段。這一段先就「在物」上來說，用「凡物皆有可觀」四句，直接說明凡物不論是屬於平凡的或是瑰奇的，全有它可觀、可樂的一面，再就「處物」上著眼，以「餔糟啜醨」四句，緊承上意，舉醉與飽爲例，以闡發這個道理；然後用「推此類也」一句作一推擴，得出「吾安往而不樂」的結語，叩緊「樂」字，以貫穿全文。

2.「反」的部分：包括二、三段。二段承著上段的「樂」字，先以「夫所謂求福而辭禍者」二句，從正面指出人之所以「求福而辭禍」，就是爲了福是可喜而禍是可悲的關係；然後接以「人之所欲無窮」六句，由正而反的就人類的欲望上推論它的結果，總是可喜者少，而可悲者多；並斷以「是謂求禍而辭福」一句，反照首句，以見人心所以不樂的原因，爲下段進一層的論說鋪好路子。三段緊承上段末句，先以「夫求禍而辭福」二句，指明這種求福而反得禍的結果，絕不合於人類的意願；再以「物有以蓋之矣」句，作個總括性的論斷，並接以「彼遊於物之內」兩句，道出人之所以有這種結果，是受了器物蒙蔽，不能遊心物外的緣故。繼而以「物非有大小也」七句，具體的從物我的大小上來說明人類受到器物蒙蔽的情形。然後接以「是以美惡橫生」二句，應上段的「美惡」數句，指出它的結果，並用「可不大哀哉」一句，發出感慨收束，藉以更進一層的點明人心所以不樂的原因。

(二)敍的部分：這個部分包括四、五、六等段。作者在此，先就反面寫「宜不能樂」（林西仲《古文析義》卷六），然後就正面寫「樂形於外」（同上）：

1.「反」的部分：這個部分由四段起句至「人固疑余之不樂也」句止。作者在這個部分裡，先以「余自錢塘移守膠西」四句，敍明自己由杭州移守密州，捨繁華安樂而就荒涼困苦的經歷；再由「始至之日」承上啓下，引出「歲比不登」五句，描述到密州之初所過的困苦生活；然後以「人固疑余之不樂也」一句，應二、三段「反」的部分，提明這種經歷與生活，在旁人看來，是必然不樂的，以反振出「樂形於外」的下文。

2.「正」的部分：這個部分包括四段的後半與五、六等段。四段的後半，首以「處之朞年」一句，與上文之「始至之日」一句，作時間上之聯絡，從而引出「而貌加豐」三句，針對上個部分「人固疑余之不樂也」句，用容貌的轉變來證明自己是樂形於外的。接著以「余既樂其風俗之淳」二句，泛寫與吏民和樂相處的事實，爲下文「時相與登覽」及「客未嘗不從」等句伏脈；並以「於是」二字作接榫，領出「治其園圃」八句，由樂而及於園，由園而及於臺，以敍述修治園、臺的情形；然後結以「時相與登覽」二句，說出修治園、臺的目的，在於時與吏民登覽遊樂，以表出無往不樂、遊心物外的本旨。五段承上段的「登覽」二字，依空間自然展演的過程，用「南望」、「而其東」、「西望」及「北俯」等詞作聯絡，透過想像，依次敘出臺上周遭的故迹，以闡明首段「凡物皆有可觀」的說法。而末段，則先以「臺高而安」三句，寫臺榭的特色；次以「雨雪之朝」四句，寫登覽的興致；再以「擷園蔬」四句，寫登覽的工具；而由此引出「曰樂哉遊乎」一句，回應首段「醉飽」四句，以闡明「苟有可觀，皆有可樂」的意思；然後以「方是時」三字承上啓下，引出「余弟子由適在濟南」五句，點明臺名及如此命名的用意，回抱全文作收。

作者這樣的先從正面拈出一「樂」字，作爲一篇的大旨，從而就反面推論人之所以不樂，乃是由於不能超然物外的緣故；然後又由反而正的借自身安於困苦的經歷及超然臺上周遭的「可觀」、「可樂」來證明遊心物外、無往不樂的道理，無論在運材或佈局上來說，都是極富變化、極具匠心的。又如：

蘇軾〈**日喻**〉

生而眇者不識日，問之有目者。或告之曰：「日之狀如銅槃。」扣槃而得其聲；他日聞鐘，以為日也。或告之曰：「日之光如燭。」捫燭而得其形；他日揣籥，以為日也。日之與鐘、籥亦遠矣！而眇者不知其異，以其未嘗見而求之人也。

道之難見也甚於日，而人之未達也無以異於眇。達者告之，雖有巧譬善導，亦無以過於槃與燭也。自槃而之鐘，自燭而之籥，轉而相之，豈有既乎？故世之言道者，或即其所見而名之，或莫之見而意之，皆求道之過也。

然則道卒不可求歟？蘇子曰：「道可致而不可求。」何謂致？孫武曰：「善戰者致人，不致於人。」子夏曰：「百工居肆以成其事，君子學以致其道。」莫之求而自至，斯以為致也歟！

南方多沒人，日與水居也，七歲而能涉，十歲而能浮，十五而能沒矣。夫沒者豈苟然哉？必也將有得於水之道者。日與水居，則十五而得其道。生而不識水，則雖壯，見舟而畏之。故北方之勇者，問於沒人，而求其所以沒；以其言試之河，未有不溺者也。故凡不學而務求道，皆北方之學沒者也。

昔者以聲律取士，士雜學而不志於道。今也以經術取士，士知求道而不務學。渤海吳君彥律，有志於學者也，方求舉於禮部，作日喻以告之。

這篇文章是採先條分後總括的形式寫成的：

**㈠條分的部分：** 這個部分包括一、二、三、四等段，其中一、二段屬「反」，三、四段屬「正」：

1.「反」的部分：這個部分是由事喻與說理兩截組合而成：

(1)事喻：這一截自起段首句至「他日揣籥以爲日也」句止。作者在此，敘述了一個盲人識日的故事。這個故事先以開端兩句，敘明有一盲者向常人問日的情事，作爲故事的序幕，然後由兩個「或告之曰」句帶出兩個譬喻與結果來。頭一個譬喻是就形狀將太陽譬喻成銅槃，結果卻使盲者誤由聲音認鐘爲日；第二個譬喻是就光亮將太陽譬喻成蠟燭，結果卻使盲者誤由形狀認籥爲日。作者就藉著這個簡單的故事，以生發下一截的議論來。

(2)說理：這一截自「日之與鐘、籥亦遠矣」至「皆求道之過也」止。作者在此，先以「日之與鐘、籥亦遠矣」四句，針對上一截的事喻，發出論斷，認爲盲者發生那麼可笑的錯誤，乃是由於「未嘗見而求之人」的緣故。然後由「道之難見也甚於日」一轉，領出第二段的其餘句子，將重點從盲者識日轉到世人求道上面來，藉盲者識日的錯誤，指出「或即其所見而名之，或莫之見而意之」，都是一般人求道的過失。

2.「正」的部分：這個部分是由說理（第三段）與事喻（第四段）兩截組合而成的：

(1)說理：這一截首先以「然則」二字作一轉折，由反面過到正面，引出「道卒不可求歟」兩句，採一問一答的形式，提出作者自身的看法，以爲道是可致而不可求的。然後針對著「致」字的意義，引用孫武與子夏的話作爲橋梁，得出「莫之求而自至」的最佳解釋，從而將一篇的大旨「學以致其道」輕輕鬆鬆的提了出來，以貫穿全文。

⑵事喻：作者在這一截裡，針對著上一截的說理部分，特舉南方没人與北方勇者學習潛水的事情充當例證，以說明身體力行的重要。他首先以「南方多没人」九句，從正面指出南方的没人，由於日與水居的關係，到了十五歲就能得道没水，次以「生而不識水」二句，從反面泛指人如果不識水性，雖然是長得很壯，見了船，還是會感到害怕的；接著以「故北方之勇者」五句，拿「北方之勇者」作爲例子來說明，認爲如果只求潛水的方法，而不從事切實的體驗，那麼他一跳進河裡，是必然會被淹死的，終以「故凡不學而務求道」二句，就北方勇者學没這件事，提出結論來，那就是：「凡不學而務求道」是不會有好結果的。

㈡總括的部分：這個部分僅一段，即末段。是採先「反」後「正」的形式寫成的：

1.「反」的部分：由「昔者以聲律取士」句至「士知求道而不務學」句止，承上文反面的意思，指出古以聲律、今以經術取士的過失。

2.「正」的部分：由「渤海吳君彥律」句至篇末，承上文正面的意思，敍明因吳彥律正參加科舉，而有志「學以致其道」，所以寫了這篇文章送給他。這樣既抱緊了主旨作收，也把自己寫作的動機交代清楚了。

通觀此文，作者先用一、二兩段，從反面舉例說明「求道」的錯誤，再由三、四兩段，從正面舉例闡釋「致道」的精義，然後以末段從「反」歸於「正」，將一篇的作意點明。安排巧妙而有變化，確是一篇不可多得的好文章。又如：

彭端淑〈爲學一首示子姪〉

天下事有難易乎？為之，則難者亦易矣；不為，則易者亦難矣。人之為學有難易乎？學之，則難者亦易矣；不學，則易者亦難矣。

吾資之昏，不逮人也；吾材之庸，不逮人也。旦旦而學之，久而不怠焉；迄乎成，而亦不知其昏與庸也。吾資之聰，倍人也；吾材之敏，倍人也。屏棄而不用，其昏與庸無以異也。然則昏庸聰敏之用，豈有常哉？

蜀之鄙有二僧，其一貧，其一富。貧者語於富者曰：「吾欲之南海，何如？」富者曰：「子何恃而往？」曰：「吾一瓶一鉢足矣。」富者曰：「吾數年來欲買舟而下，猶未能也。子何恃而往？」越明年，貧者自南海還，以告富者，富者有慚色。西蜀之去南海，不知幾千里也；僧之富者不能至，而貧者至焉。人之立志，顧不如蜀鄙之僧哉？

是故聰與敏，可恃而不可恃也。自恃其聰與敏而不學，自敗者也。昏與庸，可限而不可限也。不自限其昏與庸而力學不倦，自立者也。

此文是作者寫來勉勵子姪「力學不倦」的，全文分泛論、事證與結論三大部分，一路採正反對照的形式寫成：

㈠**泛論部分**：這個部分包括一、二兩段。起段先就做事談起，而及於爲學，指出做事與爲學的難易，並不在於「學」與「事」的本身，而在於做與不做、學與不學的行動上，以預爲下段更進一層的議論打開路子。二段先承起段的學與不學，配合資材的昏與敏，作更廣泛而徹底的說明，認爲人的資質、才能，雖有昏庸與聰敏的分別，但若努力去學，昏庸的自可趕上聰敏的；不努力去學，則聰敏的便和昏庸的沒什麼兩樣。然後以「然則昏庸聰敏之用」兩句，指出昏庸、聰敏是無常的，不可恃的，全力的爲末段的結論蓄勢。

㈡**事證部分**：這個部分僅一段，即第三段。這一段特舉蜀僧去南海的事例，證明肯努力的終能成功，不肯努力的終將失敗。作者在這個部分裡，先用段首三句，提明蜀之鄙有一富、一貧的和尚；次藉二問二答，敍明毫無所恃的貧者願往南海而富者則否的情事；接著以「越明年」作時間上的聯絡，並引出「貧者自南海還」三句，交代貧者成功、富者羞慚的結果；然後以「西蜀之去南海」六句，將貧者與富者、至與不至作一比較，從而發出人須立志，不能不如蜀僧的感慨，以引出下段結論的部分。

㈢**結論部分**：這個部分亦僅一段，即末段。作者在這一段裡，首先承上文的「不爲」、「不學」、「聰」、「敏」、「屏棄不用」與「富者不能至」，用「是故聰與敏」四句，從反面指明人若自恃聰敏而不去學習，則必然會走上失敗之路；然後承上文的「爲之」、「學之」、「昏」、「庸」、「旦旦而學之」與「貧者至」，用「昏與庸」四句，從正面指出人若不自限昏庸而力學不已，則必會走上成功之路，以點明主旨作收。

從形式上看來，本文是最整齊不過的。所以能如此，除了作者用排比的手法來寫之外，和材料的運用也有著密切的關係。通常在運用正、反的材料時，作者大都喜歡以節段作爲單元，把正、反兩個部分明顯割開，如上舉的〈秦楚之際月表序〉、〈超然臺記〉及〈日喻〉便是這樣，而本文的作者卻從頭到尾，以對等、交替的方式運用一正一反的材料，把前後串聯成一個整體，造成往而復返、迴環不已的對比效果，這是值得我們去注意、去學習的。

## 四、順逆

所謂的順逆，是指本末、輕重（就事理言）、今昔（就時間言）、遠近、大小（就空間言）……等的配排而言。作者創作的時候，凡是採由本及末、由輕及重、由昔及今、由遠及近、由大及小……等的次序來運材的，叫做「順」；至於採由末而本、由重而輕、由今而昔、由近而遠、由小而大……等的次序來運材的，則稱「逆」。順與逆，和正反、虛實、賓主等手段一樣，是可以單用，也是可以並用的：

### (一)單用者

單用的又約可分爲如下三類：

1.就事理而言者：如

《中庸‧第二十二章》

唯天下至誠，為能盡其性；能盡其性，則能盡人之性；能盡人之性，則能盡物之性；能盡物之性，則可以贊天地之化育，可以贊天地之化育，則可以與天地參矣。

《史記‧報任少卿書》

太上不辱先，其次不辱身，其次不辱理色，其次不辱辭令，其次詘體受辱，其次易服受辱，其次關木索、被箠楚受辱，其次鬄毛髮、嬰金鐵受辱，其次毀肌膚、斷支體受辱，最下腐刑，極矣！

《中庸‧第二十章》

在下位不獲乎上，民不可得而治矣。獲乎上有道，不信乎朋友，不獲乎上矣。信乎朋友有道，不順乎親，不信乎朋友矣。順乎親有道，反諸身不誠，不順乎親矣。誠身有道，不明乎善，不誠乎身矣。

以上三則文字中的首則，談的是聖人盡性（自誠明）的功用。作者首先從根本的「至誠」說起，然後由本而末的加以推擴，順序說到「盡其（己）性」、「盡人之性」、「盡物之性」、「贊天地之化育」以至於「與天地參」，層層遞敘，條理清晰異常。次則是《史記．報任少卿書》中的一段，太史公在此，從「不辱」的「先」、「身」、「辭令」說到「受辱」的「詘體」、「易服」、「關木索、被箠楚」、「鬄毛髮、嬰金鐵」、「毀肌膚、斷支體」及「腐刑」，以指出自己所受腐刑之極辱；這樣由無而輕、由輕而重的分九層遞寫，自然的會使讀者的感觸逐漸增强，達於頂點，收到感染的最大效果。末則談的是明善、誠身（自明誠）的重要，本來一個人要「明善」以後才能「誠身」，「誠身」以後才能「順親」，「順親」以後才能「信友」，「信友」以後才能「獲上」，「獲上」以後才能「治民」，這是由本而末的次第，而《中庸》的作者爲了與前後文意作個銜接，卻將次序倒轉過來，由末敘到本，這顯然是用「逆」的手法所寫成的。

**2.就空間而言者**：如：

馮延巳〈**謁金門**〉

風乍起，吹皺一池春水。閑引鴛鴦芳徑裡，手挼紅杏蕊。　鬥鴨闌干遍倚，碧玉搔頭斜墜。終日望君君不至，舉頭聞鵲喜。

辛棄疾〈**鷓鴣天**〉代人賦

陌上柔桑破嫩芽，東鄰蠶種已生些。平岡細草鳴黃犢，斜日寒林點暮鴉。（下略）

辛棄疾〈**踏莎行**〉庚戌中秋後二夕，帶湖篆岡小酌。

夜月樓臺，秋香院宇，笑吟吟地人來去。是誰秋到便淒涼？當年宋玉悲如許。（下略）

上引三首詞中的首篇，是春日懷人之作。先以起二句，就遠，寫「望君」於池水旁；再以「閑引鴛鴦芳徑裡」兩句，就次遠，寫「望君」於花徑上；接著以「鬥鴨闌干遍倚」兩句，就近，寫「望君」於闌干前；而依次用「吹皺春水」、「手挼紅杏」、「搔頭斜墜」等句襯托出哀愁。然後以結二句，將上面的意思作個總括，而用「鵲喜」的「喜」字反襯出「哀」來。無疑的，這是採由遠及近的手段寫成的一首作品。次篇是〈鷓鴣天〉詞的上半闋，它先就眼前的桑陌寫起，再逐漸伸向遠處，由桑陌外的東鄰寫到東鄰外的平岡，然後及於平岡外的寒林，而依次以嫩桑、幼蠶、黃犢與暮鴉作鮮明的點綴，把田園一派欣欣向榮的春日景象，由近而遠的描繪得極其優美生動。末篇是〈踏莎行〉詞的上半闋，作者在這裡，先寫明月下的樓閣，再寫樓閣中的院宇，然後由院宇中的人羣收到人羣中的一人——以宋玉自比的作者身上。範圍由大而小，層層遞進，讀起來極感明快。

3.就時間而言者：如：

劉長卿〈**逢雪宿芙蓉山**〉

日暮蒼山遠，天寒白屋貧。柴門聞犬吠，風雪夜歸人。

辛棄疾〈**菩薩蠻**〉晝眠秋水

葛巾自向滄浪濯，朝來漉酒那堪著。高樹莫鳴蟬，晚涼秋水眠。　竹牀能幾尺，上有華胥國。山上咽飛泉，夢中琴斷絃。

辛棄疾〈**西江月**〉遣興

醉裡且貪歡笑，要愁那得工夫。近來始覺古人書，信著全無是處。　昨夜松邊醉倒，問松「我醉何如」。只疑松動要來扶，以手推松曰「去」。

右引作品裡的頭一首，寫的是逢雪夜宿的情景。起句寫行路難至，次句寫宿處寒苦，三句寫門外犬吠，結句寫雪中人歸。這四句，以時間來分，一、二兩句是就「日暮」來寫的，三、四句是就「夜」來寫的，這樣先寫「日暮」，後寫「夜」，所採的正是常見的「順」敘手法。第二首寫的是醉後晝眠的情景，作者在此詞的上片，首先拈出「朝酒」，然後接以「晚眠」，將題目點醒；下片則承上片的「眠」字，從入夢說到夢醒，暗寓感慨作結。敍次由昔而今，井井不亂，很明顯的，是順著時間的自然展演過程，依序遞寫而成的。第三首寫的是醉後的感觸，作者在這首詞的上半闋，寫的是自己目前的感想，也可以說是對當世政治上沒有是非的現狀所發出的一種慨歎；而下半闋寫的則是昨夜的醉態與狂態，也可以說是對當時政治現實不滿的一種表示。這闋詞，就時間上來說，先敍目前，後敍昨夜，顯然已把由昔而今的自然展演順序顛倒過來了，所用的，正好和頭一首相反，是「逆」敍的手法。

(二)並用者

並用的，和單用的一樣，也可分爲如下三類：

**1.就事理而言者**：如：

**《大學·經一章》**

古之欲明明德於天下者，先治其國。欲治其國者，先齊其家。欲齊其家者，先脩其身。欲脩其身者，先正其心。欲正其心者，先誠其意。欲誠其意者，先致其知。致知在格物。物格而后知至，知至而后意誠，意誠而后心正，心正而后身脩，身脩而后家齊，家齊而后國治，國治而后天下平。

**《中庸・首章》**

天命之謂性，率性之謂道，修道之謂教。道也者，不可須臾離也。可離，非道也。是故君子戒慎乎其所不睹，恐懼乎其所不聞。莫見乎隱，莫顯乎微，故君子慎其獨也。喜怒哀樂之未發，謂之中。發而皆中節，謂之和。中也者，天下之大本也。和也者，天下之達道也。致中和，天地位焉，萬物育焉。

上引兩段文字的首段，論的是《大學》八條目的先後次序，共含逆、順兩個部分：第一部分自起句至「致知在格物」止，就出發點，由「明明德於天下」（即平天下）而治國、齊家、修身、正心、誠意，層層遞進，以至於致知、格物，用的是由末及本的逆推手段；第二部分自「物格而后知至」至段末，就終極處，由物格、知至而意誠、心正、身修、家齊、國治，層層遞進，以至於天下平，用的則是由本及末的順推工夫。這是順、逆並用的一個明顯例子。次段論的是《中庸》的綱領與修道的要領、目標。這段文字，依其內容看，也大致可分成兩大部分：第一部分自篇首至「修道之謂教」止。這三句話「一氣相承」，乃《中庸》一書的綱領所在。首先由起句點明「性」與「天」的關係，用「性」字把天道無息之誠下貫為人類天賦之誠的隔閡衝破；再由次句點明「道」與「性」的關係，用「道」字把人類之誠通往天賦之明的大門敲開；然後由末句點明「教」與「道」的關係，用「教」字把人類之明邁向天賦之誠的過道打通，而與人類天賦之誠與明連成一體。這樣由上（本）而下（末）地逐層遞敍，既爲人類天賦之誠與明尋得了源頭，也爲人爲之誠與明找到了歸宿了。第二部分自「道不可須臾離也」至末。《中庸》的作者在這個部分裡，首先承上一部分的「修道之謂教」句，闡明修道之要領就在於「慎獨」，以扣緊「不可須臾離」的道，爲「自明誠」以「致中和」之教奠好鞏固的基礎。接著承上個部分的「率性之謂道」句，就喜怒哀樂未發之性，說「中」說「大本」；就喜怒哀樂「發而皆中節」之情，說「和」說「達道」，以間接指出「慎獨」的目的（修道的內在目標），就在於保持性情的「中和」（盡性），而堅實的爲「自誠明」之性架好了一座「復其初」的橋梁。然後承篇首之「天命之謂性」句，直接指出「致中和」之目的（修道之外在目標），就是使「天地位焉，萬物育焉」，以確切的肯定人類「盡性」以「贊天地化育」的天賦能力，爲人類的「誠」、「明」開啓了無限向上的道路。顯然地，這樣自下（末）而上（本）地由「慎獨」而「盡性以至於命」（《傳習錄》上），一路「還原」上去，到了最後，不但可以成己，而且也是足以成物的。這樣看來，《中庸》這一大段文字，以形式而言，是採先順後逆的手法寫成的。

**2.就空間而言者**：如：

李白〈**菩薩蠻**〉

平林漠漠煙如織，寒山一帶傷心碧，暝色入高樓，有人樓上愁。　玉階空佇立，宿鳥歸飛急。何處是歸程，長亭連短亭。

辛棄疾〈**好事近**〉送李復州致一席上和韻

和淚唱陽關，依舊字嬌聲穩。回首長安何處，怕行人歸晚。　垂楊折盡只啼鴉，把離愁勾引。卻笑遠山無數，被行雲低損。

辛棄疾〈**酒泉子**〉

流水無情，潮到空城頭盡白。離歌一曲怨殘陽，斷人腸。　東風官柳舞雕牆。三十六宮花濺淚，春聲何處說興亡。燕雙雙。

右引三首詞裡的首闋，是望遠懷人之作。首以起二句，就遠寫平林、寒山的淒涼靜景；次以「暝色入高樓」兩句，就近寫人佇立樓上遠望的情景，拈出「愁」字，喚醒全篇；接著以換頭兩句，一承「有人樓上愁」（近），寫人在發愁的樣子，一承「寒山」、「平林」（遠），寫歸鳥飛急的動景；然後以結二句，將空間由「寒山」、「平林」向無窮的遠方推展出去，寫「長亭連短亭」的歸程，以襯出不見歸人的無限愁思來。十分明顯的，以空間而言，它是採一順一逆的手法寫成的。次闋是春日送別之作，作者在此詞的上片，先就眼前室內的別筵寫起，再由此伸展到室外遙望的去處——長安（指臨安而言），以寫「怕行人歸晚」的心情。下片則先承篇首兩句，藉眼前的垂楊與啼鴉，點出離愁；再承上片三、四兩句，說到歸途中被行雲低損的無數遠山。這些情景，一遠一近，相間相糅，使行間充滿著無限的離情。尾闋是感慨興亡之作，此詞母二句成一組，上片起二句，寫潮打空城的景象，是遼闊的；次二句，寫在空城裡人賦離歌的情景，是縮小的；下片首二句，寫的是金陵故宮的無邊春色；結二句，寫的是在故宮裡能說興亡的小小雙燕。作者將這些或大或小的情景與事物互相間錯起來，便有著無窮的感慨興亡的意思。

**3.就時間而言者：如：**

韋莊〈**菩薩蠻**〉

如今卻憶江南樂，當時年少春衫薄。騎馬倚斜橋，滿樓紅袖招。　翠屏金屈曲，醉入花叢宿。此度見花枝，白頭誓不歸。

晏幾道〈**臨江仙**〉

夢後樓臺高鎖，酒醒簾幕低垂。去年春恨卻來時。落花人獨立，微雨燕雙飛。　記得小蘋初見，兩重心字羅衣。琵琶絃上說相思。當時明月在，曾照彩雲歸。

辛棄疾〈瑞鷓鴣〉

膠膠擾擾幾時休？一出山來不自由。秋水觀中山月夜，停雲堂下菊花秋。　　隨緣道理應須會，過分功名莫強求。先自一身愁不了，那堪愁上更添愁。

右引三首詞中的首篇，是客中感舊之作。作者首先以起句提明重至江南引起快樂回憶的事實，拈出「江南樂」三字，作一總括，以生發下文；接著以「當時年少春衫薄」五句，承上句的「江南樂」，將時間由現在推回到「當年」，寫當年流浪江南的無限樂事；然後以結二句，將時間又由「當時」拉回到現在，反照篇首的「樂」字，寫「未老莫還鄉，還鄉須斷腸」的悲哀作收。很顯然的，這是採先逆後順的形式所寫成的一首作品。次篇是春暮懷人之作，作者先在上片，以四句就眼前（今），寫醉夢醒後所見室內外的淒涼景象，拈出「春恨」二字，作為一篇的主意；再在下片，以起三句，承上片的「去年」（昔），寫當日初見「小蘋」時的服飾與情意，將所以湧生「春恨」的原因交代清楚；然後以結二句，回筆就現在，藉明月與去年一線聯繫，寫對「小蘋」的無限思念，回應篇首作結。全詞由今而昔而今的寫來，有著無盡的情意。末篇是客中懷鄉之作，當是作者起廢帥浙東後所寫。詞中所謂的「山」，是指鉛山而言；至於秋水觀與停雲堂，則是作者在鉛山別墅裡的二所居第。細繹此詞，很明顯的，起二句是敘目前官場生活的苦悶；而次二句，乃由現在倒回到過去，寫從前隱居生活的悠閒；下片則又從過去拉回到現在，回應首二句，寫出自己對二度出山的悔恨與壯志不酬的悲哀。今昔相間，寫來意味格外深長。

## 五、抑揚

所謂的抑，指的是貶抑；所謂的揚，指的是頌揚。從表面上看，貶抑與頌揚，義恰相反，該是無法並存的，就像一樣東西，好就是好、不好就是不好，不能「模稜兩可」一樣；然而世上的東西，大家都知道是沒有絕對的完美或醜惡的，只要人肯把觀點稍作移動，便可輕易的發現，抑與揚可先後出現在同一事物或人身之上，因此自古以來，當作家寫文章，對人或事有所評論時，既有全從抑或揚來著眼的，也有冶抑與揚爲一爐的，譬如：

王安石〈**讀孟嘗君傳**〉

> 世皆稱孟嘗君能得士，士以故歸之，而卒賴其力，以脫於虎豹之秦。嗟呼！孟嘗君特雞鳴狗盜之雄耳，豈足以言得士！不然，擅齊之強，得一士焉，宜可以南面而制秦，尚何取雞鳴狗盜之力哉！雞鳴狗盜

之出其門，此士之所以不至也。

這篇短文是採先揚後抑的手法寫成的：

㈠**揚的部分**：這個部分自起句至「以脫於虎豹之秦」止，爲本文的引子。作者在此，專就世上一般人的觀點，頌揚孟嘗君由於「能得士」，使士來歸，遂能仰賴他們的力量，把自己從秦人手中救了出來。特意以此立案，以反振出下面「抑」的部分來。

㈡**抑的部分**：這個部分自「嗟夫」至篇末，爲本文的主體。作者在此，先以「嗟夫」作一感歎，引出「孟嘗君特雞鳴狗盜之雄耳」兩句，針對上個部分的「能得士」，陡然一劈，劈出正面的看法，認爲孟嘗君只配稱「雞鳴狗盜之雄」，是不足以稱「得士」的；次以「不然」二字一轉，領出「擅齊之强」四句，採假設的口吻，進一層的從反面來推斷孟嘗君並未「得士」，因爲只要「得一士」，便可南面制秦，是不必假「雞鳴狗盜」的力量的；然後用「雞鳴狗盜之出其門」兩句，急轉急收，總括起來斷定：由於雞鳴狗盜出於其門的緣故，才使得孟嘗君始終不能「得士」，論斷可謂斬釘截鐵，有著無比的說服力。

雖然這篇文章只是短短的八十個字而已，卻有起、有承、也有轉、有合。其中的「起」，是「揚」的部分；「承」、「轉」、「合」爲「抑」的部分；而「抑」的部分，則仿回文的寫作技巧，將「雞鳴狗盜」（甲）與「得士」（乙）連貫成甲而乙、乙而甲的形式，使得文章產生往復迴環的特殊效果，真是巧妙到了極點。林西仲說：「百餘字中，有承、起、轉、合在內，警策奇筆，不可多得。」（《古文析義》卷六）吳楚材則說：「文不滿百字，而抑揚吞吐，曲盡其妙。」（《評注古文觀止》卷十一引）兩人下評的角度雖不盡相同，卻同樣的道出了本文的特點。又如：

韓愈〈**圬者王承福傳**〉

圬之為技，賤且勞者也。有業之，其色若自得者，聽其言，約而盡。問之，王其姓，承福其名；世為京兆長安農夫。天寶之亂，發人為兵。持弓矢十三年，有官勳，棄之來歸，喪其土田，手鏝衣食。餘三十年，舍於市之主人，而歸其屋食之當焉。視時屋食之貴賤，而上下其圬之傭以償之。有餘，則以與道路之廢疾餓者焉。

又曰：「粟，稼而生者也；若布與帛，必蠶績而後成者也。其他所以養生之具，皆待人力而後完也；吾皆賴之。然人不可徧為，宜乎各致其能以相生也。故君者，理我所以生者也；而百官者，承君之化者也。任有大小，惟其所能；若器皿焉。食焉而怠其事，必有天殃；故吾不敢一日捨鏝以嬉。夫鏝易能，可力焉；又誠有功，取其直，雖勞無愧，吾心安焉。夫力易強而有功也，心難強而有智也；用力者使於人，用心者使人，亦其宜也。吾特擇其易而無愧者取焉。

嘻，吾操鏝以入富貴之家有年矣！有一至者焉，又往過之，則為墟矣！有再至三至者焉，而往過之，則為墟矣！問之其鄰，或曰：『噫、刑戮也！』或曰：『身既死，而其子孫不能有也。』或曰：『死而歸之官也。』吾以是觀之，非所謂食焉（而）怠其事，而得天殃者邪？非強心以智而不足，不擇其才之稱否而冒之者邪？非多行可愧，知其不可而強為之者邪？將富貴難守，薄功而厚饗之者邪？抑豐悴有時，一去一來而不可常者邪？吾之心憫焉，是故擇其力之可能者行焉。樂富貴而悲貧賤，我豈異於人哉？」

又曰：「功大者，其所以自奉也博；妻與子，皆養於我者也。吾能薄而功小，不有之可也；又吾所謂勞力者，若立吾家而力不足，則心又勞也。一身而二任焉，雖聖者不可能也。」

愈始聞而惑之，又從而思之，蓋賢者也。蓋所謂獨善其身者也。然吾有譏焉；謂其自為也過多，其為人也過少。其學楊朱之道者耶？楊之道，不肯拔我一毛而利天下，而夫人以有家為勞心，不肯一動其心以畜其妻子，其肯勞其心以為人乎哉？雖然，其賢於世之患不得之而患失之者，以濟其生之欲，貪邪而亡道以喪其身者，其亦遠矣。又其言，有可以警余者，故為之傳而自鑒焉。

這篇文章是採先「敍」後「論」的方式寫成的：

**㈠敍的部分**：這個部分包括一、二、三、四等段：

1.起段：這一段先以開端兩句一抑，點明「圬」這種行業的性質，而以「賤」字伏下「使於人」句，以「勞」字伏下「用力」句；再以四句一揚，陡然指出一個圬者從事這種行業所顯現的神情與言談特色卻有異於常人的地方，以領起一篇精神，而以「自得」伏下「無愧」、「心安」句，以「約盡」伏下兩個「又曰」；然後以「問之」兩字作接榫，帶出「王其姓」十數句，採代敘的手法，順次交代這個圬者的姓名、世業以及入伍得官、棄官業圬的履歷，很技巧的道出了他動力餘生與不畜妻子的意思。

2.二、三段：作者在這裡，緊承起段，先以「又曰」二字作引，領出王承福的兩段話來：

⑴頭一段話，是由「粟稼而生者也」至「吾特擇其易爲而無愧者取焉」止。首先應起段之「手鏝衣食」句，從衣食的生產談到其他養生之具，說明人所以須分工合作的原因；再藉君臣所負任務之大小，說明人須各盡所長的道理；然後以「食焉怠其事」二句，將上兩節的意思作一總括，從反面指出人若不能分工合作、各盡所長，必得天譴，並且由因而果的順勢引出「故吾不敢一日捨鏝以嬉」一句，拉到自家身上，說出自己不敢「捨鏝以嬉」的事實。接著叩緊「捨鏝」之「鏝」字，並應起段開端數句，分勞力與勞心兩層，解釋自己所以業圬不辭勞賤的緣故。

⑵第二段話，由「嘻」至「我豈異於人哉」止，則先以「嘻」字發出感歎，從而引出「吾操鏝」一句，作爲總冒，分「一至」與「再至三至」兩層，敘述自己從事泥水工作以來所見人家由富貴變成廢墟的情形；再以「問之其鄰」一句承上啟下，領出三個「或曰」，藉人家之口，分述

他們所以致此的表面原因；接著以「吾以是觀之」一句，作個總括，先應上段「食焉而怠其事」、「無愧」、「心安」、「心難强而有智」及「惟其所能，若器皿焉」等數句，引出「非所謂」六句，並衍生「將富貴」四句，分五疊進一層的推斷他們所以致此的真正原因；然後以「吾心憫焉」四句，發出感喟作收，以點明自己所以自動棄官來歸的緣故。

3.四段：這一段仍以「又曰」二字作引，帶出王承福的另一段話來。這段話共十句，乃緊承著上段末尾數句來說的，首就功大功小、次就勞心勞力作個分析，說明自己所以不敢畜養妻子的緣故。

㈡**論的部分**：這個部分僅一段，即末段。作者在此，首先以「愈始聞而惑之」一句一抑，接以「又從而思之」三句一揚，總結上面「敍」的部分，發出作者個人的評論，認爲王承福的言行，雖然有令人疑惑之處，但仍不失爲一位能獨善其身的賢人；繼而用「然吾有譏焉」一句一轉，引出「謂其自爲也過多」八句，再予一抑，應二、四兩段，就「獨善其身」這一點上論斷他的過失；接著以「雖然」二字再一轉，引出「其賢於世……」四句，應三段，又予一揚，就「賢者」二字來讚美王承福，認爲他比那些「貪邪而亡道，以喪其身」的好得太多了；然後接以「又其言」三句，說明自己爲他作傳的動機收結，將規世的意思懇切的表示出來。

從形式看，這篇文章除篇首與末段用抑用揚以外，其他部分好像都與抑、揚無關；其實就內容材料上來看，全文是没有一個部分與抑、揚無關的，因爲前四段的「敍」，很顯然的全是爲末段的「論」而寫的。換句話說，末段的二抑、二揚，如果沒有預先安排於前四段的一些或抑或揚的有關內容材料作爲依據，是無法成立的；而連帶的，作者疾時規世的本旨也就無法表達出來了。所以我們可以這麼說：這篇文章是針對著抑與揚來覓取、運用材料的。又如：

陶淵明〈**五柳先生傳**〉

先生不知何許人也，亦不詳其姓字。宅邊有五柳樹，因以為號焉。閑靜少言，不慕榮利。好讀書，不求甚解；每有會意便欣然忘食。性嗜酒，家貧不能常得；親舊知其如此，或置酒而招之，造飲輒盡，期在必醉；既醉而退，曾不吝情去留。環堵蕭然，不蔽風日，短褐穿結，簞瓢屢空——晏如也。常著文章自娛，頗示己志。忘懷得失，以此自終。

贊曰：黔婁之妻有言：「不戚戚於貧賤，不汲汲於富貴。」味其言，茲若人之儔乎？啣觴賦詩，以樂其志。無懷氏之民歟？葛天氏之民歟？

這是全就「揚」的一面來寫的一篇文章。也是跟上篇一樣，採先「敍」後「論」的方式寫成：

㈠敍的部分：這個部分包括一、二兩段：

1.首段：這一段僅四句，用以點明五柳先生的來歷。寫法是這樣子的：先以首句說他「不以地傳」（《評注古文觀止》卷七），再以次句說他「不以名傳」（同上），然後以三、四兩句，說出他所以得號爲「五柳」的原因。

2.次段：這一段主要是寫五柳先生的高尚性行。首先以「閑靜少言」兩句，寫他的性情；再以「好讀書」十二句，分讀書與醉酒兩節，寫他的嗜好；接著以「環堵蕭然」四句，就住、衣、食，寫他的修養；然後以「常著文章自娛」四句，就著書與胸懷，寫他的志趣。

㈡**論的部分**：這個部分僅一段，即末段。作者在此，仿史傳之例，以「贊曰」二字冠首，引出頌贊的一段文字來。這一段文字，先以「黔婁有言」三句，應上段的「家貧」、「晏如」與「不慕榮利」等句，藉古代高士的話加以印證；再以「味其言」兩句，用疑問的口吻，提出作者自己的看法，認爲五柳先生該是「不戚戚於貧賤，不汲汲於富貴」的一類人物；然後以「銜觴賦詩」四句，應上段的「嗜酒」與「常著文章自娛，頗示己志」等句，從五柳先生的嗜好、志趣上來頌揚他是個上古人物作結。

大家都知道這篇〈五柳先生傳〉，等於是陶淵明的自傳。寫自傳，本有諸多限制，是不好全就「揚」的一面來寫的，更何況又夾雜著時代難言的因素，於是作者便只好假五柳先生作爲自己的寫照了。吳楚材說：「淵明以彭澤令辭歸後，劉裕移晉祚，恥不復仕，號五柳先生，此傳乃自述其生平之行也。」（《評注古文觀止》卷七引）看法是正確的。又如：

蘇軾〈**賈誼論**〉

非才之難，所以自用者實難。惜乎賈生王者之佐，而不能自用其才也。夫君子之所取者遠，則必有所待；所就者大，則必有所忍。古之賢人，皆有可致之才，而卒不能行其萬一者，未必皆其時君之罪，或者其自取也。

愚觀賈生之論，如其所言，雖三代何以遠過？得君如漢文，猶且以不用死；然則是天下無堯舜，終不可有所為耶？仲尼聖人，歷試於天下，苟非大無道之國，皆欲勉強扶持，庶幾一日得行其道。將之荊，先之以冉有，申之以子夏。君子之欲得其君，如此其勤也。孟子去齊，三宿而後出晝，猶曰：「王其庶幾召我。」君子之不忍棄其君，如此其厚也。公孫丑問曰：「夫子何為不豫？」孟子曰：「方今天下，舍我其誰哉？而吾何為不豫？」君子之愛其身，如此其至也。夫如此而不用，然後知天下果不足與有為，而可以無憾矣。若賈生者，非漢文之不用生，生之不能用漢文也。

夫絳侯親握天子璽，而授之文帝；灌嬰連兵數十萬，以決劉呂之雌雄；又皆高帝之舊將；此其君臣相得之分，豈特父子骨肉手足哉？賈生，洛陽之少年，欲使其一朝之間，盡棄其舊而謀其新，亦已難矣。為賈生者，上得其君，下得其大臣，如絳灌之屬，優游浸漬而深交之，使天子不疑，大臣不忌；然後舉天下而唯吾之所欲為，不過十年，可以得志。安有立談之間，而遽為人痛哭哉？觀其過湘，為賦以弔屈原，紆鬱憤悶，趯然有遠舉之志；其後卒以自傷哭泣，至於死絕；是亦不善處窮者也。夫謀之一不見用，安知終不復用也？不知默默以待其變，而自殘至此！嗚呼！賈生志大而量小，才有餘而識不足也。

古之人有高世之才，必有遺俗之累；是故非聰明睿哲不惑之主，則不能全其用。古今稱苻堅得王猛於草茅之中，一朝盡斥去其舊臣而與之謀。彼其匹夫，略有天下之半，其以此哉？愚深悲賈生之志，故備論之；亦使人君得如賈誼之臣，則知其有狷介之操，一不見用，則憂傷病沮，不能復振；而為賈生者，亦謹其所發哉！

這是全就「抑」的一面來寫的一篇文章，全文包括如下三大部分：

㈠**緒論的部分**：這個部分自起段首句至「而不能自用其才也」止，作者在此，先以前兩句，泛論「自用其才」的困難；然後以後兩句，用惋惜的口吻，針對賈誼這個人，作一虛斷，認爲他「不能自用其才」，以建立一篇的主意。

㈡**申論的部分**：這個部分包括起段後半及二、三、四等段，係採先條分、後總括的方式寫成：

1.條分的部分：這個部分凡條分爲三：

(1)條分一：即起段後半，共九句。作者在此，先從反面說起，再回歸正面，特就不能「待」與「忍」上，承緒論的部分，進一層的申論「不能自用其才」的意思。

(2)條分二：即次段。係採合（正）、分（反）、合（正）的形式寫成。先是以「愚觀賈生之論」七句，論賈生以王佐之才，卻不見用於漢文帝，這是「合」的部分，是從正面來說的。接著以「仲尼聖人」至「而可以無憾矣」止，依次就「得君勤」、「愛君厚」、「愛身至」三端，摹寫古聖——孔子和孟子用世不苟的情事，從而提明如此而不用，則可以無憾，這是「分」的部分，是從反面來說的。然後以「若賈生者」三句，由古聖過到賈生身上，深責他不能見用於漢文帝，以見其「不能自用其才」之過，這是「合」的部分，是從正面來說的。

(3)條分三：即第三段。這一段首先以「夫絳侯親握天子璽」七句，指明絳侯與灌嬰，皆有功於朝廷，而又都是高帝的舊臣，與漢文帝的關係，是至爲密切的；然後以「賈生洛陽之少年」四句，針對賈生上疏的內容，論賈生以洛陽少年，既無功，又非舊，卻想使漢文帝「棄舊謀新」，是極其困難的事，以進一步的從不能處大臣這一點上，見出賈生「不能自用其才」的過失。

2.總括的部分：這個部分僅一段，即第四段。在這一段裡，作者首先以「爲賈生者」十三句，承上文的二、三段，由反而正的指出賈生如能善用其才，以上事其君，下處大臣，則十年可以得志，是不必在陳政事的時候，爲時勢而痛哭流涕的；接著以「觀其過湘」十一句，承起段的後半（即條分一），藉賈生出爲長沙王太傅、過湘水弔屈原、自傷爲傅無狀，以至於傷哭至死的事實，深惜賈生由於不能「忍」，又不能「待」，才落得如此下場；然後以「嗚呼」二字作一感歎，引出「賈生志大而量小」兩句，從根本上指出賈生所以「不能自用其才」的理由，真是一字一惜，含有無盡的意思。

㈢餘論的部分：這個部分僅一段，即末段。作者在這個部分裡，先以「古之人」五句，泛指惟有聖明的君主才能使人臣完全發揮他們的才能；再以「古今稱苻堅……」五句，藉苻堅用王猛以棄舊謀新的史實，歸過於漢文帝不能用賈生；然後以「愚深悲賈生之志」至篇末，點明所以作這篇文章的緣故，並由漢文帝及賈生推擴至所有用才之主與負才之士身上，希望他們都能以此爲鑒。結得真是情深而意遠，令人讀後爲之低迴不已。

作者寫這篇文章，雖然從頭到尾都在責怪賈誼，但是字裡行間卻始終充滿著濃烈的痛惜之情，所以讀來意味格外深長。林西仲說：「賈生病源，全在取忌絳、灌，漢文勢難獨任，正是不能用漢文處，篇中層層責備，卻帶悲惜，筆力最高。」（《古文析義》二編卷七）評得十分中肯。

運材的手段，雖不只限於以上所舉的五種而已，但相信已足以看出運材手段的多樣來了。如果我們在從事讀、寫或教學的時候，能夠多加掌握，則增進讀、寫的本領，提高教學的效果，當是可以預期的。

（原載民國七十四年十月《中等教育》三十六卷五期，頁五～二十三）

# 談詞章聯絡照應的幾種技巧

詞章的各種材料，除了要排定它們的先後次序外，是須進一步的用有形或無形的銜接手段，把它們聯成一氣的。這就像裁剪一件衣料，在排好各個部位的順序後，須再用絲線，或內藏，或外露，將它們連綴起來，否則就無法使它們聯貫成一個整體了。這種銜接的手段，大致說來，可分爲兩種：一是有形的，稱基本聯絡；一是無形的，稱藝術聯絡。茲依序舉例說明如次：

## 一、基本的聯絡

這種聯絡，據黃師錦鋐博士著〈中學國文教材教法〉一書所舉，有聯詞、聯語、關聯句子與關聯節段等四種方式。茲依其所分，舉例說明如左：

### ㈠用聯詞作上下文之接榫

這是詞章最基本的聯絡方式，大約可分爲如下數種：

**1.以直承聯詞作上下文接榫者**：常用作上下文接榫的直承聯詞，有因、因之、因爲、乃、遂、故、是以、是故、所以、於是等，如：

「我**因**詆諆時政，狂名日著，及詩草刊行，益爲清吏所忌。」（高中國文第三冊第十一課，以下簡稱高三—11。餘仿此。）

「李老伯事前擘畫周詳，**因**禹州有他所設商號，令我往避。」（仝右）

「自歎不能在家歡笑一堂，**因之**更加想念你的活潑神態，不能忘懷。」（國二—2）

「每個人都應該盡量去認識新朋友，**因爲**朋友能擴大自己的生活領域。」（國一—7）

「**正因爲**這裡的竹子們創造了它們獨特的風格，創造了它們獨特的姿態，**所以**，喜歡這些竹林的人是很多的。」（國一—18）

「管仲曰：『老馬之智可用也。』**乃**放馬而隨之，**遂**得道。」（國三—10）

「至是，德威求公之骨不可得，**乃**以衣冠葬之。」（高三—3）

「念無與樂者，**遂**步至承天寺，尋張懷民。」（國二—7）

「**是以**滿政府一日不去，中國一日不免於危亡；**故**欲保全國土，必自驅滿始。」（高一—

2）

「試用於昔日，先帝稱之曰『能』，**是以**衆議舉寵爲督。」（高二—14）

「此皆良實，志慮忠純，**是以**先帝簡拔以遺陛下。」（仝右）

「孔子曰：『三人行，則必有我師。』**是故**弟子不必不如師，師不必賢於弟子。」（高一—12）

「如果一件事業能夠成功，便能夠享大名。**所以**我勸諸君立志，是要做大事，不要做大官。」（國一—10）

「上行出中渭橋，有一人從橋下走出，乘輿馬驚。**於是**使騎捕，屬之廷尉。」（國三—8）

「其取蜜也，分其贏而已矣，不竭其力也。**於是**故者安，新者息。」（高一—9）

**2.以轉折聯詞作上下文接榫者**：常用作上下文接榫的轉折聯詞，有而、然、然而、然則、但、但是、第、顧、否則、不過、可是等，如：

「當夜來的時候，整個城市裡都是繁絃急管，都是紅燈綠酒。**而**我們在寂靜裡，我們在黑暗裡。」（國一—9）

「凡此瑣瑣，雖爲陳迹，**然**我一日未死，則一日不能忘。」（高一—7）

「吾黨菁華，付之一炬，其損失可謂大矣！**然**是役也，碧血橫飛，浩氣四塞。」（高二—1）

「於是人人都成了一個差不多先生。——**然而**中國從此就成了一個懶人國了。」（國三—7）

「雖命之所存，天實爲之，**然而**累汝至此者，未嘗非予之過也。」（高一—7）

「而死後之有知無知，與得見不得見，又卒難明也。**然則**抱此無涯之憾，天乎，人乎，而竟已乎！」（仝右）

「他有一雙眼，**但**看的不很清楚；有兩隻耳朵，**但**聽的不很分明。」（國三—7）

「她是慈母兼任嚴父，**但**她從來不在別人面前罵我一句，打我一下。」（國一—4）

「這些舊道德，中國人至今還是常講的。**但是**現在受外來民族的壓迫，侵入了『新文化』。」（國三—1）

「兒死不足惜，**第**此次之事，未曾稟告大人，實爲大罪！」（高一—2）

「**顧**自民國肇造，變亂紛乘，黃花岡上一坏土，猶湮沒於荒煙蔓草間。」（高二—1）

「他得遵守交通規則，尊重一切別人的權利。**否則**，他的車子或許早已四輪朝天。」（國三—4）

「祖母的話，老天爺什麼的，我覺得是既多餘，又落伍的。**不過**，我卻很尊敬我的祖父母。」（國三—11）

「許多做大事成功的人，不盡是在學校讀過書的，也有向來沒有進過學校的，**不過**那種人是

有他天生的長處。」（國一—10）

「今天走同明天走，也還差不多；可是火車公司未免太認真了。」（國三—7）

**3.以推展聯詞作上下文接榫者**：常用作上下文接榫的推展（含假設）聯詞，有也、又、亦、或、而、而或、尤其、至於、至若、若夫、若是、如、如果、假如、例如、譬如、甚至、並且、還有、苟或、也許等，如：

「我的日子滴在時間的流裡，沒有聲音，也沒有影子。」（國一—20）

「昂首觀之，項為之强。又留蚊於素帳中，徐噴以煙，使之沖煙飛鳴。」（國一—8）

「岸芷汀蘭，郁郁青青。而或長煙一空，皓月千里，浮光耀金，靜影沈璧。」（高二—7）

「一切都要照著新生活的六項原則——整齊、清潔、簡單、樸素、迅速、確實——切實做到，尤其是整齊、清潔，格外要緊。」（國一—2）

「一個人能憑良心做事，那就好了，至於其他一切，還是能夠想得開、看得遠來得好。」（高一—3）

「至若春和景明，波瀾不驚，上下天光，一碧萬頃。」（高二—7）

「若夫霪雨霏霏，連月不開；陰風怒號，濁浪排空。」（仝右）

「如使平民皆習於兵，彼知有所敵，則固以破其奸謀，而折其驕氣。」（高二—5）

「鄉下人家照例總要養幾隻雞，您如果從他們的門前屋後走過，定會瞧見一隻母雞，率領一

羣小雞，在竹林中覓食。」（國一—6）

「平常你們總說：『沒人知道我。』**假如**有人知道你們，能用你們，**又**可以有什麼表現呢？」（國三—2）

「不過在稍稍複雜的情形之下，我們就往往不容易明白關係的所在。**譬如**有了疾病，不請醫生而求祐於神道。」（國三—14）

「我是個主張趣味主義的人，**倘若**用化學化分『梁啓超』這件東西，把裡頭所含一種原素名叫『趣味』的抽出來，只怕所剩下的僅有個零了。」（高一—13）

「人們可以拿茶杯在井中舀水，絕不需繩索等工具。**甚至**用一支筷子往地下一扎，拔起來便是一線清泉。」（國三—6）

「常數月營聚，然後敢發書。**苟**或不然，人爭非之。」（高一—11）

「努力之於成功，一如水到自然渠成。**也許**，有時候我們發現：經由辛勤的付出，卻未必有所獲得。」（國三—20）

**4.以總括聯詞作上下文接榫者**：常用作上下文接榫的總括聯詞，有都、總之、凡此、總此、如此、這樣等，如：

「無論是澎湃的思潮，或涓涓的情致，發而爲一首詩、一篇文，或一支歌，都是一種珍貴的泉水。」（國三—6）

「**總之**，讀書要會疑，忽略過去，不會有問題，便沒有進益。」（《胡適讀書》）

「**凡此**瑣瑣，雖爲陳迹，然我一日未死，則一日不能忘。」（高一—7）

「**總此**十思，弘茲九德。」（高五—10）

「今募天下入粟縣官，得以拜爵，得以除罪；**如此**，富人有爵，農人有錢，粟有所渫。」（高五—14）

「個個學生能夠愛清潔，尚整齊，身體强，精神好，**這樣**一定可以成爲一個健全的國民。」（國一—2）

㈡聯語作上下文之接榫

聯貫詞章的上下文，通常只用一般聯詞，是不夠的，必須另用一些上舉聯詞以外的詞語來擴充，才能應付裕如。而所謂的「語」，其實也是詞，只不過爲了與上舉的聯詞有所區別，所以稱爲「語」罷了。如：

「**一日**，見二蟲鬥草間，觀之，興正濃，忽有龐然大物，拔山倒樹而來。」（國一—8）

「如果別人都不迎接，我們就負責把光明迎來。**這時**，或許有一個早起的孩子走了過來。」（國一—9）

「**忽然間**，看見蘆叢後火光一閃，**一會兒**，又一閃。」（國一—12）

「**近幾年來**，父親和我都是東奔西走，家中光景，一日不如一日。」（國二—8）

「但他終於不放心，怕茶房不妥帖；頗躊躇了一會。**其實**，我那年已二十歲。」（仝右）

「**後來**他在一個錢鋪裡做夥計；他也會寫，也會算。」（國三—7）

「他說完了這句格言，就絕了氣。**他死後**，大家都很稱讚差不多先生樣樣事情看得破，想得通。」（仝右）

「縣人來，聞蹕，匿橋下。**久之**，以為行已過。」（國三—8）

「我愛鳥。**從前**我常見提籠架鳥的人，清早在街上遛達。」（國三—9）

「**以上四點**，僅僅是個人日常生活上的幾種習慣，平淡無奇的，沒有什麼大了不起。」（國三—14）

「孟子曰：『有為者，譬如掘井；掘井九仞，而不及泉，猶為棄井也。』**成敗之數**，觀此而已！」（國三—18）

「吃過晚飯，又到隄上閒步。**這時**北風已息，誰知道冷氣逼人。」（國三—19）

「稚暉先生在北平的時候，曾經教過我的書。**那時**，我住宿、讀書都隨著他在一起。」（高一—3）

「先生見了我，第一句話就笑著問：『你嘗試經過怎麼樣?』當時，我也不知道從何說起。**一個月後**，我把這十四年來的經過，寫成一篇報告，送給先生看。」（仝右）

「**這天**，先生顯得特別和藹可親，慈祥笑容伴著銳利的目光，這一位老人的影子，是我永遠不能淡忘的。**此後**，我每次從江西到重慶，都要去看他。」（仝右）

「如果你到過巴黎，你會覺得它不但是法國人的都市，而且是你自己的都市；**同樣地**，北平不僅是中國人的都市，也是全世界人士的都市。」（高一—6）

「鄒君海濱，以所輯黃花岡烈士事略，丐序於予。**時予**方以討賊督師桂林。」（高二—1）

「**昔者**先王知兵之不可去也，是故天下雖平，不敢忘戰。」（高二—5）

「**今者**治平之日久，天下之人，驕惰脆弱，如婦人孺子，不出閨門。」（仝右）

「**當是時也**，商君佐之，內立法度，務耕織，修守戰之具，外連衡而鬥諸侯。」（高六—11）

除了上引例子之外，另有因修辭技巧，如感歎、呼告、鑲嵌、類疊、頂真等，也使某些詞語充當了上下文接榫的，如：

「苟或不然，人爭非之，以爲鄙吝。故不隨俗靡者蓋鮮矣。**嗟乎**！風俗頹敝如是，居位者雖不能禁，忍助之乎！」（高一—11）

「可是，不管你選擇什麼路，必須要不停留地一步步地走去。**朋友**，只管走過去吧！」（國二—16）

「**春**不得避風塵，**夏**不得避暑熱，**秋**不得避陰雨，**冬**不得避寒凍。」（舊高三—11）

「那雙眼睛，如秋水，如寒星，如寶珠，如白水銀裡頭養著兩丸黑水銀。」（高一—10）

「道狹草木長，夕露沾我衣。衣沾不足惜，但使願無違。」（國三—5）

㈢用關聯句子作上下文之接榫

寫作詞章，如果關聯語詞已經不夠用，那就得運用關聯句子來作上下文的接榫了。如：

「她說：『你總要踏上你老子的腳步，我一生只曉得這一個完全的人，你要學他，不要跌他的股。』她說到傷心處，往往掉下淚來。」（國一—4）

「十天之中，總有八、九天我是第一個去開學堂門的。等到先生來了，我背了生書，才回家吃早飯。」（仝右）

「我隨口回答：『娘（涼）什麼！老子都不老子呀。』我剛說完了這句話，一擡頭，看見母親從家裡走出，我趕快把小衫穿上。」（仝右）

「胡漢傑，他家開的是雞蛋店。還有林湖，他父親是警員。一想到他們，我就覺得人生充滿了意義。」（國一—7）

「心之所向，則或千或百，果然鶴也。昂首觀之，項爲之强。」（國一—8）

「舌一吐而二蟲盡爲所吞。余年幼，方出神，不覺呀然驚恐。」（仝右）

「那年冬天，祖母死了，父親的差使也交卸了，正是禍不單行的日子。喪事完畢，父親要到

南京謀事，我也要回北京念書，我們便同行。」（國二—8）

「信中說道：『我身體平安，惟膀子疼痛得厲害，舉箸提筆，諸多不便，大約大去之期不遠矣。』**我讀到此處**，在晶瑩的淚光中，又看見那肥胖的青布棉袍、黑布馬褂的背影。」（仝右）

「黔婁之妻有言：『不戚戚於貧賤，不汲汲於富貴。』**味其言**，茲若人之儔乎？」（國二—18）

「差不多先生差不多要死的時候，一口氣斷斷續續地說道：『活人同死人也差……差……差……不多，……』**他說完了這句格言**，就絕了氣。」（國三—7）

「祇是面前的冰，插得重重疊疊的，高出水面有七、八寸厚。**再望上游走了一、二百步**，祇見那上游的冰，還一塊一塊地慢慢價來。」（國三—19）

「於是故者安，新者息，丈人不出戶而收其利。**今其子則不然**：園蘆不葺，污穢不治。……」（高一—9）

「漁歌互答，此樂何極！**登斯樓也**，則有心曠神怡、寵辱偕忘、把酒臨風，其喜洋洋者矣。」（高二—7）

「至今每吟，猶惻惻耳。**且置是事**，**略敍近懷**。僕自到九江，已涉三載，形骸且健，方寸甚安。……」（高二—9）

「這篇序文裡面，我有兩句話說：『革命之學，大學也；革命之道，大學之道也。』**大家要**

知道，革命的學問，並不是外國來的學問，而是一個中國固有的學問。」（高五—2）

「是其曲彌高，其和彌寡。故鳥有鳳而魚有鯤。鳳凰上擊九千里，絕雲霓，負蒼天，……」（〈宋玉對楚王問〉）

「夫尺澤之鯢，豈能與之量江海之大哉？故非獨鳥有鳳而魚有鯤也，士亦有之。夫聖人瑰意琦行，超然獨處，夫世俗之民，又安知臣之所爲哉？」（仝右）

(四)用關聯節段作上下文之接榫

作者在行文時，往往也會用一節或一段文字來作上下文的接榫，以補關聯詞語和句子之不足。如范仲淹〈岳陽樓記〉的第二段，於敘述了岳陽樓的大觀，亦即常景之後，有節文字說：

然則北通巫峽，南極瀟湘，遷客騷人，多會於此，覽物之情，得無異乎？

有了這節文字作上下文之接榫，藉「然則」這個聯詞作一轉折，帶出「北通巫峽」四句，從而逼出「覽物之情，得無異乎」的兩句話來，自然的就可以把常景一截過到變景一截，用三、四兩段來實寫「覽物異情」的種種，而末段也就有了有力的憑藉，以反照出古仁人之用心，並進而得出「先天下之憂而憂，後天下之樂而樂」的篇旨來。所以這一節文字雖短，卻是肩負著有聯貫和照應上下文的重大任務的。又如李陵與蘇武書，在一開端，描述北方苦寒景象與自身「絕於漢後，不得歸，久辱於外之苦」（林雲銘《古文析義》卷三）之後，說：

嗟乎子卿！人之相知，貴相知心。前書倉卒，未盡所懷，故復略而言之。

作者就由這一節文字作引，帶出一大段話來，追述當年以五千之衆對十萬之軍，不得已而投降的經過與用心。顯然的，這節文字是專門作承上啓下用的。又如劉鶚的〈黃河結冰記〉（文題與段落，悉依國中課本第三册），它的第二段，主要是用以描寫黃河水面上擠冰的情景，而第三段則主要是描寫黃河水面上打冰的情景。就在這兩者中間，作者寫道：

老殘復行望下游走去，過了原來的地方，再望下走，只見……。

這一節文字，無疑的也是用作上下文接榫的。另外，作者在第四段描述了遠近雪月交輝的景致後，接著於第五段寫：

老殘就著雪月交輝的景致，想起謝靈運的詩：「明月照積雪，北風勁且哀」兩句，若非經歷北方苦寒景象，那裡知道「北風勁且哀」的一個「哀」字下得好呢？

作者在這裡，引謝靈運的詩，轉景爲情，拈出一個「哀」字，以上收一、二、三、四等段之景，並下啓末段之情。這樣，不但聯貫了四、六兩段，也把全文貫穿成一個整體了。又如《史記·孟荀列傳》，在記孟子與騶衍事迹之間，有段文字云：

> 其（孟子）後有騶子之屬，齊有三騶子：其前騶忌，以鼓琴干威王，因及國政，封為成侯，而受相印，先孟子。其次騶衍，後孟子。

而在記騶衍與稷下諸子，如淳于髠、愼到、田駢、接子、環淵、騶奭等人事迹之間，又有段文字云：

> 自騶衍與齊之稷下先生，如淳于髠、愼到、環淵、接子、田駢、騶奭之徒，各著書，言治亂之事，以干世主，豈可勝道哉！

這兩段文字，很清楚的可以看出是作爲引渡用的；有了這些文字作引渡，便把原本各自獨立的片段，很緊密的聯成一氣了。又如胡適的〈母親的教誨〉（文題與段落，悉依國中課本第一冊）一文，首段採泛寫的方式，從每天天剛亮寫到天大明，由喊醒、指錯寫到催上學，以寫出他母親關心他學業，並在晨間於他犯事小時訓誨自己的情形。而第三段，則採實寫的方式，記一個夜晚，因自己穿衣說了輕薄話而受到母親重罰，以致生病的經過，寫出了他母親關心他健康，並在夜裡於他犯事大時訓誨自己的情形。就在這兩段間，作者這樣寫道：

> 我母親管束我最嚴，她是慈母兼任嚴父。但她從來不在別人面前罵我一句，打我一下。我做錯了事，她只對我一望，我看見了她的嚴厲眼光，便嚇住了。犯的事小，她等到第二天早晨我睡醒時才教訓我。犯的事大，她等到晚上人靜時，關了房門，先責備我，然後行罰，或罰跪，或擰我的肉。無論怎樣重罰，總不許我哭出聲音來。她教訓兒子，不是借此出氣叫別人聽的。

由於一、三段，一寫清晨，一寫夜晚；一寫犯事小，一寫犯事大；都各自獨立，無法連成一體，於是作者又安排了這一段文字，以作爲承上啓下之用。顯而易見的，這一段自首句起至「便嚇住了」句止，是同時照應一、三兩段的；「犯的事小」兩句，是上應起段來寫的；自「犯的事大」起至段末，是下應第三段來寫的。這樣，一面收起段，一面啓後段，十足的發揮了聯貫的作用。

又如杜預的〈春秋左氏傳集解序〉一文，在依次說明了《春秋》、《左氏》傳與《集解》的體例、特色之後，接著說：

或曰〈春秋〉之作，《左傳》及《穀梁》無明文，說者以為仲尼自衛返魯，修《春秋》，立素王，丘明為素臣。言《公羊》者亦云：黜周而王魯，危行言遜，以避當時之害，故微其文、隱其義。《公羊》經止獲麟，而《左氏》經終孔子卒，敢問所安？

藉著這段文字，作者將古來有關孔子作《春秋》、黜周王魯與經止何時等問題，以「或曰」二字帶出，然後分段依問作答，使得原本碎亂且各自獨立的問題，貫成一個整體，技巧可以說是相當高妙的。

## 二、藝術的聯絡

這種聯絡，據黃師錦鋐博士著〈中國國文教材教法〉一書所列，有首尾呼應、暗伏明應、一路照應、層遞接應、過渡聯絡等五種。茲概括爲局部性的前呼後應與整體性的一路照應兩類，分別舉例說明於後：

㈠**前呼後應**：這是就前後局部材料或思想情意的一種呼應而言，常用於各類詞章。

詩如：

杜審言〈**和晉陵陸丞早春遊望**〉

獨有宦遊人，偏驚物候新。雲霞出海曙，梅柳渡江春。淑氣催黃鳥，晴光轉綠蘋。忽聞歌古調，歸思欲霑巾。

杜甫〈**曲江**〉

一片花飛減卻春，風飄萬點正愁人。且看欲盡花經眼，莫厭傷多酒入脣。江上小堂巢翡翠，苑邊高塚臥麒麟。細推物理須行樂，何用浮榮絆此身？

孟浩然〈**宿桐廬江寄廣陵舊遊**〉

山暝聽猿愁，滄江急夜流。風鳴兩岸葉，月照一孤舟。建德非吾土，維揚憶舊遊。還將兩行淚，遙寄海西頭。

首篇就呼應來看，凡分兩組：一是「偏驚」與「歸思欲霑巾」句，一是「物候新」與「雲霞出海曙」四句，兩組分別照應，藉早春的物候，充分的襯托出了作者讀陸丞詩後所湧生的無限別恨。次篇和首篇一樣，也分兩組來呼應：一是用起聯「一片花飛減卻春」兩句與頸聯「江上小堂巢翡翠」兩句，藉飛花減春、翡翠巢堂、麒麟臥塚的殘敗景象，暗寓萬物好景無常的盛衰道理，以照應結聯的「細推物理」；二是用頷聯的「且看欲盡花經眼」兩句，藉飲酒賞花，表出珍惜光陰、及時行樂的意思，以照應結聯的「須行樂」，從而引出「何用浮榮絆此身」一句，發生感慨收束，脈絡是十分清晰的。末篇就材料的呼應上來說，大約也可分爲兩組：一是就「陸」上呼應，一是就「水」上呼應。前者以起首「山暝」句一呼，由「風鳴」句與「建德」兩句回應；後者以「滄江」句一呼，由「月照」句與「還將」兩句回應。這樣水陸相間地詠來，自然能馭繁爲簡，顯得有條不紊了。

詞如：

韋莊〈**菩薩蠻**〉

人人盡說江南好，遊人只合江南老。春水碧於天，畫船聽雨眠。　壚邊人似月，皓腕凝霜雪。未老莫還鄉，還鄉須斷腸。

蘇軾〈**念奴嬌**〉赤壁懷古

大江東去，浪淘盡、千古風流人物。故壘西邊，人道是、三國周郎赤壁。亂石崩雲，驚濤裂岸，捲起千堆雪。江山如畫，一時多少豪傑。　遙想公瑾當年，小喬初嫁了，雄姿英發。羽扇綸巾，談笑間、檣櫓灰飛煙滅。故國神遊，多情應笑我，早生華髮。人間如夢，一尊還酹江月。

辛棄疾〈**清平樂**〉題上盧橋

清泉犇快，不管青山礙。十里盤盤平世界。更著溪山襟帶。　古今陵谷茫茫，市朝往往耕桑。此地居然形勝，似曾小小興亡。

首闋就呼應來說，與上舉的三首詩一樣，也分為兩組：一是以起句「人人盡說江南好」先呼，而以「春水碧於天」四句回應；一是以次句「遊人只合江南老」先呼，而以結二句回應。這樣，經由抽象（虛）與具體（實）作先後的呼應，作者便將他那有家歸不得，必須終老江南的悲哀，巧妙的抒發出來了。次闋則約分三組來先後呼應：一是就「水」上呼應，先以「大江東去」一呼，後由「浪」、「驚濤裂岸，捲起千堆雪」、「江」回應；二是就「山」上呼應，先以「故壘西邊」、「赤壁」一呼，後由「亂石崩雲」、「山」回應；三是就「人」上呼應，先以「千古風流人物」一呼，後由「三國周郎」、「多少豪傑」為應，從而領出下半闋來敘寫「人」事，成功的將年老華白、一事無成的自己與當年雄姿英發、建立不朽功業的周瑜，作成尖銳的對照，以寫年華虛度、「人間如夢」的深切感慨來。這樣由「江」（含人）、「山」（含人）而折到「人」事，彼此前後呼應，章法是相當綿密的。末闋則和首闋一樣，共分兩組來呼應：一是由上片「清泉犇快」四句，實寫上盧橋周遭的美麗風景，以照應篇末的「此地居然形勝」句；一是由下片開頭的「古今陵谷茫茫」兩句，透過想像，虛寫陵谷、市朝的變幻，以照應結尾的「似曾小小興亡」句。如此一呼一應，作者就把感慨興亡的意思作了充分的表達。

散文如：

> 王安石〈**讀孟嘗君傳**〉
>
> 世皆稱孟嘗君能得士，士以故歸之，而卒賴其力，以脫於虎豹之秦。嗟呼！孟嘗君特雞鳴狗盜之雄耳，豈足以言得士！
>
> 不然，擅齊之強，得一士焉，宜可以南面而制秦，尚何取雞鳴狗盜之力哉！雞鳴狗盜之出其門，此士之所以不至也。

這篇短文，是採正反映照的技巧寫成的；也就是說：針對孟嘗君是「得士」抑或「特雞鳴狗盜之雄」來加以議論。其中「世皆稱孟嘗君能得士，士以故歸之」與「豈足以言得士」、「得一士焉」、「此士之所以不至也」等句，或正或反，彼此相互呼應；而「特雞鳴狗盜之雄」也與「尚何取雞鳴狗盜之力哉」、「雞鳴狗盜之出其門」等句，先後呼應，以表出孟嘗君始終不能得士的一篇旨意來。尤其是在用「嗟呼」二字陡然一轉之後，作者仿回文的技巧，將「雞鳴狗盜」（甲）與「得士」（乙）聯貫成甲而乙、乙而甲、甲而乙的形式，使得文章產生往復呼應的效果，手法是極爲高明的。又如：

韓愈〈**進學解**〉

國子先生，晨入太學，召諸生立館下，誨之曰：「業精於勤荒於嬉，行成於思毀於隨。方今聖賢相逢，治具畢張。拔去兇邪，登崇俊良。占小善者率以錄，名一藝者無不庸。爬羅剔抉，刮垢磨光。蓋有幸而獲選，孰云多而不揚？諸生業患不能精，無患有司之不明；行患不能成，無患有司之不公。」

言未既，有笑於列者曰：「先生欺余哉！弟子事先生，於茲有年矣。先生口不絕吟於六藝之文，手不停披於百家之編；紀事者必提其要，纂言者必鉤其玄；貪多務得，細大不捐，焚膏油以繼晷，恆兀兀以窮年；先生之業，可謂勤矣。

觝排異端，攘斥佛老；補苴罅漏，張皇幽眇；尋墜緒之茫茫，獨旁搜而遠紹；障百川而東之，迴狂瀾於既倒；先生之於儒，可謂有勞矣！

沈浸醲郁，含英咀華，作為文章，其書滿家；上規姚姒，渾渾無涯；周《誥》、殷《盤》，佶屈聱牙；《春秋》謹嚴，左氏浮誇；《易》奇而法，《詩》正而葩；下逮《莊》《騷》，太史所錄，子雲相如，同工異曲；先生之於文，可謂閎其中而肆其外矣！

少始知學，勇於敢為；長通於方，左右具宜；先生之於為人，可謂成矣！

然而公不見信於人，私不見助於友，跋前躓後，動輒得咎；暫為御史，遂竄南夷；三年博士，冗不見治。命與仇謀，取敗幾時！冬煖而兒號寒，年豐而妻啼飢。頭童齒豁，竟死何裨？不知慮此，而反教人為！」

先生曰：「吁，子來前！夫大木為杗，細木為桷；欂櫨侏儒，椳闑扂楔；各得其宜，施以成室者，匠氏之工也。玉札、丹砂、赤箭、青芝、牛溲、馬勃、敗鼓之皮；俱收並蓄，待用無遺者，醫師之良也。登明選公，雜進巧拙，紆餘為妍，卓犖為傑；校短量長，惟器是適者，宰相之方也。

昔者孟軻好辯，孔道以明，轍環天下，卒老於行。荀卿守正，大論是弘，逃讒於楚，廢死蘭陵。是二儒者，吐辭為經，舉足為法，絕類離倫，優入聖域，其遇於世何如也？

今先生學雖勤而不繇其統，言雖多而不要其中，文雖奇而不濟於用，行雖修而不顯於眾。猶且月費俸錢，歲靡廩粟，子不知耕，婦不知織，乘馬從徒，安坐而食。踵常途之促促，窺陳編以盜竊。然而聖主不加誅，宰臣不見斥，茲非其幸歟？動而得謗，名亦隨之；

投閒置散，乃分之宜。若夫商財賄之有亡，計班資之崇痺，忘己量之所稱，指前人之瑕疵，是所謂詰匠氏之不以杙為楹，而訾醫師以昌陽引年，欲進其豨苓也。

這篇文章凡分三大段：自篇首至「無患有司之不公」，設爲先生誨言，是第一大段；自「言未既」至「不知慮此而反教人爲」，設爲弟子難詞，是第二大段；自「先生曰吁」至篇末，設爲先生解答，是第三大段。這三段的文字，前呼後應者，隨處可見，茲依段落之先後列舉如次：

在第一大段裡，開端的「業精於勤荒於嬉，行成於思毀於隨」兩句，與段末的「諸生業患不能精，無患有司之不明；行患不能成，無患有司之不公」四句，彼此前後呼應。而段末的四句，既用以勉學者，更爲通篇議論張本。

第二大段共分五節，首節述先生廣研經、史、子、集，長年勤苦不休，這是針對首段「業精於勤」四字來說的，所以過商侯說：「以上稱其勤于己業，是一段。」（《古文評注》卷八）次節述先生攘斥佛老，維護道統，這也是針對首段的「業精於勤」來說的，所以過商侯說：「以上稱其有功於儒，徵其業之精，是二段。」（仝上）三節述先生文有所本，閎中肆外，這同樣是照應首段的「業精於勤」來說的，所以過商侯說：「以上稱其有得於文，徵其業之精，是三段。」（仝上）四節述先生志立道通，這是針對首段的「行成於思」來說的，所以過商侯說：「以上稱其爲人之成立。上三段論業精，此只論行成，是四段。」（仝上）五節述先生位卑祿薄，這是照應首段「有司之不明」、「有司之不公」來說的，所以過商侯說：「此段駁言先生業精行成如彼，而有司之不明、不公如此，是先生之教全不足信矣。此結是尾。」

第三大段共分三節，首節以匠用木、醫用藥爲喻，說明宰相用人有巧拙長短之不同，這是應首段「登崇俊良，占小善者率以錄，名一藝者無不庸」三句來說的。次節述孟、荀業精行成，優入聖域，卻不能期其必遇。其中「昔者孟軻好辯」四句，是應次段的「頭童齒豁」句來說的；而「荀卿守正」四句，是應次段的「竟死何裨」句來說的；至於「吐辭爲經，舉足爲法」兩句，是應首段的「業精於勤」、「行成於思」兩句來說的。三節則先生故作謙詞，表示無怨尤之意作結。其中「今先生學雖勤而不繇其統」句，用以「解上『口不絕吟』一段」（林雲銘《古文析義》卷五）；「言雖多而不要其中」句，用以「解上『觝排異端』一段」（仝上）；「文雖奇而不濟於用」句，用以「解上『沈浸濃郁』一段」（仝上）；「行雖修而不顯於衆」句，用以「解上『號寒』、『啼飢』句」（仝上）；「乘馬從徒」四句，用以「解上『三年博士』句」（仝上）；「然而聖主不加誅」三句，用以「解上『不見信』、『不見助』句」（仝上）；「動而得謗」兩句，用以「解上『動輒得咎』句」（仝上）；「投閒置散」兩句，用以「解上『冗不見治』句」（仝上）；「若夫財賄之有無」四句，用以總應次段第五節「不明」、「不公」之指責；「是所謂詰匠氏之不以杙爲楹」兩句，用以「抱前（三段首節）二喻」（仝上）；可以說句句都與前文互相呼應，手段之高，是不得不令人讚佩的。

林雲銘總評此文說：「首段以進學發端，中段句句是駁，末段句句是解，前呼後應，最爲綿密。」（《古文析義》卷五）經過上文大略的分析，的確已足以看出韓愈此文呼應之綿密來了。又如：

文天祥〈**跋劉翠微罪言藁**〉

崔子作亂於齊，太史以直筆死，其弟嗣書而死者二人，書者又不輟，遂舍之。崔子豈能舍書己者哉？人心是非之天，終不可奪；而亂臣賊子之暴，亦遂以窮。

當檜用事時，受密旨以私意行乎國中，簸弄威福之柄，以鉗制人之七情，而杜其口。胡公以封事貶，王公送之詩，陳公送之啟俱貶。檜之窮凶極惡，自謂無誰何者矣。而翠微劉公，猶作罪言以顯刺之，公固自處以有罪，而檜卒無以加於公。噫！彼豈舍公哉？當其垂歿，凡一時不附和議者，猶將甘心焉。公之罪言，直未見爾。由此觀之，賊檜之逆，猶浮於崔；而公得為太史氏之最後者。祖宗教化之深，人心義理之正，檜獨如之何哉？公之孫方大，出遺藁示予，因感而書。

本文凡分三段，其中末段敘作跋因由，我們可以把它放在一邊，不予理會，而一、二兩段，就呼應上來說，則顯然兩兩比並，前後映照，條理清晰異常。首先是首段的「崔子作亂於齊」句，與二段「當檜用事時」五句，彼此呼應。其次是首段的「太史以直筆死」句，與二段的「胡公以封事貶」句，兩相呼應。再其次是首段的「其弟嗣書而死者二人」三句，與二段的「王公送之詩」兩句，先後呼應。又其次是首段的「崔子豈能舍書己者哉」句，與二段的「噫，彼豈舍公哉」六句，兩兩照應；最後是首段的「人心是非之天」四句，與二段的「由此觀之」七句，遙相照應。可見這篇跋文，從前呼後應這一點看，與上舉韓愈的〈進學解〉，是一樣綿密、巧妙的。

㈡**一路照應**：這是就全篇思想情意或材料的一種照應而言，也常見於各類詞章。

詩 如：

劉長卿〈**新年作**〉

鄉心新歲切，天畔獨潸然。老至居人下，春歸在客先。嶺猿同旦暮，江柳共風煙。已似長沙傳，從今又幾年？

杜甫〈**聞官軍收河南河北**〉

劍外忽傳收薊北，初聞涕淚滿衣裳。卻看妻子愁何在？漫卷詩書喜欲狂。白日放歌須縱酒，青春作伴好還鄉。即從巴峽穿巫峽，便下襄陽向洛陽。

白居易〈**賦得古原草送別**〉

離離原上草，一歲一枯榮。野火燒不盡，春風吹又生。遠芳侵古道，晴翠接荒城。又送王孫去，萋萋滿別情。

首篇是新歲懷鄉的作品。首句點題直起，將一篇的主旨「鄉心新歲切」拈出，以貫穿全詩。次句「天畔獨潸然」，敍獨處天涯，流淚不止，緊承起首，把新歲時所觸生的深切「鄉心」，作初步具體的表出。頷聯敍宦途不順，春先歸而己則還鄉無期，進一步的將「新歲鄉心」作渲染。頸聯寫客地新歲所見的淒涼景物，寓情於景，又把「新歲鄉心」推深了一層。結聯述「今既處境與賈生無異，惟不知此種生活何日得了」（見黃振民教授著《歷代詩評解》），使得新歲所湧生的「鄉心」更「切」了。作者就這樣以「鄉心新歲切」從頭一路照應到篇末，令人讀後也感受到濃濃的鄉愁來。次篇是抒寫喜情的作品。起聯也和首篇一樣，點題直起，以「初聞涕淚滿衣裳」把自己一聞官軍收河南河北後「喜欲狂」的心情，先作具體的描述。然後於頷聯，由自身推及「妻子」身上，採設問的修辭技巧，藉妻子「漫卷詩書」的喜悅動作，帶出「喜欲狂」的一篇主旨來，以統一全篇。到頸聯以後，則改實寫爲虛寫，透過想像，先於頸聯寫春日結伴還鄉的打算，再於結聯寫還鄉的路程，藉「放歌」、「縱酒」、「即從」、「便下」等詞的輔助，將「聞官軍收河南河北」後「喜欲狂」的心情，作進一層的描述，使得全詩從頭到尾都洋溢著「喜欲狂」的熱烈情緒。一路照應如此，那就難怪王右仲要說：「此詩句句有喜躍意，一氣流注而曲折盡情」（《歷代詩評解》引）了。末篇是抒寫別情的作品。起聯寫草生茂盛，先藉以帶出一份「別情」；頷聯寫草生無間，再藉以帶出一份「別情」；頸聯寫草生無邊，又藉以帶出一份「別情」。這三聯，從表面上看，是全針對著「原上草」來寫的，但所謂景中含情，就像《楚辭．招隱士》所說的「王孫遊兮不歸，春草生兮萋萋」，又如王維送別詩所說的「春草明年綠，王孫歸不歸」，已足分的透過「萋萋」之草，積累無限的離魂，以逼出尾聯不盡的「別情」來。這樣一路以草襯托離情貫穿到底，自然使全詩到處充盈著無限「別情」了。

詞如：

韋莊〈**菩薩蠻**〉

紅樓別夜堪惆悵，香燈半掩流蘇帳。殘月出門時，美人和淚辭。　琵琶金翠羽，絃上黃鶯語。勸我早歸家，綠窗人似花。

馮延巳〈**蝶戀花**〉

幾日行雲何處去？忘卻歸來，不道春將暮。百草千花寒食路，香車繫在誰家樹？　淚眼倚樓頻獨語：雙燕來時，陌上相逢否？撩亂春愁如柳絮，依依夢裡無尋處。

秦觀〈**踏莎行**〉

霧失樓臺，月迷津渡，桃源望斷無尋處。可堪孤館閉春寒，杜鵑聲裡斜陽暮。驛寄梅花，魚傳尺素，砌成此恨無重數。郴江幸自繞郴山，為誰流下瀟湘去？

首闋是抒寫別恨的作品。它的主旨「別夜惆悵」（即別恨），在起句即直接點明。接著先以「香燈半掩流蘇帳」句，就「紅樓」寫夜別的所在，爲夜別安排一個適當的環境；再以「殘月出門時」兩句，藉「殘月」與「淚」，具體的寫在門外夜別的「惆悵」；然後於下片，承「香燈」句，追敘在樓上夜別的情景，經由美人之琵琶與言語，將「別夜惆悵」更具體的從中帶了出來。作者如此以「惆悵」一路照應，使人讀了，也不禁爲之惆悵不已。次闋是春日傷別的作品。作者先在起三句，以暮春時行雲（象徵遊子）不知飄向何處，表出「無處尋」的一層「春愁」；再以「百草千花寒食路」二句，進一步的以寒食時香車不知繫於何處，表出「無處尋」的另一層「春愁」；接著在下片開端三句，以暮春（寒食）日不知雙燕是否與遊子相逢，表出「無處尋」的又一層「春愁」；然後在結二句，以夢後「無處尋」所湧生的「春愁」譬作撩亂的柳絮，回抱全詞作結。這樣以「無處尋」所湧生的「春愁」一路照應，作者夢後「無處尋」的內情，便透過所見「無處尋」的外景，具體的表達了出來。末闋是抒寫旅恨的作品。上片頭三句，寫的是無處歸隱之恨；「可堪孤館閉春寒」兩句，寫的是不得還鄉之恨；下片頭三句，則以寄梅傳書作爲媒介，將一篇的主旨「恨」拈出，以照應全篇；末兩句，又「引『郴江』、『郴山』，以喻人之分別」（唐圭璋《唐宋詞簡釋》），把「恨」字再作一次具體之襯托，使得全詞充滿著無重數的「恨」意，叫人不忍卒讀。

散文如：

**《史記・孔子世家贊》**

太史公曰：《詩》有之：「高山仰止，景行行止。」雖不能至，然心鄉往之。余讀孔氏書，想見其為人。適魯，觀仲尼廟堂、車服、禮品，諸生以時習禮其家，余低回留之，不能去云。

天下君王至於賢人，眾矣。當時則榮，沒則已焉。孔子布衣傳十餘世，學者宗之。自天子王侯，中國言六藝者，折中於夫子，可謂至聖矣。

這篇贊文，首先引《詩》虛虛攏起，很自然的拈出「鄉往」兩個字，作爲一篇的主眼，以貫穿全贊。接著就作者本身對孔子之「鄉往」寫起，先是「讀孔氏書」，以「想見其爲人」表出「鄉往」之情；再來「觀仲尼廟堂」，以「低回留之，不能去云」表出進一層的「鄉往」之情。然後由本身推擴到孔門學者與「天子王侯、中國言六藝者」（全中國的讀書人）身上，依次以「宗之」、「折中於夫子」，更進一層的寫出他們對孔子的「鄉往」之情，帶著無比的説服力，結出「至聖」（嚮往到了極點的一種尊號）二字，以收束全文。這樣一路以「鄉往」兩字一節進一節的照應下來，使字裡行間充盈著無盡的仰止之意。又如：

袁宏道〈**徐文長傳**〉

徐渭，字文長，為山陰諸生，聲名籍甚，薛公蕙校越時，奇其才，有國士之目。然數奇，屢試輒蹶。

中丞胡公宗憲聞之，客諸幕。文長每見，則葛衣烏巾，縱談天下事。胡公大喜。是時，公督數邊兵，威鎮東南。介胄之士，膝語蛇行，不敢舉頭；而文長以部下一諸生傲之，議者方之劉真長杜少陵云。會得白鹿，屬文長作表。表上，永陵喜。公以是益奇之，一切疏計，皆出其手。文長自負才略，好奇計，談兵多中，視一世事無可當意者，然竟不偶。

文長既已不得志於有司，遂乃放浪麴糵，恣情山水，走齊魯燕趙之地，窮覽朔漠。其所見山奔海立，沙起雷行，雨鳴樹偃，幽谷大都，人物魚鳥，一切可驚可愕之狀，一一皆達之於詩。其胸中又有勃然不可磨滅之氣，英雄失路託足無門之悲。故其為詩，如嗔如笑，如水鳴峽，如種出土，如寡婦之夜哭，羈人之寒起。雖其體格時有卑者，然匠心獨出，有王者氣，非彼巾幗而事人者所敢望也。文有卓識，氣沈而法嚴，不以模擬損才，不以議論傷格，韓、曾之流亞也。文長既雅不與時調合，當時所謂騷壇主盟者，文長皆叱而奴之，故其名不出於越，悲夫！

喜作書，筆意奔放如其詩，蒼勁中姿媚躍出。歐陽公所謂妖韶女老，自有餘態者也。間以其餘，旁溢為花鳥，皆超逸有致。卒以疑殺其繼室，下獄論死，張太史元汴力解，乃得出。晚年憤益深，佯狂益甚。顯者至門，或拒不納。時攜錢至酒肆，呼下隸與飲。或自持斧擊破其頭，血流被面，頭骨皆折，揉之有聲；或以利錐錐其兩耳，深入寸餘，竟不得死。

周望言，晚歲詩文益奇，無刻本，集藏於家。余同年有官越者，託以抄錄，今未至。余所見者，徐文長集、闕編二種而已。然文長終以不得志於時，抱憤而卒。

石公曰：先生數奇不已，遂為狂疾；狂疾不已，遂為囹圄，古今文人牢騷困苦，未有若先生者也。雖然，胡公閒世豪傑，永陵英主。幕中禮數異等，是胡公知有先生矣；表上，人主悅，是人主知有先生矣，獨身未貴耳。先生詩文崛起，一掃近代蕪穢之習；百世而下，自有定論，胡為不遇哉？梅克生嘗寄予書曰：「文長我老友，病奇於人，人奇於詩。」余謂文長無之而不奇者也。無之而不奇，斯無之而不奇也，悲夫。

這篇文章是採先條述、後總括的形式，自始至終，繞著一個「奇」字寫成的。凡分六段：

首段先敍文長的名籍，再敍他雖有「國士」之目，卻屢蹶於科場，很技巧的拈出一個「奇」字（意分才奇與數奇）來貫穿全文。

次段敍文長因負才略，獲知於胡公與人主，卻始終不偶，以一應首段的「奇」字。

三段先以「不得志於有司」句，寫數奇，再以「遂乃放浪麴糵」至「而事人者所敢望也」句止，寫詩奇；以「文有卓識」至「韓、曾之流亞也」句止，寫文奇；然後總承詩文一結，以「名不出越」，寫他數奇不偶，以二應首段的「奇」字。

四段首以「喜作書」至「自有餘態者也」，寫字奇；次以「間以其餘」三句，寫畫奇；末以「卒以疑殺其繼室」至段末，藉他罹罪得救及憤世自戕的情事，寫他人奇、數奇，以三應首段的「奇」字。

五段先以「周望言」九句，藉敍其著作，回應第三段，寫他詩、文之奇；再以「不得志於時」兩句，寫他數奇，以四應首段的「奇」字。

末段則透過石公與梅客生的話，針對數奇、才奇、人奇，將上文的內容作一總括，以引出作者「無之而不奇（ㄑㄧˊ），斯無之而不奇（ㄐㄧ）」的贊語，回抱全文作結。

由以上簡單的分析，很容易的可以看出這篇文章是一路以「奇」字來照應的。過商侯說：「古人以數奇不得志而死者多有，未若文長之憤極而自戕者。篇中寫詩奇、文奇、字奇、畫奇，以至抱恨而死之奇，總由數奇二字寫來，悲壯淋漓，事事團湊，亦是奇筆。」（《古文評注》卷十二）說得一點也不錯。又如：

張溥〈**五人墓碑記**〉

五人者，蓋當蓼洲周公之被逮，激於義而死焉者也。至於今，郡之賢士大夫，請於當道，即除魏閹廢祠之址以葬之；且立石於其墓之門，以旌其所為。嗚呼！亦盛矣哉！

夫五人之死，去今之墓而葬焉，其為時止十有一月耳。夫十有一月之中，凡富貴之子，慷慨得志之徒，其疾病而死，死而湮沒不足道者，亦已眾矣，況草野之無聞者與！獨五人之皦皦何也？

予猶記周公之被逮，在丁卯三月之望。吾社之行為士先者，為之聲義，斂貲財以送其行，哭聲震動天地。緹騎按劍而前，問「誰為哀者？」眾不能堪，抶而仆之。是時以大中丞撫吳者，為魏之私人，周公之逮所由使也，吳之民方痛心焉，於是乘其厲聲以呵，則譟而相逐，中丞匿於溷藩以免。既而以吳民之亂請於朝，按誅五人，曰顏佩韋、楊念如、馬杰、沈揚、周文元，即今之傫然在墓者也。然五人之當刑也，意氣揚揚。呼中丞之名而詈之，談笑以死。斷頭置城上，顏色不少變。有賢士大夫發五十金，買五人之脰而函之，卒與屍合。故今之墓中，全乎為五人也。

嗟夫！大閹之亂，縉紳而能不易其志者，四海之大，有幾人歟？而五人生於編伍之閒，素不聞詩書之訓，激昂大義，蹈死不顧，亦曷故哉？且矯詔紛出，鉤黨之捕，徧於天下，卒以吾郡之發憤一擊，不敢復有株治；大閹亦逡巡畏義，非常之謀，難於猝發；待聖人之出，而投繯道路，不可謂非五人之力也。

由是觀之：則今之高爵顯位，一旦抵罪，或脫身以逃，不能容於遠近；而又有翦髮杜門，佯狂不知所之者；其辱人賤行，視五人之死，輕重固何如哉！是以蓼洲周公忠義暴於朝廷，贈謚美顯，榮於身後；而五人亦得以加其土封，列其姓名於大隄之上；凡四方之士，無有不過而拜且泣者，斯固百世之遇也。不然，令五人者，保其首領，以老於戶牖之下，則盡其天年，人皆得以隸使之；安能屈豪傑之流，扼腕墓道，發其志士之悲哉！故予與同社諸君子，哀斯墓之徒有其石也，而為之記；亦以明死生之大，匹夫之有重於社稷也。賢士大夫者，冏卿因之吳公、太史文起文公、孟長姚公也。

這篇文章，與上舉〈徐文長傳〉正相反，是用先總括、後條述的形式寫成的。它首先拈出「激於義而死」、「亦盛矣哉」兩句，作爲一篇之綱領，再握定此意，敘明五人「激於義而死」的經過與影響，以見所以「盛」的原因；然後點出作記的因由，並補敘賢士大夫的姓名作結。文凡分六段：

首段首以「五人者」三句，點明五人的來歷；次以「至於今」一句，作時間上的聯絡，引出「郡之賢士大夫」五句，敍明五人的葬處與墓碑；末以「嗚呼！亦盛矣哉」，先贊一筆，以生發下文。

次段先以「夫五人之死」二句，緊承首段，從側面點出爲五人立墓的時間；再疊以「夫十有一月之中」句，作爲接榫，領出「凡富貴之子」七句，採對照的手法，使衆人之「無聞」與五人之「皦皦」成爲尖銳的對比，以反跌出五人之死所以「盛」的原因。

三段開頭先以「予猶記」三字統攝下文，再依次以「周公之被逮」二句，敍明周公被逮的時間；以「吾社之行爲士先者」四句，描述送行的場面；以「緹騎按劍而前」四句，描述毆打緹騎的情形；以「是時以大中丞撫吳者」三句，插敍吳郡巡撫的來歷，並交代他與周公被逮的關係；以「吳之民方痛心焉」四句，描述追逐巡撫的情形；以「既而以吳民之亂請於朝」四句，敍述按誅五人的慘事，並補出五人之姓名；以「然五人之當刑也」四句，描述臨刑時意氣揚揚的情形；以「斷頭置城上」二句，描述受刑後凜凜如生的事實；然後結以「有賢士大夫發五十金」五句，敍述墓中五人形體完整與所以能夠如此的原因，以回應首段，敍明蓼洲周公之被逮與五人義死所以「盛」的緣由與經過。

四段首先用「嗟夫」二字，發出感慨，以領出下文；接著以「大閹之亂」九句，再用對照的手法，將縉紳之改易素志，與五人之蹈死不顧，作了對比，以襯托出五人之偉大；然後以「且」

字作接榫，引出「矯詔紛出」十句，並斷以「不可謂非五人之力也」一句，指出五人之死義，功在國家，影響是非常深遠（盛）的。

五段一開端就以「由是觀之」一句，總括上意，以引發下文的議論。這個部分的寫法是這樣子的：首以「則今之高爵顯位」九句，應首段之「激於義而死」句，指出魏黨之抵罪與五人之死義，輕重有別；次以「是以」二字作直承之聯絡，帶出「蓼洲周公忠義暴於朝廷」八句，承首段之「盛」字，指出周公與五人是榮顯於身後的；末以「不然」二字一轉，先以「令五人者」五句一縱，後以「安能屈豪傑之流」三句一擒，由反面指明五人激於義而死的可貴，與身後所享之哀榮。

末段先以「故予與同社諸君子」五句，敍明作記的因由；再以「賢士大夫者」三句，補敍賢士大夫的姓名，應起作結。

很明顯的，此文一路以「激於義而死」、「亦盛矣哉」作照應。林雲銘說：「拏定激義而死一意，說得有賴於社稷，且有益於人心，何等關係，令一時附閹縉紳，無處生活。文中有原委，有曲折，有發揮，有收拾，華袞中帶出斧鉞，真妙篇也。」（《古文析義》二編卷八）可見此文之所以能流傳千古，不是沒有原因的。

以上所述，雖只是聯絡照應的幾種技巧，卻已足以看出在詞章創作上的重要性來。我們如果在上課時，能在這方面給予學生一些指引，相信對他們讀寫能力的提高，是會有相當幫助的。

（原載民國七十七年十二月《中等教育》三十九卷六期，頁十四～二十五）

# 插敍法在詞章裡的運用

作者在創作詞章之際，大都按著遠近、大小、本末、輕重等先後次序來運用材料，以求達於層次分明的效果。不過，爲了實際的需要或講求便利、變化，也往往有拉開緊接的部分，採插敍的手法來處理材料的時候。大抵說來，作者多用插敍的方式來解釋、追述，具寫景物或拈出主旨（綱領）。

解釋的，如：

鄒忌脩八尺有餘，身體佚麗。朝服衣冠窺鏡，謂其妻曰：「我孰與城北徐公美？」其妻曰：「君美甚，徐公何能及君也！」城北徐公，齊國之美麗者也。忌不自信，而復問其妾曰：「吾孰與徐公美？」妾曰：「徐公何能及君也！」旦日，客從外來，與坐談，問之客曰：「吾與徐公孰美？」客曰：「徐公不若君之美也！」（《戰國策．齊策》）

在這段文字裡，作者先描述鄒忌形貌的軒昂美麗，再記述鄒忌與妻、妾、客之間的問答。就在鄒忌妻子的答話下，特地插入「城北徐公，齊國之美麗者也」兩句，以承上扣緊鄒忌之問，敘明城北徐公之美麗，並探下交代鄒忌不自信而復問其妾與客之原因。如果在這兒沒有這兩句屬於解釋性的插敘，就會令人滿頭霧水，不明所以了。次如：

項王留沛公與飲。項王項伯東嚮坐。亞父南嚮坐，亞父者，范增也。沛公北嚮坐，張良西嚮侍。范增數目項王，舉所佩玉玦以示之者三。項王默然不應。（《史記・項羽本紀》）

司馬遷寫鴻門之宴，以這段文字來介紹項王、范增、沛公與張良的座侍之位，其中「亞父者，范增也」兩句，正爲「亞父南嚮坐」作注，不這樣，讀者便不知道「亞父」是何許人，而「范增數目項王，舉所佩玉玦以示之者三」也就前無所頂，顯得突兀了。再如：

至是，德威求公之骨不可得，乃以衣冠葬之。或曰：「城之破也，有親見忠烈青衣烏帽，乘白馬，出天寧門投江死者，未嘗殞於城中也。」自有是言，大江南北，遂謂忠烈未死。已而英、霍山師大起，皆託忠烈之名，彷彿陳涉之稱項燕。（全祖望〈梅花嶺記〉）

這節文字，顯然地是「已而英、霍山師大起」接「乃以衣冠葬之」句，而全祖望卻以「或曰城之破也」八句，解釋「求公之骨不可得，乃以衣冠葬之」的可能情況，並交代「英、霍山師大起」所以「皆託忠烈之名」的直接原因，使讀者對前後文的文意瞭解得更爲透徹。又如：

一日，見二蟲鬥草間，觀之，興正濃，忽有龐然大物，拔山倒樹而來，蓋一癩蝦蟆也。舌一吐而二蟲盡為所吞。（沈復〈兒時記趣〉）

照一般順序來寫，在「拔山倒樹而來」句後，緊接的是「舌一吐而二蟲盡爲所吞」句，而作者卻在中間插入「蓋一癩蝦蟆也」一句，以解釋「龐然大物」究爲何物。而作者覺察「龐然大物」爲「一癩蝦蟆」，原是「神定」以後之事，結果卻先在這裡點明，既可以節省文字，又得以適時指明「龐然大物」爲何物，以增强文章的感染力，是很富於技巧的。

**追述的**，如：

及諸將劉都督肇基等皆死。忠烈乃瞠目曰：「我史閣部也！」被執至南門，和碩豫親王以先生呼之，勸之降，忠烈大罵而死。初，忠烈遺言：「我死，當葬梅花嶺上。」至是，德威求公之骨不可得，乃以衣冠葬之。（全祖望〈梅花嶺記〉）

作者在此，記敘的是忠烈之死與葬，而於死之後、葬之前，追述忠烈之遺言，將葬於梅花嶺上的原因作一交代，安排極爲妥當。次如：

汝憶否？四、五年前某夕，吾嘗語曰：「與其使我先死也，無寧汝先吾而死。」汝初聞言而怒；後經吾婉解，雖不謂吾言為是，而亦無辭相答。吾之意，蓋謂以汝之弱，必不能禁失吾之悲。吾先死，留苦與汝，吾心不忍，故寧請汝先死，吾擔悲也。嗟夫！誰知吾卒先汝而死乎！

吾真真不能忘汝也。回憶後街之屋，入門穿廊，過前後廳，又三、四折，有小廳，廳旁一室，為吾與汝雙棲之所。初婚三、四個月，適冬之望日前後，窗外疏梅篩月影，依稀掩映。吾與汝並肩攜手，低低切切，何事不語？何情不訴？及今思之，空餘淚痕。又回憶六、七年前，吾之逃家復歸也，汝泣告我：「望今後有遠行，必以見告，我願隨君行。」吾亦既許汝矣。前十餘日回家，即欲乘便以此行之事語汝；及與汝對，又不能啟口。且以汝之有身也，更恐不勝悲，故惟日日呼酒買醉。嗟夫！當時余心之悲，蓋不能以寸管形容之。（林覺民〈與妻訣別書〉）

這兩段文字，作者首先用「汝憶否」作引，領出「四、五年前某夕」等十七句，追述當年某夕發生的事情，而由「嗟夫！誰知吾卒先汝而死乎！吾真真不能忘汝也」等句，拉回到「現在」；其次用「回憶」爲引，由「現在」帶回過去，以「後街之屋」等十四句，追述初婚三、四個月的情景，而由「及今思之」兩句，再拉回「現在」；再其次用「又回憶」爲引，又由「現在」帶回過去，追述「六、七年前」逃家後歸與「前十餘日」回家的情況，而以「嗟夫！當時余心之悲，蓋不能以寸管形容之」等句，重新拉回到「現在」。如此一再地將今昔相間，寫來格外動人。再如：

> 如今卻憶江南樂，當時年少春衫薄。騎馬倚斜橋，滿樓紅袖招。　翠屏金屈曲，醉入花叢宿。此度見花枝，白頭誓不歸。（韋莊〈菩薩蠻〉）

此詞直接以回憶之筆，採先泛寫、後具寫的方式，追述「當時年少」在「江南」的「樂事」，而以「此度見花枝，白頭誓不歸」兩句，回應篇首，由「當年」拉回「如今」，以反襯作者「未老莫還鄉，還鄉須斷腸」（韋莊〈菩薩蠻〉）的痛苦。這樣由「如今」而「當時」而「此度」，序次先逆後順，是饒有變化的。又如：

> 膠膠擾擾幾時休？一出山來不自由。秋水觀中山月夜，停雲堂下菊花秋。隨緣道理應須

會，過分功名莫強求。先自一身愁不了，那堪愁上更添愁。（辛棄疾〈瑞鷓鴣〉）

這是稼軒晚年起廢帥浙東後的一首作品。他先敘這回出山生活的不自由，再回筆寫過去流連於秋水觀和停雲堂（稼軒瓢泉居第內的兩大建築）的優游歲月，然後將時間由過去拉回「現在」，抒發感想，並點出一篇的主旨——「愁」作結。很明顯地，作者有意把過去與眼前作成强烈的對比，以凸顯出主旨來。插敘的功用，由此可見出一、二。具體景物的，如：

既而摩銓頂曰：「好兒子！爾他日何以報爾母？」銓稚不能答，投母懷，淚涔涔下，母亦抱兒而悲。簷風几燭，若愀然助人以哀者。記母教銓時，組紃績紡之具，畢置左右；膝置書，令銓坐膝下讀之。母手任操作，口授句讀，咿唔之聲，與軋軋相間。（蔣士銓〈鳴機夜課圖記〉）

這截文字，主要在敘事，而作者在「母亦抱兒而悲」與「記母教銓時」之間，插入「簷風几燭，若愀然助人以哀者」兩句，以外景襯托內情，使得抽象的情感得以具象化，更何況作者又把這個「風燭」的外景加以譬喻、擬人化呢！這就越發增强了文章的感染力了。次如：

老殘洗完了臉，把行李鋪好，把房門鎖上，也出來步到河隄上看。只見那黃河從西南上下來，到此卻正是個灣子，過此便向正東去了。河面不甚寬，兩岸相距不到二里。若以此刻河水而論，也不過百把丈寬的光景。只是面前的冰，插得重重疊疊的，高出水面有七、八寸厚。

再望上游走了一、二百步，只見那上游的冰，還一塊一塊地慢慢價來，到此地被前頭的冰攔住，走不動，就站住了。那後來的冰趕上他，只擠得嗤嗤價響。後冰被這溜水逼得緊了，就竄到前冰上頭去。前冰被壓，就漸漸低下去了。看那河身，不過百十丈寬，當中大溜，約莫不過二、三十丈。兩邊俱是平水，這平水之上，早已有冰結滿。冰面卻是平的，被吹來的塵土蓋住，卻像沙灘一般。中間的大道大溜，卻仍然奔騰澎湃，有聲有勢，將那走不過去的冰，擠得兩邊亂竄。那兩邊平水上的冰，被當中亂冰擠破了，往岸上跑，那冰能擠到岸上有五、六尺遠。許多碎冰被擠得站起來，像個小插屏似的。看了有點把鐘工夫，這一截子的冰，又擠死不動了。

老殘復行望下游走去，過了原來的地方，再望下走。只見兩隻船，船上有十來個人，都拿著木杵打冰。望前打些時，又望後打。河的對岸，也有兩隻船，也是這們打。（劉鶚〈黃河結冰記〉）

這是〈黃河結冰記〉一文的第一、二、三段文字。在這三段文字裡，作者依次以「老殘洗完了臉，把行李鋪好，把房門鎖上，也出來步到河隄上看」、「再望上游走了一、二百步」等敘事的句子，先後緊相聯貫，並各以「只見」一語作爲接榫，分別插入黃河結冰、擠冰、打冰的寫景部分，爲第四段更進一層的寫景與末段的抒情鋪路，脈絡是十分明晰的。再如：

> 獨有宦遊人，偏驚物候新。雲霞出海曙，梅柳渡江春。淑氣催黃鳥，晴光轉綠蘋。忽聞歌古調，歸思欲霑巾。（杜審言〈和晉陵陸丞早春遊望〉）

這是即景抒情的一首詩。起、尾兩聯爲抒情的部分，這個部分本是先後相連的，而作者卻把它撐開，空出中間兩聯，針對「物候新」來具寫景物，其中「雲霞」、「梅柳」、「黃鳥」、「綠蘋」爲「物」，「曙」、「春」、「淑氣」、「晴光」爲「候」，而「出海」、「渡江」、「催」、「轉」則用以寫「新」，就這樣，將初春的景物描摹得極爲具體、生動，充分地襯出無限的「歸思」來，手法堪稱高妙。又如：

> 人人盡說江南好，遊人只合江南老。春水碧於天，畫船聽雨眠。　壚邊人似月，皓腕凝霜雪。未老莫還鄉，還鄉須斷腸。（韋莊〈菩薩蠻〉）

這也是藉景以抒情的作品。首、尾四句是彼此銜接的，主要用以抒情，中間四句爲插敘的部分，用以具寫「江南好」。其中「春水碧於天」兩句，寫的是「江南好」景之一——物；「壚邊人似月」兩句，寫的是「江南好」景之二——人。有了這個插敘的部分，便足以化抽象爲具體，從而反襯出作者有家歸不得的悲哀了。

**拈出主旨（綱領）的**，如：

> ……月光照到山上，被那山上的雪反射過來，所以光是兩樣子的。然衹稍近的地方如此，那山往東去，越望越遠，漸漸地天也是白的，山也是白的，雲也是白的，就分辨不出甚麼來了。老殘就著雪月交輝的景致，想起謝靈運的詩：「明月照積雪，北風勁且哀」兩句，若非經歷北方苦寒景象，那裡知道「北風勁且哀」的一個「哀」字下得好呢？
>
> 這時月光照得滿地灼亮，擡起頭來，天上的星，一個也看不見。只有北邊北斗七星，開陽、搖光……像幾個淡白點子一樣，還看得清楚。……（劉鶚〈黃河結冰記〉）

右引文字，節目〈黃河結冰記〉的第四、五、六等段（依國中國文課本第三冊）。其中第四段，寫的是黃河遠近雪月交輝的景致，正好與第六段緊緊相接，而作者卻插入第五段，引用謝靈運的詩句，拈出「哀」字，以上收前面四段所寫的景，下啓末段所抒之情——哀，以表出作者深刻的家國之痛，寫來感人異常。這是藉插敘以拈出主旨（綱領）的一個好例子。次如：

勸君今夜須沈醉，尊前莫話明朝事。珍重主人心，酒深情亦深。　須愁春漏短，莫訴金盃滿。遇酒且呵呵，人生能幾何。（韋莊〈菩薩蠻〉）

此詞上片起首兩句與下片四句，敍的是主人勸客的言詞，是前後聯貫的。就在這聯貫的句子中間，作者特地插入「珍重主人心，酒深情亦深」兩句，以統括全詞，將「情深」的主旨從容拈出，使人讀後有著無盡的「情深」意味。再如：

候館梅殘，溪橋柳細。草薰風暖搖征轡。離愁漸遠漸無窮，迢迢不斷如春水。　寸寸柔腸，盈盈粉淚。樓高莫近危闌倚。平蕪盡處是春山，行人更在春山外。（歐陽修〈踏莎行〉）

這闋詞是抒發「離愁」的作品，含兩大部分：一爲寫景部分，即上片開端三句與下片收尾兩句，是就「行者」來寫的；一爲抒情部分，自「離愁漸遠漸無窮」句起至「樓高莫近危闌倚」句止，是就「送行者」來寫的。其中寫景的部分，依序寫候館、溪橋、草原、青山，以至於青山之外，本就由近及遠，先後緊相連接，而作者卻選在草原的地方，一筆割開，插入抒情的部分，首以「離愁漸遠漸無窮」句，點明主旨，再以「迢迢不斷如春水」等四句，化虛爲實地加以渲染，使內情與外景，相糅相襯，臻於融合無間的境界，確是一闋不可多得的傑作。又如：

> 寒蟬淒切，對長亭晚，驟雨初歇。都門帳飲無緒，方留戀處，蘭舟催發。執手相看淚眼，竟無語凝噎。念去去、千里煙波，暮靄沈沈楚天闊。　多情自古傷離別，更那堪、冷落清秋節。今宵酒醒何處？楊柳岸、曉風殘月。此去經年，應是、良辰好景虛設。便縱有、千種風情，更與何人說？（柳永〈雨霖鈴〉）

這是採先實後虛的形式寫成的作品。實的部分，自篇首至「竟無語凝噎」句止，具寫主客雙方「留戀」，不捨分離的情景；虛的部分，自「念去去」至篇末，分三節依序透過設想，虛寫「蘭舟」離開當時、當夜及次日以後漫長歲月的孤寂情景，而特於一、二節間，插入「多情自古傷離別，更那堪、冷落清秋節」兩句，帶出主旨，以貫穿全詞，布置得可說行雲流水般，了無窒礙。

類似上引插敍的例子，可說隨處可見，只要稍予留意並探討，無論對閱讀或創作，甚至教學來說，相信都將收到更好的效果。

（原載民國八十年九月《國文天地》七卷四期，頁一〇一～一〇五）

# 談詞章主旨、綱領與內容的關係

對詞章的主旨、綱領與內容，由於彼此關係密切，一直有不少人把它們混爲一談，有一回，參加南區高中國文教學研習會，談及方苞〈左忠毅公軼事〉一文的主旨，與會的一位老師以爲非「忠毅」，而是在於敘述師生情誼，這就犯了以部分內容爲主旨的錯誤。又有一次，在講授〈孔子世家贊〉一文之際，有位學員認爲「鄉（嚮）往」是主旨，這則犯了以綱領爲主旨的錯誤。現在就先舉這兩篇文章爲例，再酌引其他一些詞章，略作説明，以見主旨、綱領與內容間的關係。

先以〈左忠毅公軼事〉一文來說：

先君子嘗言：鄉先輩左忠毅公視學京畿。一日，風雪嚴寒，從數騎出，微行，入古寺。廡下一生伏案臥，文方成草。公閱畢，即解貂覆生，為掩戶，叩之寺僧，則史公可法也。及試，吏呼名，至史公，公瞿然注視。呈卷，即面署第一。召入，使拜夫人，曰：「吾諸兒碌碌，他日繼吾志事，惟此生耳！」

及左公下廠獄，史朝夕窺獄門外。逆閹防伺甚嚴，雖家僕不得近。久之，聞左公被炮烙，旦夕且死，持五十金，涕泣謀於禁卒，卒感焉！一日，使史公更敝衣草屨，背筐，手長鑱，為除不潔者。引入，微指左公處，則席地倚牆而坐，面額焦爛不可辨，左膝以下，筋骨盡脫矣！史前跪，抱公膝而嗚咽。公辨其聲，而目不可開，乃奮臂以指撥眥，目光如炬，怒曰：「庸奴！此何地也，而汝來前！國家之事，糜爛至此，老夫已矣！汝復輕身而昧大義，天下事誰可支拄者？不速去，無俟姦人構陷，吾今即撲殺汝！」因摸地上刑械，作投擊勢。史噤不敢發聲，趨而出。後常流涕述其事以語人曰：「吾師肺肝，皆鐵石所鑄造也！」

崇禎末，流賊張獻忠出沒蘄、黃、潛、桐間，史公以鳳廬道奉檄守禦。每有警，輒數月不就寢，使將士更休，而自坐幄幕外，擇健卒十人，令二人蹲踞，而背倚之，漏鼓移則番代。每寒夜起立，振衣裳，甲上冰霜迸落，鏗然有聲。或勸以少休，公曰：「吾上恐負朝廷，下恐愧吾師也。」

史公治兵，往來桐城，必躬造左公第，候太公、太母起居，拜夫人於堂上。

余宗老塗山，左公甥也，與先君子善，謂獄中語，乃親得之於史公云。

這篇文章用以記左光斗的軼事，以表現他的「忠毅」精神。全文可分序幕、主體與餘波三大部分：

**序幕的部分，即起段**。主要在寫左光斗識拔史可法的經過。作者首先藉其父之口，敍明左公曾「視學京畿」，將左公所以能識拔史公的緣由作個交代，作爲記敍的開端。接著以「一日」與「及試」作時間上的聯絡，記敍左公於微服出巡時在一古寺識得史公，以及主持考試時對著史公面署第一的情事。在這裡，作者特別著「風雪嚴寒」一句，既表出了左公的公忠精神，也側寫了他的剛毅節操，因爲一般人在「風雪嚴寒」之日，是不會微服出巡的。然後以「召入」二字作接榫，領出「使拜夫人」四句，藉史公入拜左公夫人的機會，由左公說出「吾諸兒碌碌」三句話，寫明左公對史公之深切期許，表示只有史公才足以繼承他忠君愛國的志業，將左公爲國舉拔英才的忠忱與苦心，寫得極其生動。

**主體的部分，爲次段**。寫的是左公被下廠獄後，史公冒死探監的經過。由於獄裡左公的情況，只有史公一人親目所睹、親耳所聞，而其他的人無從知悉，因此這個「軼事」非牽扯「史公」不可，此文所以特用史公來陪襯，除史公也「忠毅」可敬，足以强化左公之「忠毅」外，「軼事」只有史公知悉，也是個主因。這段文字，以「及」字承上啓下，首先用四句敍明左公被下牢獄與禁人接近的事實，繼而用「久之」與「一日」作時間上之聯絡，依次寫左公受刑將死、史公冒死買通獄吏，以及史公探監，左公見而怒斥史公使離去的情形。這是「軼事」的主要部分，寫得有聲有色，可以說把左公的「忠毅」精神，以有限的文字表達得淋漓盡致，感人異常。

最後著一「後」字，帶出「吾師肺肝」兩句贊歎的話，充分地寫出左公的公忠憂國與剛正不屈來。

**餘波部分，包括三、四、五段**。這個部分，先以第三段寫史公受左公感召，繼其志業，「忠毅」地奉檄守禦流寇的辛苦；再以第四段寫史公篤厚師門，時時不忘拜候左公父母及夫人的情事，以見史公「盡己」、「行其所當行」的德行；然後以末段補敘本文所記的軼事，確係有根有據，以回應篇首的「先君子嘗言」，以首尾圓合的方式，收束全文。

縱觀此文，作者是以左公識拔史公，史公冒死探看獄中的左公，以及史公受左公感召的「忠毅」表現爲內容，針對著綱領——「忠毅」（也是主旨）來寫的。其中寫左公「忠毅」的部分是「主」，而寫史公「忠毅」的部分則爲賓；也就是說：寫史公的「忠毅」，便等於在寫左公的「忠毅」，所謂「借賓以定主」，手段十分高妙。

再看〈孔子世家贊〉一文：

> 太史公曰：《詩》有之：「高山仰止，景行行止。」雖不能至，然心鄉往之。余讀孔氏書，想見其為人。適魯，觀仲尼廟堂，車服、禮器，諸生以時習禮其家，余低回留之，不能去云。天下君王至於賢人眾矣，當時則榮，沒則已焉。孔子布衣，傳十餘世，學者宗之。自天子王侯，中國言六藝者，折中於夫子，可謂至聖矣！

這篇贊文，是採「合」、「分」、「合」的形式所寫成的。「合」的部分，自篇首至「然心鄉往之」止，引《詩》虛虛籠起，以「高山仰止，景行行止」兩句，領出「鄉往」兩字，作爲綱領，以統攝下文。「分」的部分，自「余讀孔氏書」至「折中於夫子」止，以「由小及大」的方式，含三節來寫：首節寫自己「讀孔氏書」與「觀仲尼廟堂」之所見所思，以「想見其爲人」與「低回留之，不能去云」句，表出自己對孔子的「鄉往」之情；次節特將孔子與「天下君王至於賢人」作一對照，以「學者宗之」，表出孔門學者對孔子的「鄉往」之情，並暗示所以將孔子列爲世家的理由；三節寫各家以孔子的學說爲截長補短的標準，以「折中於夫子」，表出全天下讀書人對孔子的「鄉往」之情。「合」的部分，即末尾「可謂至聖矣」一句，拈出主旨，以回抱前文作收。

經由上述，可知太史公此文，是以「鄉往」爲綱領，以作者本身、孔門學者以及全天下讀書人對孔子「鄉往」的事實爲內容，層層遞寫，結出「至聖」（嚮往到了極點的稱號）的一篇主旨，以讚美孔子。文雖短而意特長，令人讀了，也不禁湧生無限的仰止之情來，久久不止。

他如李斯的〈諫逐客書〉一文：

> 臣聞吏議逐客，竊以為過矣。
>
> 昔繆公求士，西取由余於戎，東得百里奚於宛，迎蹇叔於宋，來丕豹、公孫支於晉。

此五子者，不產於秦，繆公用之，并國二十，遂霸西戎。孝公用商鞅之法，移風易俗，民以殷盛，國以富彊，百姓樂用，諸侯親服，獲楚魏之師，舉地千里，至今治彊。惠王用張儀之計，拔三川之地，西并巴蜀，北收上郡，南取漢中，包九夷，制鄢郢，東據成皋之險，割膏腴之壤，遂散六國之從，使之西面事秦，功施到今。昭王得范雎，廢穰侯，逐華陽，彊公室，杜私門，蠶食諸侯，使秦成帝業。此四君者，皆以客之功。由此觀之，客何負於秦哉？向使四君卻客而不內，疏士而不用，是使國無富利之實，而秦無彊大之名也。

今陛下致昆山之玉，有隨和之寶，垂明月之珠，服太阿之劍，乘纖離之馬，建翠鳳之旗，樹靈鼉之鼓。此數寶者，秦不生一焉，而陛下說之，何也？必秦國之所生然後可，則是夜光之璧，不飾朝廷；犀象之器，不為玩好；鄭衛之女，不充後宮；而駿良駃騠，不實外厩；江南金錫不為用；西蜀丹青不為采。所以飾後宮，充下陳，娛心意，說耳目者，必出於秦然後可，則是宛珠之簪，傅璣之珥，阿縞之衣，錦繡之飾，不進於前；而隨俗雅化，佳冶窈窕，趙女不立於側也。夫擊甕叩缶，彈箏搏髀，而歌呼嗚嗚快耳者，真秦之聲也。鄭、衛、桑間，韶虞、武象者，異國之樂也。今棄擊甕叩缶而就鄭衛，退彈箏而取韶虞，若是者何也？快意當前，適觀而已矣！今取人則不然，不問可否，不論曲直，非秦者去，為客者逐。然則是所重者在乎色樂珠玉，而所輕者在乎民人也！此非所以跨海內，制諸侯之術也！

臣聞地廣者粟多，國大者人眾，兵彊者則士勇。是以泰山不讓土壤，故能成其大；河海不擇細流，故能就其深；王者不卻眾庶，故能明其德。是以地無四方，民無異國，四時充美，鬼神降福。此五帝三王之所以無敵也。今乃棄黔首以資敵國，卻賓客以業諸侯，使天下之士，退而不敢西向，裹足不入秦，此所謂藉寇兵而齎盜糧者也。

夫物不產於秦，可寶者多；士不產於秦，而願忠者眾。今逐客以資敵國，損民以益讎，內自虛而外樹怨於諸侯，求國無危，不可得也。

此文旨在闡明逐客的過失，以說服秦王罷逐客之令。也採「合」、「分」、「合」的形式寫成：

「合」的部分，即首段。作者先開門見山地將一篇主旨提明，以引領下文「分」、「合」的部分。

「分」的部分，包括二、三、四等段。其中第二段，含正、反兩節：「反」的一節，自「昔穆公求士」至「客何負於秦哉」止，先依時代的先後，分述繆公、孝公、惠王、昭王等秦國君主用客以致成功的事例，再總括起來，得出「客何負於秦哉」的結語，從反面見出「逐客之過」。「正」的一節，自「向使四君卻客而弗納」至「秦無彊大之名也」止，作者採假設的口氣，針對上面「反」的一節，說明秦國四朝君主如果卻客不用，必不能成就大名，大力地從正面指明「逐客之過」。第三段，含條分與總括兩節：「條分」一節自「今陛下致昆山之玉」至「適觀而已矣」止，依次以秦王所珍愛的外國珠玉、器物、美色與音樂爲例，兼顧正、反兩面的意思，說明這些「娛心意、悅耳目」的人與物，不「必出於秦然後可」的道理；「總括」一節，自「今取人則不然」至「制諸侯之術也」止，把上面「條分」一節的意思作個總括，指出看重「色樂珠玉」而輕忽「人民」（客），至爲失計，實非跨海內、制諸侯的方法，以進一層地表出「逐客之過」。第四段則又分正、反兩節來論述，「反」的一節，自「臣聞地廣者粟多」至「此五帝三王之所以無敵也」止，指明古代帝王「兼收」以獲取益處，才是跨海內、制諸侯之術，再從反面見出「逐客之過」；「正」的一節，自「今乃棄黔首以資敵國」至「此所謂藉寇兵而齎盜糧者也」止，說明客既被逐，必爭爲敵國所用，資爲抗秦之具，又從正面表出「逐客之過」。

「合」的部分，即末段。這個部分，先以「夫物不產於秦」二句，收束第三段的意思；再以「士不產於秦」兩句，收束第二段的意思；然後以「今逐客以資敵國」五句，收束第四段的意思，完滿地將「逐客之過」的一篇主旨充分發揮出來。

從上文所作簡析中，不難看出這篇文章，主要以秦王所珍愛的人才與「色樂珠玉」爲具體內容，由正、反兩面闡明「吏議逐客，竊以爲過矣」的一篇綱領與主旨，非但舉證切當，說理透徹，而言詞尤其犀利，備具了難以抵擋的說服力，迫使「吏議」止息，而由秦王罷了逐客之令，文章力量之大，由此可見一斑。

再看如下三首詩、詞：

獨有宦遊人，偏驚物候新。雲霞出海曙，梅柳渡江春。淑氣催黃鳥，晴光轉綠蘋。忽聞歌古調，歸思欲霑巾。

風乍起，吹皺一池春水。閑引鴛鴦芳徑裡，手挼紅杏蕊。　鬥鴨闌干遍倚，碧玉搔頭斜墜。終日望君君不至，舉頭聞鵲喜。

明月別枝驚鵲，清風半夜鳴蟬。稻花香裡說豐年，聽取蛙聲一片。　七八個星天外，兩三點雨山前。舊時茆店社林邊，路轉溪橋忽見。

右引的頭一首，是杜審言的〈和晉陵陸丞早春遊望〉詩。此詩採先總括、後條分的形式寫成。總括的部分，以起句「獨有宦遊人」爲引，引出「偏驚物候新」句，作爲全詩的綱領，以統攝下面條分的三聯。條分的部分有二：一爲頷、頸兩聯，寫的是「早春遊望」之所見，是應綱領部分的「物候新」來寫的；二爲尾聯，先以「忽聞歌古調」句，將題面「和晉陵陸丞」作一交代，再以「歸思欲霑巾」句，應綱領部分的「偏驚」二字，拈出一詩的主旨——「歸思」（即歸恨），並由「欲霑巾」三字加以渲染作結。這樣將情寓於景，而與「物候新」之景打成一片，令人更咀嚼不盡。第二首爲馮延巳的〈謁金門〉詞，這闋詞是採先條分、後總括的形式寫成的。條分的部分，自篇首至「鬥鴨闌干遍倚」止，含三節：首節爲起二句，寫「望君」於春池前之所見，而以「風皺池水」襯出「君不至」的一份哀情；次節爲「閑引鴛鴦芳徑裡」兩句，寫「望君」於芳徑裡的情景，而以「鴛鴦」反襯孤單，以「手挼紅杏蕊」之動作，表出「君不至」的再一份哀情；三節爲下片起二句，寫「望君」於闌干前之情景，而以「遍倚」傳達焦慮之心，以「碧玉搔頭斜墜」的樣子，表出「君不至」的又一份哀情。總括的部分，即結二句，以「終日望君君不至」句上收條分的部分，並領出「舉頭聞鵲喜」（即「聞喜鵲舉頭」之倒裝句）句，從篇外反逼出哀情來，回應全詩作結。這顯然是將主旨置於篇外的作品，意味自是格外深長。第三首是辛棄疾的〈西江月〉詞，題作「夜行黃沙道中」。此詞上片用以寫夜行黃沙道中所聽到的各種聲音，起先是別枝上的鵲聲，其次是清風中的蟬聲，最後是稻香裡的蛙聲，這是採「由小而大」的形式寫成的；下片用以寫夜行黃沙道中所見到的各種景物，起先是天外的疎星，其次是山前的雨點，最後是溪橋後的茅店，這是採「由遠而近」的形式寫成的。作者就由此勾畫出一幅鄉村夜晚的寧靜畫面，從篇外襯托出作者恬適的心情——主旨來，所謂「意在言外」，言足感人。以上三首詩、詞，頭一首的主旨爲「歸思」，在篇內；綱領爲「偏驚物候新」，而內容則爲「早春遊望」所得。第二首的主旨爲「哀」，在篇外；綱領爲「終日望君君不至」兩句，而內容則爲「終日望君」之所見所爲。第三首的主旨與綱領爲「恬適」，在篇外；而內容則是「夜行黃沙道中」之所聞所見。可說各盡其妙，互不相同。

從上引的例子裡，可以發現作者真正要表達的思想情意——主旨，可以是綱領，也可不是；而所用的內容材料，與主旨、綱領間的關係固然密切，卻不宜把它當成是主旨或綱領。所謂「差之毫釐，謬以千里」，在認辨之際，似宜特別謹慎。

（原載民國八十年十月《國文天地》七卷五期，頁一一二～一一四）

# 談詞章的兩種作法

## ——泛寫與具寫

詞章是用以表情達意的，通常爲了要加强表情達意的效果，以觸生更大的感染力或説服力，則非借助於具體的情事、景物或特殊狀況不可。而專事描述具體的情事、景物或特殊狀況的，我們特稱爲具寫法；至於泛泛地敍寫抽象情意或一般狀況的，則稱作泛寫法。這兩種方法，往往用以描寫同一對象，形成相得益彰的效果。詩如杜甫〈佳人〉詩：

世情惡衰歇，萬事隨轉燭。夫婿輕薄兒，新人美如玉。合昏尚知時，鴛鴦不獨宿。但見新人笑，那聞舊人哭。在山泉水清，出山泉水濁。

這是〈佳人〉詩中間的十句。其中「世情惡衰歇，萬事隨轉燭」兩句，用以泛寫佳人心中的感慨。由於僅此而已，實在無法感人，因此又以「夫婿輕薄兒」等八句，從正反兩面，藉夫婿之輕薄、山泉之清濁與合昏之知時、鴛鴦之成雙，化空泛爲具體，所謂「形容曲盡其情」（仇兆鰲《杜詩詳注》），爲作品添了不少的感染力。又如杜甫〈石壕吏〉詩云：

> 暮投石壕村，有吏夜捉人。老翁踰牆走，老婦出看門。吏呼一何怒，婦啼一何苦。聽婦前致詞：「三男鄴城戍，一男附書至，二男新戰死。存者且偷生，死者長已矣。室中更無人，惟有乳下孫。有孫母未去，出入無完裙。老嫗力雖衰，請從吏夜歸。急應河陽役，猶得備晨炊。」夜久語聲絕，如聞泣幽咽。天明登前途，獨與老翁別。

此詩寫人民苦役的哀痛。這種哀痛，主要以「婦啼一何苦」一句作泛寫，而由老翁之踰牆以及老婦所致之詞、幽咽之聲與代翁從軍之結句，繁作具體的描述。仇兆鰲說：「按古者有兄弟，始遺一人從軍，今驅盡壯丁，及於老弱，詩云三男戍、二男死、孫方乳、媳無裙、翁踰牆、婦夜往，一家之中，父子兄弟、祖孫姑媳，慘酷至此，民不聊生矣！當時唐祚，亦岌岌乎危哉！」（《杜詩詳注》），慘酷之情，具寫如此，真令人不忍卒讀。再如韋應物〈秋夜寄邱二十二員外〉詩說：

> 懷君屬秋夜，散步詠涼天。空山松子落，幽人應未眠。

這是一首秋夜懷人的作品。作者首先在起句便開門見山地以「懷君」作一泛寫，拈出主旨，然後藉自身於秋夜「散步詠涼天」的動作與「空山松子落，幽人應未眠」的設想，將「懷君」具象化，表出自己對邱二十二員外無限的懷念，寫得極其幽峻動人。復如韓愈〈初春小雨〉詩云：

天街小雨潤如酥，草色遙看近卻無。最是一年春好處，絕勝煙柳滿皇都。

此詩寫京都春日之好景。作者特於第一、二、四等句，具寫皇都美好的春景：起先是天街的小雨，其次是遠近的草色，最後是煙裡的楊柳；而以第三句，承上啓下，作一泛寫，以統括全詩，詠來脈絡十分清晰。末如元稹〈遣悲懷〉詩說：

昔日戲言身後事，今朝皆到眼前來。衣裳已施行看盡，針線猶存未忍開。尚想舊情憐婢僕，也曾因夢送錢財。誠知此恨人人有，貧賤夫妻百事哀。

這篇詩寫的是悼亡之哀。首以起聯泛寫生前戲言身後之事，如今竟不幸一一應驗；次以頷、頸兩聯，承起聯，具寫生前戲言中「到眼前來」的身後事；末以尾聯，總結上三聯之意，拈明悲懷作收。這樣由泛寫而具寫到總括，使字裡行間充盈著無盡的哀痛。詞如李白〈菩薩蠻〉詞：

暝色入高樓，有人樓上愁。　玉階空佇立，宿鳥歸飛急。

此爲〈菩薩蠻〉詞的中間四句。其中「有人樓上愁」，是採泛寫的方式寫成的，而「玉階空佇立」，則用以具寫「有人樓上愁」，因爲「玉階」乃承「樓上」而寫；而「空佇立」寫的正是「有人愁」的具體樣子，如此以泛寫和具寫前後呼應，將上下片連接在一起，有著藕斷絲連的奧妙。再如白居易〈長相思〉詞云：

汴水流，泗水流，流到瓜州古渡頭。吳山點點愁。　思悠悠，恨悠悠，恨到歸時方始休。月明人倚樓。

這是一闋寫別情的作品。它的上片四句，寫的是山水的「悠悠」景致，卻景中帶情，蘊含著「悠悠」長恨，這是就所見予以具寫的部分；下片開端三句，寫的是至歸方休的「悠悠」長恨，這是泛寫的部分；而結二句，寫的是自己對月相思的樣子，這就是自身加以具體的部分。所謂「以景（物）起，以景（人）結」，而又始終以「悠悠」長恨來貫串，使情景臻於交融的境地，這樣詠來，真有「言有盡而意無窮」之妙。又如韋莊〈菩薩蠻〉詞說：

人人盡說江南好，遊人只合江南老。春水碧於天，畫船聽雨眠。　壚邊人似月，皓腕凝霜雪。未老莫還鄉，還鄉須斷腸。

此詞寫有家歸不得之恨。在首二句，作者即直接泛敍「江南好」（因）與「江南老」（果），作爲一篇之綱領；然後依次以「春水碧於天」四句，具寫「江南好」，以結二句，具寫「江南老」，所謂「綱擧目張」，條理非常清楚。復如馮延巳〈蝶戀花〉詞云：

誰道閑情拋棄久？每到春來，惆悵還依舊。日日花前常病酒，不辭鏡裡朱顏瘦。　河畔青蕪堤上柳，為問新愁，何事年年有？獨立小橋風滿袖，平林新月人歸後。

這是寫春日惆悵的一闋詞。作者首先以開篇三句，採設問方式泛敍「惆悵」，作爲一篇主旨。然後分三小節，具寫「惆悵」：首節爲「日日花前常病酒」兩句，以「花」寫「春來」，以「常病酒」、「朱顏瘦」具寫「惆悵」；次節爲「河畔青蕪堤上柳」三句，以「年年」上應「依舊」，以「青蕪堤上柳」寫「春來」，並以其嫩芽譬作「新愁」，將「惆悵」作進一步之具寫；末節爲結二句，寫自己佇立橋畔、空對新月的樣子，再具體地表出「惆悵」，使作品從頭到尾都瀰漫著無盡的「惆悵」。末如歐陽修〈木蘭花〉詞說：

別後不知君遠近，觸目淒涼多少悶，漸行漸遠漸無書，水闊魚沈何處問？ 夜深風竹敲秋韻，萬葉千聲皆是恨。故敧單枕夢中尋，夢又不成燈又燼。

此詞用以寫別恨。採先總括、後條分的形式所寫成。總括的部分爲開篇兩句，泛寫離人音訊渺茫（因），使自己觸目淒涼的愁恨（果），作爲一篇的綱領，以統攝條分的部分。條分的部分爲上片末兩句與下片四句，其中上片末兩句，用以具寫「別後不知君遠近」；下片四句，用以具寫「觸目淒涼多少悶」。很明顯地，這是用「雙軌」形式所寫成的作品，與上一首用「單軌」寫成的有所不同。文如李密〈陳情表〉：

臣以險釁，夙遭閔凶。生孩六月，慈父見背；行年四歲，舅奪母志；祖母劉愍臣孤弱，躬親撫養；臣少多疾病，九歲不行；零丁孤苦，至於成立；既無叔伯，終鮮兄弟；門衰祚薄，晚有兒息；外無期功強近之親，內無應門五尺之童；煢煢獨立，形影相弔；而劉夙嬰疾病，常在牀蓐；臣侍湯藥，未曾廢離。

這是〈陳情表〉一文的首段。李密在此，首先泛指自己命運惡劣，早遭災禍，作爲本段綱領、以統括下文。然後分舉慈父見背、舅奪母志、孤弱多病、終鮮近親、晚有兒息、侍劉湯藥等事實，以具寫「以險釁夙遭閔凶」，將自己不幸的遭遇與祖孫相依爲命的情形，交代明白，作爲懇求「終養」的依憑。這樣採先泛敍、後具寫的方式來寫，說服力格外强烈。又如《世說新語・言語》篇：

支公好鶴，住剡東岇山。有人遺其雙鶴，少時翅長欲飛。支意惜之，乃鎩其翮。鶴軒翥不復能飛，乃反顧翅，垂頭視之，如有懊喪意，林（支公）曰：「既有凌霄之姿，何肯為人作耳目近玩！」養令翮成，置使飛去。

此則文字寫支遁好鶴的故事。這個故事，採先泛寫、後具寫的形式寫成。在一開頭，作者即泛敍「支公好鶴」，接著便舉出一件事例來具寫他「好鶴」的事實。這個事實主要在描述支遁由「鎩其翮」而「養令翮成，置使飛去」的心路轉變，將「支公好鶴」之性情刻畫得極爲深刻。再如司馬光〈訓儉示康〉：

吾性不喜華靡，自有乳兒，長者加以金銀華美之服，輒羞赧棄去之。二十忝科名，聞喜宴獨不戴花，同年曰：「君賜不可違也」，乃簪一花。

在這節文字裡，作者先泛敍自己「性不喜華靡」，然後舉棄去華美之服與聞喜宴獨不戴花的兩件事例來具寫它，使「不喜華美」之性獲得充分的驗證，這樣，說服力自然就增強許多了。復如李綱〈請立志以成中興疏〉：

臣竊觀自古建功立事、扶持社稷之臣，未嘗不以立志為先。申包胥聞伍員有覆楚之言，則曰：「我必存之。」其後哭秦庭以乞師，卒如其志；張柬之語武氏於荊南江中，其後卒復唐祚，其祀三百。

此節文字用以論人臣須立志以建功立事、扶持社稷的道理。作者在這兒，首先泛論道理，然後舉申包胥立志救楚與張柬之立志復唐，終於如願的兩件故事爲例，加以證實，使抽象的道理變爲具體的事實，以打動人心。這跟上引〈訓儉示康〉的一段文字，寫法是一樣的。末如黃宗羲〈原君〉：

故古之人君，量而不欲入者，許由、務光是也；入而又去者，堯、舜是也；初不欲入，而不得去者，禹是也；豈古之人有異哉？好逸惡勞，亦猶夫人之情也。

這節文字所論的是在「好逸惡勞」上，古人和今人沒有不同的道理。這種道理本極抽象，而作者先用許由、務光、堯、舜、禹等古之人君爲例，作具體的說明，然後才作一泛論，回抱前文作收，所用的正是先目（具寫）後凡（泛寫）的方法。

由上述可知，詞章家在敘述或論說同一人、事、物的時候，常常並用泛寫與具寫的手段來處理，使抽象與具體先後映照，串成一體，以充分表情達意，從而增強作品的感染力或說服力。

（原載民國八十一年七月《國文天地》八卷二期，頁一〇〇～一〇四）

# 談詞章剪裁的手段

## ——以周敦頤〈愛蓮說〉與賈誼〈過秦論〉爲例

所謂的剪裁，是將詞章的思想材料下一番精選，以作具體表達的工夫。通常，一個作者在自己平日所儲存的思想材料庫裡，搜尋到一個意思，決定在詞章上作或詳或略的表達，如要表達得詳盡，既不會使人嫌其多餘；就是表達得簡略，也不會使人嫌其不足，真正地做到「增之一分則太長，減之一分則太短」（宋玉〈登徒子好色賦〉）的地步，這得全看他剪裁的手段。如《三國志》敍述劉備三訪諸葛亮，只用「凡三往乃見」五字，諸葛亮〈出師表〉也只用了「三顧臣於茅廬之中」八字，而《三國演義》卻寫了好幾千字，它們也都各盡其分，充分地滿足了讀者的要求。因此「有的文章，作者可以多說，也可以少說；多說不嫌其繁蕪，少說不嫌其不足；也可以這樣說，也可以那樣說」（黃師錦鋐《中學國文教材教法》第三章），這不但是每個作家在創作時所應注意的，就是教師在教學時也不應忽略的。玆單就教學上，舉兩篇課文爲例，作簡略的說明。

首先是周敦頤的〈愛蓮說〉，此文就整體來說，是用簡筆寫成的。它由「敍」與「論」兩段所組成，在「敍」的一段裡，作者採先總括、後條分的形式來組合思想材料。「總括」的部分是：

水陸草木之花，可愛者甚蕃。

在這裡，作者簡單地提明了世上有許多「水陸草木之花」的事實，以作爲總括。「條分」的部分是：

晉陶淵明獨愛菊。自李唐來，世人盛愛牡丹。予獨愛蓮之出淤泥而不染，濯清漣而不妖；中通外直，不蔓不枝；香遠益清，亭亭淨植，可遠觀而不可褻玩焉。

作者在這兒，從衆多的「草木之花」中挑選了三種：首先是菊，其次是牡丹，最後是蓮；其中前兩者爲「賓」，後者爲「主」。作者所以挑選菊與牡丹（賓）來襯托蓮（主），是因爲它們足以象徵「隱逸者」與「富貴者」，而這是世人皆知的，所以作者僅僅簡述其事實，卻不說明理由。至於蓮，作者是特地要用它來象徵「君子」的，而這點，正屬作者個人的看法，非作進一步的說明不可，因此作者特用「出淤泥而不染」七句，寫出蓮花與衆不同的特質，藉以象徵君子高潔的品格，爲下段「蓮，花之君子者也」的一句論斷，預作充分的鋪墊。或許有人要問：可以象徵君子的「草木之花」不只是蓮而已，爲什麼周敦頤偏偏會選上蓮呢？關於這一點，傅武光教授在其〈愛蓮說的弦外之音〉一文（見《國文天地》四卷十二期）中說：

濂溪那個時代觸目是蓮，人人愛蓮——蓮，是佛教的象徵。佛家以蓮代表淨土，代表居所；諸佛以蓮花為座牀，稱蓮座。又以蓮子作數珠；以蓮花喻妙法，有所謂「蓮花三喻」。總之，蓮象徵佛教。這樣說來，濂溪「愛蓮」，豈不等於「愛佛」嗎？不，恰好相反。他感慨地說：「蓮之愛，同予者何人？」愛「蓮」的人其實很多，可是要找到跟我一樣，把蓮看作是君子，而不看作是淨土或妙法的，又有幾個呢？所謂「出淤泥而不染」，這原是孔孟的精神啊！怎麼禪宗的《六祖壇經》也說起「若能鑽木取火，淤泥定生紅蓮」的話來了呢？周濂溪一眼就看出儒家這個「正字標記」被仿效。所以才做這篇〈愛蓮說〉明辨本源，以對抗佛教。這才是〈愛蓮說〉的本旨啊！

傅教授的看法，是相當正確的。從這裡，不僅可以窺見周敦頤寫這篇文章的真正用意，也足以看出他在選材上異於常倫的眼力來。

看完了「敘」的一段，再來看「論」的一段。這一段是這樣寫的：

予謂：菊，花之隱逸者也；牡丹，花之富貴者也；蓮，花之君子者也。噫！菊之愛，陶後鮮有聞。蓮之愛，同予者何人？牡丹之愛，宜乎眾矣。

在此，作者先就菊、牡丹與蓮等三種「草木之花」的品格加以衡定，然後論及愛這三種花的人，發出感慨，暗寓諷喻的意思作收。就在衡定花品的一節裡，敍述三種花的次序，完全和首段相同，是由「賓」而「主」，是按照著時代的先後加以排列的；而在論及人物的一節裡，卻將牡丹和蓮的次序加以對調。作者作了如此的調整，顯然對當代人但知追求富貴，而缺乏道德理想的情形，是有著貶責的意思的。

在這篇文章裡，作者只用了一百多字而已，卻已充分地表達了他的意思，這就是「少說不嫌其不足」的最佳例子。

其次是賈誼的〈過秦論〉，它就全篇而言，是用繁筆寫成的。它和上舉的〈愛蓮說〉一樣，也是由「敍」與「論」兩個部分所組成。在「敍」的部分裡，作者用了前面的三段來敍秦國的强大，第四段來敍秦國的敗亡。其中第一段，用以寫「秦强之初」：

> 秦孝公據殽函之固，擁雍州之地，君臣固守，以窺周室；有席卷天下，包舉宇內，囊括四海之意，并吞八荒之心。當是時也，商君佐之，內立法度，務耕織，修守戰之具，外連衡而鬥諸侯。於是秦人拱手而取西河之外。

在這裡，作者先以「秦孝公據殽函之固」至「并吞八荒之心」等句，敍秦併吞天下的野心；再以

「當是時也」至「外連衡而鬥諸侯」等句，敍秦併吞天下的措施；然後以「於是秦人拱手而取西河之外」一句，敍秦併吞天下的成果，很簡約地從正面來寫「秦强之初」。本來要敍明秦孝公時商鞅變法與併吞六國的成果，是用幾千，甚至幾萬字，都不爲過的，但作者在這裡所看重的，只在於簡略的事實，而非其内容與過程，因此只用了幾句話來交代而已。而在敍併吞天下的野心時，則一連用了「席卷天下」等句意相同的四句話，這顯然是因爲要特別强調秦國君臣有併天下的强烈意願，這樣當然要比一句帶過好得很多。所謂「可以多説，也可以少説」的道理，可以從這裡約略體會出來。

它的第二段，作者是用以敍「秦强之漸」的：

孝公既沒，惠文、武、昭襄，蒙故業，因遺策，南取漢中，西舉巴蜀，東割膏腴之地，北收要害之郡。諸侯恐懼，會盟而謀弱秦，不愛珍器重寶肥饒之地，以致天下之士，合從締交，相與為一。當此之時，齊有孟嘗，趙有平原，楚有春申，魏有信陵；此四君者，皆明智而忠信，寬厚而愛人，尊賢重士，約從離橫，兼韓、魏、燕、趙、齊、楚、宋、衛、中山之眾。於是六國之士，有寧越、徐尚、蘇秦、杜赫之屬為之謀；齊明、周最、陳軫、召滑、樓緩、翟景、蘇厲、樂毅之徒通其意；吳起、孫臏、帶佗、兒良、王廖、田忌、廉頗、趙奢之倫制其兵。嘗以十倍之地，百萬之眾，叩關而攻秦。秦人開關延敵，九國之師，逡巡遁逃而不敢進。秦無亡矢遺鏃之費，而天下諸侯已困矣。於是從散約解，爭割地而賂秦。秦有餘力而制其敝，追亡逐北，伏尸百萬，流血漂櫓；因利乘便，宰割天下，分裂河山，強國請服，弱國入朝。施及孝文王、莊襄王，享國日淺，國家無事。

作者在這一段裡，先以「孝公既沒」至「北收要害之郡」等句，承首段，簡敍在惠文、武、昭襄時「秦謀六國」的措施與成果；再以「諸侯恐懼」至「叩關而攻秦」等句，繁敍「六國抗秦」的策略、人力與行動，其中又特別著重在人力上，分賢相、兵衆、謀士、使臣、將帥等方面，加以詳細的介紹；然後以「秦人開關延敵」至段末「國家無事」等句，綜合上兩節，敍明「秦謀六國」與「六國抗秦」的結果，並簡略地交代孝文王、莊襄王時事。

總括起來看，這一段文字是用繁筆寫成的。作者在此，儘量避開正面，從側面下手，用了許多材料來介紹六國之强大，這無非是爲了替末段「比權量力」的部分，預先提供足夠的材料，作爲立論的憑據，而作者卻沒有讓「喧賓」奪「主」，特地用「秦人開關延敵，九國之師，逡巡遁逃而不敢進」等句，輕輕一轉，成功地將六國之强轉爲秦國之强，這種剪裁與安排的手段，是十分高明的。

它的第三段，作者用以敍「秦强之最」：

及至始皇，奮六世之餘烈，振長策而馭宇內，吞二周而亡諸侯，履至尊而制六合，執捶拊以鞭笞天下，威振四海。南取百越之地，以為桂林、象郡；百越之君，俛首係頸，委命下吏；乃使蒙恬北築長城而守藩籬，卻匈奴七百餘里；胡人不敢南下而牧馬，士不敢彎弓而報怨。於是廢先王之道，燔百家之言，以愚黔首；隳名城，殺豪俊，收天下之兵，聚之咸陽，銷鋒鍉，鑄以為金人十二，以弱天下之民。然後踐華為城，因河為池，據億丈之城，臨不測之谿以為固。良將勁弩，守要害之處；信臣精卒，陳利兵而誰何？天下已定，始皇之心，自以為關中之固，金城千里，子孫帝王萬世之業也。

在這段文字裡，作者先以「及至始皇」至「委命下吏」等句，寫「秦亡諸侯」；再以「乃使蒙恬北築長城而守藩籬」至「以弱天下之民」等句，寫「秦弱天下」；然後以「踐華爲城」至段末「子孫帝王萬世之業也」等句，寫「秦守要害」。可以說完全捨去了秦亡六國的實際過程，卻不厭其煩地針對著篇末「仁義不施」四字來取材，換句話說，如果作者在這一段不安排這些材料，是得不出「仁義不施」的結論來的。

它的第四段，作者用以敍「秦亡之速」：

始皇既沒，餘威震於殊俗。然而陳涉，甕牖繩樞之子，甿隸之人，而遷徙之徒也，才

> 能不及中人，非有仲尼、墨翟之賢，陶朱、猗頓之富，躡足行伍之間，倔起阡陌之中，率罷散之卒，將數百之眾，轉而攻秦；斬木為兵，揭竿為旗，天下雲集而響應，贏糧而景從。山東豪俊，遂並起而亡秦族矣。

這一段是用簡筆寫成的。作者在此，先寫「陳涉首義」，再寫「豪俊並起而亡秦」。就在寫「陳涉首義」的部分裡，特殊强調陳涉不值一顧的地位、才能與武器，這顯然也是預爲末段的「比權量力」提供材料。不然，這一段可以寫得更短，與前四段之「强」作成更强烈之對比，以强化「强」之難、「亡」之易的意思。

「論」的部分，僅一段，即末段：

> 且夫天下非小弱也，雍州之地，殽函之固，自若也；陳涉之位，非尊於齊、楚、燕、趙、韓、魏、宋、衛、中山之君也；鋤櫌棘矜，非銛於鉤戟長鎩也；謫戍之眾，非抗於九國之師也；深謀遠慮，行軍用兵之道，非及曩時之士也；然而成敗異變，功業相反也。試使山東之國，與陳涉度長絜大，比權量力，則不可同年而語矣；然秦以區區之地，致萬乘之權，招八州而朝同列，百有餘年矣；然後以六合為家，殽函為宮，一夫作難而七廟隳，身死人手，為天下笑者，何也？仁義不施，而攻守之勢異也。

作者在此，先以「且夫天下非小弱也」至「非及曩時之士也」等句，利用第一、二、四等段所提供的材料，將秦、六國與陳涉「比權量力」一番，認爲六國該勝秦、秦該勝陳涉；再以「然而成敗異變」至「何也」等句，提出結果卻正相反，即秦勝六國、陳涉勝秦；然後以此作一提問，利用第一、二（攻）、三（守——仁義不施的事實）、四（守——仁義不施的結果）等段的材料，逼出一篇的主旨「仁義不施而攻守之勢異也」十一字，以收束全篇。

這篇文章，如就各段來看，雖有繁有簡，而繁中又有簡、簡中又有繁，但以整篇而論，是採繁筆寫成的，所謂「多說不嫌其繁蕪」，就是這個意思。

由以上簡略的論述中，可以看出剪裁在詞章創作與欣賞上的重要性。如果我們能在上課時，針對課文的剪裁手段，略作提示，相信對學生讀寫能力的提高，是會有一些幫助的。

（原載民國八十二年十月《國文天地》九卷五期，頁六十二～六十六）

# 談詞章的義蘊與運材之關係

## 一、前言

詞章的義蘊是抽象的，而所運用的材料是具體的。運用具體的材料來表出抽象的義蘊，才能使詞章發揮它最大的說服力與感染力。而所運用的材料，一般說來，可分「事」與「物」兩大類，玆分述如左，以見詞章的義蘊與運材之密切關係。

## 二、運「事」為材以呈顯義蘊

所謂的「事」，可以是事實，也可以出自杜撰。以事實來說，又以過去的事實被運用得最多，而所謂「過去的事實」，則大都爲典故。譬如駱賓王〈討武曌檄〉說：

霍子孟之不作，朱虛侯之已亡。

作者在上句，用了霍光輔佐幼主（指漢宣帝）以存漢的典故，表出「現在已没有像霍光那樣的異姓忠臣來輔助幼小國君（指唐中宗）」的義蘊；而下句則用了劉章誅除諸呂以安劉的典故，表出「現在也没有像劉章那樣的皇室宗親來誅除爲禍的外戚（指武三思等）」的義蘊。這樣由所用典故之不同，將它們含藏於內的不同義蘊表達出來。又如蘇軾的〈超然臺記〉有段說：

南望馬耳常山，出沒隱見，若近若遠，庶幾有隱君子乎？而其東則盧山，秦人盧敖之所從遁也。西望穆陵，隱然如城郭，師尚父齊威公之遺烈猶有存者。北俯濰水，慨然太息，思淮陰之功，而弔其不終。

這段文字，先以「南望」、「而其東」，述及「隱君子」，並用了盧敖隱遁的典故，表達了歸隱的想法；再以「西望」用了姜太公與齊桓公輔佐天子，以建立不朽功業的史實，表達了輔佐天子，一靖天下的强烈意願；然後以「北俯」牽出淮陰侯建立了不朽功業，卻不得善終的故事，表達了對未來仕途的憂慮。而這種憂慮卻没有使作者因而卻步，因爲從這一段運材的秩序上可看出「仕」的意識最後還是掩蓋了「隱」的念頭。這一點，也可從差不多作於同時的一首〈水調歌頭〉

詞中看出端倪，他說：

吾欲乘風歸去，但恐瓊樓玉宇，高處不勝寒。起舞弄清影，何似在人間！

他在這裡，把自己視作謫仙，把月殿視作理想的歸隱所在。他所以會有歸隱的念頭，顯然與烏臺詩案之逐漸形成，加上他弟弟蘇轍又勸他急流勇退有關；而所謂「高處不勝寒」，卻透露了他無法適應這種歸隱生活的意思。於是在「起舞」兩句裡，進一步地表出了他「隱於仕途、自求多福」的義蘊，這和〈超然臺記〉中「南望」一段所含藏的義蘊是一致的。再如崔顥的〈黃鶴樓〉詩說：

晴川歷歷漢陽樹，芳草萋萋鸚鵡洲。

作者藉著這兩句，有意由位於黃鶴樓西北的「漢陽」帶出位於漢陽西南長江中的「鸚鵡洲」來，以表達深沈的身世之感。因爲看到了鸚鵡洲自然就會讓人想起那懷才不遇的狂處世禰衡來。據《後漢書．文苑傳》所載，禰衡少有才辯，卻氣尚剛傲，且愛好矯時慢物，所以雖受到孔融的敬愛與推介，然而不但前後見斥於曹操、劉表，最後還死於江夏太守黃祖之手。禰衡死後，葬於一沙洲上，而此一沙洲，因產鸚鵡，且禰衡又曾爲此而作〈鸚鵡賦〉，於是後人便以「鸚鵡」爲名。這樣看來，作者在這裡，是暗用了禰衡的典故來抒感他懷才不遇之痛的啊！或許有人會以爲這種義蘊和此詩的主旨「鄉愁」相牴觸，其實不然，因爲身世之感（懷才不遇之痛）和流浪之苦（鄉愁）是孿生兄弟的關係，所以杜甫〈旅夜書懷〉詩說：「名豈文章著，官應老病休（身世之感）。飄飄何所似，天地一沙鷗（流浪之苦）。」可見兩者並敍，是很自然的事。又如辛棄疾的〈永遇樂〉詞：

千古江山，英雄無覓，孫仲謀處。舞榭歌臺，風流總被，雨打風吹去。斜陽草樹，尋常巷陌，人道寄奴曾住。想當年、金戈鐵馬，氣吞萬里如虎。　元嘉草草，封狼居胥，贏得倉皇北顧。四十三年，望中猶記，烽火揚州路。可堪回首，佛貍祠下，一片神鴉社鼓。憑誰問，廉頗老矣，尚能飯否。

這闋詞題作「京口北固亭懷古」，從頭到尾都用了典。開篇六句，藉發迹於此的首位英雄孫權的典實，以發出如今抗敵無人的慨歎；「斜陽」五句，藉發迹於此的另一英雄劉裕的典實，以抒寫如今無人北伐的悲哀；「元嘉」三句，藉宋文帝草草北伐，致引進敵軍，倉皇北顧的典實，向朝廷提出不能草草用兵北伐的警告；「四十」三句，藉親自目睹四十三年前金兵火焚揚州城的事例，爲上三句的警告，提出有力的證據：「可堪」三句，藉北魏太武帝在瓜步山建立行宮（即後來之佛貍詞）的故實，進一層地指明敵勢未衰，不可輕侮，由「知彼」上見出不能草草用兵北伐的原因；「憑誰問」三句，藉戰國時趙將廉頗的故實，把自己譬作廉頗，表示自己雖老，卻還可以大用，假以時日，必能收復中原的意思。作者就這樣靠著這些典故，充分地將自己難於明言的義蘊表達出來。

至於出自杜撰的，以寓言爲最常見。如《韓非子・外儲說・左上》有一則故事說：

> 鄭人有欲買履者，先自度其足，而置之其坐。至之市，而忘操之；已得履，及曰：「吾忘持度。」反歸取之。及反，市罷，遂不得履。人曰：「何不試之以足？」曰：「寧信度，無自信也。」

作者在這裡，藉一個鄭人想要買履，只相信自己所量的尺寸，卻不相信自己的雙腳，以致買不成履的虛構故事，以表出人不可逐末忘本的義蘊。這樣比泛泛的說理更具說服力。又如《莊子・山木》篇說：

> 莊子行於山中，見大木枝葉盛茂，伐木者止其旁而不取也，問其故，曰：「無所可

用。」莊子曰：「此木以不材得終其天年。」夫子出於山，舍於故人之家，故人喜，命豎子殺雁而烹之。豎子請曰：「其一能鳴，其一不能鳴，請奚殺？」主人曰：「殺不能鳴者。」

這則故事告訴我們：沒用的大樹可以活得長久，而沒用的雁（鵝）卻無法倖免。透過這樣的虛構故事，作者明白地表出了「處理任何事都沒有一成不變的準則」的義蘊。再如《列子》中有一則〈愚公移山〉的故事說：

太形、王屋二山，方七百里，高萬仞，本在冀州之南，河陽之北。北山愚公者，年且九十，面山而居，懲山北之塞、出入之迂也，聚室而謀曰：「吾與汝畢力平險，指通豫南，達於漢陰，可乎？」雜然相許。

其妻獻疑曰：「以君之力，曾不能損魁父之丘，如太形、王屋何！且焉置土石？」雜曰：「投諸渤海之尾，隱土之北。」遂率子孫荷擔者三夫，叩石墾壤，箕畚運於渤海之尾。鄰人京城氏之孀妻有遺男，始齔，跳往助之；寒暑易節，始一反焉。

河曲智叟笑而止之曰：「甚矣，汝之不慧！以殘年餘力，曾不能毀山之一毛，其如土石何！」北山愚公長息曰：「汝心之固，固不可徹；曾不若孀妻弱子。雖我之死，有子存焉；子又生孫，孫又生子；子又有子，子又有孫；子子孫孫，無窮匱也；而山不加增，何苦而不平？」河曲智叟亡以應。

操蛇之神聞之，懼其不已也，告之於帝。帝感其誠，命夸娥氏二子負二山，一厝朔東，一厝雍南。自是冀之南、漢之陰，無隴斷焉。

在這則著名的寓言故事裡，作者寄寓了「人助天助」、「有志竟成」的義蘊。其中第一段記敘愚公鑑於太行、王屋兩座大山阻礙了南北交通，便決意要剷平它們，並獲得家人讚可的情形，這是針對「有志」來寫的；第二段記敘愚公選定投置土石的地點，並率領子孫及鄰人實際去從事移山工作的經過，這是針對「人助」（包括自助）來寫的；第三段記敘智叟笑阻愚公，而愚公卻不爲所動，以爲只要堅定信心努力不懈，便必能成功的一段對話，這是爲了加強「有志」、「人助」的意思來寫的；而末段則記敘愚公的精神，終於感動了天地，獲得神助，完成了移山願望的圓滿結局，這是針對「天助」、「竟成」來寫的。作者就這樣用一個簡單的故事，使人在趣味盎然中領出義蘊，這可說是寓言故事的普遍特色，是其他各類文體所無法趕上的。其實，這則故事若配合《中庸》思想來看，愚公及家人、鄰居的努力，是屬於「自誠明」的過程，而天神的幫助，則屬於「自誠明」的效用。這樣由「自誠明」的人爲努力而發揮「自誠明」的天然效用，真可說是《中庸》一書的精義所在。當然，列子在寫這則寓言時，未必有這樣的意思，但由故事所留下的空白，我們卻可以這樣填上，這就是正體寓言的好處啊！

## 三、運「物」為材以呈顯義蘊

除了運「事」爲材以呈顯詞章義蘊之外，許多的詞章家也喜歡以「物」爲材來表情達意。「物」本來是沒有情感的，而詞章家卻偏偏賦予它們情感，使「物」產生了意象，和自己內在的情感結合在一起，達於情景交融的境界，所以王國維說：「一切景語皆情語。」（《人間詞話》）是說得一點也沒錯的。如晏殊的〈浣溪沙〉詞說：

無可奈何花落去，似曾相識燕歸來。

此爲名聯，自宋以來即爲人所傳頌不已。它所以一直被人傳頌，除了對仗工穩、音調諧婉外，主要的是由「花落去」和「燕歸來」的自然景象糅襯了「無可奈何」與「似曾相識」的情感，使「花」與「燕」與人事結合，從而生發好景無常、聚散不定的深刻感觸來。「花」與「燕」之所以能與人事結合，是因爲「花」足以象徵過去的一段美好時光，而「燕」卻可以由它們之「雙」反襯人之「單」來，所以人看了「花」之「落」，就會觸發好景不再的感傷，而見了「燕」之

「歸」，就會引起「人未歸」的怨情，就這樣，作者內在的情感便和外在的景物融合在一起，再也分不開了。又如范仲淹的〈蘇幕遮〉詞說：

山映斜陽天接水，芳草無情，更在斜陽外。

這是〈蘇幕遮〉詞上片的末三句，寫的是由「山」而「斜陽」而「水」，以至於「斜陽外」無盡芳草的景致。其中「芳草」，本無所謂無情還是有情，而作者卻予擬人化，認爲草無視於人間離別之苦，而漫生無際，使人添增無限的傷離意緒，這不是「無情」是什麼？因此直接說：「芳草無情」，這樣，就越發令人黯然銷魂了。若作進一層的推究，作者在這裡特別挑選「草」，並將它擬人化，以抒發離情，是有原因的，因爲「草」逢春而漫生無際，時時可入離人眼目，以襯出離愁之多來，所以自來詞章家都喜歡用草來襯托離情。如王維〈送別〉詩說：

春草明年綠，王孫歸不歸？

又盧綸〈送李端〉詩說：

> 故園衰草遍，離別正堪愁。

而李煜〈清平樂〉詞則說：

> 離恨恰如春草，更行更遠還生。

諸如此類的例子，多得不勝枚舉。由此可知，用「草」來襯托離情，是十分普遍的。再如溫庭筠的〈更漏子〉詞說：

> 玉爐香，紅蠟淚。偏照畫堂秋思。眉翠薄，鬢雲殘，夜長衾枕寒。　梧桐樹，三更雨，不道離情正苦。一葉葉，一聲聲，空階滴到明。

這是詠離情的一首作品。作者首先以起二句，寫美人在閨房內獨對爐香、蠟淚而悲秋的情景，作爲敍寫的開端；再以「眉翠薄」三句，針對美人悲秋之情，用眉薄、鬢殘與輾轉難眠，初步作形象之描繪；然後以下片六句，承「夜長」句，寫美人獨聽梧桐夜雨滴階至天明的情景，將悲秋之情，也就是離情，進一層作形象之表出。這樣敍寫，離情便化抽象爲具體，不但散入雨聲、爐香、蠟淚與寒衾、寒枕裡，更爬滿薄眉、殘鬢之上，使全詞處處含情，有著無盡的感染力。能有這樣的感染力，顯然是由於作者選對了各樣的「物」材以大力地呈顯義蘊（離情）的緣故。又如杜審言〈和晉陵陸丞早春遊望〉詩說：

> 獨有宦遊人，偏驚物候新。雲霞出海曙，梅柳渡江春。淑氣催黃鳥，晴光轉綠蘋。忽聞歌古調，歸思欲霑巾。

此詩採先凡（總括）後目（條分）的形式寫成，「凡」的部分爲起聯，首句爲引子，用以帶出次句，分「偏驚」（特別地會觸動情思）與「物候新」兩軌來統攝屬「目」的三聯。其中「偏驚」統括尾聯，「物候新」統括頷、頸兩聯。而頷、頸兩聯是用以具寫春來「物候新」的寫景的。作者在此，依次以「雲霞」、「梅柳」、「黃鳥」、「蘋」等寫「物」，以「曙」、「春」、「淑氣」、「晴光」等寫「候」，以「出海」、「渡江」、「催」、「轉綠」等寫「新」，使「物候新」由抽象化爲具體，產生更大的觸發力，以加强尾聯「歸思」（即歸恨）這種一篇主旨的感染力量。這首詩能產生强烈的感染力量，深究起來，與所選取的「物」實有極爲密切的關係，因爲「雲霞」、「梅柳」、「黃鳥」和「蘋」，都和作者所要抒發的「歸恨」（離情）有關，首以「雲霞」來說，由於它們經常是飄浮空中、動止不定的，所以詞章家便常用「雲」或「霞」來象徵遊子、行客，以襯寫離情。用「雲」的，如杜甫〈夢李白〉詩說：

浮雲終日行，遊子久不至。

又如韋應物〈淮上喜會梁州故人〉詩說：

浮雲一別後，流水十年間。

用「霞」的，如賀知章〈綠潭〉篇說：

綠水残霞催席散，畫棲明月待人歸。

又如錢起〈送屈突司馬充安西書記〉詩說：

海月低雲斾，江霞入錦車。

次以「梅柳」來說，其中「柳」因有長安灞橋折柳贈別的舊俗，自古以來即與別情結了不解之緣，可說十分常見，如宋之問〈途中寒食題黃梅臨江驛寄崔融〉詩說：

故園斷腸處，月夜柳條新。

又如王昌齡〈閨怨〉詩說：

忽見陌頭楊柳色，悔教夫婿覓封侯。

而「梅」則由於南北朝時范曄與陸凱的故事，也和離情結了緣。據《荊州記》的記載，陸凱在江南，有一次遇到來自京師的信差，便折下一株梅花託他帶給在長安的范曄，並贈詩說：

折梅逢驛使，寄與隴頭人。江南無所有，聊贈一枝春。

從此，「梅」便被詞章家用來寫相思之情，如宋之問〈題大庾嶺北驛〉詩說：

明朝望鄉處，應見隴頭梅。

又如韓偓〈亂後春日途經野塘〉詩說：

世亂他鄉見落梅，野塘晴暖獨徘徊。

此類例子，真是俯拾皆是。再以「黃鳥」來說，誰都曉得與金昌緒的〈春怨〉詩有關，這首詩是這樣寫的：

打起黃鶯兒，莫叫枝上啼。啼時驚妾夢，不得到遼西。

有了這首詩作媒介，黃鶯（即黃鳥）和它的啼聲便全蘊含著離情了。如高適〈送前衛縣李寀縣尉〉詩說：

黃鳥翩翩楊柳垂，春風送客使人悲。

又如白居易〈三月二十八日贈周判官〉詩說：

柳絮送人鶯勸酒，去年今日別東都。

所謂的「黃鳥翩翩」、「鶯勸酒」，不是將離情更推深了一層嗎？末以「蘋」來說，它本是水生蕨類植物的一種，夏秋之間有花，色白，故又稱「白蘋」。由於俗以爲是萍的一種，即大萍，所以和萍一樣，也常被用以喻指飄泊，抒寫離情。如劉長卿〈餞別王十一南遊〉詩說：

誰見汀洲上，相思愁白蘋。

又張籍〈湘江曲〉說：

送人發，送人歸，白蘋茫茫鷓鴣飛。

這裡所謂的「白蘋」，無疑地是特別用以寫離情的。由此看來，杜審言在諸多初春景物中所以選「雲霞」、「梅柳」、「黃鳥」與「蘋」等，是有意藉著景物以襯托離情（歸思）的，這樣運物爲材來呈顯義蘊，自然就增强了它的感染力了。再如張可久的〈梧葉兒〉曲說：

> 薔薇徑，芍藥闌，鶯燕語間關。小雨紅芳綻，新晴紫陌乾。日長繡窗閒，人立秋千畫板。

這首曲寫的是春日所見的景物，依序是「闌」、「徑」旁的薔薇與芍藥、「語間關」的鶯與燕、小雨後的紅芳與紫陌、閒靜的繡窗和站在秋千畫板上的人。作者就透過這些表出孤單之情來。而這種孤單之情，可由他所見之紅芳（含薔薇與芍藥）、鶯燕與秋千透出一些消息，因爲花除了象徵美好的時光外，也經常用以象徵所思念之人，而鶯燕，一由於金昌緒的〈春怨〉詩（見前），一由於往往成雙，最適合用來反襯孤單，所以和離情都脫不了關係；至於秋千，見了自然會想起當年盪此秋千之人，更與人的相思分不開。因此這首曲雖未明說是「懷人」，但由於用了這些「物」材，便使得「懷人」的義蘊呼之欲出了。

## 四、結語

由上述可知詞章的義蘊與運材的關係極其密切，有的作品雖在篇內已提明主旨（思想情意），卻由於主旨是抽象的，所以不經由「事」與「物」作具體之表出，是不可以的；而有的作品，則將主旨置於篇外，這就非經由作者所用的材料（包括「事」與「物」）去追索它的義蘊不可，不然就不知道作者在寫什麼了。可見讀詞章時據作者所運用的材料去追索它的義蘊，是有其必要的。

（原載民國八十三年十一月《國文天地》十卷六期，頁四十四～五十）

# 談詞章主旨的顯與隱

## ——以中學國文課文爲例

### 一、前言

詞章的主旨，按理説，是最容易審辨的，因爲它正是作者所要表達的某一思想或情意，本該顯著得讓人一目了然才對。但有時爲了實際上的需要或技巧上的講求，作者往往會把深一層或真正的主旨藏起來，使人很難從詞面上直接讀出來。因此詞章的主旨便有的顯，有的隱，有的又顯中有隱，不盡相同。茲以中學國文課文爲範圍，舉例略作説明如次。

### 二、主旨全顯者

詞章的主旨明顯地經由詞面表達清楚的，爲數不少。通常就其安置的部位而論，有安置於篇首、篇腹與篇末等三種之不同。安置於篇首的，如李斯的〈諫逐客書〉（高中四冊十一課），作者在首段即開門見山地說：

臣聞吏議逐客，竊以為過矣。

這兩句便直接提明了一篇之主旨，爲了要使這個主旨產生最大的説服力，作者特地安排下面數段文字來提出有力的論據。他先在次段分述繆公、孝公、惠王、昭王等秦國君主用客以獲致成功的事例，從反面見出「逐客之過」；再在第三段以秦王所寶愛的外國珠玉、器物、美色與音樂爲例，又從反面表出「逐客之過」；接著在第四段指明古代帝王「兼收」的好處與「卻賓客以業諸侯」的危險，兼顧正反兩面，以進一層表出「逐客之過」；然後在末段，回抱前文作收，將「逐客爲過」的一篇主旨作總括性的發揮。這樣，一篇的主旨便毫無保留地作了明確、充分的表達。安置於篇腹的，如杜甫的〈聞官軍收河南河北〉詩（國中二冊十五課）：

劍外忽傳收薊北，初聞涕淚滿衣裳。卻看妻子愁何在？漫卷詩書喜欲狂。白日放歌須縱酒，青春作伴好還鄉。即從巴峽穿巫峽，便下襄陽向洛陽。

此詩旨在寫「聞官軍收河南河北」時「喜欲狂」的心情。作者首先在起聯，針對題目，寫自己聽到「官軍收河南河北」時喜極而泣的情形，先藉「忽傳」、「初聞」寫事出突然，以增強喜悅，再藉「涕淚滿衣裳」具寫喜悅，有力地爲下聯的「喜欲狂」三字蓄勢。接著在頷聯，採提問之形式，由自身移至妻子身上，寫妻子聞後狂喜的情狀，以「卻看」作接榫，藉「愁何在」逼出一篇之主旨「喜欲狂」，並以「漫卷詩書」作形象之描述。繼而在頸聯，由實轉虛，以「放歌縱酒」上承「喜欲狂」，「好還鄉」上承「妻子」，寫春日攜手還鄉的打算。最後在結聯，緊接上聯「還鄉」之打算，一口氣虛寫還鄉所經過的路程，將「喜欲狂」作充分的渲染。就這樣，由「忽傳」而「初聞」、「卻看」而「漫卷」、「即從」而「便下」，一氣奔注，把自己與妻子「喜欲狂」的心情，描摹得至爲生動。王右仲以爲「此詩句句有喜躍意。」（《歷代詩評解》）正道出了此詩之特色，而這種「喜躍意」，不是由詞面作了直接的交代了嗎？安置於篇末的，如賈誼的〈過秦論〉（高中六冊十一課），此文的主旨以畫龍點睛的方式點在篇尾：

仁義不施，而攻守之勢異也。

作者爲了得出這個結論，特先在第一、二、三等段寫秦強之難，再在第四段寫秦敗之易，然後在第五段將六國、秦與陳涉「比權量力」一番。如果針對著主旨來看這些段落，作者以第一、二段及三段前半寫「攻」，以第三段後半及四段寫「守」，見出「攻守之勢異」；又以第三段述明「仁義不施」的事實，以第四段交代「仁義不施」的結果；而於第五段利用前四段所陳述的材料，將六國、秦與陳涉的權力加以比較，以見出「成敗異變，功業相反」的情形，從容地逼出一篇之主旨來。這個主旨與上舉兩篇課文一樣，是極爲明顯的。

## 三、主旨顯中有隱者

作者處理詞章主旨，有時雖把它表層的部分明顯地作了表達，卻將它深一層或真正的部分隱藏起來。如果要掌握這種顯中有隱的主旨，便得下一番審辨的工夫。如劉鶚的〈黃河結冰記〉（國中三冊十九課），這篇文章的主旨見於第五段：

老殘就著雪月交輝的景致，想起謝靈運的詩：「明月照積雪，北風勁且哀。」兩句，若非經歷北方苦寒景象，那裡知道「北風勁且哀」的一個「哀」字下得好呢？

這裡所謂的「哀」，就是本文之主旨，作者特用它來上收一、二、三、四等段之哀景，下啓末段之哀情，將全文聯貫成一個整體。而這個「哀」字，是從謝靈運的〈歲暮詩〉裡提出來的，這首詩共六句，是這樣寫的：

> 殷憂不能寐，苦此良夜頹。明月照積雪，北風勁且哀。運往無淹物，年逝覺已催。

作者在本文裡雖只是引用了其中的三、四兩句而已，卻把全詩的涵義悉數納入篇中。譬如末段前半所寫老殘望著北斗七星湧生的感慨，不正合「運往無淹物，年逝覺已催」的兩句詩意嗎？又如結處寫：「老殘悶悶的回到店裡，也就睡了。」試問老殘究竟睡著了没有？當然没有，爲什麼呢？這可從「殷憂不能寐，苦此良夜頹」的兩句詩裡找到答案。而且所謂的「殷憂」，即是「悶悶」，也就是「北風勁且哀」的「哀」，這正是本文之主旨所在。但作者究竟有什麼「殷憂」？有什麼「哀」呢？難道只是哀傷自己年老而已嗎？要回答這個問題，則非借助如下數句文字不可：

> 又想到《詩經》上說的「維北有斗，不可以挹酒漿。」現在國家正當多事之秋，那王公大臣只是恐怕耽處分，多一事不如少一事，弄的百事俱廢，將來又是怎樣個了局？國是如此，丈夫何以家為。

這數句話，原見於本文末段，在「如何是個了局呢？」之後、「想到此地」之前。有了這數句話，就可知道作者除了自身外，更爲家國而哀，那就無怪作者會藉自己的淚冰與黃河所結之冰連成一片，將整條河裡的冰都還原爲國人的眼淚。如沿著這個線索推敲下去，則所謂「一切景語皆情語。」（王國維《人間詞話》），作者會在第二段寫擠冰、第三段寫打冰（化多事爲無事，轉衝突爲團結）的原因，也就不難明白了。可惜的是，課本編者因爲這數句話出現得過於突兀，且前無所頂，便刪去了。這麼一來，作者深一層的「哀」是什麼，就無從探得了。又如崔顥的〈黃鶴樓〉詩：

> 昔人已乘黃鶴去，此地空餘黃鶴樓。黃鶴一去不復返，白雲千載空悠悠。晴川歷歷漢陽樹，芳草萋萋鸚鵡洲。日暮鄉關何處是，煙波江上使人愁。

此詩之主旨爲「鄉愁」，見於尾聯，這是盡人皆知的，但作者卻在頸聯，有意由位於黃鶴樓西北的「漢陽」帶出位於漢陽西南長江中的「鸚鵡洲」來，暗暗表露出深沈的身世之感。因爲看到了鸚鵡洲，自然就會讓人想起那懷才不遇的狂處士禰衡來。據《後漢書．文苑傳》所載，禰衡少有才辯，卻氣尚剛傲，且偏好矯時慢物，所以雖受到孔融的敬愛與推介，然而不但前後見斥於曹操、劉表，最後還死於江夏太守黃祖之手。禰衡死後，葬於一沙洲上；而此一沙洲，因原產鸚鵡，且禰衡又在生前曾爲此而作〈鸚鵡賦〉，於是後人便以「鸚鵡」名洲。這樣看來，作者在這裡，是引用了禰衡的典故來抒發他懷才不遇之痛的啊！或許有人會以爲這種身世之感和此詩的主旨「鄉愁」相牴觸，其實不然，因爲身世之感（懷才不遇之痛），和流浪之苦（鄉愁）是孿生兄弟的關係，所以杜甫〈旅夜書懷〉詩說：「名豈文章著，官應老病休（身世之感）；飄飄何所似，天地一沙鷗（流浪之苦）。」而柳永〈八聲甘州〉詞也說：「不忍登高臨遠，望故鄉渺邈，歸思難收（鄉愁）。歎年來蹤迹，何事苦淹留（身世之感）？」可見兩者並敘，是十分自然之事。如此說來，崔顥在這首〈黃鶴樓〉詩裡，除了抒發思鄉之情外，還暗藏了懷才不遇之悲啊！再如蘇洵的〈六國論〉（高中四冊七課），這篇課文的表層主旨在首段就說得一清二楚：

六國破滅，非兵不利，戰不善，弊在賂秦。賂秦而力虧，破滅之道也。或曰：「六國互喪，率賂秦耶？」曰：「不賂者以賂者喪。蓋失強援，不能獨完。故曰，弊在賂秦也。」

這裡所說的「弊在賂秦」和「不賂者以賂者喪」，爲一篇的主旨，亦即論點。這個論點，透過第二、三段提出了具體的論據加以說明之後，已足以充分地說服人。但作者卻在末段說：

夫六國與秦皆諸侯，其勢弱於秦，而猶有可以不賂而勝之之勢；苟以天下之大，而從六國破亡之故事，是又在六國下矣。

他提明六國有「可以不賂而勝之勢」，從反面作收，以逼出深一層主旨，以諷當時（北宋）賂敵（契丹）的退怯政策。過商侯說：「老泉全是借六國以諷宋。」（《古文評注》）看法很正確。可見它的主旨有顯有隱，這和上舉兩文的情形是一樣的。

## 四、主旨全隱者

自古以來，詞章講求含蓄，主張「意在言外」、「不著一字，盡得風流」，因此主旨全隱於篇外的，便比比皆是。大體說來，通篇用以敘事或寫景的，都是這類作品，如岳飛的〈良馬對〉（國中四冊八課），此文以宋高宗之問帶出岳飛之答，而岳飛之答就是本文的主體。就在這個主體裡，岳飛特就食量、品格、表現等方面分析良馬與劣馬的不同，認爲良馬：

此其受大而不苟取，力裕而不求逞，致遠之材也。

而劣馬則是：

> 此其寡取易盈，好逞易窮，駑鈍之材也。

從這裡可看出，岳飛是藉此以諷喻高宗要識拔賢才、重用賢才、信任賢才、珍惜賢才的。這種諷喻的意思，盡在言外，很容易讓人聽得進去。又如方苞的〈左忠毅公軼事〉（高中一冊三課），這篇文章的第一段爲序幕，記左公識拔史可法的經過，將左公爲國舉才的苦心與忠忱寫得極其生動。其第二段爲主體，寫左公被下廠獄後，史可法冒死探監的經過，充分地刻畫出左公的公忠憂國與剛正不屈來。而第三、四、五等段爲餘波，先寫史可法受左公感召，繼其志業，奉檄守禦流寇的辛苦，再寫篤厚師門之情事，然後補敘本文所記的軼事，確係有憑有據，以回應篇首的「先君子嘗言」，用「首尾圓合」的手法來收拾全文。作者這樣記事，看似雜碎，卻始終由篇外用「忠毅」二字來貫穿它們，以寫左公和史可法的「忠毅」精神。但寫左公的「忠毅」是主，寫史可法的「忠毅」爲賓，也就是說，寫史可法的「忠毅」等於是寫左公的「忠毅」，所以本文旨在寫左公的「忠毅」精神，而這種主旨卻隱在篇外，如果不仔細去推究，是很容易忽略過去的。

以上兩文都是用敘事來寄寓主旨的例子，另外又有藉寫景以寄寓主旨的，如李白的〈黃鶴樓送孟浩然之廣陵〉詩（國中一冊十五課）：

故人西辭黃鶴樓，煙花三月下揚州。孤帆遠影碧空盡，惟見長江天際流。

這首詩可分爲兩個部分：一是敘事的部分，即起二句，敘的是故人西辭武昌前往揚州的事實；二是寫景的部分，即結二句，寫的是故人乘船遠去，消失於水天遙接之際的景象。作者就單單透過「事」帶出「景」，藉煙花、帆影與無盡的江天，連接武昌與揚州，從篇外表出無限之離情來。唐汝詢說：「黃鶴樓，分別之地；揚州，所往之鄉。煙花，敘別之景；三月，紀別之時。帆影盡則目力已極，江水長則離思無涯。悵望之情，具在言外。」（《唐詩解》）所謂「悵望之情，具在言外」，正指出了本詩主旨隱在篇外的最大特色。

## 五、結語

經由上述，可知詞章的主旨有的顯，有的隱，是該一一審辨清楚的。在從事詞章的賞析或教學時，如能做到這一點，並據此以探求各段的地位、作用與價值，再配合修辭與布局技巧的探討，那麼深入詞章的底蘊，以掌握全文，該不是件難事。

（原載民國八十四年八月《國文天地》十一卷三期，頁七十六～八十一）

# 從軌數的多寡看凡目法在詞章裡的運用

## ——以國、高中國文課文為例

### 一、前言

作者在創作詞章之際，如果決定採凡（總括）目（條分）的結構來寫，無論是先凡而後目，或是先目而後凡，都會涉及軌數多寡的問題，既可以將主要內容定為一軌，也可以析為雙軌或多軌，來統一「凡」和「目」。茲以國、高中國文課文為例，分軌說明如次。

### 二、單軌者

這是將主要內容凝為一軌，以貫穿節、段或全文的一種方式。它的結構最常見的有先凡後目與先目後凡兩種。先凡後目的，如歐陽修的〈採桑子〉（高中四冊十五課）：

春深雨過西湖好，百卉爭妍，蝶亂蜂喧，晴日催花暖欲然。 蘭橈畫舸悠悠去，疑是神仙。返照波間，水闊風高颺管絃。

這首詞旨在寫雨過春深的穎州西湖好景，以襯托作者恬適的心情。它先以起句「春深雨過西湖好」作一總敘，這是「凡」的部分；再以「百卉爭妍」三句，藉花卉、蜂蝶、晴日等自然景物，寫西湖堤上的春深好景，這是「目一」的部分；然後以「蘭橈畫舸悠悠去」四句，用畫船、返照、水闊、風高與管絃等糅合自然與人事的景物，寫西湖水上的春深好景，這是「目二」的部分。敘次由凡而目，單用一軌就將西湖好景，描寫得異常生動。先目後凡的，如關漢卿的〈四塊玉〉（國中六冊五課）：

舊酒沒，新醅潑。老瓦盆邊笑呵呵，共山僧野叟閒吟和，他出一對雞，我出一個鵝，閒快活。

此曲題爲「閒適」，已道出了它的主旨。作者在此，首先以「舊酒沒」兩句，寫有「新醅」，以表出一份「閒快活」之意，這是「目一」的部分；接著以「老瓦盆邊笑呵呵」兩句，寫有喝酒的閒友，以表出另一份「閒快活」之意，這是「目二」的部分；然後以「他出一對雞」兩句，寫有佐酒的菜餚，以表出又一份「閒快活」之意，這是「目三」的部分；末了以「閒快活」一句，將上面的意思作個總結，把自己「閒適」之情作了「畫龍點睛」式的表達，這是「凡」的部分。這和上例一樣，雖然只用一軌，但敍次卻由目而凡，是有所不同的。

## 三、雙軌者

這是將平列或有主從關係的重要內容析爲兩軌，以貫穿節、段或全文的一個方式。它的結構最常見的也有先凡後目與先目後凡兩種。先凡後目的，如韓非子的〈老馬識途〉（國中三冊二課）：

管仲、隰朋從於桓公而伐孤竹，春往冬反。迷惑失道，管仲曰：「老馬之智可用也。」乃放老馬而隨之，遂得道。行山中，無水，隰朋曰：「蟻冬居山之陽，夏居山之陰，蟻壤一寸而仞有水。」乃掘地，遂得水。

這段文字，先以「管仲、隰朋從於桓公」兩句，泛敍管仲和隰朋伐孤竹而春往冬返的事實，這是「凡」的部分；再以「迷惑失道」五句，具寫由於部隊「失道」，管仲借重「老馬之智」找到出路的經過，這是「目一」的部分；末以「行山中」八句，具寫由於「無水」，隰朋利用「蟻壤」找到水源的經過，這是「目二」的部分。就這樣，以管仲和隰朋各成一軌，採先凡後目的形式，將二人用智的故事交代得一清二楚。先目後凡的，如劉蓉的〈習慣說〉（國中五冊四課）：

蓉少時，讀書養晦堂之西偏一室。俛而讀，仰而思；思而弗得，輒起，繞室以旋。室有窪徑尺，浸淫日廣。每履之，足苦躓焉；既久而遂安之。

一日，父來室中，顧而笑曰：「一室之不治，何以天下國家為？」命童子取土平之。後蓉履其地，蹴然以驚，如土忽隆起者；俯視地，坦然則既平矣。已而復然；又久而後安之。

噫！習之中人甚矣哉！足履平地，不與窪適也；及其久，而窪者若平。至使久而即乎其故，則反窒焉而不寧。故君子之學貴慎始。

此文旨在說明習慣對人影響之大，藉以讓人體會「學貴慎始」的道理。它就結構而言，可大別為敘與論兩截，其中敘為「目」的部分、論為「凡」的部分。只要稍加注意，就可發現：首段之敘是為末段「足履平地，不與窪適也；及其久，而窪者若平」等四句之論而寫的，這是第一軌；而次段之敘是為末段「至使久而即乎其故，則反窒焉而不寧」等兩句之論而寫的，這是第二軌。如此以雙軌來貫穿「凡」和「目」，使「習之中人甚矣」和「學貴慎始」的一篇主意，在兩相對應之下，更富於說服力。

## 四、三軌者

這是將平列或有主從關係的重要內容分爲三軌，以貫穿節、段或全文的一個方式。它和上舉一軌、雙軌一樣，以先凡後目與先目後凡等兩種結構最爲常見。先凡後目的，如袁宏道的〈晚遊六橋待月記〉（高中三冊十二課）：

西湖最盛，為春為月。一日之盛，為朝煙，為夕嵐。

今歲春雪甚盛，梅花為寒所勒，與杏桃相次開發，尤為奇觀。石簣數為余言：「傅金吾園中梅，張功甫玉照堂故物也，急往觀之。」余時為桃花所戀，竟不忍去湖上。由斷橋至蘇隄一帶，綠煙紅霧，彌漫二十餘里。歌吹為風，粉汗為雨，羅紈之盛，多於隄畔之草，豔冶極矣。

然杭人遊湖，止午、未、申三時。其實湖光染翠之工，山嵐設色之妙，皆在朝日始出，夕舂未下，始極其濃媚。月景尤不可言，花態柳情，山容水意，別是一種趣味。此樂留與山僧遊客受用，安可為俗士道哉！

這篇文章旨在寫西湖六橋風光之盛。作者首先在起段即以開門見山的方式提明西湖六橋最盛的，是春景、是月景，而一日最盛的，是朝煙、夕嵐，這是「凡」的部分；接著以二、三兩段，透過梅、桃、杏之「相次開發」與「歌吹」、「羅紈」之盛來具寫春景，這是「目一」的部分；然後以末段「然杭人遊湖」等七句，取湖光、山色作陪襯，來具寫朝煙和夕嵐，這是「目二」的部分；末了以「月景尤不可言」等六句，拿花柳、山水作點綴，來具寫月景，這是「目三」的部分。這樣以春為一軌、月為二軌、朝煙和夕嵐為三軌，採由凡而目的形式來寫，層次極為分明。先目後凡的，如陶淵明的〈五柳先生傳〉（國中二册十一課）：

先生不知何許人也，亦不詳其姓字。宅邊有五柳樹，因以為號焉。閑靜少言，不慕榮利。好讀書，不求甚解；每有會意，便欣然忘食。性嗜酒，家貧不能常得；親舊知其如此，或置酒而招之，造飲輒盡，期在必醉；既醉而退，曾不吝情去留。環堵蕭然，不蔽風日；短褐穿結，簞瓢屢空。——晏如也。常著文章自娛，頗示已志。忘懷得失，以此自終。

贊曰：黔婁之妻有言：「不戚戚於貧賤，不汲汲於富貴。」味其言，茲若人之儔乎？

　　啣觴賦詩，以樂其志。無懷氏之民歟！葛天氏之民歟！

本文共分三段，前兩段爲敍，是「目」的部分；末段爲贊，是「凡」的部分。其中二段的「閑靜少言」等六句與「環堵蕭然」等五句之敍，是爲末段的「黔婁之妻有言」等五句之贊來寫的，這是一軌；二段的「性嗜酒」等八句和「常著文章」等四句之敍，是爲末段「啣觴賦詩，以樂其志」兩句之贊而寫的，這是二軌；而起段之敍，是爲末段「無懷氏之民歟！葛天氏之民歟！」兩句之贊來助勢的，這是三軌。敍次雖和上例相反，而條理卻一樣清晰。

## 五、四軌者

這是將平列或有主從關係的重要內容分爲四軌，以貫穿節、段或全文的一種方式。它的結構最常見的，也不外先凡後目與先目後凡兩種。先凡後目的，如 國父孫中山先生的〈恢復中國固有道德〉（舊國中三冊一課）：

　　講到中國固有的道德，中國人至今不能忘記的，首是「忠孝」，次是「仁愛」，其次是「信義」，再其次是「和平」。這些舊道德，中國人至今還是常講的。……

此刻中國正是新舊潮流相衝突的時候，一般國民都無所適從。前幾天我到鄉下，進了一所祠堂，看見廳堂右邊有一個「孝」字，左邊便一無所有，我想從前必定有一個「忠」字，所折的痕迹還很新鮮。……國民在民國之內，要能把「忠孝」二字講到極點，國家便自然可以強盛。

「仁愛」也是中國的好道德。……仁愛的好道德，中國現在似乎不如外國。中國所以不如的緣故，不過是中國人對於仁愛沒有外國人那樣實行，但是仁愛還是中國的舊道德。我們要學外國，祇要學他們那樣實行，把仁愛恢復起來，再去發揚光大，便是中國固有的精神。

講到「信義」，中國古時對於鄰國和對於朋友，都是講信義的。……中國強了幾千年，而高麗猶在；日本強了不過二十年，便把高麗滅了。由此便可見日本的信義不如中國，中國所講的信義，比外國要進步得多。

中國更有一種好的道德，是愛「和平」。現在世界上的國家和民族，祇有中國是講和平，外國都是講戰爭，主張帝國主義，去滅人的國家。……這種特別的好道德，便是我們民族的精神。我們以後對於這種精神，不但是要保存，並且要發揚光大，然後我們民族的地位才可以恢復。

此文凡分五段，作者首先在起段，指明中國固有的道德是忠孝、仁愛、信義、和平，其中忠孝是一軌，仁愛爲二軌，信義是三軌，和平爲四軌；然後於二、三、四、五等段，分應各軌，依次就忠孝、仁愛、信義、和平，詳細說明它們的意義與踐行的方法，以期能把它們一一發揚光大。很顯然地，這是分成四軌，採先凡後目的形式所寫成的作品。先目後凡的，如潘公弼的〈報紙的言論〉（國中六册九課）：

健全的條件，第一是動機純潔：凡因私的愛憎、私的利害、私的信仰而發為言論，無論所言所論的實質萬難動中事理，即使勉強自圓其說，民眾必因鄙其私而並惡其所圓之說。只有大智大慧才能不以人廢言；大眾的眼光裡，只以大公為好，以「便私」為壞。壞人說話，嗤之以鼻；好人說話，洗耳恭聽。從事言論的人，能大公無私，便是動機純潔。

第二條件是識見卓越：因為只有純潔的動機，而沒有豐富的學養、敏銳的觀察，則對於各種隱約的朕兆或昭著的事實，無論它的關係如何遠大，竟不知其為問題，或知其為問題，而不能理解其內蘊，不能判斷其是非，不能察知民意向背，不能供給解決方案。搖筆為文，泛泛論說，價值毫無，怎稱輿論？

第三條件是文才暢達：文字不過是工具，似乎不成為主要條件，但同樣的識見，有的寫來莫名其妙，使人沈沈欲睡；有的寫來沈著活潑，使人有「劍及履及」的情緒；有的限於文才，放馬後砲；有的一氣呵成，做急先鋒。如此說來，怎得菲薄工具？當然，只有文才而沒有「第一」、「第二」條件的人，也不配主持筆政。

第四條件是膽氣橫逸：一篇極有價值可以傳之後世的論文，假使沒有發表的膽氣，則只有藏諸名山。藏諸名山那成輿論？退一步說，既不許藏諸名山，又不敢暢所欲言，於是含渾籠統，敷衍點綴，那不能完成輿論使命，更何待言？

總而言之，輿論自身的健全，必須具備上述四條件。動機純潔，然後才能黑白分明，正氣凜然。識見卓越，然後才能指導朝野，利國福民。文才暢達，然後才能鞭辟入裡，針針見血。膽氣橫逸，然後才能申張公道，不屈不撓。若因圖謀私利，而以報紙為攻訐阿諛的工具，這是輿論的罪人。

在這幾段文字裡，作者先以起段一論輿論健全的條件在於「動機純潔」，這是第一軌，也是「目一」的部分；次以次段二論輿論健全的條件在於「識見卓越」，這是第二軌，也是「目二」的部分；其次以第三段三論輿論健全的條件在於「文才暢達」，這是第三軌，也是「目三」的部分；再其次以第四段四論輿論健全的條件在於「膽氣橫逸」，這是第四軌，也是「目四」的部分；而最後以末段，回應各軌、各目，作一總括，這是「凡」的部分。敍次由目而凡，一目了然。

## 六、五軌及五軌以上者

這是將平列或有主從關係的重要內容分為五軌或五軌以上，來貫穿節、段或全文的方式。由於軌數愈多，愈不容易納入短小的篇章裡，以致在國、高中的國文課文中甚少見到。因此僅就五軌和六軌各舉一例，以概其餘。五軌的，如王安石的〈答司馬諫議書〉（舊高中三冊八課）：

蓋儒者所爭，尤在於名實；名實已明，而天下之理得矣！今君實所以見教者，以為侵官、生事、征利、拒諫，以致天下怨謗也。某則以為受命於人主，議法度而修之於朝廷，以授之於有司，不為侵官；舉先王之政，以興利除弊，不為生事；為天下理財，不為征利；闢邪說，難壬人，不為拒諫。至於怨誹之多，則固前知其如此也。人習於苟且非一日，士大夫多以不恤國事，同俗自媚於眾為善。上乃欲變此；而某不量敵之眾寡，欲出力助上以抗之，則眾何為而不洶洶然？

作者在這節文字裡，先總括地舉出司馬君實所指「致天下怨謗」的「侵官、生事、征利、拒諫」四書，這是「凡」的部分；然後依序條述這些引起「怨謗」的四件事，以反駁司馬君實的指責，這是「目」的部分。而其中「侵官」爲一軌，「生事」爲二軌，「征利」爲三軌，「拒諫」爲四軌，「怨謗」爲五軌。以五軌來貫穿「凡」和「目」，結構十分嚴謹。六軌的，如林良的〈父親的信〉（國中一冊七課）：

> 我所想的，是我在小學時代的幾個好朋友。吳村，是一個勤學的農家子。陳兆熊，是一家很大的鐘錶行的小老闆。李文虎，他父親是一位書法家。黃士雄，他父親是教育局長。胡漢傑，他家開的是雞蛋店。還有林湖，他父親是警員。一想到他們，我就覺得人生充滿了意義。……
>
> 我到吳村的家去住過一夜，農家的生活給我很深的印象。我愛大自然景色，大半是因為在吳村家的那一天，看到山、小溪、橋、木船、竹林，深深受了感動的緣故。我在陳兆熊家，學會了修理鬧鐘。我在李文虎家，看到書法家寫毛筆字的莊嚴神情。在胡漢傑家，我看到雞蛋買賣是怎麼進行，並且後來常常幫母親去買雞蛋。我和林湖，有一次遠遠地跟在他父親背後，看他怎麼執行警員的勤務。他父親有一次還讓我看他的手槍。

這兩段文字，前一段採泛敘的方式，寫作者小學時代幾個好朋友的家業，這是「凡」的部分；後一段採具寫的方式，寫作者到他們家中看到的實際情況，這是「目」的部分。而其中吳村是一軌，陳兆熊是二軌，李文虎是三軌，黃士雄是四軌，胡漢傑是五軌，林湖是六軌。不過，在「目」的部分裡，不曉得是什麼原因，竟略去了第四軌，使得「凡」和「目」不能軌軌相應，形成了殘缺，這是相當可惜的事。

## 七、結語

綜上所述，可知詞章同樣是用凡目法寫成的，卻有軌數或多或寡的不同，變化可謂多端。如果我們在從事讀寫或教學時，能掌握這些變化，則相信可以或多或少地提高讀寫的能力與教學的效果。

（原載民國八十四年十月《國文天地》十一卷五期，頁五十～五十七）

# 談篇旨教學

## 一、前言

國文科範文教學的活動，主要是針對著課文探究它究竟在「寫什麼？」、「怎麼寫？」，而又「好在那裡？」探討「好在那裡？」，是鑑賞的問題：探討「怎麼寫？」是形式深究的問題；探討「寫什麼？」是内容深究的問題。而要探討課文「寫什麼？」以深究其内容，則又以探明篇旨爲首要之工作。這項工作，通常可就主旨（綱領）的安置、顯隱與材料之使用等方面加以探討。茲舉國、高中課文爲例，分述如下，以見篇旨教學之一斑。

## 二、主旨之安置

帶領學生讀一篇文章，首先要掌握它的主旨或綱領。這可從其安置的部位去尋找。一般説來，作者安置主旨或綱領的部位，不外篇首、篇腹、篇末與篇外等四種。茲依序作簡略的説明。

### ㈠安置於篇首者

這是將主旨或綱領，以開門見山的形式，直接安排於一篇之首的一種方法。這種方法，因爲有直截了當的特性，所以廣被古今詞章家所採用，即以現行國、高中國文課文而言，便可找到不少例子。如沈復的〈兒時記趣〉，此文採先凡（總括）後目（條分）的形式所寫成，旨在敍兒時所獲「物外之趣」，這個主旨在第一段就明白拈出：

> 余憶童稚時，能張目對日，明察秋毫。見藐小微物，必細察其紋理，故時有物外之趣。

作者在此，直接以回憶之筆，由「細察紋理」之因帶出「物外之趣」之果，作爲一篇綱領，以貫穿全文。假如只有這麼一段「凡」的部分，是無法產生感染力的，因此作者便安排第二、三、四等段來分別具寫自己由「細察紋理」而獲致「物外之趣」的經過。其中第二段，以一羣蚊子爲例，寫細察牠們的紋理，把牠們擬作「羣鶴舞空」、「鶴唳雲端」，終於獲得物外之趣的情形，這是「目一」的部分；第三段以土牆凹凸處的叢草、蟲蟻爲例，寫細察它（牠）們的紋理，把叢草擬作樹林、蟲蟻擬作野獸，終於獲得物外之趣的情形，這是「目二」的部分；第四段以草間的二蟲與癩蝦蟆爲例，寫細察牠們的紋理，把癩蝦蟆擬作「龐然大物」，舌一吐便盡吞二蟲，終於獲得物外之趣的情形，這是「目三」的部分。這樣將主旨置於篇首，以統攝下文，所謂「綱舉目張」，條理至清晰。

又如李斯的〈諫逐客書〉，這篇文章旨在闡明逐客之過，以說服秦王罷逐客之令，是用「凡、目、凡」的形式寫成的。它在一開端便說：

> 臣聞吏議逐客，竊以為過矣。

在這兩句話裡，作者直接將一篇的主旨提明，這是「凡」的部分。「目」的部分，包括第二、三、四等段。其中第二段，先依時代先後，分述繆公、孝公、惠王、昭王等秦國君主用客以獲致成功的事例，從反面見出逐客之過；再採假設的口氣，說明秦國四朝君主如果卻客不用，必不能成就大名，有力地從正面提明逐客之過。第三段兼顧正反兩面的意思，先以秦王所珍愛的外國珠玉、器物、美色與音樂爲例，說明這些「娛心意、悅耳目」的人與物，不必「出於秦然後可」的道理，再指出看重「色樂珠玉」，而輕忽「人民」（客），至爲失計，實非跨海內、制諸侯的方法，以進一層地表出逐客之過。第四段先指明古代帝王「兼收」以獲取益處，才是跨海內、制諸侯之術，從反面見出逐過之過；再說明客既被逐，必爭爲敵國所用，資爲抗秦之具，又從正面見出逐過之過。而末段則又爲「凡」的部分。這個部分先以「夫物不產於秦」二句，上收第三段的意思；次以「士不產於秦」二句，上收第二段的意思；末以「今逐客以資敵國」五句，上收第四段的意思，完滿地將逐客之過的一篇主旨作了充分的發揮。可是全文是針對著篇首的主旨加以闡釋的。

㈡安置於篇腹者

這是將主旨或綱領特地安排在詞章的中央部位，以統括全篇文義的一種方法。這種方法常用於詩詞，在散文中則較爲少見。詩如杜甫的〈聞官軍收河南河北〉，它旨在寫「聞官軍收河南河北」後「喜欲狂」的心情。作者首先在起聯，扣緊題目，寫「聞官軍收河南河北」時自己喜極而泣的情形，透過「忽傳」、「初聞」寫事出突然，並藉「涕淚滿衣裳」反照出喜悅，大力地爲下聯的「喜欲狂」三字蓄勢。接著在頷聯，採設問之技巧，將目標由自己移到妻子身上，寫妻子聞後狂喜的情狀，在這兒以「卻看」作接榫，藉「愁何在」逼出一篇之主旨「喜欲狂」，並以「漫卷詩書」作具體之襯托。繼而在頸聯，以「放歌縱酒」上承「喜欲狂」、「作伴」上承「妻子」，經由設想寫春日攜手還鄉的打算。最後在尾聯，緊接上聯還鄉之打算，一口氣虛寫還鄉所經過的路程，將「喜欲狂」作充分的渲染。就這樣，由「忽傳」而「初聞」、「卻看」而「漫卷」、「即後」而「便下」，一氣奔注，把自己和妻子「喜欲狂」的心情，用先實後虛的手法，描摹得極其生動。顯而易見地，作者就以安置在篇腹的「喜欲狂」三字作爲綱領，既用以上收實寫「喜欲狂」的部分，又藉以下啓虛寫「喜欲狂」的四句話，形成「目、凡、目」的結構，手法之高，令人贊賞不止。

詞如周邦彥的〈蘇幕遮〉（燎沈香），此詞旨在寫鄉心之切。它的上片，採由近及遠的形式來寫雨後的夏日晨景：首先以開端「燎沈香」二句，寫室內的爐香，並提明季節、時間；其次以「鳥雀呼晴」二句，由室內推擴到屋外，寫窺簷的鳥雀，並交代夜雨初晴；再其次以「葉上初陽乾宿雨」三句，又由屋外推遠到荷塘，寫初日照耀下既清又圓的荷葉與因風微顫的荷花。其中寫爐香，寫鳥雀，是賓；而寫風荷才是主。因爲經由此地（汴京）的風荷，作者就能和故鄉（錢塘）的芙蓉（荷花別名）浦相連在一起，預爲下片寫小楫輕舟的歸夢鋪好路子。到了下片，主要用以抒情。作者先以「故鄉遙」二句，寫鄉思，拈明一篇之作意，來統一全詞；次以「家在吳門」二句，指出自己旅居日久的所在地與故鄉，用以推深鄉思，並寓身世之感；末以「五月漁郎相憶否」三句，回應上片的「風荷」，藉小楫輕舟入芙蓉浦，來寫故鄉歸夢，將鄉思又推深一層，產生巨大的感染力。無疑地，這是一篇將主旨安置在篇腹的作品。

### ㈢安置於篇末者

這是先針對著主旨或綱領將內容條分爲若干部分，以依次敍寫，到最後才總括起來將主旨或綱領點明於篇末的一種方法。這種方法有畫龍點睛的好處，所以和主旨安置於篇首者，一樣廣被採用。如梁啓超的〈最苦與最樂〉，即採用先目後凡的形式來寫。全文共分五段，其前兩段用以論「最苦」，從各個角度說明世上最苦的事莫過於身上背著未了的責任，這是「目一」的部分；三、四兩段用以論「最樂」，由常人說到聖賢豪傑，指出世上最樂的事莫過於不斷盡各種責任，這是「目二」的部分；末段爲「凡」的部分，總括上面兩個條分（目）的部分，論「最苦與最樂」，認爲：

> 盡得大的責任，就得大快樂；盡得小的責任，就得小快樂。你若是要逃躲，反而是自投苦海，永遠不能解除了。

以此勉勵大家勇於不斷盡責，做個永遠快樂的人。很顯然地，它的主旨見於篇末，很有說服力。

又如范仲淹的〈岳陽樓記〉，它的主旨爲：

先天下之憂而憂，後天下之樂而樂乎！

這「先憂後樂」之旨，是作者千尋百覓之後，從《孟子・梁惠王》下「樂以天下，憂以天下」衍生而得。這既足以寬慰、激勵被謫的滕子京，更足以寬慰、激勵全天下的讀書人（包括作者自己），不僅如此，又足以寬慰、激勵後世所有的仁人志士，這是作者獨具隻眼的地方。但這個意旨和岳陽樓搭不上任何關係，所以作者只好先於起段，由滕子京謫守巴陵郡與重修岳陽樓，寫到囑己作記之情事，預爲下文對樓外景觀之敍寫作鋪墊；再依序於第二段概寫岳陽樓的不變景觀，於第三段具寫變景異情之一，即雨景悲情；於第四段具寫變景異情之二，即晴景喜情，一方面就正面充分地交代了題目，一方面又以變景異情的「二者之爲」，從反面生發末段的感慨。而末段的感慨，則先應變景異情部分，寫古仁人之心，不同於一般的遷客騷人，既不會以物而喜，也不會因己而悲，從而逼出「先憂後樂」的一篇主旨來。作者如此地將主旨安置於末尾，而又自自然然地和岳陽樓綰合在一起，其眼力與手法，是極其高明的。

## ㈣安置於篇外者

這是將主旨蘊藏起來，不直接在篇內點明，而讓人由篇外去意會的一種方法。這種方法由於可「不著一字，盡得風流」，所以被用得最爲普遍。如李白的〈黃鶴樓送孟浩然之廣陵〉，此詩旨在敘別情。作者先以起二句敘事，敘的是故人西辭武昌前往揚州的事實；再以結二句寫景，寫的是故人乘船遠去，消失於天際的景象。作者就單單透過「事」與「景」，從篇外表達出無限的離情來。唐汝詢說：「黃鶴樓，分別之地；揚州，所往之鄉。煙花，敘別之景；三月，紀別之時。帆影盡則目力已極，江水長則離思無涯。悵望之情，具在言外。」（《唐詩解》）所謂「悵望之情，具在言外」，正指出了本詩主旨在篇外的特色。

又如杜牧的〈山行〉，這是一秋日遊山之作，寫的是作者山行時所見清麗秋色。它的前二句，寫秋山之行，在這裡，作者以「遠」寫山之高，以石徑之「斜」寫路之曲折，而又以白雲中的人家作點綴，使得秋寒的高山顯得格外清幽安詳，而又令人感到溫暖，這是泛就山行所見清景來寫的。至於後二句，則用以寫紅豔的楓林。作者在此，採比較的手法，指明沐浴在斜陽之下的楓葉比二月花還來得紅，構成了一幅楓葉流丹、山林盡染的迷人畫面，這是特就山行時所見豔景來寫的。作者就這樣的以清、豔之景襯托出他玩賞秋山楓林時恬靜而愉悅的心情，而這種心情非得讀者從篇外去尋取、領會不可。

## 三、主旨的顯隱

詞章的主旨，從其安置的部位尋得之後，還要審辨看看它是屬於表面的，還是有更深一層的部分被隱藏起來，這是不可少的活動。茲分全顯、顯中有隱與全隱三者，舉例説明於後。

### (一)全顯者

詞章的主旨，明顯地經由詞面表達得一清二楚的，爲數不少。如胡適的〈母親的教誨〉，它在篇末這麼寫：

我都得感謝我的慈母。

這一句話把作意説得極爲明白，爲了要强化這個主旨，作者首先在起段，採泛寫的方式，寫他母親關心他學業，並在晨間於他犯事小時訓誨自己的情形；接著由第二段充當上下文的接榫，一面用以收起段，一面用以啓下段，充分發揮聯貫的作用；繼而於第三段，採特寫的方式，寫他母親關心他健康，並在夜裡於他犯事大時訓誨自己的經過；最後於末段，先寫他母親對自己影響之大，再拈出一篇的主旨，以見他母親之偉大。這樣以寫嚴爲賓、寫慈爲主的手法，寫出自己對慈母的感謝之情。而這種感謝之意，是經由詞面明白地表達出來的。

又如李密的〈陳情表〉，它的主旨是：

> 願陛下矜愍愚誠，聽臣微志；庶劉僥倖，保卒餘年。

這幾句話見於篇末，也把作者寫這篇文章的用意説得十分明白。爲了使這種請求具備强而有力的説服力，作者就必須表明自己有異於常人的「辛苦」所在，於是先在第一、二段分別就私情（孝）、「赴命」（忠），具體地寫出他「辛苦」的實情，然後在第三段再就私情（孝）與「赴命」（忠），寫他進退兩難的境況，以見出他「辛苦」的原因，從而作緩急的比較，以進一步見出自己欲就私情（孝）、拒「赴命」（忠）的「辛苦」所在，藉以乞求准許所請。就因爲它的主旨表達得很清楚，而寫「辛苦」時又寫得「悲惻動人」（吳楚材評，見《評註古文觀止》），所以最後打動了晉武帝之心，使他得以終養祖母。

### (二)顯中有隱者

作者安排詞章的主旨，有時雖把它表層的部分明顯地作了表達，卻將深一層或真正的部分只稍予涉筆或完全匿而不宣。如果要掌握這種顯中有隱的主旨，便得下一番審辨的工夫。如周敦頤的〈愛蓮說〉，它表面的主旨，是愛蓮、愛君子，這可從題目及下列文句中看出：

蓮，花之君子者也。蓮之愛，同予者何人？

如果此文之主旨僅止於此，則作者該完全以蓮爲「主」來著筆即可，是不必牽出菊和牡丹爲「賓」來寫的。作者在此所以用「賓」，就是要藉著菊和牡丹來比喻真正的隱士與一般熱中富貴的大衆。其中真正的隱士，就像《禮記．中庸》所說的「君子依乎中庸，遯世不見知而不悔」，這種人可謂少之又少，所以作者只說「菊之愛，陶後鮮有聞」而不置可否，足見作者所關注的不是這類少之又少的人，只是爲了備數而已；而那些熱中富貴的大衆，才真正是作者要關注的對象，因此作者最後改變了原先由菊而牡丹而蓮的敍次，特將牡丹置於末尾說：

牡丹之愛，宜乎衆矣。

這兩句話，從表面上看，只是呈現事實而已，但顯然地，對當代大衆但知追求富貴而缺少道德理想（君子）的情形，是有著貶責並勸勉他們成爲君子的意思的，不過在語氣上力求委婉罷了。這是將深一層的主旨只稍予涉筆的例子。

又如賈誼的〈過秦論〉，它表面的主旨是論秦之過在於：

仁義不施，而攻守之勢異也。

為了要論述這個主旨，作者特先以第一、二段寫「攻」，第三、四段寫「守」，以見「攻守之勢異」；而又於第三段中述「仁義不施」的事實，於第四段述「仁義不施」的結果；然後於第五段利用前四段所陳列材料，將六國、秦與陳勝，比權量力一番，以見「成敗異變，功業相反」的後果，從而結出一篇的主旨來。從文章的內容來看，主旨確是非常清楚，但若從寫作的目的來看，則主要是總結秦亡的歷史教訓，為漢朝提供借鑒，以免重蹈覆轍。這可以說是將深一層的主旨匿而不宣的例子。

㈢全隱者

詞章講求含蓄，由來已久。所謂「意在言外」，是詞章家所特別注意的。因此通篇用以敘事或寫景，而將主旨隱於篇外的，便比比皆是。如岳飛的〈良馬對〉，此文以宋高宗之問領出岳飛之答，而岳飛之答，即本文之主體所在。就在這個主體部分裡，岳飛特就食量、品格、表現等方面分析良馬與劣馬的差異，認爲良馬：

> 此其受大而不苟取，力裕而不求逞，致遠之材也。

而劣馬則是：

> 此其寡取易盈，好逞易窮，駑鈍之材也。

從這幾句話裡可看出，岳飛是藉此以諷喻高宗要識拔賢才而辭退庸才的。這種諷喻的意思，盡在言外，很容易讓人聽得進去。

又如方苞的〈左忠毅公軼事〉，它的第一段爲序幕，記左公識拔史可法的經過，將左公爲國舉才的苦心與忠忱先作初步的敍寫。而第二段爲主體，寫左公被下廠獄後，史可法冒死探監的經過，允分地刻畫出左公的公忠體國與剛正不屈來。至於第三、四、五等段爲餘波，先寫史可法受左公感召，繼其志業，奉檄守禦流寇的堅苦，再寫篤厚師門的情形，然後補敍本文所記的軼事，確係有憑有據，以回應篇首的「先君子嘗言」作結。作者這樣記事，看似雜碎，卻始終用「忠毅」二字來貫穿它們，以寫左公和史可法的「忠毅」精神。其中寫左公的「忠毅」是主，寫史可法的「忠毅」爲賓，也就是説，寫史可法的「忠毅」等於是寫左公的「忠毅」。因此本文的主旨在寫左公的「忠毅」精神，而這種主旨卻完全隱藏起來，如果不仔細去推究，則很容易誤會它寫的是師生情誼或尊師重道的精神。

## 四、材料的使用

掌握了主旨的安置部位與其顯、隱之後，就要看一看作者使用了那一些具體材料來將抽象的主旨凸顯出來，使它發揮最大的脫服力與感染力。而所使用的材料，一般説來，可分如下兩種：

### (一)物材

物，本來是沒什麼情意可言的，但詞章家卻偏偏賦予它們情意，使物產生了意象，和自己內在的情意結合起來，達於交融的境地。王國維説：「一切景語皆情語」（《人間詞話》），便是這個意思。其實，景語不僅是情語而已，也往往是理語，所以詞章家藉景物來抒情或説理的，便隨處可見。如吳均的〈與宋元思書〉，它寫的是由富陽至桐廬間清幽的山光水色，乃用先凡後目的形式所寫成。「凡」的部分爲第一段，直接拈出「奇山異水」四字以統攝下文。「目」的部分爲第二、三、四等段。其中第二段承首段之「異水」，寫水色、水中魚石及湍浪之異，爲「目一」的部分；第三、四兩段，承首段的「奇山」，寫山峯、山聲（泉水激石、好鳥相鳴、蟬噪猿啼）及山樹之奇，爲「目二」的部分。就在寫山聲、山樹之間，作者特以插敘的手段寫道：

鳶飛戾天者，望峯息心；經綸世務者，窺谷忘返。

這四句話寫了作者面對「奇山異水」時所湧生的感觸，透露出作者隱逸的思想，這可說是一篇主旨之所在。而這種感觸與思想，如就作者本身而言，是抒情；如對他人（宋元思）而言，是說理。這種情、這種理，假如沒有前述一些清幽的具體景物作媒介，是不會有任何說服力與感染力的。

又如李煜的〈清平樂〉（別來春半），此詞旨在寫「離恨」。而可用以寫離恨的材料卻很多，結果作者在這首詞裡卻挑選了眼前「觸目」所及的材料：首先是「落梅」，它的物象既可藉以表示作者的憐惜哀傷之情，而「梅」的本身更是離恨的象徵。相傳在南朝時，范曄有一個朋友叫陸凱的，曾托信差由江南帶一枝梅花，並附一首詩送給范曄，以表示對他的思念之情。詩是這樣寫的：

折梅逢驛使，寄與隴頭人。江南無所有，聊贈一枝春。

從此梅就和離情結了不解之緣，並由朋友擴大到家人、男女身上，以表示對他（她）們的思念之情。如唐宋之問的〈題大庚嶺北驛詩〉：

明朝望鄉處，應見隴頭梅。

便是很好的例子。其次是「雁來」，用的是蘇武雁足繫書的故事，當然更與離情有關，如王灣的〈次北固山下詩〉說：

鄉書何處達？歸雁洛陽邊。

這不是明顯的例證嗎？又其次是「路遙」，可進一層地將空間拓遠，使離恨更變得無窮無盡，自然也產生了以景襯情的作用。最後是「春草」，則與離情，尤有關連。因爲草逢春而漫生無際，一方面既時時入人眼目，一方面又可藉以襯出離恨之多來，如王維〈送別詩〉說：

春草明年綠，王孫歸不歸？

諸如此類的例子，俯拾皆是。可見李煜選這些物材來寫「離恨」，是很有眼力的。

## ㈡事材

所謂事，可以是事實，也可出自虛構。虛構的，以寓言最爲常見，如列子的〈愚公移山〉，以愚公自己、家人與鄰居移山的行爲感動天神，以致完成移山願望的一個杜撰故事，寄寓了人助（自助、他助）、天助、有志竟成的道理，這是大家所熟知的。至於事實，則以過去的事實（故事）被運用得最多，如劉義慶的〈陳元方答客問〉，這篇短文主要在讚美陳元方有夙慧。要讚美陳元方有夙慧，本來有很多方式，而本文卻採以小見大的方式，僅用一個小故事來表達。這個小故事是：陳元方七歲時，有一天他父親跟朋友約定中午見面，因這個朋友未依時而至，便先行離開。後來這個朋友到來，卻很不客氣地責備陳元方的父親「相委而去」，於是陳元方答說：

> 君與家君期日中，日中不至，則是無信；對子罵父，則是無禮。

從這幾句答話中，可看出陳元方知書達理之一斑，以七歲之齡竟能如此，不是「夙慧」是什麼！這是用事材來爲作者說話的一個好例子。

又如辛棄疾的〈賀新郎〉（綠樹聽鵜鴂），此詞爲贈別之作。它先由啼鳥之苦恨寫到人間的別別的恨事，來表達難言之痛，從而推深眼前的送別之情。這些恨事是：恨，然後合人、鳥雙寫，帶出贈別之意作收。就在寫人間別恨的部分裡，作者臚列了古代有關送

馬上琵琶關塞黑，更長門翠輦辭金闕。看燕燕，送歸妾。將軍百戰身名裂。向河梁回頭萬里，故人長絕。易水蕭蕭西風冷，滿座衣冠似雪。

其中頭一件恨事爲漢王昭君別帝闕出塞，不過在此必須一提的是：「更長門」句，雖用漢陳皇后事，但「仍承上句意，謂王昭君自冷宮出而辭別漢闕」（鄧廣銘《稼軒詞編年箋注》），這是很合理的看法；第二件恨事爲衛莊姜送妾歸陳國；第三件恨事爲漢李陵送蘇武回中原；第四件恨事爲戰國末荊軻別燕太子丹入秦刺秦王。以上四件送別之恨事，前二者的主角爲女子，後二者的主角爲男子。這樣分開列舉，所謂「悲歌未徹」，一定和當日時事有所關連。如進一步加以推敲，前二者當與當時和番聯敵的政策相涉，用以表示諷喻之意；而後二者，則與滯留或喪生於淪陷區的愛國志士相關，用以抒發關切與哀悼之情。不然，送「茂嘉十二弟」（題目），怎麼會恨到「不啼清淚長啼血」呢？這麼說，第一、三、四等件恨事，都不成問題，必須作一番說明的是第二件恨事。大家都知道，衛莊公夫人莊姜無子，以陳女戴嬀所生子完爲己子，莊公死後，完繼立爲君，卻被公子州吁所殺，於是莊姜送陳女戴嬀歸陳，並由石腊居間謀計，終於執州吁於濮而殺了

他。這件事，從某個角度來看，跟當時聯敵的政策是不是有關連呢？答案是相當肯定的。由此說來，作者用這四件事材來寫，除了用以襯托送別茂嘉十二弟之情外，是別有一番「言外之意」的。靠事材來替作者說話，這又是一個很好的例子。

## 四、結語

綜上所述，可知在進行篇旨教學時，首先要由各個部位尋出主旨，再去辨明它的顯或隱，然後就取材上來作驗證。這樣，一篇課文的篇旨是可以探討清楚的。當然，如能掌握作者的生平與課文的本事或寫作背景，加以配合，則效果更好。這麼做，雖得花費一些時間，卻可藉以深入課文，所以是件十分值得的事。

（原載民國八十五年六月《高級中學國文、英文、物理、化學四科輔導資料彙編》，頁十一～二十四）

# 談補敍法在詞章裡的運用

詞章要求合乎秩序、聯貫、統一的原則，是衆所周知的事。但在平鋪直敍之餘，加一點變化，也是大家所肯定的。而求詞章產生變化，主要是靠追敍、插敍與補敍的手段來達成，其中追敍與插敍，由於多年前已併在一起談過（見《國文天地》七卷四期），所以在這裡撇開不談，只談補敍，以見它在詞章裡的運用情形。

所謂補敍，是對前文所漏敍或語焉不詳者加以補充敍述的意思。它的功用有多種，首先是補敍事情發生的時間，這種最常見，皆置於篇末，如柳宗元〈始得西山宴遊記〉說：

> 遊於是乎始，故為之文以為誌。是歲元和四年也。

這補敍了作記的年份。又如白居易〈冷泉亭記〉說：

長慶三年八月十三日記。

這補敍了作記的年、月、日。又如歐陽炯〈花間集序〉說：

時大蜀廣政三年夏四月日敘。

這補敍了作序的年、月。又如范仲淹〈岳陽樓記〉說：

時六年九月十五日。

這補敍了作記的年、月、日，因篇首云「慶曆四年春」，所以在此省略了「慶曆」的年號。

又如歐陽脩〈偃虹隄記〉說：

以三宜書，不可以不書，乃為之書。慶曆六年月日記。

這補敍了作記的年份。又如曾鞏〈宜黃縣學記〉說：

縣之士來請曰：願有記，故記之。十二月某日也。

這補敘了月份，因爲前文曾記「皇祐元年」，故知此「十二月」乃指皇祐元年的十二月而言。又如曾鞏〈墨池記〉說：

慶曆八年九月十二日，曾鞏記。

這補敘了作記的年、月、日與作記人的姓名。又如李清照〈金石錄後序〉說：

所以區區記其終始者，亦欲為後世好古博雅者之戒云。紹興二年玄黓歲壯月朔甲寅易安室題。

這補敘了作序的年、月、日與作序的場所。又如孟元老〈東京夢華錄序〉說：

紹興丁卯歲除日，幽蘭居士孟元老序。

這補敍了作序的年、月、日與作序人的姓名、別號，不過作者以「除日」代替「十二月三十日」。又如朱熹〈送郭拱辰序〉說：

因其告行，書以為贈。淳熙元年九月庚子，晦翁書。

這補敍了作序的年、月、日與作序之人。

其次是補敍事情形成的緣由，這也相當常見，也都置於篇末。如《左傳・莊公十年》的〈曹劌論戰〉說：

既克，公問其故，對曰：「夫戰，勇氣也。一鼓作氣，再而衰，三而竭；彼竭我盈，故克之。夫大國難測也，懼有伏焉；吾視其轍亂，望其旗靡，故逐之。」

這顯然是針對上一段文字加以補敍的，補敍的是曹劌於齊人三鼓而後鼓（養士氣），視轍登軾而後馳（察敵情）的理由。這理由是沒辦法在爭勝於分秒之際所能說明的，所以補敍於後，以見曹劌能「遠謀」於方戰之時與既勝之後。又如李斯〈會稽刻石〉說：

從臣頌烈，請刻此石，光垂休銘。

這補敍了刻石的原因。又如元結〈右溪記〉說：

為溪在州右，遂命之曰右溪。刻銘石上，彰示來者。

這補敍了「刻銘石上」與「右溪」命名的因由。又如韓愈〈燕喜亭記〉說：

吾知其（王弘中）去是而羽儀於天朝也不遠矣，遂刻石以記。

這補敍了刻石作記的原因。又如柳宗元〈袁家渴記〉說：

永之人未嘗游焉，余得之不敢專也，出而傳於世。其地世主袁氏，故以名焉。

這補敍了命名爲「袁家渴」並作記以「表而出之」的理由。又如元稹〈鶯鶯傳〉說：

貞元歲九月，執事李公垂宿於予靖安里第，語及於是，公垂卓然稱異，遂為〈鶯鶯歌〉以傳之。崔氏小名鶯鶯，公垂以命篇。

這補敍了李公垂作〈鶯鶯歌〉並以「鶯鶯」名篇的原因。又如蘇軾〈日喻說〉說：

渤海吳君彥律，有志於學者也。方求舉於禮部，作〈日喻〉以告之。

這補敍了作〈日喻說〉以贈吳彥律的緣由。又如歸有光〈思子亭記〉說：

因作思子之亭。徘徊四望，長天寥廓，極目於雲煙杳靄之間，當必有一日見吾兒翩然來歸者，於是刻石亭中。

這補敍了刻石於思子亭中的因由。又如張煌言〈奇零草自序〉說：

然則何以名《奇零草》？是帙零落凋亡，已非全豹，譬猶兵家握奇之餘，亦云余行間之作也。時在永曆十六年，歲在壬寅端陽後五日，張煌言自識。

這除了補敘作序之人及時間外，又補敘了把詩集命名爲《奇零草》的原因。又如方苞〈左忠毅公軼事〉說：

> 余宗老塗山，左公甥也，與先君善，謂獄中語，乃親得之於史公云。

這補敘了方苞父親得知「軼事」的由來，清楚地爲篇首的「先君子嘗言」作一交代。又其次是補敘人名或追懷親友、舊遊，其中補敘人名的，還算普遍；而追懷親友或舊遊的，則不多見。如歐陽修〈醉翁亭記〉於篇末說：

> 醉能同其樂，醒能述以文者，太守也。太守謂誰？廬陵歐陽修也。

這補敘了作者的身分與姓名。又如王安石〈遊褒禪山記〉於篇末說：

> 四人者：廬陵蕭君圭君玉，長樂王回深父，余弟安國平父、安上純父。至和元年七月某日，臨川王某記。

這除了補敍作記之人與時間外，又補敍了「四人」的姓名，以交代前文「余與四人擁火以入」的「四人」。又如謝翺〈登西臺慟哭〉於篇末說：

時，先君登台後二十六年也。先君諱某、字某。登台之歲在乙丑云。

這除了補敍登台的時間外，也補敍了作者父親的名諱。又如李孝光〈大龍湫記〉於篇末說：

老先生，謂南山公也。

這補敍了前文所提「老先生」這個人，這個人是蒙人泰不華，因在當時為大家所熟知，所以在此只用「尊稱」而已。又如譚元春〈再遊烏龍潭記〉於篇末說：

招客者為洞庭吳子凝甫，而冒子伯麟、許子無念、宋子獻儒、洪子仲韋，及予與止生為六客，合凝甫而七。

這補敍了前文「客七人」的七客姓名。又如張溥〈五人墓碑記〉於篇腹說：

按誅五人，曰：顏佩韋、楊念如、馬杰、沈揚、周文元，即今之傫然在墓者也。

又於篇末說：

賢士大夫者，冏卿因之吳公、太史文起文公、孟長姚公也。

這補敍了篇首所謂「五人」及「郡之賢士大夫」的姓名。又如汪琬〈遊馬駕山記〉於篇末說：

馬駕山，不載郡志，或又謂之朱華山云。同遊者，劉天敘、潘愫、門人句容王介石及兒子筠。

這除了補敍馬駕山有關之事外，又補敍了前文「諸子」的姓名。又如晁補之〈新城遊北山記〉於篇末說：

既還家數日，猶恍惚若有遇，因追記之。後不得到，然往往想見其事也。

這除補敘作記因由外，又補敘了對舊遊的追念。又如歸有光〈項脊軒志〉於篇末說：

> 庭有枇杷樹，吾妻死之年所手植也，今已亭亭如蓋矣。

這補敘了庭中的枇杷樹，表達了對亡妻深切的懷念之情，使文章的韻味更爲深長。又如宋犖〈遊姑蘇臺記〉於篇末說：

> 侍行者，幼子筠，孫韋金，外孫侯晸。六日前，子至（作者長子）方應侍北方，不得與同遊。賦詩紀事，悵然久之。

這除補敘侍行者是誰外，又補敘其長子應試北方，不得同遊的事，以表出對他的無限懷念，令人讀後也爲之「悵然」。

綜上所述，可知作者爲了藝術的要求或實際的需要，往往採用補敘的手法來寫，使文章除具秩序、聯貫、統一之美外，更具變化之美，其功用之大，實在不下於追敘、插敘，是我們在閱讀、創作或教學時所不可輕忽的。

（原載民國八十五年十一月《國文天地》十二卷六期，頁三十八～四十三）

# 談詞章主旨在凡目結構中的安排

## 一、前言

一般說來，詞章的主旨都安排在「凡」（總括）的部位，以統括「目」（條分）的部分，這是通例。不過，有些詞章家在謀篇佈局之際，卻會捨「凡」而就「目」，或在凡目之外（篇外）尋得空間以安排主旨，這可說是變例。茲分別舉例說明如左：

## 二、主旨安排在「凡」之部位者

詞章主旨安排在「凡」之部位者，最是多見，可大別為三類：一是安排於篇首者，二是安排於篇腹者，三是安排於篇末者。安排於篇首的，通常串自「先凡後目」或「凡、目、凡」的兩種結構，前者如王維〈鳥鳴澗〉詩：

人閑（A）桂花落（$A_1$），夜靜春山空（$A_2$）。月出驚山鳥，時鳴春澗中（$A_3$）。

（以上符號，A表「凡」，$A_1$、$A_2$、$A_3$表「目」，下併同，並由此類推。）

此詩首先以「人閑」二字直接寫主人翁恬適之心境，是一篇之主旨，爲「凡」的部分；其次以「桂花落」，寫桂花之閑，爲「目一」的部分；再其次以「夜靜」句，寫夜山之閑，爲「目二」的部分；最後以「月出」二句，敍月出鳥鳴，清聽盈耳，所謂「鳥鳴山更幽」，巧妙地寫澗谷之閑，爲「目三」的部分。就這樣藉皇甫嶽雲溪別墅的閑景，將主人翁的閑心作充分的襯托，使人讀後也不禁生起一片閑心。很顯然地，這是用「先凡後目」的結構所寫成之名作。後者如辛棄疾〈蘭陵王〉詞：

恨之極，恨極銷磨不得（A）。萇弘事，人道後來，其血三年化為碧（$A_1$）。鄭人緩也泣：「吾父，攻儒助墨。十年夢，沈痛化余，秋柏之間既為實（$A_2$）。」　相思重相憶。被怨結中腸，潛動精魄，望夫江上巖巖立。嗟一念中變，後期長絕（$A_3$）。君看啟母憤所激，又俄頃為石（$A_4$）。　難敵。最多力。甚一忿沈淵，精氣為物，依然困鬬牛磨角。便影入山骨，至今雕琢（$A_5$）。尋思人世，只合化，夢中蝶（A）。

這是首抒發冤憤之情的作品，其開篇三句，拈出「恨極」作爲一篇主旨，以統攝全詞，這是「凡」的部分。而自「萇弘事」起至「至今雕琢」句止，全用以列舉人世「恨極」之事，針對「凡」的部分加以敍寫。其中「萇弘事」三句，敍萇弘恨事，爲「目一」的部分；「鄭人緩也泣」六句，敍鄭緩恨事，爲「目二」的部分；「相思重相憶」六句，敍望夫石恨事，爲「目三」的部分；「君看啓母」二句，敍啓母石恨事，爲「目四」的部分；「難敵」七句，敍張難敵恨事（詳見題序），爲「目五」的部分。至於「尋思人世」三句，用莊子夢蝶之意，從反面回應篇首之「恨極」作結，這又是「凡」的部分。由此看來，本詞之主旨在一開端就已交代清楚了。安排於篇腹的，毫無例外地出自「目、凡、目」的結構，如杜甫〈聞官軍收河南河北〉詩：

劍外忽傳收薊北，初聞涕淚滿衣裳。卻看妻子愁何在？漫卷詩書（$A_1$）喜欲狂（A）。白日放歌須縱酒，青春作伴好還鄉。即從巴峽穿巫峽，便下襄陽向洛陽（$A_2$）。

此詩用以寫「喜欲狂」之情。作者首先在起聯，針對題目，寫「聞官軍收河南河北」時自己喜極而泣的情形，藉「忽傳」、「初聞」寫事出突然；藉「涕淚滿衣裳」具寫喜悅；接著在頷聯，採設問的形式，由自身移至妻子身上，寫妻子聞後狂喜的情狀，很技巧地以「卻看」作接榫，帶出「漫卷詩書」四字作具體之描寫。以上全用以實寫「喜欲狂」，爲「目一」的部分。而緊接「漫卷詩書」而來的「喜欲狂」三字，正是一篇主旨之所在，爲「凡」的部分。繼而在頸聯，由實轉虛，以「放歌縱酒」上承「喜欲狂」、「好還鄉」上承「妻子」，寫春日攜手還鄉的打算；最後在結聯，緊接上聯「還鄉」之打算，一口氣虛寫還鄉所準備經過的路程，將「喜欲狂」作更進一層的渲染；以上四句，全用以虛寫「喜欲狂」，爲「目二」的部分。如此，由「忽傳」而「初聞」、「卻看」而「漫卷」、「即從」而「便下」，一氣奔注，將自己與妻子「喜欲狂」的心情，描摹得真是生動極了。寫排於篇末的，不外出自「先目後凡」與「凡、目、凡」等兩種結構，前者如《說苑．復恩》一則：

楚莊王賜羣臣酒。日暮，酒酣，燈燭滅，乃有人引美人之衣者。美人援絕其冠纓。告王曰：「今者燭滅，有引妾衣者，妾援得其冠纓持之。趣火來上，視絕纓者！」王曰：「賜人酒，使醉失禮，奈何欲顯婦人之節而辱士乎！」乃命左右曰：「今日與寡人飲，不絕冠纓者不懽。」羣臣百有餘人，皆絕去其冠纓而上火，卒盡懽而罷（A1）。

居二年，晉與楚戰。有一臣常在前，五合五獲，首卻敵，卒得勝之。莊王怪而問曰：「寡人德薄，又未嘗異子，子何故出死不疑如是？」對曰：「臣當死！往者醉失禮，王隱忍不暴而誅也。臣終不敢以蔭蔽之德而不顯報王也，常願肝腦塗地，用頭血湔敵久矣。臣乃夜絕纓者也。」遂敗晉軍，楚得以強（$B_1$）。此有陰德者（A）必有陽報（B）也。

本則文字是用「先目後凡」的結構寫成的。自篇首至「卒盡懽而罷」止，記在楚莊王賜宴席上的事，說有個臣子因醉失禮，而楚莊王卻代爲掩飾，不予罪誅，使得羣臣都能盡歡而散，由此見出楚莊王是位「有陰德」的君王，這是「目一」的部分。自「居二年」起至「楚得以强」止，記楚國與晉國作戰時的事，說楚莊王時時見到有一個臣子，「常在前」奮勇殺敵，終於使楚國打了次勝仗，後經探問，原來就是從前因醉失禮、「隱忍不暴而誅」的人，由此見出楚莊王是位「有陽報」的君主，這是「目二」的部分。而末句，則用以點明本文之主旨，爲「凡」的部分，其中以「有陰德者」上收「目一」的部分，以「有陽報者」上收「目二」的部分，使前後維持了一致的意思，章法十分嚴謹。後者如《史記．孔子世家贊》：

太史公曰：《詩》有之「高山仰止，景行行止。」雖不能至，然心鄉往之（A）。余讀孔氏書，想見其為人；適魯，觀仲尼廟堂、車服、禮器，諸生以時習禮其家，余低回留之，不能去云（$A_1$）。

天下君王，至於賢人，眾矣；當時則榮，沒則已焉。孔子布衣傳十餘世，學者宗之

（A₂）。自天子王侯，中國言六藝者，折中於夫子（A₃）。可謂至聖矣（A）。

本贊首先引《詩》虛虛籠起，從而拈出「鄉（嚮）往」二字爲綱領，以貫穿全文，爲「凡」的部分。其次作者現身說法，敘自己讀孔子遺書，弔其遺迹的情況，而以「想見其爲人」、「低回留之，不能去云」表出自己對孔子「鄉往」之情，爲「目一」的部分。接著敘孔子布衣傳十餘世之事實，和一般「君王」與「賢人」之榮止其身作一對比，而以「宗之」表出孔門學者對孔子「鄉往」之情，爲「目二」的部分。繼而敘孔子之道爲「天子王侯」、「中國言六藝者」（全中國的讀書人）截長補短的偉大，而以「折中」表出他們對孔子「鄉往」之情，爲「目三」的部分。最後以結句，終於逼出「至聖」（嚮往到極點的一種尊號）二字，以讚美孔子，這又是「凡」的部分。這樣由凡而目而凡，一節連一節地寫來，令人有著無盡的仰止之意。

## 三、主旨安排在「目」之部位者

在「目」的部位出現主旨的情形，雖不常見，卻依然可以找到它的蹤迹，而它大都出自「先凡後目」的結構，如杜審言〈和晉陵陸丞早春遊望〉詩：

獨有宦遊人，偏驚（A）物候新（B）。雲霞出海曙，梅柳渡江春。淑氣催黃鳥，晴光轉綠蘋（$B_1$）。忽聞歌古調，歸思欲霑巾（$A_1$）。

此詩採「先凡後目」的結構寫成。「凡」的部分爲起聯，其中首句爲引子，用以帶出次句，分「偏驚」（特別地會觸生情思）與「物候新」兩軌來統攝屬於「目」的三聯文字。這三聯文字，首先以領、頸兩聯具寫「物候新」的景象，由「雲霞」、「梅柳」、「黃鳥」、「蘋」等具寫「物」、由「曙」、「春」、「淑氣」、「晴光」等具寫「候」，由「出海」、「渡江」、「催」、「轉綠」等具寫「新」，使「物候新」由抽象化爲具體，產生更大的觸發力，來加强尾聯的感染力量，這是「目一」的部分。然後藉末聯承「偏驚」，並交代題目的「和」字，寫讀了陸丞詩後所湧生的「歸思」（即歸恨），點明主旨作收，這是「目二」的部分。可是本詩的主旨「歸思」出現在「目」的部分裡，這是相當明顯的。又如李煜〈清平樂〉詞：

別來春半，觸目愁腸斷（A）。砌下落梅如雪亂，拂了一身還滿（$A_1$）。　雁來音信無憑，路遙歸夢難成（$A_2$）。離恨恰如春草，更行更遠還生（$A_3$）。

這首詞先以起句，點明別離的時間。其次以次句，由「觸目」作一泛寫，以領出後面實寫「觸目」所見之各種景物；由「愁腸斷」，爲主旨「離恨」，初就本身作形象之表出，這是「凡」的部分。繼而以「砌下」兩句，承次句之「觸目」，並下應結尾之「離恨」，寫落花之多與佇立之久，進一步地就外物與本身，表示無限之「離恨」來，這是「目一」的部分。接著以「雁來」兩句，由「雁來」與「路遙」，承次句，寫「觸目」所見；由「音信無憑」與「歸夢難成」大力地再將「離恨」推深一層，這是「目二」的部分。然後以結二句，藉「春草」之「更行更遠還生」，承次句，寫「觸目」所見，並由此拈出「離恨」作爲一篇主旨，以回應次句之「愁腸斷」作收，這是「目三」的部分。如此以「先凡後目」的結構來寫，脈絡極爲清晰。再如文天祥〈跋劉翠微罪言藁〉：

> 崔子作亂於齊（A），太史以直筆死（B），其弟嗣書而死者二人（C），書者又不輟，遂舍之（D）。崔子豈能舍書己者哉（E）？人心是非之天，終不可奪；而亂臣賊子之暴，亦遂以窮（F）。
>
> 當檜用事時，受密旨以私意行乎國中，簸弄威福之柄，以鉗制人之七情，而杜其口（$A_1$）。胡公以封事貶（$B_1$），王公送之詩、陳公送之啟俱貶（$C_1$）。檜之窮凶極惡，自謂無誰何者矣。而翠微劉公，猶作罪言以顯刺之，公固自處以有罪，而檜卒無以加於公（$D_1$）。噫！彼豈舍公哉？當其垂歿，凡一時不附和議者，猶將甘心焉。公之罪言，直未

見爾（E[1]）。由此觀之，賊檜之逆，猶浮於崔，而公得太史氏之最後者，祖宗教化之深，人心義理之正，檜獨如之何哉（F[1]）？公之孫方大，出遺藁示予，因感而書。

本文凡分三段，其中末段敍作跋因由，可以把它放在一旁，不予理會。而一、二兩段，是用「先凡後目」的結構寫成的。在這裡，作者藉首段敍崔子作亂於齊的史事，以得出「人心是非之天」的四句論斷，作爲一篇的綱領，以統括下文，這是「凡」的部分。而次段則先敍秦檜弄權爲禍，卻無法加害劉翠微的近事，再得出「祖宗教化之深」的三句結論，與起段形成兩兩對應的關係。其中「當檜用事時」五句，是呼應首段「崔子作亂於齊」來寫的，爲「目一」的部分；「胡公以封事貶」句，是呼應首段「太史以直筆死」來寫的，爲「目二」的部分；「王公送之詩」二句，是呼應首段「其弟嗣書而死者二人」句來寫的，爲「目三」的部分；「檜之窮凶極惡」六句，是呼應首段「書者又不輟」二句來寫的，爲「目四」的部分；「噫！彼豈舍公哉」六句，是呼應首段「崔子豈能舍書己者哉」一句來寫的，爲「目五」的部分；「由此觀之」七句，是呼應首段「人心是非之天」四句來寫的，爲「目六」的部分，而一篇的主旨就出現在這裡，很有力地指出劉翠微雖作「罪言」來顯刺秦檜，卻由於受到「祖宗教化之深，人心義理之正」的影響，終於使秦檜無法犯罪於他，寫來真是義正而詞嚴，富於説服力。末如袁宏道〈晚遊六橋待月記〉：

西湖最盛，為春（A）為月（B）。一日之盛，為朝煙，為夕嵐（C）。今歲春雪甚盛，梅花為寒所勒，與杏桃相次開發，尤為奇觀。石簣數為余言：「傅金吾園中梅，張功甫玉照堂故物也，急往觀之。」余時為桃花所戀，竟不忍去湖上。由斷橋至蘇隄一帶，綠煙紅霧，彌漫二十餘里。歌吹為風，粉汗為雨，羅紈之盛，多於隄畔之草，豔冶極矣（$A_1$）。

然杭人遊湖，止午、未、申三時。其實湖光染翠之工，山嵐設色之妙，皆在朝日始出，夕舂未下，始極其濃媚（$C_1$）。月景尤不可言，花態柳情，山容水意，別是一種趣味。此樂留與山僧遊客受用，安可為俗士道哉（$B_1$）！

此文旨在藉西湖六橋風光之盛，以寫遊六橋待月之樂。作者首先在起段，以開門見山的方式提明西湖六橋最盛的，是春景，是月景，而一日最盛的，是朝煙、夕嵐，這是「凡」的部分；接著以二、三段，透過梅、桃、杏之「相次開發」與「歌吹」、「羅紈」之盛來具寫春景，這是「目一」的部分；然後以末段「然杭人遊湖」等七句，取湖光、山色作陪襯，來具寫朝煙和夕嵐，這是「目二」的部分；末了以「月景尤不可言」等六句，拿花柳、山水作點綴，來寫月景，從而拈明主旨，以爲這是「一種趣味」與不可「爲俗士道」之樂，用側面以回繳全體的方式來收結，這是「目三」的部分。這樣採「先凡後目」的結構來寫，層次既清楚，意旨也很明顯。

## 四、主旨安排在凡目之外者

詞章的主旨與綱領是極爲密切的，如綱領就是主旨，則主旨一定出現在在凡目結構中「凡」的部位裡；如凡目結構中和「凡」的部位所出現的是綱領而非主旨，那麼主旨當在篇外。首先看主旨安排在「先凡後目」結構之外的，如歐陽脩〈采桑子〉詞：

> 羣芳過後西湖好（A），狼藉殘紅。飛絮濛濛。垂柳闌干盡日風（$A_1$）。笙歌散盡遊人去，始覺春空。垂下簾攏．雙燕歸來細雨中（$A_2$）。

這是作者詠穎州西湖十三調的一首，詠的是西湖「羣芳過後」的殘春好景，讓人從「殘紅」、「飛絮」、「風柳」和「燕歸」所組成的「春空」景物中領略出一種淒清的美感。其中起句用作總冒，爲「凡」的部分；「狼藉」三句，寫笙歌未盡散之前的西湖好景，爲「目一」的部分；「笙歌」四句，寫笙歌盡散之後的西湖好景，爲「目二」的部分。就這樣，作者恬適的心情就從篇外帶出，唐圭璋說：「此首上片言遊冶之盛，下片言人去之靜。通篇於景中見情，文字極疏雋。風光之好、太守之適，並可想像而知也。」（《唐宋詞簡釋》）所謂「太守之適」，正是一篇之主旨所在，不見於篇內「凡」或「目」的部位，卻見於篇外。其次看主旨安排在「先目後凡」結構之外的，如馮延巳〈蝶戀花〉詞：

六曲闌干偎碧樹。樹柳風輕，展盡黃金縷。誰把鈿箏移玉柱，穿簾燕子雙飛去（A1）。滿眼游絲兼落絮。紅杏開時，一霎清明雨（A2）。濃睡覺來鶯亂語，驚殘好夢無尋處（A）。

這是藉夢後「驚殘」況味以寫相思之情的作品。作者在這裡，首先在上片寫輕風「驚」柳、鈿箏「驚」燕的景象，將景寓以一「驚」字，這是「目一」的部分；接著在下片首三句，寫游絲落絮、杏花遭雨的景象，將景寓以一「殘」字，這是「目二」的部分；然後以「濃睡」句作橋梁，引出「驚殘」句，回抱全詞作結，使得「風吹柳絮、燕飛花落」的外景，與驚殘好夢的內情產生相糅相襯的效果，令人讀後感受到極爲强烈「驚殘」況味，而這「驚殘」二字，便是一篇之綱領所在，以「驚」字上收上片五句，以「殘」字上收「滿眼」三句，很自然地從篇外逼出一篇主旨，也就是相思之情來，這是「凡」的部分。可見這首詞是用「先目後凡」的結果所寫成的，而主旨卻置於篇外。再其次看主旨安排在「目、凡、目」結構之外的，如蘇軾〈卜算子〉詞：

蜀客到江南，長憶吳山好。吳蜀風流自古同（$A_1$）。歸去應須早（A）。　還與去年人，共藉西湖草。莫惜尊前子細看，應是容顏老（$A_2$）。

這是一首「自京口還錢塘道中」（題目）懷念太守陳襄的作品。它的綱領爲「歸去應須早」一句，置於篇腹，以統括篇首與篇末之意，這是「凡」的部分。而「歸去應須早」的理由有二：一爲錢塘這個地方，好得像故鄉一樣，於是作者用篇首「蜀客」三句來交代，這是「賓」，爲「目一」的部分；其二爲錢塘這個地方有值得懷念得人，即陳襄，於是作者用下片「還與」四句來寫，這是「主」，爲「目二」的部分。如此，作者對陳襄懷念之情就自然流露於篇外。最後看主旨安排在「凡、目、凡」結構之外的，如辛棄疾〈賀新郎〉詞：

鳳尾龍香撥（A）。自開元、〈霓裳曲〉罷，幾番風月？最苦潯陽江頭客，畫舸亭亭待發。記出塞、黃雲堆雪。馬上離愁三萬里，望昭望宮殿孤鴻波。絃解語。恨難說。　遼陽驛使音塵絕。瑣窗寒、輕攏慢撚，淚珠盈睫。推手含情還卻手，一抹〈梁州〉哀徹。千古事、雲飛煙滅（$A_1$）。賀老定場無消息，想沈香亭北繁華歇（$A_2$）。彈到此，為嗚咽（A）。

這是首藉「賦琵琶」（題目）以寓興亡之感的作品。它以首句扣緊題目，寫彈琵琶，藉以帶出下面有關彈琵琶的事，為「凡」的部分；由「自開元」起至「雲飛煙滅」止，承起句，採「先目後凡」的形式，組合了楊貴妃〈霓裳羽衣曲〉、白居易〈琵琶行〉、王昭君和番，以及遼陽驛使、〈梁州曲〉等故事，以寫昔日琵琶之「盛」，為「目一」的部分；由「賀老」二句，反用賀懷智「定場」和楊貴妃「沈香亭北倚闌干」（李白〈清平調〉）的故事，而以「無消息」、「繁華歇」，將時間由昔拉到今，來寫今日琵琶之「衰」，為「目二」的部分；而結處二句，則發出感傷，以收拾全篇，這又是「凡」的部分。無疑地，它採「凡、目、凡」的結構來寫，而作者對國事日非的悲憤，亦即一篇之主旨，就很强烈地從篇外宣洩出來了。

## 六、結語

由上述可知，詞章的主旨在凡目結構中，既可以安置於篇外，也可以安置於篇內。而安置於篇內者，又可能出現在「凡」的部位，也可能出現在「目」的部位，可說極為多樣而自由。如果我們能掌握這種多樣而自由的形式來從事創作或鑑賞，相信將擁有更寬闊的空間，達到提昇讀寫能力的目的。

（原載民國八十六年八月《國文天地》十三卷三期，頁八十四～九十二）

# 談三疊法在詞章裡的運用

## 一、前言

所謂的「三疊法」，是順逆法的一種，乃將思想材料分成三個層次來敘寫的特殊方法。這個方法所以特殊並受到重視，是因爲它疊得恰到好處，既不多，也不少，很容易形成「一、二、三」、「一、二、三」的層次感與節奏感。如果換作是二疊，由於它大都以正反、賓主、虛實、因果、抑揚、今昔、遠近、大小等形式出現，以收到映襯的效果，所以很少人會注意到「疊」的存在，至於四疊或四疊以上，則成疊較爲困難，雖然仍在古今人的作品中可以見到，但爲數不多，因此三疊法便受到特殊的重視。茲分單用、雙用與多用三者，分別舉例予以說明。

## 二、單用者

單用是指僅疊一次者而言，它雖無明顯的節奏感，卻有氣足神完的優點。如：

> 問何以戰？公曰：「衣食所安，弗敢專也，必以分人。」對曰：「小惠未徧，民弗從也。」（一疊）公曰：「犧牲玉帛，弗敢加也，必以信。」對曰：「小信未孚，神弗福也。」（二疊）公曰：「小大之獄，雖不能察，必以情。」對曰：「忠之屬也，可以一戰。戰則請從。」（三疊）

這是《左傳．曹劌論戰》中的一段文字，作者藉曹劌之一問作爲總冒，領出三「曰」、三「對」，由「小惠未徧」遞至「小信未孚」，進而逼出「忠之屬也」的論斷，先後以「曰」、「對」形成三疊，充分敘明了魯國抗齊的憑藉，以見曹劌能「遠謀」於未戰之前的才能。所謂「未戰以考君德」（見吳楚材編選《古文觀止》卷一評語），左丘明把這件事處理得很富有層次感與說服力。又如：

余讀孔氏書，想見其為人；適魯，觀仲尼廟堂、車服、禮器，諸生以時習禮其家，余低回留之，不能去云（一疊）。天下君王，至於賢人，眾矣；當時則榮，沒則已焉。孔子布衣傳十餘世，學者宗之（二疊）。自天子王侯，中國言六藝者，折中於夫子（三疊）。可謂至聖矣。

這是《史記·孔子世家贊》中的兩段文字。作者在此，承本贊開篇的「鄉（嚮）往」二字，先現身說法，敍自己讀孔子遺書、弔其遺迹的情況，而以「想見其爲人」、「低回留之，不能去云」表出自己對孔子「鄉往」之情，這是第一疊。其次敍孔子布衣傳十餘世的影響，和一般「君王」與「賢人」之榮止其身作一對比，以暗示孔子列入世家的原因，而以「宗之」表出孔門學者對孔子「鄉往」之情，這是第二疊。接著敍孔子之道爲「天下王侯」、「中國言六藝者」（全中國的讀書人）截長補短的偉大，而以「折中」表出他們對孔子「鄉往」之情，這是第三疊。有了這三疊由小而大地敍明了人們對孔子「鄉往」之情，那自然就可以得出「可謂至聖矣」的結語了。又如：

客有歌於郢中者，其始曰下里巴人，國中屬而和者數千人；其為陽阿薤露，國中屬而和者數百人；其為陽春白雪，國中屬而和者，不過數十人；引商刻羽，雜以流徵，國中屬而和者，不過數人而已；是其曲彌高，其和彌寡（一疊）。故鳥有鳳而魚有鯤。鳳凰上擊九千里，絕雲霓，負蒼天，翱翔乎杳冥之上；夫蕃籬之鷃，豈能與之料天地之高哉（二疊）？鯤魚朝發崑崙之墟，暴鬐於碣石，暮宿於孟諸，夫尺澤之鯢，豈能與之量江海之大哉（三疊）？

這是《楚辭．宋玉．對楚王問》中的一段文字。這段文字，就全文而言，屬「賓」。由開端至「其和彌寡」止，爲一疊，以曲爲喻，依和曲者人數之遞減，條分爲四層來說明，以得出「其曲彌高，其和彌寡」的結語，初步爲「主」的部分蓄勢。由「故鳥有鳳」至「豈能與之料天地之高哉」止，爲二疊，以鳥爲喻，將鳳凰和藩籬之鷃作個比較，以得出藩籬之鷃不足以「料天地之高」的結語，進一步爲「主」的部分蓄勢。由「鯤魚朝發」句起至「豈能與之量江海之大哉」止，爲三疊，以魚爲喻，拿鯤魚和尺澤之鯢作個比較，以得出尺澤之鯢不足以「量江海之大」的結語，又再一次地爲「主」的部分蓄勢。經由這三疊的「賓」逐步蓄勢，終於逼出「夫聖人瑰意琦行，超然獨處，夫世俗之民，又安知臣之所爲哉」的結論（主）來，林西仲說：「三喻中不但高自位置，且把一班俗人伎倆見識盡情篤殺，豈不快心。」（見《古文析義初編》卷三）寥寥數語便已道出此三疊之妙處。

## 三、雙用者

雙用則是指疊兩次者而言，由於這種用法比起單用來，不僅會有較明顯的節奏感，而且也會先後形成對襯或呼應，所以自來受到詞章家的喜愛，可以在各類作品中見到它的蹤影。如：

臣之所好者，道也；進乎技矣。始臣之解牛之時，所見無非牛者（一疊）；三年之後，未嘗見全牛也（二疊）。方今之時，臣以神遇而不以目視，官知止而神欲行。依乎天理，批大郤，導大窾，因其固然，技經肯綮之未嘗，而況大軱乎（三疊）。良庖歲更刀，割也（一疊）；族庖月更刀，折也（二疊）；今臣之刀十九年矣，所解數千牛矣，而刀刃若新發於硎。彼節者有間，而刀刃者無厚；以無厚入有間，恢恢乎其於游刃必有餘地矣！是以十九年而刀刃若新發於硎（三疊）。

這是《莊子・養生主・庖丁解牛》的一段文字。在這兒，庖丁說明了自己「所好者道也，進乎技矣」的道理，首先是自「始臣之解牛之時」起至「而況大軱乎」止，說明的是自己由「目視」而臻於「神遇」的進境，其中「始臣之解牛之時」二句爲一疊，「三年之後」二句爲二疊，「方今之時」九句爲三驟。然後是自「良庖歲更刀」起至「是以十九年而刀刃若新發於硎」止，說明的是自己所用刀已十九年卻完好如初的事實與理由。在此，庖丁拿良庖、族庖和自己作了比較，有意與前三疊作呼應，其中「良庖歲更刀」二句爲一疊，與前「三年之後」一疊相呼應；「族庖月更刀」二句爲二疊，與前「始臣之解牛之時」一疊相呼應；「今臣之刀十九年矣」八句爲三疊，與前「方今之時」一疊相呼應。這樣以三疊前後呼應，把「所好者道也，進乎技矣」的道理說明得極爲明白。又如：

> 太史公讀秦、楚之際，曰：初作難，發於陳涉（一疊）；虐戾滅秦，自項氏（二疊）；撥亂誅暴，平定海內，卒踐帝祚，成於漢家（三疊）。五年之間，號令三嬗。自生民以來，未始有受命若斯之亟也。
>
> 昔虞、夏之興，積善累功數十年，德洽百姓，攝行政事，考之於天，然后在位（一疊）。湯、武之王，乃由契、后稷，修仁行義，十餘世，不期而會孟津八百諸侯，猶以為未可；其後乃放弒（二疊）。秦地襄公，章於文、繆；獻、孝之後，稍以蠶食六國，百有餘載，至始皇乃能并冠帶之倫（三疊）。以德若彼，用力如此，蓋一統若斯之難也！

這是《史記·秦楚之際月表序》中的兩段文字。作者在此，以一正一反的對照寫法，記高祖受命之快速與先王一統之艱難事實。其中起段爲「正」的部分，它先從秦楚之際天下號令的遞嬗情形説起，用三疊的手法，順次以「初作難」二句爲一疊、「虐戾滅秦」二句爲二疊、「撥亂誅暴」四句爲三疊，來簡述號令三嬗的過程；然後用「五年之間」二句作一總括，並領出「自生民以來」兩句贊語，預爲下段鋪路。而次段爲「反」的部分，這個部分承上段「自生民以來」句，用「昔」字統攝全段，依次以「虞夏之興」、「湯武之王」、「秦起襄公」等句領頭，採三疊的形式，簡述虞夏、湯武及秦國統一天下的過程，以見一統的困難，並由此引出「以德若彼」等三句結語，從反面回應首段，以振起末段之意。吳楚材編選《古文觀止》卷五評云：「前三段一正，後三段一反，而歸功於漢」。這所謂的「三段」，指的就是「三疊」。又如：

今教童子，惟當以孝弟忠信、禮義廉恥為專務。其栽培涵養之方，則宜誘之歌詩，以發其志意（一疊）；導之習禮，以肅其威儀（二疊）；諷之讀書，以開其知覺（三疊）。今教童子，必使其趨向鼓舞，中心喜悅，則其進自不能已。譬之時雨春風，霑被卉木，莫不萌動發越，自然日長月化；若冰霜剝落，則生意蕭索，日就枯槁矣。故凡誘之歌詩者，非但發其志意而已，亦所以洩其跳號呼嘯於詠歌，宣其幽抑結滯於音節也（一疊）。導之習禮者，非但肅其威儀而已，亦所以周旋揖讓而動蕩其血脈，拜起屈伸而固束其筋骸也（二疊）。諷之讀書者，非但開其知覺而已，亦所以沈潛反復而存其心，抑揚謹誦以宣其志也（三疊）。

這是王守仁〈訓蒙大意〉中的一段文字。這段文字自「其栽培之方」起至「以開其知覺」止，以歌詩、習禮、讀書形成三疊，就理論上，指明了如今蒙童的施教形式與內容，這是前一個「三疊」。而從「故凡誘之歌詩者」起至「抑揚諷誦以宣其志也」止，特地回應前三疊，就歌詩、習禮、讀書三者，在實際上，提出了如今蒙童的施教方法與目的，這是後一個「三疊」。顯而易見地，此前後三疊是很有層次地彼此呼應的。張仁健評析云：「文章的中心意旨在於從兒童『樂嬉遊而憚拘檢』的天性出發，强調地主張『誘之歌詩』和『導之習禮』作爲啓蒙教育的重要內容。從字面上看，詩、禮、書，並沒有突破傳統教育的內容框範，但作者對此三者的施教目的、作用及其方法的闡發，卻對傳統的觀點有所突破，有所創新。」（見《古文觀止續編・陸》）評析所說的就是這前後呼應的三疊文字，經此一呼一應，文旨便格外清晰地凸顯出來了。

## 四、多用者

多用是指疊三次或三次以上者而言。一般說來，疊的次數愈多，則所造成的層次感與節奏感也愈加顯著，而文章的說服力與感染力更因而增强了。如：

水陸草木之花，可愛者甚蕃；晉陶淵明獨愛菊（一疊）。自李唐以來，世人盛愛牡丹（二疊）。予獨愛蓮之出淤泥而不染，濯清漣而不妖；中通外直，不蔓不枝；香遠益清，亭亭淨植，可遠觀而不可褻玩焉（三疊）。

予謂：菊，花之隱逸者也（一疊）；牡丹，花之富貴者也（二疊）；蓮，花之君子者也（三疊）。噫！菊之愛，陶後鮮有聞（一疊）；蓮之愛，同予者何人（二疊）？牡丹之愛，宜乎眾矣（三疊）。

這是周敦頤〈愛蓮說〉的全文，是採先敍後論的形式寫成的。在「敍」的部分裡，作者先以開篇兩句作一總括，指出世上有許多「水陸草木之花」，然後以「晉陶淵明獨愛菊」十句，依序分寫衆多草木之花中的菊、牡丹、蓮和愛這三種花的人。而在「論」的部分裡，作者首就菊、牡丹、蓮等三種花的品格加以衡定，其次論及愛這三種花的人，發出感慨作結。很明顯地，此文以愛菊、愛牡丹、愛蓮爲第一個「三疊」，以菊之隱逸、牡丹之富貴、蓮之君子爲第二個「三疊」，以「菊之愛」、「蓮之愛」、「牡丹之愛」爲第三個「三疊」。這樣以三疊前後互相對應。吞吐有致地表達了作者愛蓮與諷喻的意思。鄒曉麗評析說：「自古吟菊、誦牡丹、詠蓮的佳作極多，但很少有人將三者並提、對比，並評論其短長的。周敦頤的〈愛蓮說〉卻別出心裁，把菊花、牡丹、清蓮並提、褒貶。他緊緊扣住三種花卉的特點，以秋菊比隱逸、以清蓮比君子、以牡丹比富貴，不僅別開生面，而且寓意深刻。」（見《古文觀止續編・伍》）這種以三疊來互相比較的手法，的確令人激賞。又如：

外平不書，此何以書？大其平乎己也。何大其平乎己？莊王圍宋，軍有七日之糧爾。盡此不勝，將去而歸爾。於是使司馬子反乘堙而闚宋城，宋華元亦乘堙而出見之。

司馬子反曰：「子之國何如？」華元曰：「憊矣（一疊）。」曰：「何如？」曰：「易子而食之，析骸而炊之。」司馬子反曰：「嘻！甚矣憊（二疊）。雖然（1疊），吾聞之也，圍者柑馬而秣之，使肥者應客。是何子之情也？」華元曰：「吾聞之，君子見人之厄則矜之，小人見人之厄則幸之。吾見子之君子也，是以告情於子也。」司馬子反曰：「諾（三疊），勉之矣！吾軍亦有七日之糧爾，盡此不勝，將去而歸爾。」揖而去之。

反於莊王。莊王曰：「何如？」司馬子反曰：「憊矣（一疊）！」曰：「何如？」曰：「易子而食之，析骸而炊之。」莊王曰：「嘻！甚矣憊（二疊）。雖然（2疊），吾今取此，然後而歸爾。」司馬子反曰：「不可，臣已告之矣，軍有七日之糧爾。」莊王怒曰：「吾使子往視之，子曷為告之？」司馬子反曰：「以區區之宋，猶有不欺人之臣。可以楚而無乎？是以告之也。」莊王曰：「諾（三疊），舍而止。雖然（3疊），吾猶取此，然後歸爾（一疊）。」司馬子反曰：「然則君請處於此，臣請歸爾（二疊）。」莊王曰：「子去我而歸，吾孰與處於此？吾亦從子而歸爾（三疊）。」引師而去之。故君子大其平乎己也。此皆大夫也，其稱人何？貶。曷為貶？平者在下也。

這是《公羊傳．宣公十五年》的一段文字，一般選本題爲〈宋人及楚人平〉。此文記宋華元與楚司馬子反以「情」（不欺）坦誠相對而使兩國息戰的故事。這個故事由問答緊連的方式加以交代，就在華元與司馬子反的對話當中，依序出現了「憊矣」、「甚矣憊」、「諾」等語，形成了第一個「三疊」。而在莊王與司馬子反的對話當中，也先後出現了「憊矣」、「甚矣憊」、「諾」等語，相應地形成了第二個「三疊」；又於此同時，更先後出現了「吾猶取此然後歸爾」、「臣請歸爾」、「吾亦從子而歸爾」等語，顯然地形成了第三個「三疊」。此外，「雖然」一詞，既出現在司馬子反的口裡一次，又出現在莊王口裡二次，似可視爲第四個「三疊」。關於這點，吳楚材編選《古文觀止》卷三有評云：「通篇純用複筆，曰：『憊矣！』、曰：『甚矣憊！』、曰：『諾！』、曰：『雖然』，愈複愈變，愈複愈韻；末段曰：『吾猶取此而歸』、曰：『臣請歸爾』、曰：『吾亦從子而歸爾』，尤妙絕解頤」。他所說的「複筆」，雖是指「類疊」的修辭格而言，但更細密地從「三疊」的特殊形式來看，無疑地更能突出本文之特色。又如：

鄒忌脩八尺有餘，而形貌佚麗。朝服衣冠窺鏡，謂其妻曰：「我孰與城北徐公美？」

其妻曰：「君美甚，徐公何能及君也！」（一疊）城北徐公，齊國之美麗者也。忌不自信，而復問其妾曰：「吾孰與徐公美？」妾曰：「徐公何能及君也！」（二疊）旦日，客從外來，與坐談，問之：「吾與徐公孰美？」客曰：「徐公不若君之美也。」（三疊）明日，徐公來，熟視之，自以為不如（一疊）。窺鏡而自視，又弗如遠甚（二疊）。暮寢而思之，曰：「吾妻之美我者，私我也（1疊）；妾之美我者，畏我也（2疊）；客之美我者，欲有求於我也（3疊）。」（三疊）

於是入朝見威王，曰：「臣誠知不如徐公美。臣之妻私臣（一疊），臣之妾畏臣（二疊），臣之客欲有求於臣（三疊），皆以美於徐公。今齊地方千里，百二十城，宮婦左右，莫不私王（一疊）；朝廷之臣，莫不畏王（二疊）；四境之內，莫不有求於王（三疊）；由此觀之，王之蔽甚矣！」王曰：「善！」乃下令：「羣臣吏民，能面刺寡人之過者，受上賞（一疊）；上書諫寡人者，受中賞（二疊）；能謗譏於市朝，聞寡人之耳者，受下賞（三疊）。」令初下，羣臣進諫，門庭若市（一疊）；數月之後，時時而間進（二疊）；期年之後，雖欲言，無可進者（三疊）。

燕、趙、韓、魏聞之，皆朝於齊，此所謂：「戰勝於朝廷」。

這是《戰國策・齊策・鄒忌諫齊王》的全文。此文從頭到尾都用三疊的手法來寫，首先直接從鄒忌身上寫起，用三疊的形式與歸納的方法，敍明鄒忌之妻、妾、客人所以對他讚美，乃是由於「私我」、「畏我」、「有求於我」的緣故；其次藉鄒忌之諷言，由自己推及於威王身上，依然用三疊的形式，將「私」、「畏」、「有求」等語盡情地翻弄，以生出「蔽甚」二字來。接著由此及於下令之詞及下令後國內的反應，也一樣形成三疊的關係；最後由國內而國外，終於逼出「戰勝於朝廷」的一句論斷，以收束全文。林西仲評說：「此篇專爲好奉承者說法，人苦不自知，自知則人莫能蔽。篇中所云『臣誠知不如徐公美』一句，便是去蔽主腦，威王下令，亦只是欲聞過耳；結言『戰勝』，即自克之意。其行文自首至尾俱用三疊法，《國策》中最昌明正大者」（見《古文析義初編》卷二），評得極爲精當，尤其指明所用的就是三疊法，已充分凸顯了三疊法的妙用。

## 五、結語

綜上所述，足以概見三疊法在詞章中運用的情形。雖然由於它有單用、雙用與多用的不同，以致所形成之層次、呼應、映襯與節奏效果各有差異，但比起其他的複疊方式來，還是易於達到「高報酬率」，這是毋庸置疑的。

（原載民國八十六年十月《國文天地》十三卷五期，頁一〇四～一一一）

# 談詞章章法的主要內容

## 一、前言

章法是文章構成的型態，也就是綴句成節段，組節段成篇的一種方式。對它的理論，雖然從劉彥和開始，一直到現在，都有專家學者先後加以探討，而且也提出了許多精闢的見解，但對它的範圍與內容，卻語焉而不詳，往往只顧一偏，而未就全面予以牢籠，實有進一步集枝節爲輪廓、匯涓溪爲江流的必要。所以筆者在十幾年前便著手做這種工作，也陸續發表了二十來篇有關的論文，很遺憾地，還是犯了顧此失彼或糾纏不清的毛病。於是在此，特地重新加以整理修正，將章法別爲秩序、變化、銜接、統一等四原則來談談它的主要內容。

## 二、秩序原則

秩序原則，也稱爲秩序律。而所謂的秩序，是將材料的次序加以整齊安排的意思。通常，作者係依時間、空間或事理展演的自然過程作適當的安排，茲分述如下：

### ㈠屬於時間者

屬於時間的秩序，有兩種：一是由昔而今或由今至未來，爲順敘；二是由今及昔，爲逆敘。

順敘者，如：

昔繆公求士，西取由余於戎，東得百里奚於宛，迎蹇叔於宋，來丕豹、公孫支於晉。此五子者，不產於秦，繆公用之，并國二十，遂霸西戎。孝公用商鞅之法，移風易俗，民以殷盛，國以富彊，百姓樂用，諸侯親服，獲楚魏之師，舉地千里，至今治彊。惠王用張儀之計，拔三川之地，西并巴蜀，北收上郡，南取漢中，包九夷，制鄢郢，東據成皋之險，割膏腴之壤，遂散六國之從，使之西面事秦，功施到今。昭王得范雎，廢穰侯，逐華陽，彊公室，杜私門，蠶食諸侯，使秦成帝業。此四君者，皆以客之功。由此觀之，客何負於秦哉？向使四君卻客而不內，疏士而不用，是使國無富利之實，而秦無彊大之名也。

這是李斯〈諫逐客書〉的一段文字。作者在此列舉了四位秦國君主用客致强的事跡，來說明用客之利，首先是繆公，其次是孝公，再其次是惠王，最後是昭王，完全按時間的先後來排列，敍次由昔而今，極爲明晰。又如：

人生不相見，動如參與商；今夕是何夕？共此燈燭光。少壯能幾時？鬢髮各已蒼。訪舊半為鬼，驚呼熱中腸。焉知二十載，重上君子堂。昔別君未婚，兒女忽成行；怡然敬父執，問我：「來何方。」問答未及已，兒女羅酒漿。夜雨翦春韭，新炊間黃粱。主稱：「會面難。」一舉累十觴；十觴亦不醉，感子故意長。明日隔山岳，世事兩茫茫。

這是杜甫的〈贈衛八處士〉詩。它的開端四句，寫今夕相見之不易；自「少壯能幾時」至「兒女忽成行」，寫今夕相見之感慨，以加深相見之喜；自「怡然敬父執」至「感子故意長」，寫今夕相見時主人衛八處士待客之殷切情意；說「明日隔山岳」二句，則由實轉虛，寫到明日之別，使別後之悲和相見之喜交集在一起，更增强了作品的情味力量。喻守真在《唐詩三百首詳析》中說：「此詩線索，全在時間方面。係先寫『今夕』，再寫『夜』，再說『明日』，層次分明，敍事也就有條理了。」很清楚地指明了時間由今推至未來的順序。

逆敘者，如：

昨夜松邊醉倒，問松「我醉何如」。只疑松動要來扶，以手推松曰「去」。醉裡且貪歡笑，要愁那得工夫。近來始覺古人書，信著全無是處。

這是辛棄疾的〈西江月〉詞。它的上半闋，寫的是作者自己目前的感想，也可以說是對當世政治上沒有是非的現狀所發出的一種慨歎；而下半闋寫的則是昨夜的醉態與狂態，也可以說是對當時政治現實不滿的一種表示。就時間來說，先敘目前，後敘昨夜，顯然已把由今而昔的自然展演順序顛倒過來了，用的正是逆敘的手法。

此外，有以四時的更迭而形成秩序者，如：

野芳發而幽香，佳木秀而繁陰，風霜高潔，水落而石出者，山間之四時也。

這是歐陽脩〈醉翁亭記〉的一節文字。它以首句寫春景、次句寫夏景、第三句寫秋景、第四句寫冬景，而末句則將上面四句作一總括，指出這是山間四時景物之變化，雖隱去了春、夏、秋、冬四字，卻由「四時」二字作了交代。這樣來處理，是很有技巧的。

㈡屬於空間者

屬於空間的秩序，可大別爲三種：一是由近而遠或由遠而近，這是就「遠近」來分的；二是由大而小或由小而大，這是就「大小」來分的；三是由低而高或由高而低，這是就「高低」來分的。由近而遠的，如：

獨憐幽草澗邊生，上有黃鸝深樹鳴。春潮帶雨晚來急，野渡無人舟自橫。

這是韋應物的〈滁州西澗〉詩。它由近處的幽草、深樹寫起，寫到遠處的春潮、野渡，敍次由近而遠，很有層次。喻守真在《唐詩三百首詳析》說：「此詩可分作兩層看法，首、次二句是近看，三、四兩句是平望」。如此對近遠兩處的景物加以重點描繪後，一幅荒江渡口的景象，便宛然在目。

由遠而近的，如：

七八個星天外，兩三點雨山前。舊時茆店社林邊，路轉溪橋忽見。

這是辛棄疾〈西江月〉詞的下半闋。它寫的是作者「夜行黃沙道」（詞題）時所見到的各種景物，開頭是遙天的疏星，接著是山嶺前的雨點，最後是溪橋後的茆店。敍次是由遠而近，極合乎秩序的原則。

由大而小的，如：

夜月樓臺，秋香院宇，笑吟吟地人來去。是誰秋到便淒涼？當年宋玉悲如許。

這是辛棄疾〈踏莎行〉詞的上半闋。作者在此，先寫明月下的樓閣，再寫樓閣中的院宇，然後由院宇中的人羣收到人羣中的一人——以宋玉自比的作者身上。範圍由大而小，層層遞進，寫來非常有秩序。

由小而大的，如：

散髮披襟處，浮瓜沈李杯。涓涓流水細侵階。鑿箇池兒，喚箇月兒來。

這是辛棄疾〈南歌子〉詞的上半闋。它先寫甘瓜李杯，再寫浮沈甘瓜李杯的涓涓流水，然後寫到容納涓涓流水的新開池兒，空間由小而大，十分有層次。

由低而高的，如：

松下草間有泉，沮洳伏見墮石井，鏗然而鳴；松間藤數十尺，蜿蜒如大虺；其上有鳥，黑如鴝鵒，赤冠長喙，俛而啄，磔然有聲。

這是晁補之〈新城遊北山記〉的一小段文字。它首寫松下之泉，次寫松間之藤，末寫松上之鳥。這顯然是依「由低而高」的順序所寫成的。

由高而低的，如：

更深月色半人家，北斗闌干南斗斜。今夜偏知春氣暖，蟲聲新透綠窗紗。

這是劉方平的〈月夜〉詩。它的開端兩句，因月色而及於星象，寫的是仰觀所得；而末尾兩句，因聞蟲聲而知春暖，寫的是俯察所得。由仰觀（高）而俯察（低），一種靜穆幽麗的環境便橫在目前。

此外，又有以方位的移易而形成秩序者，如：

南望馬耳常山，出沒隱見，若近若遠，庶幾有隱君子乎？而其東則盧山，秦人盧敖之所從遁也。西望穆陵，隱然如城郭，師尚父齊桓公之遺烈猶有存者。北俯濰水，慨然太息，思淮陰之功，而弔其不終。

這是蘇軾〈超然臺記〉的一段文字。作者在這兒，依「南望」、「其東」、「西望」、「北俯」的順序來寫登臺所見、所感，的確很「可觀」。

㈢屬於事理者

屬於事理的秩序，主要有四種：一是由本而末或由末而本，這是就「本末」來分的；二是由淺而深或由深而淺，這是就「淺深」來分的；三是由貴而賤或由賤而貴，這是就「貴賤」來分的；四是由親而疏或由疏而親，這是就「親疏」來分的。其中本末者，如：

唯天下至誠，為能盡其性；能盡其性，則能盡人之性；能盡人之性；則能盡物之性；能盡物之性，則可以贊天地之化育；可以贊天地之化育，則可以與天地參矣。

這是《禮記·中庸》的第二十二章（依朱子《章句》），談的是聖人書性（自誠明）的功用。它首先從根本的「至誠」說起，然後由本而末地加以推擴，順序說到「盡其（己）性」、「盡人之性」、「盡物之性」、「贊天地之化育」，以至於「與天地參」，層層遞敘，條理清晰異常。

淺深者，如：

太上不辱先，其次不辱身，其次不辱理色，其次不辱辭令，其次詘體受辱，其次易服受辱，其次關木索、被箠楚受辱，其次鬄毛髮、嬰金鐵受辱，其次毀肌膚、斷支體受辱，最下腐刑，極矣！

這是司馬遷〈報任少卿書〉的一段文字。太史公在此，由淺而深地分九層來寫自己受辱情形，他從「不辱」的「先」、「身」、「辭令」說到「受辱」的「詘體」、「易服」、「關木索、被箠楚」、「鬄毛髮、嬰金鐵」、「毀肌膚、斷支體」及「腐刑」，以强調自己受腐刑之極辱，所造成的感染力極强。

貴賤者，如：

天子能薦人於天，不能使天與之天下；諸侯能薦人於天子，不能使天子與之諸侯；大夫能薦人於諸侯，不能使諸侯與之大夫。

這是《孟子・萬章上》的一節文字。它的敍次由天子而諸侯而大夫，來論「薦人」之事，顯然依先貴後賤的順序來安排，層次很清晰。

**親疏者**，如：

> 左右皆曰賢，未可也；諸大夫皆曰賢，未可也；國人皆曰賢，然後察之；見賢焉，然後用之。左右皆曰不可，勿聽；諸大夫皆曰不可，勿聽；國人皆曰不可，然後察之；見不可焉，然後去之。左右皆曰可殺，勿聽；諸大夫皆曰可殺，勿聽；國人皆曰可殺，然後察之；見可殺焉，然後殺之。故曰：「國人殺之也。」

這是《孟子・梁惠王下》的一節文字。它就「賢」、「不可」、「可殺」三件事，各分「左右」、「諸大夫」與「國人」三層遞寫，其中「左右」是最親者，「諸大夫」是次親者，而「國人」則最爲疏遠了。

此外，又有以情緒之變化而形成秩序者，如司馬相如〈難蜀父老〉一文，一開始時寫蜀父老的表現是「儼然造焉」，但聽了使者的一席話後，他們的反應卻變成：

> 於是諸大夫茫然喪其所懷來，失厥所以進，喟然並稱曰：允哉漢德，此鄙人之所願聞

也。百姓雖勞，請以身先之。敝罔靡徙，遷延而辭避。

對這節文字，金聖歎批《才子古文讀本》有評註云：「前寫『儼然』，此寫『茫然』、『喟然』，分明如畫」。由此可看出情緒變化所形成的層次感是十分分明的。

## 三、變化原則

變化原則，也稱爲變化律。而所謂的變化，是把材料的次序加以參差安排的意思。一般說來，作者有時會將時間、空間或事理展演的自然過程加以改變，造成「參差見整齊」的效果。茲分述於後：

### (一)屬於時間者

屬於時間的變化，只有一種，即由今而昔而今，這種安排法在詞章中屢見不鮮，如：

太史公曰：吾如淮陰，淮陰人為余言：韓信雖為布衣時，其志與眾異，其母死，貧無以葬，然乃行營高敞地，令其旁可置萬家。余視其母冢，良然。假令韓信學道，謙讓不伐己功，不矜其能，則庶幾哉於漢家勳，可以比周召太公之徒，後世血食矣，不務出此，而天下已集，乃謀畔逆，夷滅宗族，不亦宜乎。

這是《史記·淮陰侯列傳贊》的全文。作者在這則贊文裡，先敍自己到淮陰之事，再藉淮陰人之口，敍淮陰侯爲布衣時事，然後把時間由過去拉回到現在，發出自己的感想作結。時間由今而昔而今，形成了變化。又如：

少陵野老吞聲哭，春日潛行曲江曲。江頭宮殿鎖千門，細柳新蒲為誰緣？憶昔霓旌下南苑，苑中萬物生顏色。昭陽殿裡第一人，同輦隨君侍君側。輦前才人帶弓箭，白馬嚼齧黃金勒；翻身向天仰射雲，一箭正墜雙飛翼。明眸皓齒今何在，血污遊魂歸不得。清渭東流劍閣深，去住彼此無消息！人生有情淚霑臆，江水江花豈終極？黃昏胡騎塵滿城，欲往城南望城北。

這是杜甫的〈哀江頭〉詩。他在開篇四句，寫自己潛行曲江之所見、所悲；再以「憶昔」八句，追憶貴妃生前遊幸曲江的盛事；而「明眸」句至篇末，則對貴妃之死致哀悼之情，並抒發自己忠君愛國之懷。敍次由今而昔而今，參差中見整齊，很有章法。

㈡屬於空間者

屬於空間的變化，主要有三種：一是由遠而近而遠或由近而遠而近，這是就「遠近」來分的；二是由大而小而大或由小而大而小，這是就「大小」來分的；三是由低而高而低或由高而低而高，這是就「高低」來分的。不過，其中以遠近、大小二類較常見。

遠近者，如：

平林漠漠煙如織，寒山一帶傷心碧。暝色入高樓，有人樓上愁。　玉階空佇立，宿鳥歸飛急。何處是歸程？長亭連短亭。

這是李白的〈菩薩蠻〉詞，爲一懷人之作。首以起二句，就遠，寫「平林」、「寒山」的淒涼景象；次以「暝色」二句，就近，寫主人翁佇立樓上遠望的情景，拈出一「愁」字，以統一全詞；接著以換頭二句，一承「有人樓上愁」（近），具寫主人翁在發愁的樣子，一承「寒山」、「平林」（遠），寫歸鳥疾飛的動景，從反面激出遊子遲遲未歸之意，以表出「愁」來；末了以結二句，將空間由「平林」、「寒山」向無窮的遠方推擴出去，寫「長亭連短亭」的漫漫歸程，以襯出不見歸人的無限愁思。很顯然起，它是以「遠、近、遠」的順次寫成的。又如：

> 閒庭生柏影，荇藻交行路。忽忽如有人，起視不見處。牽牛秋正中，海白夜疑曙。野風吹空巢，波濤在孤樹。

這是謝翱的〈效孟郊體〉詩。它的首、次二聯，寫庭中所見之柏影、荇藻和人；三聯循著視線之開拓，寫遠方的天和水；末聯則又將視線拉回到庭中的樹上。這分明形成了「近、遠、近」的空間安排。

大小者，如：

> 紅葉晚蕭蕭，長亭酒一瓢。殘雲歸太華，疏雨過中條。樹色隨關迥，河聲入海遙。帝鄉明日到，猶自夢漁樵。

這是許渾的〈秋月赴闕題潼關驛樓〉詩。此詩一本題作「行次潼關，逢魏扶東歸」。它的首聯，就小，寫長亭送別、借酒澆愁之情景；中間二聯，呈輻射狀向四方拉開，就大，寫華山、中條山和潼關、大海；而尾聯則又將範圍縮小到四望風物之自己身上，發出感慨作結。敍次由小而大而小，極富變化。又如：

老殘洗完了臉，把行李鋪好，把房門鎖上，他出來步到河隄上看。只見那黃河從西南上下來，到此卻正是個灣子，過此便向正東去了。河西不甚寬，兩岸相距不到二里。若以此刻河水而論，也不過百把丈寬的光景。只是面前的冰，插得重重疊疊的，高出水面有七、八寸厚。

再望上游走了一、二百步，只見那上游的冰，還一塊一塊地慢慢價來，到此地被前頭的冰攔住，走不動，就站住了。那後來的冰趕上他，只擠得嗤嗤價響。後冰被這溜水逼得緊了，就竄到前冰上頭去。前冰被壓，就漸漸低下去了。看那河身，不過百十丈寬，當中大溜，約莫不過二、三十丈。兩邊俱是平水，這平水之上，早已有冰結滿。冰面卻是平的，被吹來的塵土蓋住，卻像沙灘一般。中間的大道大溜，卻仍然奔騰澎湃，有聲有勢，將那走不過去的冰，擠得兩邊亂竄。那兩邊平水上的冰，被當中亂冰擠破了，往岸上跑，那冰能擠到岸上有五、六尺遠。許多碎冰被擠得站起來，像個小插屏似的。看了有點把鐘工夫，這一截子的冰，又擠死不動了。

這是《老殘遊記》的兩段文字。作者在頭一段，先寫整個河道，再寫河面，然後縮小範圍，寫到河上之冰。而後一段，則先承上段之末，寫河上之冰，再寫大溜、平水，然後擴大到兩岸。十分明顯地，這是用「大、小、大」的次序來安排的。

### ㈢屬於事理者

屬於事理的變化，本該有本末、淺深、貴賤、親疏等多種，但其中淺深、貴賤、親疏三種極罕見，常見的只有本末一種，如：

古之欲明明德於天下者，先治其國。欲治其國者，先齊其家。欲齊其家者，先脩其身。欲脩其身者。先正其心。欲正其心者，先誠其意。欲誠其意者，先致其知，致知在格物。物格而后知至，知至而后意誠，意誠而后心正、心正而后身脩，身脩而后家齊，家齊而后國治，國治而后天下平。

這是《禮記‧大學》的一節經文，論的是《大學》八條目的先後次序。它共含兩個部分：頭一部分自起句至「致知在格物」止，就出發點，由「明明德於天下」（即平天下）而治國、齊家、修身、正心、誠意，依序遞寫，以至於致知、格物，用的是由末而本的逆推手段；第二個部分自「物格而后知至」至末，就終極處，由物格、知至而意誠、心正、身修、家齊、國治，層層遞寫，以至於天下平，用的則是由本而末的順推工夫。將這順逆兩個部分合起來，就形成了「末、本、末」的結構。又如：

天命之謂性，率性之謂道，修道之謂教。道也者，不可須臾離也。可離，非道也。是故君子戒慎乎其所不睹，恐懼乎其所不聞。莫見乎隱，莫顯乎微，故君子慎其獨也。喜怒哀樂之未發，謂之中。發而皆中節，謂之和。中也者，天下之大本也。和也者，天下之達道也。致中和，天地位焉，萬物育焉。

這是《禮記．中庸》的首章（依朱子《章句》）文字，論的是《中庸》的綱領和修道要領、目標。首先是「天命之謂性」三句，指明《中庸》一書的綱領所在，這是依「由本而末」的順序來交代的。接著是「道也者」至「故君子慎其獨也」止，指出修道的要領，這是就「修道之謂教」來說的；然後是「喜怒哀樂之未發」八句，指出修道之內在目標，這是就「率性之謂道」來說的；末了是「致中和」三句，指出修道之終極目標，這是就「天命之謂性」來說的。由此看來，由「道也者」至「萬物育焉」止，乃按「由末而本」的順序來交代，而《中庸》這一章也就形成了「本、末、本」的結構。

此外，以插敘或補敘的方法來寫也可以使文章產生變化。其中插敘是爲了表達上的需要將緊接的部分加以提開來夾敘一些文字的方法，既可用以解釋事理、抒發感想、具寫景物，也可藉以提出主旨或綱領。如：

> 鄒忌脩八尺有餘，身體佚麗。朝服衣冠窺鏡，謂其妻曰：「我孰與城北徐公美？」其妻曰：「君美甚，徐公何能及公也！」城北徐公，齊國之美麗者也。忌不自信，而復問其妾曰：「吾孰與徐公美？」妾曰：「徐公何能及君也！」旦日，客從外來，與坐談，問之客曰：「吾與徐公孰美？」客曰：「徐公不若君之美也！」

這是《戰國策·鄒忌諫齊王》的一段文字。作者在此，先描述鄒忌形貌的軒昂美麗，再記述鄒忌與妻、妾、客之間的問答。就在問妻之後、問妾之前，特地插入「城北徐公」兩句，以交代鄒忌所以一問再問而不自信的原因。如果沒有這兩句屬於解釋性的描敘，就會令人一頭霧水，不明所以了。而補敘是對上文所遺漏或語焉不詳者加以補充敘述的方法，通常可藉以補記事情發生的時間、緣由及有關人物的身分、姓名、情意等，如：

> 侍行者，幼子筠，孫韋金，外孫侯戢。六日前，子至（作者長子）方應侍北方，不得與同遊。賦詩紀事，悵然久之。

這是宋犖〈姑蘇臺記〉的末段文字。它除補敘侍行者是誰外，又補敘其長子應試北方，不得同遊的事，以表出對他的無限懷念，令人讀後也爲之「悵然」。

## 四、銜接原則

銜接原則，也稱為銜接律。而所謂的銜接，是就材料先後的接榫或聯絡來說的。它的方式，大體而言，可別為基本與藝術兩類：

### (一)屬於基本者

屬於基本的銜接單位，有聯詞、聯語、關聯句子與關聯節段等四種，茲分述如次：

#### 1.聯詞

聯詞約可分為直承聯詞、轉折聯詞、推展聯詞、總括聯詞等四類。其中常用作上下文接榫的直承聯詞，有因、因之、因為、乃、遂、故、是以、是故、所以、於是等，如：

> 管仲曰：「老馬之智可用也。」乃放馬而隨之，遂得道。

這是《韓非子・說林上》的一節文字，用了「乃」與「遂」兩個聯詞將上下文聯成一體。又常用作上下文接榫的轉折聯詞，有而、卻、然、然而、然則、但、但是、第、顧、否則、不過等，如：

凡此瑣瑣，雖為陳迹，然我一日未死，則一日不能忘。

這是袁枚〈祭妹文〉的一節文字，用「然」這個聯詞將上下文連接起來。而常用作上下文接榫的推展（含假設）聯詞，有也、又、亦、或、而、而或、尤其、至於、至若、若夫、若是、如、如果、假如、例如、譬如、甚至、並且、還有、苟或、也許等，如：

岸芷汀蘭，郁郁青青。而或長煙一空，皓月千里，浮光耀金，靜影沈璧。

這是范仲俺〈岳陽樓記〉的一節文字，用聯詞「而或」將文意加以推展，使上下文能銜接在一起。至於常用作上下文接榫的總括聯詞，有這、這樣、都、皆、總之、凡此、總此、如此等，如：

總此十思，弘茲九德。

這是魏徵〈諫太宗十思疏〉的兩句話，用聯詞「總此」將上下文聯成一體。

2.聯語

聯語指聯詞以外的詞語，而所謂「語」，其實也是詞，只不過是爲了與聯詞有所區別，所以稱爲「語」罷了。如：

縣人來，聞蹕，匿橋下。久之，以為行已過。

這是《史記・張釋之列傳》的一節文字，用聯語「久之」作時間上的聯絡，使上下文連接在一起。

又如：

苟或不然，人爭非之，以為鄙吝。故不隨俗靡者蓋鮮矣。嗟乎！風俗頹敝如是，居位者雖不能禁，忍助之乎！

這是司馬光〈訓儉示康〉的一節文字，以「嗟乎」發出感歎，在發揮積極修辭功用的同時，也充當了上下文的橋梁。

### 3.關聯句子

如果關接詞語已不夠用了，那就要用到關接句子來作上下文的橋梁。如：

> 心之所向，則或千或百，果然鶴也。昂首觀之，項為之強。

這是沈復《浮生六記》中的一節文字，用「昂首觀之」一句將上面寫細察紋理之部分與下面寫物外之趣的部分連接在一起。又如：

> 漁歌互答，此樂何極！登斯樓也，則有心曠神怡、寵辱偕忘、把酒臨風，其喜洋洋者矣。

這是范仲俺〈岳陽樓記〉的一節文字，用「登斯樓也」一句，將上面寫晴景的部分過渡到寫喜情的部分。

4.關聯節段

作者在行文時，往往會用一節或一段文字來作上下文的橋梁，以補關聯詞語或句子之不足。如：

> 嗟呼子卿！人之相知，貴相知心。前書倉卒，未盡所懷，故復略而言之。

這是李陵〈與蘇武書〉的一節文字，由此承上文對北方苦寒景象及自身「久辱於外之苦」的描寫，以啓下段對當年不得已投降之經過與用心的追敘，十足地發揮了銜接的作用。又如：

> 其（孟子）後有騶之屬，齊有三騶子：其前騶忌，以鼓琴干威王，因及國政，封為成侯，而受相印，先孟子。其次騶衍，後孟子。

這是《史記．孟荀列傳》的一段文字，它的前一段敘的是孟子，而後一段敘的是騶衍，所以這一段的敘述，顯然是作爲橋梁用的。

## ㈡屬於藝術者

屬於藝術的銜接，大體而言，有兩類：一是屬於材料的連接或呼應，二是屬於方法的連接或呼應。茲分述如左：

### 1.屬於材料者

材料可分為物材與事材兩種，一般說來，作者運用物材或事材都會使它們彼此間相互連接或呼應，以凸顯所要表達的思想情意。其中用物材以連接或呼應的，如：

剖竹守滄海，枉帆過舊山。山行窮登頓，水涉盡洄沿。巖峭嶺稠疊。洲縈渚連綿。白雲抱幽石，綠篠媚清漣。葺宇臨迴江，築觀基曾巔。

這是謝靈運〈過始寧墅〉詩的一節文字。其中二、三、五、七、十等句，用以寫山；一、四、六、八、九等句，用以寫水，使得山與山、水與水，甚至山和水之間，都形成了呼應而銜接成一體。

又如：

夔府孤城落日斜，每依北斗望京華。聽猿實下三聲淚，奉使虛隨八月槎。畫省香爐違伏枕，山樓粉堞隱悲笳。請看石上藤蘿月，已映洲前蘆荻花。

這是杜甫〈秋興〉詩之二。對這首詩，楊仲弘《杜甫心法》（收於《詩學指南》）在結聯下有注云：「首言『落日斜』，此言『月映洲前』，日月相催，起結相應，當時之興何如哉？」他指出了此詩用相關聯的景色形成了首尾呼應的效果。用事材以連接或呼應的，如：

世皆稱孟嘗君能得士，士以故歸之，而卒賴其力，以脫於虎豹之秦。嗟呼！孟嘗君特雞鳴狗盜之雄耳，豈足以言得士！不然，擅齊之強，得一士焉，宜可以南面而制秦，尚何取雞鳴狗盜之力哉！雞鳴狗盜之出其門，此士所以不至也。

這是王安石〈讀孟嘗君傳〉的全文，是針對孟嘗君是「得士」抑或「特雞鳴狗盜之雄」來加以論述的。其中「世皆稱孟嘗君能得士」二句與「豈足以言得士」、「得一士焉」、「此士所以不至也」等句，或正或反，彼此相互呼應；而「特雞鳴狗盜之雄」也和「尚何取雞鳴狗盜之力哉」、「雞鳴狗盜之出其門」等句，先後呼應，以表出孟嘗君始終不能得士的一篇旨意來，手法極爲高明。又如：

天地有正氣，雜然賦流形：下則為河嶽，上則為日星，於人曰浩然，沛乎塞蒼冥。皇路當清夷，含和吐明庭；時窮節乃見，一一垂丹青：

在齊太史簡，在晉董狐筆，在秦張良椎，在漢蘇武節；為嚴將軍頭，為嵇侍中血，為張睢陽齒，為顏常山舌；或為遼東帽，清操厲冰雪；或為出師表，鬼神泣壯烈；或為渡江楫，慷慨吞胡、羯；或為擊賊笏，逆豎頭破裂。

是氣所磅礴，凜烈萬古存。當其貫日月，生死安足論？地維賴以立，天柱賴以尊。三綱實繫命，道義為之根。

嗟予遘陽九，隸也實不力。楚囚纓其冠，傳車送窮北。鼎鑊甘如飴，求之不可得。陰房闃鬼火，春院閟天黑。牛驥同一皁，雞棲鳳凰食。一朝蒙霧露，分作溝中瘠。如此再寒暑，百沴自辟易。哀哉沮洳場，為我安樂國！豈有他繆巧？陰陽不能擁。顧此耿耿在，仰視浮雲白，悠悠我心悲，蒼天曷有極！哲人日已遠，典型在夙昔，風簷展書讀，古道照顏色。

這是文天祥〈正氣歌〉的四段文字。其中首段「一一垂丹青」，是說古哲的忠烈事跡，一一遺留於史冊，而次段寫的就是十二件古哲的忠烈事跡，這自然是彼此銜接呼應的，而且這又與末段結尾的「哲人日已遠」四句形成了呼應，所以林西仲說：「『哲人』、『典型』指上文十二事；古人雖遠而書存，應上『一一垂丹青』句」（《古文析義初編》卷六），可見此文前後照應之周密。

2.屬於方法者

使上下文得以形成呼應而銜接在一起，除了可藉所用材料達成外，又可用方法來竟功。這種方法，較著的有賓主、虛實、正反、抑揚、立破、問答、平側、凡目、縱收、因果等。以賓主而言，凡直接運用主要材料的，爲「主」，而間接運用輔助材料的，爲「賓」。如：

水陸草木之花，可愛者甚蕃；晉陶淵明獨愛菊。自李唐以來，世人盛愛牡丹。予獨愛蓮之出淤泥而不染，濯清漣而不妖；中通外直，不蔓不枝；香遠益清，亭亭淨植，可遠觀而不可褻玩焉。

予謂：菊，花之隱逸者也；牡丹，花之富貴者也；蓮，花之君子者也。噫！菊之愛，陶後鮮有聞，蓮之愛，同予者何人？牡丹之愛，宜乎眾矣。

這是周敦頤〈愛蓮說〉的全文。它主要是寫蓮與愛蓮者——作者自己，這是「主」的部分。爲了使這個「主」的部分更形突出，並蘊含諷喻之意，便又不得不寫牡丹、菊和愛菊、愛牡丹的人，這是「賓」的部分。有了這個「賓」的部分作陪襯，那麼作者愛蓮與諷喻的意思——「主」便格外的清楚了。以虛實而言，凡運用當時所見、所聞、所爲的實際材料者，爲「實」，而運用憑著個人內心的感覺或想像所捕捉、製造的抽象材料者，爲「虛」。如：

懷君屬秋夜，散步詠涼天。山空松子落，幽人應未眠。

這是韋應物的〈秋夜寄邱二十二員外〉詩，爲秋夜懷人之作。上聯藉涼天散步，實寫自己秋夜「懷君」的情懷；下聯憑藉想像，虛寫空山友人「未眠」的情景，將自己對邱二十二員外的懷念，寫得極爲動人。以正反而言，凡著眼於正面來寫的，爲「正」，著眼於反面來寫的，爲「反」。如：

天下事有難易乎？為之，則難者亦易矣；不為，則易者亦難矣。人之為學有難易乎？學之，則難者亦易矣；不學，則易者亦難矣。

這是彭端淑〈爲學一首示子姪〉的首段文字。它由做事之難易談到爲學之難易，其中說「爲之」、「學之」的是「正」，說「不爲」、「不學」的爲「反」，就這樣正反相形，使表達的意思更爲清晰。其實，此文全篇都用正反法來寫，也就自然造成了往而復返、迴環不已的對照效果。以抑揚而言，抑就是貶抑、收束，揚就是稱揚、振發。這種方法相當常見，如：

> 愈始聞而惑之；又從而思之，蓋賢者也。蓋所謂獨善其身者也。然吾有譏焉；謂其自為也過多，其為人也過少。其學楊朱之道者耶？楊之道，不肯拔我一毛而利天下，而夫人以有家為勞心，不肯一動其心以畜妻子，其肯勞其心以為人乎哉？雖然，其賢於世之患不得之而患失之者，以濟其生之欲，貪邪而亡道以喪其身者，其亦遠矣。又其言，有可以警余者，故為之傳而自鑑焉。

這是韓愈〈圬者王承福傳〉的末段文字。作者在此，首先以「愈始聞而惑之」一句一抑，接著以「又從而思之」三句一揚，繼而用「然吾有譏焉」一句一轉，引出「謂其自爲也過多」八句，再予一抑，然後以「雖然」五句，又予一揚。就這樣在一抑一揚間，將規世的意思懇切地表示出來。以立破而言，立就是立案，破就是駁正，通常都先立而後破，以形成呼應。如：

> 杞子自鄭使告於秦，曰：「鄭人使我掌其北門之管，若潛師以來，國可得也。」穆公訪諸蹇叔。蹇叔曰：「勞師以襲遠，非所聞也，師勞力竭，遠主備之，無乃不可乎？師之所為，鄭必知之；勞而無所，必有悖心。且行千里，其誰不知？」

這是《左傳．蹇叔哭師》的一節文字。其中杞子之言等於立了一案，而蹇叔之語則針對此案一一辨明，所以在「無乃不可乎」之下，林西仲評云：「已上破他『國可得』三字」（《古文析義初編》卷一）；在「師之所爲」二句之下，又評云：「二句破他『潛師』二字」（同上）；在「其誰不知」之下，再評云：「以上又從鄭不可得、師不可潛二意推出」（同上）。可見這是用「先立後破」的結構寫成的。以問答而言，用得極早而且也最普遍，如：

> 問何以戰？公曰：「衣食所安，弗敢專也，必以分人。」對曰：「小惠未徧，民弗從也。」公曰：「犧牲玉帛，弗敢加也，必以信。」對曰：「小信未孚，神弗福也。」公曰：「小大之獄，雖不能察，必以情。」對曰：「忠之屬也，可以一戰。戰則請從。」

這是《左傳．曹劌論戰》的一段文字。此段文字藉曹劌之一「問」三「對」，與莊公之三「曰」，敘明魯國抗敵的憑藉，很自然地形成了呼應而使上下文銜接起來。以平側而言，平指平提，側指側注，這種方法也常見，如：

> 《五代史．馮道傳論》曰：「『禮、義、廉、恥，國之四維；四維不張，國乃滅亡。』善乎管生之能言也！禮、義，治人之大法；廉、恥，立人之大師。蓋不廉則無所不取，不恥

則無所不為。人而如此，則禍敗亂亡，亦無所不至。況為大臣而無所不取，無所不為，則天下其有不亂，國家其有不亡者乎？」

然而四者之中，恥尤為要，故夫子之論士曰：「行己有恥。」孟子曰：「人不可以無恥。無恥之恥，無恥矣！」又曰：「恥之於人大矣！為機變之巧者，無所用恥焉！」所以然者，人之不廉而至於悖禮犯義，其原皆生於無恥也。故士大夫之無恥，是謂國恥。

這是顧炎武〈廉恥〉一文的兩段文字。作者在首段先平提「禮、義、廉、恥」，再側注到「廉、恥」之上；又在次段進一步地側注於「恥」之上。先平提而後側注，極有章法。以凡目而言，凡指總括，目指條分，兩者孰先孰後，都一樣形成呼應、銜接的關係。如：

君人者，誠能見可欲，則思知足以自戒；將有所作，則思知止以安人；念高危，則思謙沖而自牧；懼滿溢，則思江海而下百川；樂盤遊，則思三驅以為度；憂懈怠，則思慎始而敬終；慮壅蔽，則思虛心以納下；想讒邪，則思正身以黜惡；恩所加，則思無因喜以謬賞；罰所及，則思無因怒而濫刑。總此十思，弘茲九德。

這是魏徵〈諫太宗十思疏〉的一段文字。它依次以「思知足」、「思知止」、「思謙沖」、「思江海」、「思三驅」、「思慎始」、「思虛心」、「思正身」、「思無因喜以謬賞」、「思無因怒而濫刑」，分述十思，然後以「總此十思」兩句作個總括，把立德建業的要領由目而凡地論述得有條不紊，使前後文彼此呼應，緊密地連鎖在一起。以縱收而言，縱是放開，收是擒住，也叫擒。文章一縱一收，自然形成呼應，如：

> 吾從弟少游，常哀吾慷慨多大志，曰：士生一世，但取衣食裁足，乘下澤車，御款段馬，為郡掾史，守墳墓，鄉里稱善人，斯可矣，致求盈餘，但自苦耳。當吾在浪泊西里間，虜未滅之時，下潦上霧，毒氣重蒸，仰視飛鳶，跕跕墮水中，臥念少游平生時語，何可得也。今賴士大夫之力，被蒙大恩，猥先諸君紆佩金紫，且喜且慚。

這是馬援〈示官屬〉的一則文字。此則文字的前半，縱離題旨，寫求盈餘；到了後半，才擒回題旨，寫得官。所以林景亮《評注古文讀本》評注說：「首句至『自苦耳』，述弟勸勉之語，為下文『臥念』二句伏案，實則立志好勇之反面耳。馬援志固不在求盈餘也，故為欲擒先縱法」。可見此文以一縱一收形成了呼應，使上下文得以銜接無縫。以因果而言，無論是由因而果或由果而因，都可以使文章銜接起來。如：

余憶童稚時，能張目對日，明察秋毫，見藐小微物，必細察其紋理，故時有物外之趣。

這是沈復《浮生六記》中的一段文字。其中「能張目對日」二句是因，「見藐小微物」二句是果；又由此轉果為因，帶出「故時有物外之趣」一句——果來，這很明顯地形成兩層因果的緊密關係。

## 五、統一原則

統一原則，又稱為統一律。而所謂的統一，是就材料情意的統一來說的。一般而言，文章要達成統一，必須注意到主旨的安置與綱領的貫注。其中主旨之安置，既有安置於篇內或篇外的不同，而綱領的貫注，也往往涉及軌數的多寡。茲分述如次：

### (一)主旨的安置

主旨的安置於篇內的，不外三種。其一是安置於篇首的，如：

人閑桂花落，夜靜春山空。月出驚山鳥，時鳴春澗中。

這是王維的〈鳥鳴澗〉詩。它的上聯首先拈出主旨——「人閑」，再藉花落、山空的景致，以寫「夜靜」，將「人閑」兩字作初步的烘托；下聯則寫月出鳥鳴、清聽盈耳的景象，所謂「蟬噪林逾靜」、「鳥鳴山更幽」，進一步地把皇甫嶽雲溪別墅的夜景描摹得更爲幽靜悅人，而主旨「人閑」也就因而充分地顯現出來了。其二是寫置於篇腹的，如：

劍外忽傳收薊北，初聞涕淚滿衣裳。卻看妻子愁何在？漫卷詩書喜欲狂。白日放歌須縱酒，青春作伴好還鄉。即從巴峽穿巫峽，便下襄陽向洛陽。

這是杜甫的〈聞官軍收河南河北〉詩，旨在寫聞官軍收河南河北時「喜欲狂」之情。而這「喜欲狂」三字正置於篇腹，由此以上收實寫作者自身與妻子「喜欲狂」的部分，並下啓就「還鄉」的打算與經過的路程，以虛寫「喜欲狂」的部分，使得全詩句句都充盈著「喜欲狂」之情，可見這首詩是以「喜欲狂」來統一全篇的。其三是寫置於篇末的，如：

楚莊王賜羣臣酒。日暮，酒酣，燈燭滅，乃有人引美人之衣者。美人援絕其冠纓，告王曰：「今者燭滅，有引妾衣者，妾援得其冠纓持之。趣火來上，視絕纓者！」王曰：「賜人酒，使醉失禮，奈何欲顯婦人之節而辱士乎！」乃命左右曰：「今日與寡人飲，不絕冠纓者不懽。」羣臣百有餘人，皆絕去其冠纓而上火，卒盡懽而罷。

居二年，晉與楚戰。有一臣常在前，五合五獲，首卻敵，卒得勝之。莊王怪而問曰：「寡人德薄，又未嘗異子，子何故出死不疑如是？」對曰：「臣當死！往者醉失禮，王隱忍不暴而誅也。臣終不敢以蔭蔽之德而不顯報王也，常願肝腦塗地，用頭血湔敵久矣。臣乃夜絕纓者也。」遂敗晉軍，楚得以強。此有陰德者必有陽報也。

這是《說苑．復恩》的一則文字，共三段。其首段記在楚莊王的賜宴席上，有一臣子因醉失禮，而楚莊王卻代爲掩飾，不予罪誅，使得羣臣都能盡歡而散，以見楚莊王是位「有陰德」的君主。而次段乃記楚、晉作戰之際，楚莊王時時見到有一臣子「常在前」，奮勇殺敵，終於使楚國打了次勝仗，後經探問，原來就是從前因醉失禮、「隱忍不暴而誅」的人，以見楚莊王是位「有陽報」的君子。到了末段則以「此有陰德者必有陽報也」一句，總結上兩段之意，拈出一篇主旨作收，使通篇維持一致的意思。

至於安置於篇外的，如：

鄭人有欲買履者，先自度其足，而置之其坐。至之市，而忘操之；已得履，乃曰：「吾忘持度。」反歸取之。及反，市罷，遂不得履。人曰：「何不試之以足？」曰：「寧信度，無自信也。」

這是《韓非子．外儲說左上》的一則文字。作者在這兒，特藉一個鄭人想要買履，卻只相信自己所量尺寸，而不相信自己雙腳，以致買不成履的虛構故事，以喻世人逐末忘本之非。通篇只用以記事，而把所要表達的意旨置於篇外，以統一全文，與《列子》的〈愚公移山〉一文，可說出自同一機杼。

### ㈡綱領的軌數

綱領所形成的軌數，有一個、二個、三個，或三個以上的。

單軌的，如：

出處從來自不齊。後車方載太公歸；誰知寂寞空山裡，卻有高人賦采薇。黃菊嫩，晚香枝，一般同是采花時。蜂兒辛苦多官府，蝴蝶花間自在飛。

這是辛棄疾的〈鷓鴣天〉詞，是藉慨歎出處不齊，以抒發廢退後憤懣之情的作品。作者在一開始，就先用「出處從來不齊」一句，作爲一篇綱領，形成單軌，以統一全詞，然後依此綱領，分別舉出三樣「出處不齊」的例證來。在第一個例證裡，太公望相周，是「出」；伯夷、叔齊隱於首陽山，采薇而食，是「處」，這是就人類的「不齊」來說的。在第二個例證裡，黃菊始開，是「出」；晚香將殘，是「處」，這是就植物的「不齊」來說的。在第三個例證裡，蜂兒辛苦，是「出」；蝴蝶自在，是「處」，這是就昆蟲的「不齊」來說的。如此以單軌來貫穿，使作品始終維持一致的意思。

**雙軌的**，如：

> 獨有宦遊人，偏驚物候新。雲霞出海曙，梅柳渡江春。淑氣催黃鳥，晴光轉綠蘋。忽聞歌古調，歸思欲霑巾。

這是杜審言的〈和晉陵陸丞早春遊望〉詩。作者首先在起聯，由因而果，將一篇之綱領「偏驚物候新」提明，其中「偏驚」是一軌，「物候新」爲另一軌；接著藉頷、頸兩聯，承「物候新」一軌，寫早春遊望所看到的景象；然後藉結聯，承「偏驚」一軌，另收題中的「和」字，寫讀了陸丞詩後的悠悠別恨。這樣以雙軌來統一全詩，使主旨——歸恨更形突出。

三軌的，如：

古之學者必有師。師者，所以傳道，受業，解惑也。人非生而知之者，孰能無惑？惑而不從師，其為惑也終不解矣！

生乎吾前，其聞道也，固先乎吾，吾從而師之；生乎吾後，其聞道也，亦先乎吾，吾從而師之。吾師道也，夫庸知其年之先後生於吾乎？是故無貴、無賤，無長、無少，道之所存，師之所存也。

嗟乎！師道之不傳也久矣！欲人之無惑也難矣！古之聖人，其出人也遠矣，猶且從師而問焉；今之眾人，其下聖人也亦遠矣，而恥學於師。是故聖益聖，愚益愚，聖人之所以為聖，愚人之所以為愚，其皆出於此乎？

愛其子，擇師而教之，於其身也則恥師焉，惑矣！彼童子之師，授之書而習其句讀者也，非吾所謂傳其道、解其惑者也。句讀之不知，惑之不解，或師焉，或不焉，小學而大遺，吾未見其明也。

巫、醫、樂師、百工之人，不恥相師；士大夫之族，曰師、曰弟子云者，則羣聚而笑之，問之，則曰：「彼與彼年相若也，道相似也。位卑則足羞，官盛則近諛。」嗚呼！師道之不復可知矣！巫、醫、樂師、百工之人，君子不齒，今其智乃反不能及，其可怪也歟！

聖人無常師：孔子師郯子、萇弘、師襄、老聃。郯子之徒，其賢不及孔子。孔子曰：「三人行，則必有我師。」是故弟子不必不如師，師不必賢於弟子。聞道有先後，術業有專攻，如是而已。

李氏子蟠，年十七，好古文，六藝經傳，皆通習之。不拘於時，請學於余，余嘉其能行古道，作〈師說〉以貽之。

這是韓愈〈師說〉的全文。此文在一開端就提明「古之學者必有師。師者，所以傳道、受業、解惑也」，其中傳道、受業、解惑就形成了三軌，所以李東陽說：「第一以先立傳道、受業、解惑三大綱」（《文章規範》引）。接著由「人非生而知之者」至「其惑也終不解矣」，論「解惑」，這是一軌；繼而以古聖（明智）與今人（不明不智）作成強烈的對比，依序先在第二、三兩段論「傳道」，這是另一軌；再在第四、五兩段論「受業」，這又是一軌；然後以第六段將二、三、四、五等段之意作一總括；到了末段才敘明作此文之因由作結。李東陽說：「此篇最是結得段段有力，中間三段自有三意，然大概意思相承，都不失師道本意」（同上）。他所謂的「三段」就是三軌，以三軌來貫穿全文，脈絡格外清晰。

**三軌以上的**，如：

國有四維：一維絕，則傾；二維絕，則危；三維絕，則覆；四維絕，則滅。傾，可正也；危，可安也；覆，可起也；滅，不可復錯也。

何謂四維？一曰禮，二曰義，三曰廉，四曰恥。禮，不踰節；義，不自進；廉，不蔽惡；恥，不從枉。故不踰節，則上位安；不自進，則民無巧詐；不蔽惡，則行自全；不從枉，則邪事不生。

這是《管子．牧民》的〈四維〉章。它的篇幅雖短，而綱領卻形成了四軌，其中禮爲一軌、義爲二軌、廉爲三軌、恥爲四軌。作者就針對這四軌，依次論其重要性、名目、要義與功效，不但秩序井然，銜接緊密，也造成了統一的效果。又如：

崔子作亂於齊，太史以直筆死，其弟嗣書而死者二人，書者又不輟，遂舍之。崔子豈能舍書己者哉？人心是非之天，終不可奪；而亂臣賊子之暴，亦遂以窮。

當檜用事時，受密旨以私意行乎國中，簸弄威福之柄，以鉗制人之七情，而杜其口。胡公以封事貶，王公送之詩，陳公送之啟俱貶。檜之窮凶極惡，自謂無誰何者矣。而翠微劉公，猶作罪言以顯刺之，公固自處以有罪，而檜卒無以加於公。噫！彼豈舍公哉？當其垂歿，凡一時不附和議者，猶將甘心焉。公之罪言，直未見爾。由此觀之，賊檜之逆，猶浮於崔；而公得為太史氏之最後者。祖宗教化之深，人心義理之正，檜獨如之何哉？公之孫方大，出遺藁示予，因感而書。

這是文天祥的〈跋劉翠微罪言藁〉一文，共兩段，各以六軌來呼應，形成統一。其中首段的「崔子作亂於齊」句與二段的「當檜用事時」五句相呼應，爲第一軌；首段的「太史以直筆死」句與二段的「胡公以封事貶」句相呼應，爲第二軌；首段的「其弟嗣書而死者二人」句與二段的「王公送之詩」二句相呼應，爲第三軌；首段的「書者又不輟」二句與二段的「檜之窮凶極惡」六句相呼應，爲第四軌；首段的「崔子豈能舍書己者哉」句與二段的「噫彼豈舍公哉」六句相呼應，爲第五軌；首段的「人心是非之天」四句與二段的「由此觀之」七句相呼應，爲第六軌。如此以六軌前後映照，不但條理清晰，而全文也收到統一的效果。

## 六、結語

經由上述，可以概知詞章章法的主要內容與架構。筆者就以這種內容與架構，指導國立臺灣師範大學國文研究所的碩士班研究生仇小屏同學，從古今文論與文評名著中去爬羅剔抉，尋得理論依據與批評實例，撰成《中國辭章章法析論》的碩士論文，共六十多萬字。雖然還是難免會有疏漏，但在各家理論與實例的印證下，已充分可以看出章法內容的豐富與多樣來了。

（原載民國八十六年十二月、八十七年一月《國文天地》十三卷八、七期，頁八十四～九十三、一〇五～一一七）

# 談見於詩詞裡的凡目結構

## 一、前言

所謂的「凡」，是指「總括」，而「目」則指「條分」。以凡目法來經營篇章，可說是相當常見的。這種方法，歷代文評家都注意到了，不過，所用的名稱，卻稍有不同，如陳騤《文則》稱之爲「總、數」①、歸有光《文章指南》稱之爲「總提、分應」②、唐彪《讀書作文譜》稱之爲「總、分」③、王葆心《古文辭通義》稱之爲「外籀、内籀」④、蔣伯潛《中學國文教學法》稱之爲「綜合、分析」⑤。數年前，筆者爲求簡單明確，試在「第一屆臺灣地區國語文教學學術研討會」中，用見於《周禮・天官・宰夫》的「凡」與「目」⑥來統一這些稱呼，發表了〈凡目法在高中國文課文裡的運用〉一文⑦，受到與會學者的認可，這就是本論文用「凡目」這個名稱的原因。

一般說來，這種凡目法最常用於散文，形成「先凡後目」、「先目後凡」、「凡、目、凡」與「目、凡、目」等四種結構，並且所涉及的「軌數」也可以多至八、九軌⑧。而古典詩詞中，雖也隨處可以見到以上四種凡目結構，卻由於受到篇幅的限制，大都軌數有限，僅見到單軌與雙軌兩種而已；這是凡目法用於散文和詩詞時最大不同所在。底下就針對這四種凡目結構，分單軌與雙軌，舉例略予說明，以見一斑。

## 二、先凡後目

這是將綱領和要旨以開門見山的方式安置於前端，作個總括，然後條分爲若干部分，以依次針對綱領或要旨來敍寫的一種結構。這種謀篇形式，古時稱爲外籀，今則通稱演繹。許恂儒在《作文百法》中說：

> 文章之有分有總，猶治絲之有綜有分也。凡一問題率可分為數層意義，然分而不總，則如散絲矣。學者作文，當先想一篇之意思，分作若干層，層次既定，可將全篇之意，先為總提一筆，以立一篇之綱。然後條分縷析，逐層寫去，以引申題中之義，或反或正，或賓或主，皆可隨意佈置，而綱領既立，如能有條不紊矣⑨。

說的就是這種結構形式。它在詩詞裡的運用情形，大致可分爲兩式：一爲單軌式，這是用置於開端的單一意思來貫穿所有材料的一種形式，它的簡式爲：

A（凡）↓$A_1$（目一）・$A_2$（目二）……

一爲雙軌式，這是將平列或有主從關係的兩個意思安置於前端，以依次組合下面兩組材料的一個形式，它的簡式爲：

AB（凡）↓$A_1$（目一）・$B_2$（目二）

單軌者，詩如王維的〈鳥鳴澗〉：

人閑（A）桂花落（$A_1$），夜靜春山空（$A_2$）。月出驚山鳥，時鳴春澗中（$A_3$）。

此詩首先以「人閑」二字直接寫主人翁恬適之心境，是一篇之主旨，爲「凡」的部分；其次以「桂花落」，寫桂花之閑，爲「目一」的部分；再其次以「夜靜」句，寫夜山之閑，爲「目二」

的部分；最後以「月出」二句，敘月出鳥鳴，清聽盈耳，所謂「鳥鳴山更幽」，巧妙地寫澗谷之閑，爲「目三」的部分。就這樣以單軌藉皇甫嶽雲溪別墅的閑景，將主人翁的閑心作充分的襯托，使人讀後也不禁生起一片閑心。很顯然地，這是用「先凡後目」的單軌結構所寫成之名作。

**結構分析表**

- △
  - 凡──「人閑」
  - 目
    - 桂花──「桂花落」
    - 夜山──「夜靜」句
    - 澗谷──「月出」二句

詞如辛棄疾的〈鷓鴣天〉：

出處從來自不齊（A）。後車方載太公歸；誰知寂寞空山裡，卻有高人賦采薇（$A_1$）。
黃菊嫩，晚香枝，一般同是采花時（$A_2$）。蜂兒辛苦多官府，蝴蝶花間自在飛（$A_3$）

這是首慨歎出處不齊的作品。作者在此，先用「出處從來自不齊」一句揭出一篇主旨，以單軌統括全詞，這是「凡」的部分；然後依此主旨，分別舉出三樣「出處不齊」的例證來。在第一個例證裡，太公望相周，是「出」；伯夷、叔齊隱於首陽山，採薇而食，是「處」；這是「目一」的部分，是就人類「出處」的「不齊」來說的。在第二個例證裡，黃菊始開，是「出」；晚香將殘，是「處」；這是「目二」的部分，是就植物「出處」之「不齊」來說的。在第三個例證裡，蜂兒辛苦，是「出」；蝴蝶自在，是「處」，這是「目三」的部分，是就昆蟲「出處」之「不齊」來說的。由於這闋詞也是採「先凡後目」的單軌結構來寫，所以條理格外清晰。

結構分析表

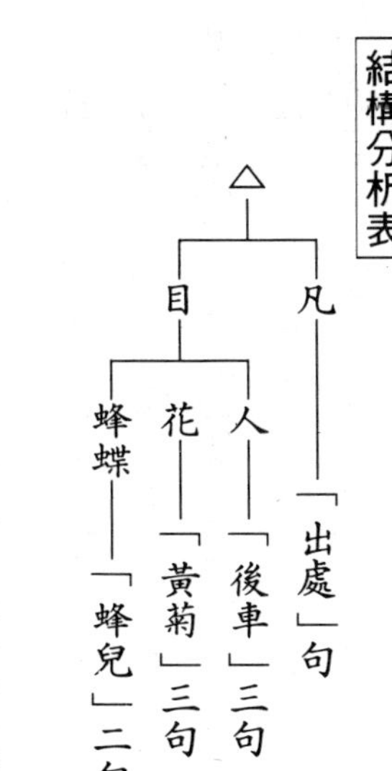


雙軌者，詩如杜審言的〈和晉陵陸丞早春遊望〉：

獨有宦遊人，偏驚（A）物候新（B）。雲霞出海曙，梅柳渡江春。淑氣催黃鳥，晴光轉緣蘋（B1）。忽聞歌古調，歸思欲霑巾（A1）。

此詩採「先凡後目」的雙軌結構寫成。「凡」的部分爲起聯，其中首句爲引子，用以帶出次句，分「偏驚」（特別地會觸生情思）與「物候新」兩軌來統攝屬於「目」的三聯文字。這三聯文字，首先以頷、頸兩聯具寫「物候新」的景象，由「雲霞」、「梅柳」、「黃鳥」、「蘋」等具寫「物」，由「曙」、「春」、「淑氣」、「晴光」等具寫「候」，由「出海」、「渡江」、「催」、「轉綠」等具寫「新」，使「物候新」由抽象化爲具體，產生更大的觸發力，來加强尾聯的感染力量，這是「目一」的部分，爲第一軌（從）。然後藉末聯承「偏驚」，並交代題目的「和」字，寫讀了陸丞詩後所湧生的「歸思」（即歸恨），點明主旨作收，這是「目二」的部分，爲第二軌（主）。可見本詩的主旨「歸思」出現在「目二」的部分裡，這是相當明顯的。

**結構分析表**

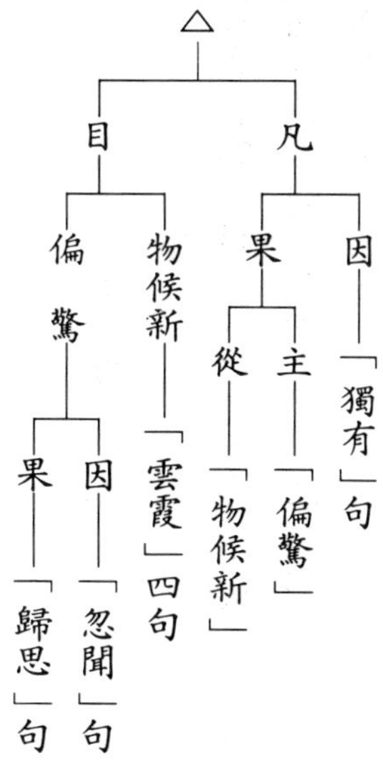

- △
  - 凡
    - 因——「獨有」句
    - 果
      - 主——「偏驚」
      - 從——「物候新」
  - 目
    - 物候新——「雲霞」四句
    - 偏驚
      - 因——「忽聞」句
      - 果——「歸思」句

詞如蘇軾的〈蝶戀花〉：

雨後春容清更麗（A），只有離人，幽恨終難洗（B）。北固山前三面水，碧瓊梳擁青螺髻（A）。

一紙鄉書來萬里，問我何年，真箇成歸計。回首送春拚一醉，東風吹破千行淚（B）。

這是首抒寫離恨的作品。開端三句，泛寫清麗之景（凡—從）與離人之恨（凡—主），爲「凡」的部分。「北固山前三面水」二句，具寫京口北固山水清麗之景，爲「目一」（從）的部分，爲第一軌。「一紙鄉書來萬里」五句，具寫離人，也就是作者「得鄉書」（題目）卻不得歸去之恨，爲「目二」（主）的部分，爲第二軌。這樣來組合材料，採的正是雙軌式的演繹法。

結構分析表

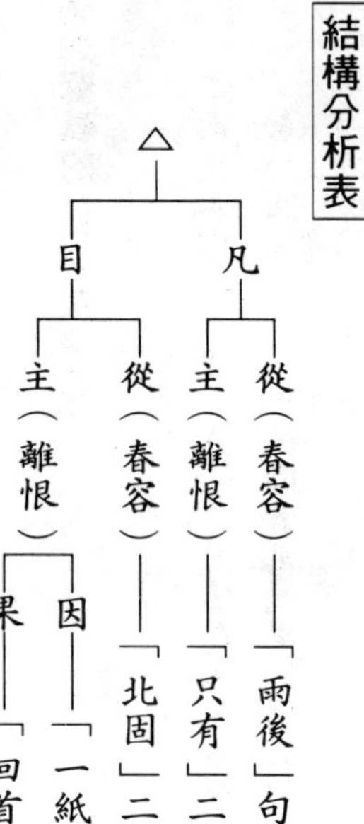


## 三、先目後凡

這是將思想材料先條分爲若干部分，依次安置於前，然後才將綱領或要旨提出於後來加以敍寫的一種結構。這種謀篇形式，古時稱爲內籀，今則通稱歸納。王葆心《古文辭通義》引李騰芳《山居雜著》云：

> 將上面所有的，不論多少，總括於一處，然後轉身。其法最要老，老方有氣力；又要簡，不簡反絮聒也；又要緊，不緊則氣脈緩了⑩。

說的就是這種結構形式。它在詩詞裡運用的情形，也大致可分爲兩式：一爲單軌式，這是用置於末端的單一意思來統一所有材料的一種形式，它的簡式爲：

$A_1$（目一）．$A_2$（目二）……→A（凡）

一爲雙軌式，這是將平列或有主從關係的兩個意思安置於末端，以依次收拾上面兩分組材料的一種形式，它的簡式爲：

$A_1$（目一）．$A_2$（目二）→AB（凡）

單軌者，詩如崔顥的〈黃鶴樓〉：

> 昔人已乘黃鶴去，此地空餘黃鶴樓。黃鶴一去不復返，白雪千載空悠悠（$A_1$）。晴川歷歷

漢陽樹，芳草萋萋鸚鵡洲（$A_2$）。日暮鄉關何處是，煙波江上使人愁（A）。

此乃懷古思鄉之作。作者先將題目扣緊，透過想像，在起、頷二聯，就黃鶴樓虛寫它的來歷；而由黃鶴之一去不還與白雲千載之悠悠，預爲結句的「愁」字蓄力；這是「目一」的部分。接著在頸聯，仍針對著題目，實寫登樓所見的空闊景物；而由歷歷之晴川與萋萋的芳草，正如所謂的「水流無限似儂愁」（劉禹錫〈竹枝詞〉）「王孫遊兮不歸，青草生兮萋萋」（《楚辭．招隱士》），帶著無限愁恨，再爲結句之「愁」字助勢；這是「目二」部分。然後在結聯，由自問自答中，承上聯，把空間從漢陽、鸚鵡洲推拓出去，伸向遙遠的故園，且在其上抹上一望無際的渺渺輕煙，復而逼出一篇之主旨「鄉愁」作結；這是「凡」的部分。由此看來，說它旨在寫「鄉愁」是不會錯的。不過，我們萬不可遺漏了「鸚鵡洲」三字，因爲作者在此暗用了東漢末禰衡的典故。據《後漢書．文苑傳》所載，禰衡少有才辯，卻氣尚剛傲，且愛好矯時慢物，所以雖受到孔融的敬愛與推介，然而不但前後見斥於曹操、劉表，最後還死於江夏太守黃祖之手。禰衡死後，葬於一沙洲上，而此一沙洲，因產鸚鵡，且禰衡又曾爲此而作〈鸚鵡賦〉，於是後人便以「鸚鵡」爲名。這樣看來，作者在這裡，是暗用了禰衡的典故來抒發他懷才不遇之痛的啊！可見這首詩雖屬單軌，但它的主旨是顯中有隱的。

**結構分析表**

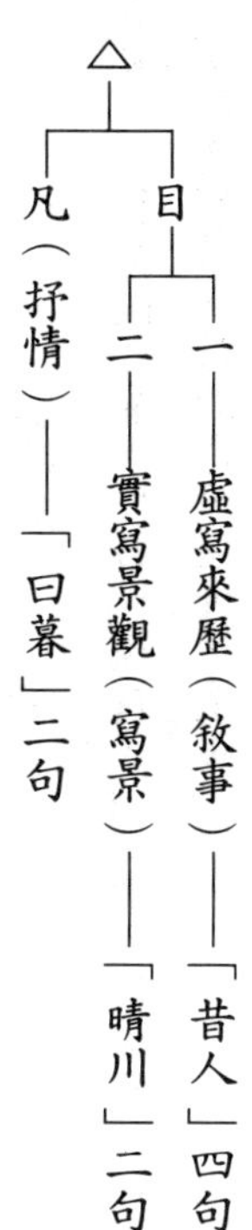


詞如晏殊的〈浣溪沙〉：

> 小閣重簾有燕過（$A_1$），晚花紅片落庭莎（$A_2$），曲闌干影入涼波（$A_3$）一霎好風生翠幕，幾回疏雨滴圓荷（$A_4$），酒醒人散得愁多（A）。

這是抒寫春暮閑愁的作品，它的主旨在末尾的「酒醒人散得愁多」一句上，這是「凡」的部分。因爲這種「愁」實在太抽象了，無從產生巨大的感染大量，於是作者就特意安排了映入眼簾的具體景物把它襯托出來：首先是重簾的過燕，這是「目一」的部分。其次是庭莎上的落紅，這是「目二」的部分。再其次是涼被中的闌影，這是「目三」的部分。接著是翠幕間的一陣好風，最後是圓荷上的幾回疏雨，這是「目四」的部分。這些由近及遠的景物，對一個「酒醒人散」的作者來說，每一樣都適足以增添他的一份愁，那就難怪他會「得愁」那樣「多」了。

**結構分析表**

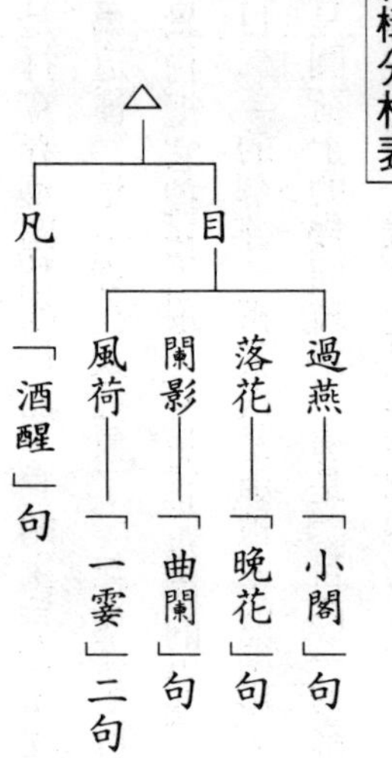


雙軌者，詩如杜甫〈曲江〉：

一片花飛減卻春，風飄萬點正愁人（$A_1$）。且看欲盡花經眼，莫厭傷多酒入唇（$B_1$）。江上小堂巢翡翠，苑邊高塚臥麒麟（$A_2$）。細推物理（A）須行樂（B），何用浮榮絆此身？

這是歌詠及時行樂的作品，作者先在首、頷兩聯，藉飛花減春、翡翠巢堂、麒麟臥塚的殘敗景象，暗寓萬物好景無常的盛衰道理，這是「目一」的部分，爲第一軌。而在頸聯表出其珍惜光陰、及時行樂的思想，這是「目二」的部分，爲第二軌。然後以「細推物理須行樂」一句，將上六句的意思作個總括，這是「凡」的部分。又由此引出「何用浮榮絆此身」一句，發出感慨收束。真是一筆兜裹全篇，律法精嚴極了。

**結構分析表**

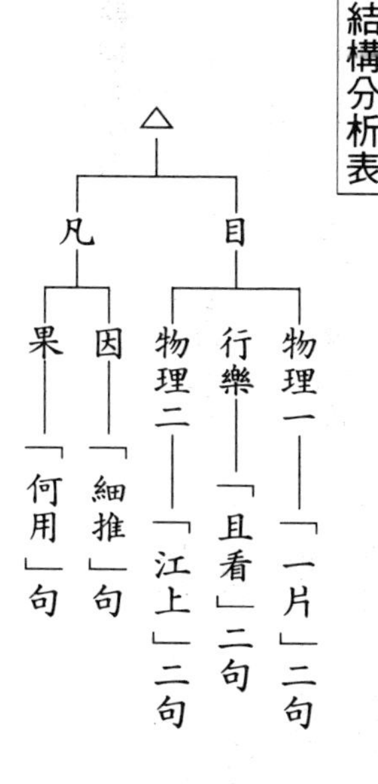


詞如馮延巳的〈蝶戀花〉：

六曲闌干偎碧樹。楊柳風輕，展盡黃金縷。誰把鈿箏移玉柱，穿簾燕子雙飛去(A)。　滿眼游絲兼落絮。紅杏開時，一霎清明雨(B)。濃睡覺來鶯亂語，驚殘好夢無尋處(AB)。

這是藉夢後「驚殘」況味以寫相思之情的作品。作者在這裡，首先在上片寫輕風「驚」柳、鈿箏

「驚」燕的景象，將景寓以一「驚」字，這是「目一」的部分，爲第一軌；接著在下片首三句，寫游絲落絮、杏花遭雨的景象，將景寓以一「殘」字，這是「目二」的部分，爲第二軌；然後以「濃睡」句作橋梁，引出「驚殘」句，回抱全詞作結，使得風吹柳絮、燕飛花落的外景，與驚殘好夢的內情產生相糅相襯的效果，令人讀後感受到極爲强烈「驚殘」況味。而這「驚殘」二字，便是一篇之綱領所在，以「驚」字上收上片五句，以「殘」字上收「滿眼」三句，很自然地從篇外逼出一篇主旨，也就是相思之情來，這是「凡」的部分。可見這首詞是用「先目後凡」的雙軌結構所寫成的，而主旨卻置於篇外。

### 結構分析表

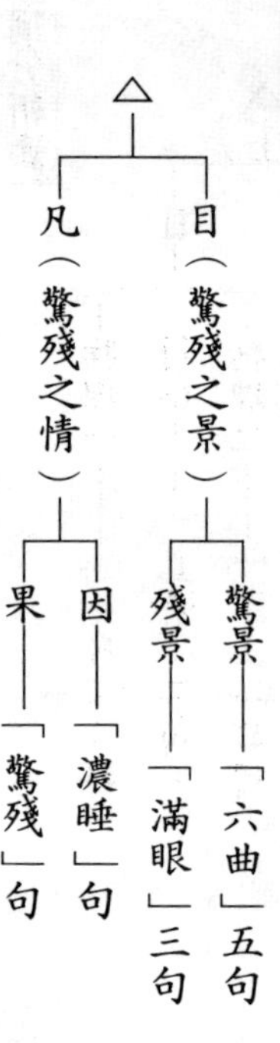

## 四、凡、目、凡

這是將上述「先凡後目」與「先目後凡」兩者加以疊用，形成「合、分、合」或「整、零、整」結構來敘寫的一種形式。歸有光《文章指南》說：

> 賈誼〈先醒篇〉前總提大意，中三段分應，末又一段總收，較之上（即「總提、分應」）則更勝。文體至此，可謂妙而又妙者矣⑪。

說的就是這種形式。這種形式，在散文裡被採用得相當普遍，而在詩詞裡則比較少見。大致說來，它的運用情形，也可分為兩式：一為單軌式，這是將一篇的單一綱領或主意同時置於開端和末尾，而於中間部分來分述的一種形式。它的簡式是：

A→$A_1$ $A_2$……→A

一為雙軌式，這是將平列或有主從關係的兩個意思，既置於開端，又置於末尾，以統括中間分述部分各思想材料的一種形式。它的簡式爲：

$$\begin{array}{c} AB \\ \downarrow \\ A_1 \cdot B_1 \\ \downarrow \\ AB \end{array}$$

單軌者，詩如李白的〈贈孟浩然〉：

吾愛孟夫子，風流天下聞（A）。紅顏棄軒冕，白首臥松雲（$A_1$）。醉月頻中聖，迷花不事君（$A_2$）。高山安可仰，徒此揖清芬（A）。

此詩旨在表達對孟浩然「風流」的敬愛，這種敬愛之意，首先由開篇兩句加以泛述，這是頭一個「凡」的部分。接著以「紅顏棄軒冕」兩句，寫他可敬愛的「風流」之一就是棄官隱居，這是「目一」的部分。繼而以「醉月頻中聖」兩句，用《三國志·魏志·徐邈傳》所記徐邈的故事⑫，寫他可敬愛的「風流」之二就是不事王侯而迷花醉酒，這是「目二」的部分。最後以「高山安可仰」，對孟浩然純潔芳馨的品格，亦即「風流」，表示了無限崇仰的意思；這是後一個「凡」的部分。黃寶華以爲此詩「開頭提出『吾愛』之意，自然地過渡到描寫，揭出『可愛』之處，最後歸結到『敬愛』」⑬，雖然沒直接指出它是「凡、目、凡」的單軌結構，但是這種意思卻相當明顯。

結構分析表：

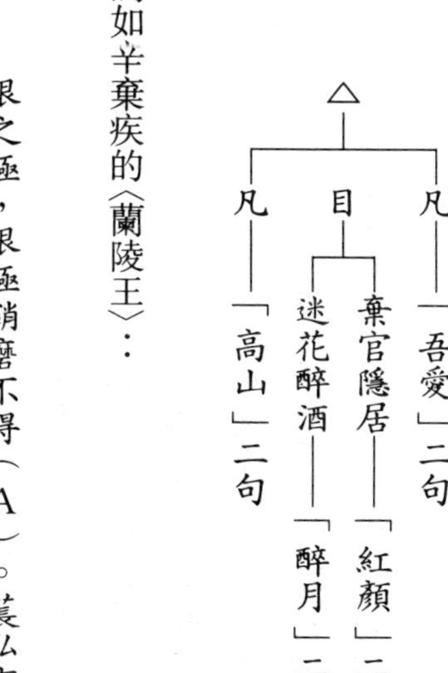


詞如辛棄疾的〈蘭陵王〉：

恨之極，恨極銷磨不得（A）。萇弘事，人道後來，其血三年化為碧（$A_1$）。鄭人緩也泣：「吾父，攻儒助墨。十年夢，沈痛化余，秋柏之間既為實（$A_2$）。」

相思重相憶。被怨結中腸，潛動精魄，望夫江上巖巖立。嗟一念中變，後期長絕（$A_3$）。君看啟母憤所激，又俄頃為石（$A_4$）。

難敵。最多力。甚一忿沈淵，精氣為物，依然困鬥牛磨角。便影入山骨，至今雕琢（$A_5$）。尋思人世，只合化，夢中蝶（A）。

這是首抒發冤憤之情的作品。其開篇三句，拈出「恨極」作爲一篇綱領，以單軌貫穿全詞，這是「凡」的部分。而自「萇弘事」起至「至今雕琢」句止，全用以列舉人世「恨極」之事，其中

「萇弘事」三句，敍萇弘恨事，爲「目一」的部分；「鄭人緩也泣」六句，敍鄭緩恨事，爲「目二」的部分；「相思重相憶」六句，敍望夫石恨事，爲「目三」的部分；「君看啓母憤所激」二句，敍啓母石恨事，爲「目四」的部分；「難敵」七句，敍張難敵恨事（詳見題序），爲「目五」部分。至於「尋思人世」三句，用莊子夢蝶之意，從反面回應篇首之「恨極」作結，這又是「凡」的部分。由這種結構看來，和前一首是沒什麼兩樣的。

**結構分析表**

△
- 凡（恨極）——「恨之極」二句
- 目
  - 一 萇弘事——「萇弘」三句
  - 二 鄭緩事——「鄭人」六句
  - 三 望夫石事——「相思」六句
  - 四 啟母石事——「君看」二句
  - 五 張難敵事——「難敵」七句
- 凡（夢蝶）——「尋思」二句

雙軌者，詩如郭震的〈古劍篇〉：

君不見昆吾鐵冶飛炎煙，紅光紫氣俱赫然（A）。良工鍛煉凡幾年，鑄得寶劍名龍泉（B）。龍泉顏色如霜雪，良工咨嗟嘆奇絕。琉璃玉匣吐蓮花，錯鏤金環映明月（A₁）。正逢天下無風塵，幸得周防君子身。精光黯黯青蛇色，文章片片綠龜鱗。非直結交游俠子，亦曾親近英雄人（B₁）。何言中路遭棄捐，零落飄淪古獄邊（B）。雖復沈埋無所用。猶能夜夜氣沖天（A）。

此詩旨在歌頌久已沈埋的古龍泉寶劍，以發出人才淪沒的感慨。它首先以開篇四句，寫良工鑄出精光閃閃的寶劍。其中「君不見」兩句，偏於精光來寫，爲第一軌；而「良工鍛鍊」兩句，則偏於劍身來寫，爲第二軌。以上是頭一個「凡」的部分。其次以「龍泉顏色」四句，上應總括部分的第一軌，寫龍泉寶劍的光彩與畫飾，爲「目一」的部分。又其次以「正逢天下」六句，上應總括部分的第二軌，用「先因後果」的順序，寫正逢國内無戰爭，寶劍雖無殺敵之用，卻幸而還被遊俠、英雄所佩帶防身，爲「目二」的部分。最後以「何言中路」四句，總括起來說寶劍雖被沈埋地下，仍能放出「沖天」的精光，以喻英雄雖然沈淪，卻自然會有所表現；這是後一個「凡」的部分。倪其心說：「顯然，作者這番夫子自道，理直氣壯地表明著：人才早已造就，存在，起過作用，可惜被埋沒了，必須正視這一現實，應當珍惜、辨識、發現人才，把埋沒的人才挖掘出來。這就是它的主題思想，也是它的社會意義」⑭，體會得很深刻。

**結構分析表**

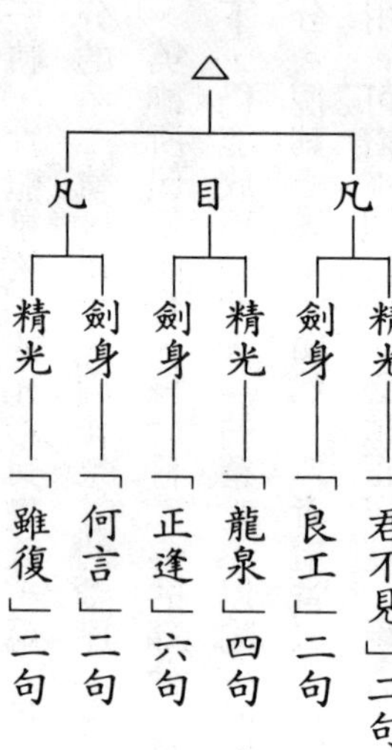


詞如辛棄疾的〈祝英臺近〉：

寶釵分（A），桃葉渡，煙柳暗南浦（B）。怕上層樓，十日九風雨。斷腸片片飛紅，都無人管；更誰勸、啼鶯聲住（$B_1$）。鬢邊覷。試把花卜歸期，才簪又重數。羅帳燈婚，哽咽夢中語（$A_1$）。是他春帶愁來，春歸何處．卻不解、帶將愁去（AB）。

這是首寫暮春恨別的作品。它由篇首三句，直接點出離別（寶釵分）與「晚春」（題目），分爲二軌，將全詞作個總括，這是「凡」的部分；由「怕上層樓」六句，承首的「煙柳暗南浦」（晚春），透過風雨下的飛紅與啼鶯，寫晚春的殘景，這是「目一」的部分，爲第一軌；由「鬢邊覷」五句，承篇首的「寶釵分」，透過卜花與入夢，寫別後相思的情狀，這是「目二」的部分，爲第二軌；由「是他春帶愁來」三句，以「春歸」上收「目一」的部分，以「愁」上收「目二」的部分，拈明「春愁」作結，這又是「凡」的部分。這種「凡、目、凡」的雙軌結構，出現在篇幅短小的詞裡，是很難能可貴的。

結構分析表

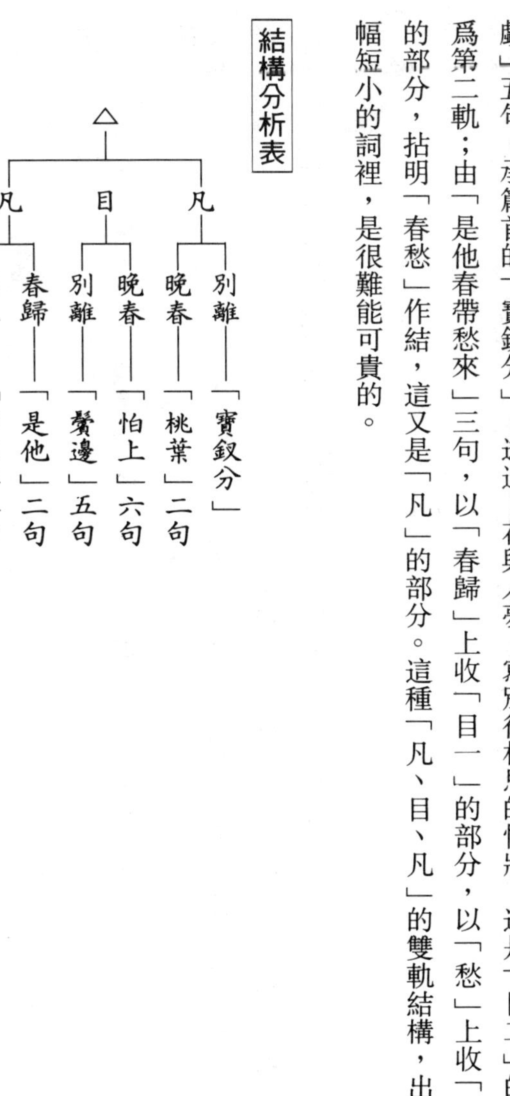

## 五、目、凡、目

這是將一篇的綱領或主意置於篇腹，而以條分的材料分置於首尾加以敍寫的一種形式。宋文蔚《評注文法津梁》說：

> 束法有用之於中段者，一面束上，即一面起下，乃全篇之過脈⑮。

所謂的「束」，即「總括」；「總括」出現在中段（即中幅），指的就是「目、凡、目」的結構。這種結構在詩詞裡，雖不是用得很普遍，但還是可以見到。它也可分爲兩式：一爲單軌式，這是用置於篇腹的單一意思來統一首尾材料的一種形式，它的簡式爲：

$A_1$……A↓$A_2$……

一爲雙軌式，這是將平列或有主從關係的兩個意思安置於篇腹，以分領首尾兩組材料的一種形式，它的簡式是：

$A_1$
⋮
↓
A B
↓
$B_1$
⋮

單軌者，詩如杜甫的〈聞官軍收河南河北〉：

> 劍外忽傳收薊北，初聞涕淚滿衣裳。卻看妻子愁何在？漫卷詩書（$A_1$）喜欲狂（A）。白日放歌須縱酒，青春作伴好還鄉。即從巴峽穿巫峽，便下襄陽向洛陽（$A_2$）。

此詩用以寫「喜欲狂」之情。作者首先在起聯，針對題目，寫「聞官軍收河南河北」時自己喜極而泣的情形，藉「忽傳」、「初聞」寫事出突然，藉「涕淚滿衣裳」具寫喜悅；接著在頷聯，採設問的形式，由自身移至妻子身上，寫妻子聞後狂喜的情狀，很技巧地以「卻看」作接榫，帶出「漫卷詩書」四字作具體之描寫。以上全用以實寫「喜欲狂」，爲「目一」的部分。而緊接「漫卷詩書」而來的「喜欲狂」三字，正是一篇的主旨所在，爲「凡」的部分。繼而在頸聯，由實轉虛，以「放歌縱酒」上承「喜欲狂」、「好還鄉」上承「妻子」，寫春日攜手還鄉的打算；最後在結聯，緊接上聯「還鄉」之打算，一口氣虛寫還鄉所準備經過的路程。如此，由「忽傳」而「初聞」、「卻看」而「漫卷」、「即從」而「便下」，以單軌一氣奔注，將自己與妻子「喜欲狂」的心情，描摹得真是生動極了。

結構分析表

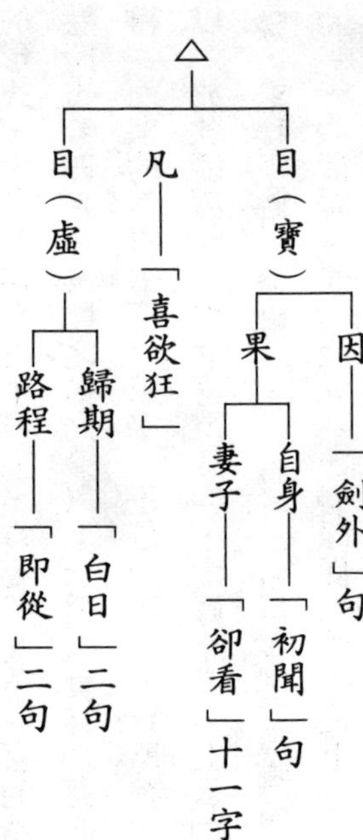


詞如蘇軾的〈浣溪沙〉：

覆塊青青麥未蘇，江南雲葉暗隨車（$A_1$）。臨皋煙景世間無（A）。雨腳半收檐斷線，雪牀初下瓦跳珠。歸來冰顆亂黏鬚（$A_2$）。

這是首描寫「臨皋」（作者所居，在黃岡）美景的作品。它的主意在「臨皋煙景世間無」一句，採泛寫的方式，對臨皋之風景作了讚美，這是「凡」部分。爲什麼作這樣子的讚美呢？它的依據有二：一是依據篇首「覆塊青青麥未蘇」二句所寫作者在車上所見遠距離的純自然清景，這是

「日一」的部分；一是依據下片「雨腳半收檐斷線」三句所寫作者在車上所見近距離而融入人事的清景，這是「目二」的部分。有了這首尾兩個條分的部分，合爲一軌，來爲篇腹的主意作有力襯托，作品的感染力自然增强不少。

**結構分析表**

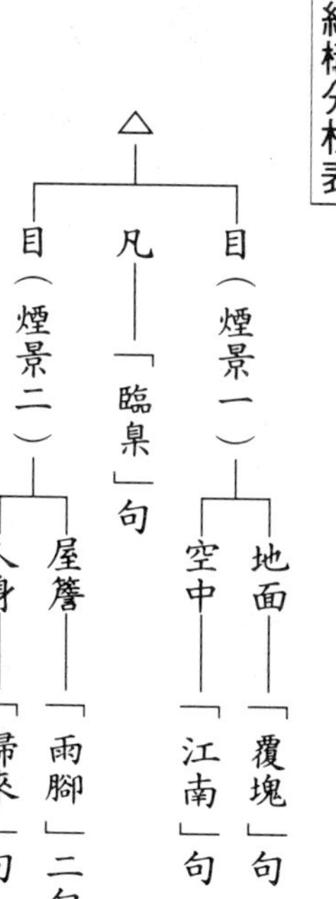


雙軌者，詩如杜甫的〈春望〉：

國破山河在，城春草木深（A）。感時花濺淚（A），恨別鳥驚心（B）。烽火連三月，家書抵萬金（B）。白頭搔更短，渾欲不勝簪（AB）。

這是感時傷別的作品，全詩可以依聯分為四個部分。它的主旨是「感時」、「恨別」，作者特地將它安置在第二部分裡，形成了兩軌，而由其他的三個部分來補足它的意思。以第一部分而言，寫的是國中「無人」、「無餘物」（《司馬溫公詩話》的殘破情狀，這主要是就「感時」來說的，是第一軌；以第三部分而言，寫的是在烽火中難於接獲家書的痛苦，這主要是就「恨別」來說的，是第二軌；以第四部分而言，寫的則是白髮蕭疏、日搔日少的形象，這是合「感時」與「恨別」兩軌來說的；所以全詩所寫的無非是「感時」、「恨別」四字而已。這樣，如果僅就前三部分來看，顯然形成了「目、凡、目」的雙軌結構；如果就全篇而言，則又成為「先目後凡」的單軌結構了。

**結構分析表**

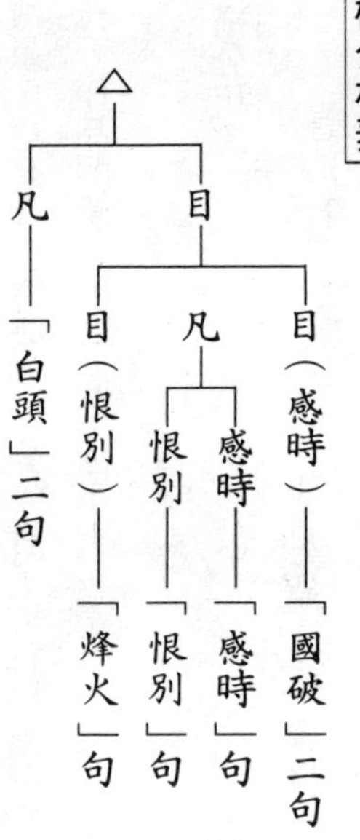

詞如辛棄疾的〈醜奴兒近〉：

> 千峯雲起，驟雨一霎兒價。更遠樹斜陽風景，怎生圖畫！青旗賣酒，山那畔別有人家（$A_1$）。只消山水光中（A），無事過這一夏（B）。　午醉醒時，松窗竹戶，萬千瀟灑。野鳥飛來，又是一般閑暇。卻怪白鷗，覷著人欲下未下。舊盟都在，新來莫是，別有說話（$B_1$）？

這是首即景抒情的作品。它的綱領置於篇腹「只消山光水色中」二句，其中「山（水）光」爲一軌、「無事」爲一軌，這是「凡」的部分。作者爲了要具寫「山（水）光」，便以篇首「千峯雲起」六句，寫「博山道中」（題目）所見夏日雨後的景色，這是「目一」的部分；爲了要具寫「無事」，就在下片「午醉醒時」十句，藉松竹的瀟灑、野鳥的閑暇與盟鷗（作者有題作「盟鷗」的〈水調歌頭〉的反應，寫自己的閑情，這是「目二」的部分。很明顯地，這又是採雙軌的「目、凡、目」結構所寫成的。

結構分析表

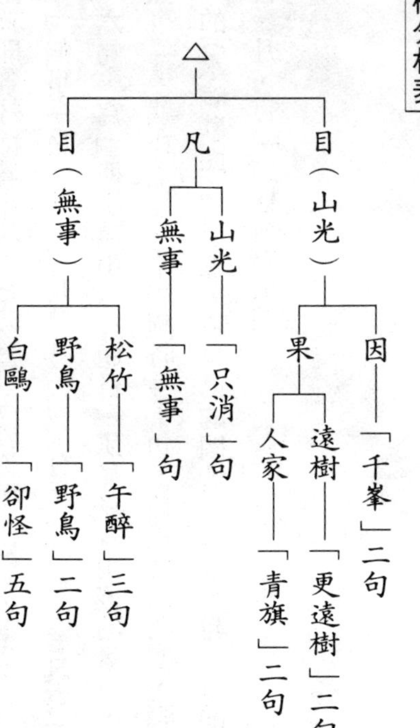


## 六、結語

綜上所述，可知凡目結構在詩詞裡，無論單軌或雙軌，都運用得極爲靈活，可說幾乎和散文没什麼兩樣，甚至用得更爲細密。如此切入詩詞作品，不但其脈絡可以掌握得更加清楚；就是一篇的作意也更能凸顯出來。這對詩詞的創作或欣賞而言，都大有助益。不過，需要一提的是：「目、凡、目」結構中屬於雙軌的詩例，僅著眼於部分，而非全篇，雖然不算錯，但和其他的例子著眼於全篇的，畢竟有所不同；這不能不說是一種缺憾。其補苴之功，容待異日。

## 註釋

①見《文則》（臺灣商務印書館，民國五十七年六月臺一版）頁十二。

②見《文章指南》（廣文書局，民國六十一年四月初版）頁十一～十二。

③見《讀書作文譜》（偉文圖書出版社，民國六年十一月）頁九十三。

④見《古文辭通義》（臺灣中華書局，民國七十三年四月臺二版）頁四十六。

⑤見《中學國文教學法》（泰順書局，民國六十一年五月再版）頁八十四～八十五。

⑥見《十三經注疏》（臺灣藝文印書館，民國五十四年六月三版）頁四十七。

⑦收入《第一屆臺灣地區國語文教學學術討會論文集》（國立臺灣師範大學中等教育輔導委員會、國文系，民國八十一年四月）頁二二九～二五四。

⑧見拙作〈從軌數的多寡看見凡目結構在詞章裡的運用〉，民國八十四年十月《國文天地》十一卷五期，頁五〇～五十七。又可參考仇小屏《文章章法論》（萬卷樓圖書公司，民國八十七年十一月）頁四六七～五〇一。

⑨見《作文百法》㈢（廣文書局，民國七十八年八月再版）頁四十八。

⑩同注④，頁八〇。

⑪同注②，頁十二。

⑫見《三國志・魏志・徐邈傳》（鼎文書局，民國六十六年二月三版）頁七三九。

⑬見《名家鑑賞唐詩大觀》（商務印書館香港分館，一九八四年四月）頁二八〇。

⑭同注⑬，頁四〇。

⑮見《評註文法津梁》（復文圖書出版社，民國八十二年二月修訂二版）頁一三九。

（原載民國八十八年六月《第一屆中國修辭學學術研討會論文集》，頁九十五～一一五）

# 談篇章結構

## ——以中學國文教材爲例

### 一、前言

所謂的結構，指的是組織內容與形式的一種型態。這種組織型態，通常包括字、句、章、篇四種。如果特就其中的章與篇來說，就是篇章結構。一般而言，篇章結構多用以指形式結構，但持以嚴格，則該包含內容結構在內。因爲只有兼顧一篇文章的內容與形式結構，才能凸顯它在內容與形式上的特色；不然，所得到的，不是節段大意，就是布局方式而已；這樣就無法藉以掌握它完整的篇章結構了。

## 二、內容結構

分析一篇文章，首先要理清其內容結構成分，確定它的核心成分是什麼，而外圍的成分又有那些？茲分述如左：

### ㈠核心成分

所謂核心成分，即一篇之主旨。它安排在篇內時，都以情語或理語來呈現，既可置於篇首，也可置於篇腹，更可置於篇末。置於篇首者，如李斯的〈諫逐客書〉，一開篇即云：

> 臣聞吏議逐客，竊以為過矣。

這就是它內容的核心成分，下文都以此爲核心加以論述。又如沈復的〈兒時記趣〉，劈頭就說：

> 余憶童稚時，能張目對日，明察秋毫。見藐小微物，必細察其紋理，故時有物外之趣。

這「物外之趣」就是此文內容的核心成分，底下所舉的三件事例，全都爲此而寫。置於篇腹者，如《詩經》的〈蓼莪〉，它在前四章敍父母之劬勞和人子之不幸後說：

欲報之德，昊天罔極！

這二句就是此詩內容之核心成分，既用以上收前面四章文字，又用以下啓後面二章八句，以敍人子之不幸。詠來字字含情，令人千載而下，亦爲之動容。又如杜甫的〈聞官軍收河南河北〉詩，它在前兩聯用涙滿衣裳與漫卷詩書來實寫「聞官軍收河南河北」後夫妻兩人「喜欲狂」的情形；在後兩聯則虛寫還鄉之時間與路程，將「喜欲狂」之情推深一層；而這置於篇腹的「喜欲狂」三字，正是此詩內容的核心成分。置於篇末者，如賈誼的〈過秦論〉，它在篇末說：

仁義不施，而攻守之勢異也。

這兩句結論就是這篇文章的核心成分，全文都爲此而提供論據。又如劉蓉的〈習慣說〉，在針對著「習慣」先「敍」而後「論」之後，總結說：

> 故君子學貴乎始。

這句話就是一篇內容之核心成分，很富於說服力。

如果核心成分——主旨未安置於篇內，就要從篇外去尋找，如劉大櫆的〈騾說〉，它的主旨「在以騾之倔強喻人才之桀傲，認爲應『煦之以恩』，不可『迫之以威』」（見東大圖書公司《五專國文》(二)〈題解〉），這個主旨置於篇外，是要讀者費心去尋找的。又如辛棄疾的〈西江月〉（明月別枝驚鵲）詞，它透過作者「夜行黃沙道中」（題目）所聽到的各種聲音與所看到的各種景物，構成一幅鄉野夜晚的恬靜畫面，從篇外表達出自身的閒適心情來；而此閒適之情，就是這首詞的主旨——核心成分。

在談了內容的核心成分，也就是一篇主旨的安置後，再看看它的顯與隱。由於一篇的主旨，往往爲了實際上的需要或技巧上的講求，會有所隱藏，使人很難直接從所表達的情語或理語中讀出來，因此它就有全顯、顯中有隱與全隱的不同情況。全顯的，如李密的〈陳情表〉，它的核心成分——主旨是：

> 願陛下矜愍愚誠，聽臣微志；庶劉僥倖，保卒餘年。

這幾句話見於篇末，把作者寫這篇文章的真正用意，說得非常明白，絲毫沒有其他匿而未宣的旨意。又如梁啓超的〈最苦與最樂〉，它在末尾說：

> 盡得大的責任，就得大快樂；盡得小的責任，就得小快樂。你若是要逃躲，反而是自投苦海，永遠不能解除了。

如此以「責任」來貫穿「苦」與「樂」，並且把苦樂之間那種一而二、二而一的關係加以凸顯，可說已將一篇之主旨作了完全的表達，了無隱藏。顯中有隱的，如蘇洵的〈六國論〉，它表面的主旨在於論六國之弊，即：

> 六國破滅，非兵不利，戰不善，弊在賂秦。賂秦而力虧，破滅之道也。或曰：「六國互喪，率賂秦耶？」曰：「不賂者以賂者喪。蓋失強援，不能獨完。故曰，弊在賂秦也。」

如此以「賂秦」、「不賂者以賂者喪」指陳六國之弊，旨意極明顯，但作者在篇末又說：

夫六國與秦皆諸侯，其勢弱於秦，而猶有可以不賂而勝之之勢；苟以天下之大，而從六國破亡之故事，是又在六國下矣。

這就藉六國之失提出了諷喻的意思，用以暗喻當時（北宋）賂敵（契丹）的退怯政策；可見此文的主旨是顯中有隱的。又如周敦頤的〈愛蓮說〉，它表面的主旨在勸愛牡丹的大衆要改愛蓮、愛君子，但從深一層來看，則在勸愛蓮的佛教徒回歸到儒家的正途上，傅武光教授在其〈愛蓮說的弦外之音〉一文（見《國文天地》四卷十二期）說：

這篇〈愛蓮說〉明辨本源，以對抗佛教，這才是〈愛蓮說〉的本旨啊！

看法十分正確。全隱的，如方苞的〈左忠毅公軼事〉，它始終針對著「忠毅」二字來寫，其中寫左公「忠毅」的部分是「主」，而寫史公「忠毅」的部分則爲「賓」；也就是說，寫史公的「忠毅」，便等於在寫左公的「忠毅」，這樣「借賓以定主」，使主旨充分顯現於篇外，手段相當高明。又如李白的〈黃鶴樓送孟浩然之廣陵〉詩，它單單藉著送別之「事」與所見之「景」，表出無限之離情，而這種離情卻隱於篇外，所謂「悵望之情，具在言外」（唐汝詢《唐詩解》），就是這個意思。

## (二)外圍成分

就篇內而言，核心成分是用情語或理語來呈現的；而外圍成分，則以事語或景（物）語來表出。也就是說，形成外圍結構的，不外「物」材與「事」材而已。先就「物」材來說，凡是存於天地宇宙之間的實物或東西都可以成爲文章的材料。以較大的物類而言，如天（空）、地、人、日、月、星、山（陸）、水（川、江、河）、雲、風、雨、雷、電、煙、嵐、花、草、竹、木（樹）、泉、石、鳥、獸、蟲、魚、室、亭、珠、玉、朝、夕、晝、夜、酒、餚……等就是；以個別的物件而言，如桃、杏、梅、柳、菊、蘭、蓮、茶、麥、梨、棗、鶴、雁、鶯、鷗、鷺、鵜鴂、鷓鴣、杜鵑、蟬、蛙、鱸、蚊、蟻、馬、猿、笛、笙、琴、瑟、琵琶、船、旗、轎……等就是。這些物材可說無奇不有，不可勝數。大抵說來，作者在處理內容成分時，大都將個別的物材予以組合而形成結構，如馬致遠〈題西湖〉中的〈慶東原〉曲：

> 暖日宜乘轎，春風堪信馬，恰寒食有二百處秋千架。向人嬌杏花，撲人衣柳花，迎人笑桃花。來往畫船遊，招颭青旗掛。

此曲用以寫春景，藉轎馬、秋千、畫船、青旗等人文景色，與杏、柳、桃等自然風光予以呈現，呈現得十分熱鬧。

**結構分析表**

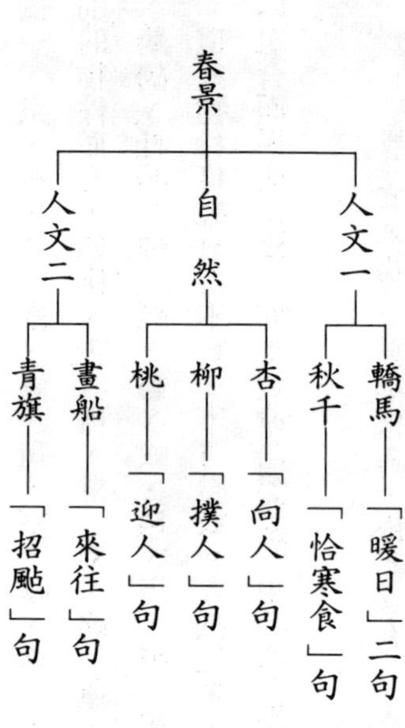


又如馬致遠題作「秋思」的〈天淨沙〉曲：

枯藤、老樹、昏鴉。小橋、流水、人家。古道、西風、瘦馬。夕陽西下。斷腸人在天涯。

本曲旨在寫浪迹天涯之苦。它先就空間，以「枯藤」兩句寫道旁所見，以「古道」句寫道中所見；再就時間，以「夕陽」句指出是黃昏，以增强它的情味力量；然後由景轉情，點明浪迹天涯者的悲痛——「斷腸」作結。

結構分析表

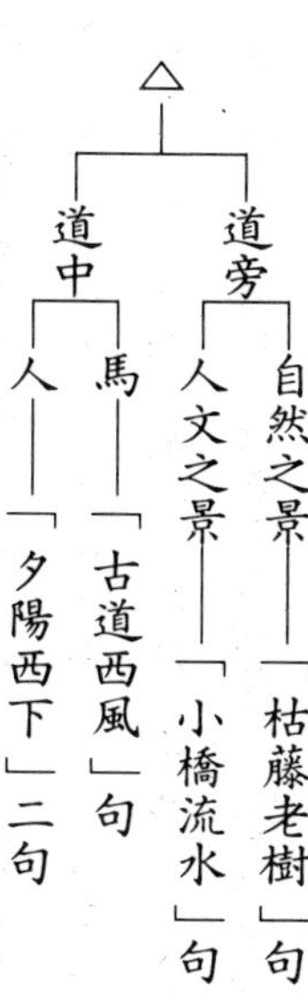


這首曲所搜取的物材特別豐富，但只要稍予歸納，即可看出它的內容結構。

再就「事」材來說，凡是發生在天地宇宙之間的事情都可以成爲文章的材料。以抽象的事類而言，如取捨、公私、出入、聚散、得失、逢別、迎送、仕隱、悲喜、苦樂、歌舞、來（還）往（去）、成敗、視聽、醒醉、動靜，甚至入夢、弔古、傷今、閒居、出遊、感時、恨別、雪恥、滅恨、修身、齊家、治國、平天下，泛論、舉證、經過、結果……等就是；以具體的事件而言，如乘船、折荷、繞室、讀書、醉酒、離鄉、還家、邀約、赴約、生病、吃糠、遊山、落淚、彈箏、倚杖、聽蟬、接信、拆信、羅酒漿、備飯菜、甚至孝、悌、敬、信、慈……等就是。這些事材，可說俯拾皆是，多得數也數不清。作者通常都用具體的事件來寫，卻在無形中可由抽象的事類予以統括。如賈誼的〈過秦論〉，它在第二段寫秦强之漸云：

孝公既沒，惠文、武、昭襄，蒙故業，因遺策，南取漢中，西舉巴蜀，東割膏腴之地，北收要害之郡。諸侯恐懼，會盟而謀弱秦，不愛珍器重寶肥饒之地，以致天下之士，合從締交，相與為一。當此之時，齊有孟嘗，趙有平原，楚有春申，魏有信陵；此四君者，皆明智而忠信，寬厚而愛人，尊賢重士，約從離橫，兼韓、魏、燕、趙、齊、楚、宋、衛、中山之眾。於是六國之士，有寧越、徐尚、蘇秦、杜赫之屬為之謀；齊明、周最、陳軫、召滑、樓緩、翟景、蘇厲、樂毅之徒通其意；吳起、孫臏、帶佗、兒良、王廖、田忌、廉頗、趙奢之倫制其兵。嘗以十倍之地，百萬之眾，叩關而攻秦。秦人開關延敵，九國之師，逡巡遁逃而不敢進。秦無亡矢遺鏃之費，而天下諸侯已困矣。於是從散約解，爭割地而賂秦。秦有餘力而制其敝，追亡逐北，伏尸百萬，流血漂櫓；因利乘便，宰割天下，分裂河山，強國請服，弱國入朝。施及孝文王、莊襄王，享國日淺，國家無事。

作者在此，先以「孝公既沒」起至「北收要害之郡」，承首段簡敘在惠文、武、昭襄時秦謀六國的措施與成果；再以「諸侯恐懼」起至「叩關而攻秦」，繁敘六國抗秦的策略、人力與行動，其中又特別著重於人力上，分賢相、兵衆、謀士、使臣、將帥等方面，加以詳細的介紹；然後以「秦人開關延敵」起至「國家無事」，綜合上兩節，敘明秦謀六國與六國抗秦的結果，並簡略地交代孝文王、莊襄王時事；這是用繁筆從側面來寫秦國之强大的。

**結構分析表**

秦強之漸
- 經過
  - 秦謀六國
    - 措施——「孝公既沒……因遺策」
    - 成果——「南取漢中……北收要害之郡」
  - 六國抗秦
    - 凡——「諸侯恐懼，會盟而謀弱秦」
    - 目
      - 策略——「不愛珍器重寶肥饒之地……相與為一」
      - 人力
        - 賢相——「當此之時……約從離横」
        - 兵衆——「兼韓、魏、燕、趙、齊、楚、宋、衛、中山之衆」
        - 謀士——「於是六國之士……為之謀」
        - 使臣——「齊明、周最……通其意」
        - 將帥——「吳起、孫臏……制其兵」
      - 行動——「嘗以十倍之地……叩關而攻秦」
- 結果——「秦人開關延敵……國家無事」

可見它的結構是極具條理的。又如《孝經》的〈廣要道〉章，旨在論實踐孝道的效果，是採「先平提後側注」的結構寫成的，它的「平提」部分爲：

> 教民親愛，莫善於孝；教民禮順，莫善於悌；移風易俗，莫善於樂；安上治民，莫善於禮。

這「平提」的部分，自「教民親愛」起至「莫善於禮」止，先就「齊家」一層，講孝、講悌；然後將範圍擴大，就「治國」一層，講樂、講禮。《論語·學而》說：「孝弟也者，其爲仁之本與！」而〈八佾〉又說：「人而不仁，如禮何？人而不仁，如樂何？」這就是說禮樂源自於孝悌，行孝之效果，由此可見。

**結構分析表**

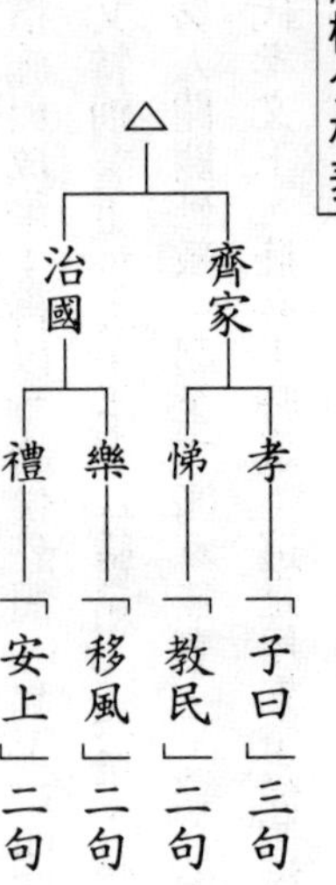

如此凸顯它的內容結構，使人一目了然。

## 三、形式結構

文章的形式結構，要靠一些方法來組成。而這些方法，通常又稱之爲「章法」。因此「結構」與「章法」兩者，是屬於一實一虛的關係，如通指所有文章，虛就其方法來說，是「章法」，如單指一篇文章，實就其組織型態而言，則爲「結構」。所以要分析結構，首先要懂得章法的內容，以掌握各種不同的結構成分。而章法的內容，可以用秩序、變化、銜接（聯貫）、統一等四大原則來概括。

### ㈠屬秩序原則者

以秩序原則而言，屬於時間者，有兩種：一是由昔而今或由今至未來，爲順敘；二是由今及昔，爲逆敘。屬於空間者，可大別爲三種：一是由近而遠或由遠而近，這是就「遠近」來分的；二是由大而小或由小而大，這是就「大小」來分的；三是由低而高或由高而低，這是就「高低」來分的。屬於事理者，主要有四種：一是由本而末或由末而本，這是就「本末」來分的；二是由淺而深或由深而淺，這是就「淺深」來分的；三是由貴而賤或由賤而貴，這是就「貴賤」來分的；四是由親而疏或由疏而親，這是就「親疏」來分的。茲舉一段文字爲例：

> 昔繆公求士，西取由余於戎，東得百里奚於宛迎蹇叔於宋，來丕豹、公孫支於晉。此五子者，不產於秦，繆公用之，并國二十，遂霸西戎。孝公用商鞅之法，移風易俗，民以殷盛，國以富彊，百姓樂用，諸侯親服，獲楚魏之師，舉地千里，至今治彊。惠王用張儀之計，拔三川之地，西并巴蜀，北收上郡，南取漢中，包九夷，制鄢郢，東據成皋之險，割膏腴之壤，遂散六國之從，使之西面事秦，功施到今。昭王得范雎，廢穰侯，逐華陽，彊公室，杜私門，蠶食諸侯，使秦成帝業。由四君者，皆以客之功。由此觀之，客何負於秦哉？向使四君卻客而不內，疏士而不用，是使國無富利之實，而秦無彊大之名也。

這是李斯〈諫逐客書〉的一段文字。作者在此列舉了四位秦國君主用客致強的事跡，來說明用客之利，首先是繆公，其次是孝公，再其次是惠王，最後是昭王，完全按時間的先後來排列，敍次由昔而今，極爲明晰，可見此以今昔爲結構成分。

結構分析表

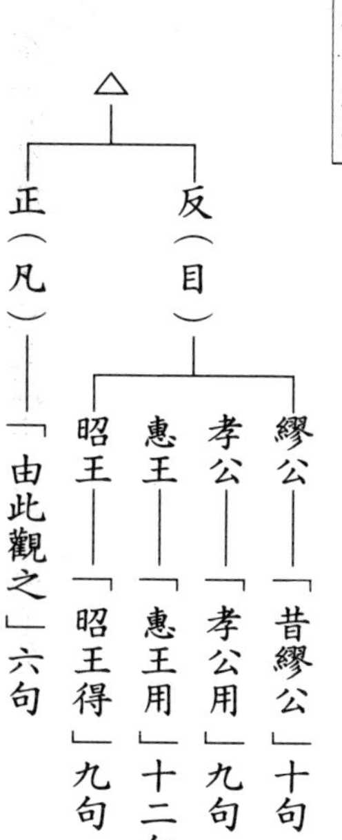


### (二)屬變化原則者

以變化原則而言，屬於時間者，只有一種，即由今而昔而今。屬於空間者，主要有三種：一是由遠而近而遠或由近而遠而近，這是就「遠近」來分的；二是由大而小而大或由小而大而小，這是就「大小」來分的；三是由低而高而低或由高而低而高，這是就「高低」來分的。屬於事理的，主要有四種：一是由本而末而本或由末而本而末，這是就「本末」來分的；二是由淺而深而淺或由深而淺而深，這是就「淺深」來分的；三是由貴而賤而貴或由賤而貴而賤，這是就「貴賤」來分的；四是由親而疏而親或由疏而親而疏，這是就「親疏」來分的。茲舉一則文字爲例：

天命之謂性，率性之謂道，修道之謂教。道也者，不可須臾離也。可離，非道也。是故君子戒慎乎其所不睹，恐懼乎其所不聞。莫見乎隱，莫顯乎微，故君子慎其獨也。喜怒哀樂之未發，謂之中。發而皆中節，謂之和。中也者，天下之大本也。和也者，天下之達道也。致中和，天地位焉，萬物育焉。

這是《禮記·中庸》的首章（依朱子《章句》）文字，論的是《中庸》的綱領和修道要領、目標。首先是「天命之謂性」三句，指明《中庸》一書的綱領所在，這是依「由本而末」的順序來交代的。接著是「道也者」至「故君子慎其獨也」止，指出修道的要領，這是就「修道之謂教」來說的；然後是「喜怒哀樂之未發」八句，指出修道之內在目標，這是就「率性之謂道」來說的；末了是「致中和」三句，指出修道之終極目標，這是就「天命之謂性」來說的。由此看來，由「道也者」至「萬物育焉」止，乃按「由末而本」的順序來交代，而《中庸》這一章也就形成了「本、末、本」的結構，可見此以本末為結構成分。

結構分析表

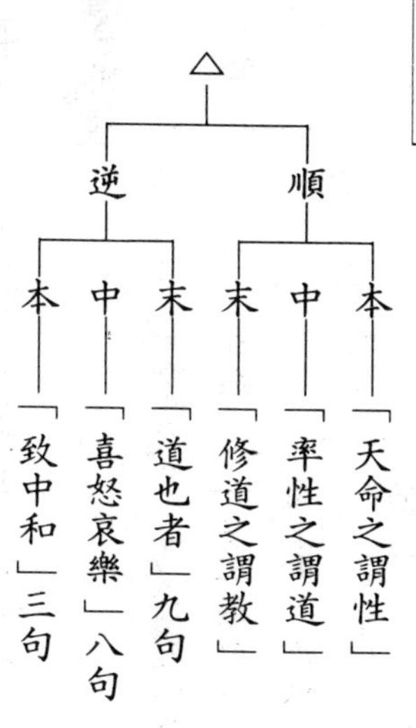


㈢屬銜接原則者

以銜接原則而言，可用的方法很多，較常見的有賓主（先賓後主、先主後賓、賓主賓、主賓主）、虛實（先虛後實、先實後虛、虛實虛、實虛實）、正反（先正後反、先反後正、正反正、反正反）、敘論（先敘後論、先論後敘、敘論敘、論敘論）、抑揚（先抑後揚、後揚後抑、抑揚抑、揚抑揚）、立破（先立後破、先破後立、立破立、破立破）、平側（先平後側、先側後平、平側平、側平側）、凡目（先凡後目、先目後凡、凡目凡、目凡目）、縱收（先縱後收、先收後縱、縱收縱、收縱收）、因果（先因後果、先果後因、因果因、果因果）和問答等。茲舉兩段文字爲例：

《五代史．馮道傳論》曰：「『禮、義、廉、恥，國之四維；四維不張，國乃滅亡。』善乎管生之能言也！禮、義，治人之大法；廉、恥，立人之大節。蓋不廉則無所不取，不恥則無所不為。人而如此，則禍敗亂亡，亦無所不至。況為大臣而無所不取，無所不為，則天下其有不亂，國家其有不亡者乎？」

然而四者之中，恥尤為要，故夫子之論士曰：「行己有恥。」孟子曰：「人不可以無恥。無恥之恥，無恥矣！」又曰：「恥之於人大矣！為機變之巧者，無所用恥焉！」所以然者，人之不廉而至於悖禮犯義，其原皆生於無恥也。故士大夫之無恥，是謂國恥。

這是顧炎武〈廉恥〉一文的兩段文字。作者在首段先平提「禮、義、廉、恥」，再側注到「廉、恥」之上；又在次段進一步側注於「恥」之上，可見此以平側爲結構成分。

**結構分析表**

- △
  - 平提—「《五代史．馮道傳論》曰」十句
  - 側注
    - 平提—「蓋不廉則」九句
    - 側注
      - 果—「然而四者之中」二句
      - 因
        - 果—「故夫子之論士曰」九句
        - 因—「故士大夫之無恥」二句

㈣屬統一原則者：

以統一原則而言，除了要注意主旨的安置有篇內（篇首、篇腹、篇末）與篇外的不同外，主要的要就所形成綱領的軌數（有一個、二個、三個或三個以上），將全文加以貫穿，形成統一。玆舉一篇文章爲例：

> 西湖最盛，為春為月。一日之盛，為朝煙，為夕嵐。
>
> 今歲春雪甚盛，梅花為寒所勒，與杏桃相次開發，尤為奇觀。石簣數為余言：「傅金吾園中梅，張功甫玉照堂故物也，急往觀之。」余時為桃花所戀，竟不忍去湖上。
>
> 由斷橋至蘇隄一帶，綠煙紅霧，彌漫二十餘里。歌吹為風，粉汗為雨，羅紈之盛，多於隄畔之草，豔冶極矣。
>
> 然杭人遊湖，止午、未、申三時。其實湖光染翠之工，山嵐設色之妙，皆在朝日始出，夕舂未下，始極其濃媚。月景尤不可言，花態柳情，山容水意，別是一種趣味。此樂留與山僧遊客受用，安可為俗士道哉！

這是袁宏道的〈晚遊六橋待月記〉，旨在藉西湖六橋風光之盛來寫待月之樂。作者首先在起段即以開門見山的方式提明西湖六橋最盛的，是春景、是月景，而一日最盛的，是朝煙、夕嵐，這是「凡」的部分；接著以二、三兩段，透過梅、桃、杏之「相次開發」與「歌吹」、「羅紈」之盛來具寫春景，這是「目一」的部分；然後以末段「然杭人遊湖」等七句，取湖光、山色作陪襯，來具寫朝煙和夕嵐，這是「目二」的部分；末了以「月景尤不可言」等六句，拿花柳、山水作點綴，來具寫月景，這是「目三」的部分。這樣以春爲一軌、月爲二軌、朝煙和夕嵐爲三軌，採由凡而目的形式來寫，層次極爲分明，可見此以凡目和三軌爲結構成分。

## 結構分析表

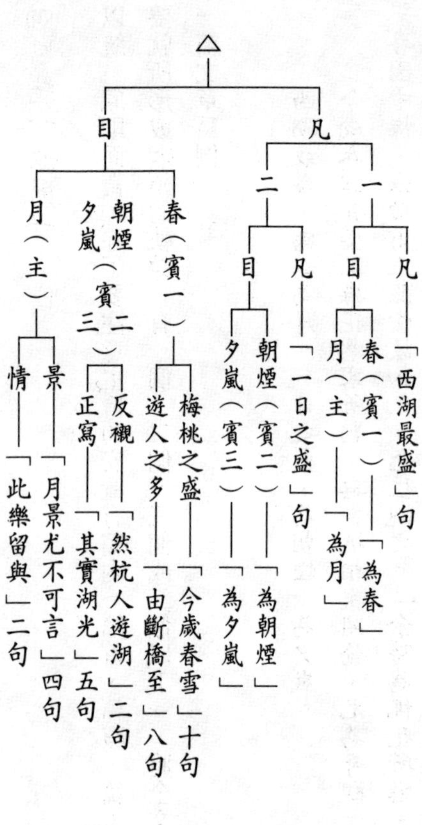

以上四大原則所概括的章法內容，諸如今昔、遠近、大小、高低、本末、貴賤、淺深、親疏、賓主、虛實、正反、敍論、抑揚、立破、平側、凡目、縱收、因果、問答等，只是舉其重要者而已。

## 四、內容與形式結構的結合

一篇文章的篇章結構，如果只顧及內容而忽略形式，或只顧及形式而忽略內容，是無法完整地呈現它的面貌的。因此必須結合兩者，才能看出它們相輔相成的關係，以凸顯特色。茲分局部（章）與整體（篇）說明如左。

### ㈠從局部看

從一篇文章的局部，也就是節、段來看它的結構，可以發現有用內容來統括形式的，也有用形式來統括內容者。前者如列子的〈愚公移山〉：

> 其妻獻疑曰：「以君之力，曾不能損魁父之丘，如太形、王屋何？且焉置土石？」雜曰：「投諸渤海之尾、隱土之北。」遂率子孫荷擔者三夫，叩石墾壤，箕畚運於渤海之

尾，鄰人京城氏之孀妻有遺男，始齔，跳往助之；寒暑易節，始一反焉。

河曲智叟笑而止之曰：「甚矣，汝之不慧！以殘年餘力，曾不能毀山之一毛，其如土石何？」北山愚公長息曰：「汝心之固，固不可徹；曾不若孀妻弱子。雖我之死，有子存焉；子又生孫，孫又生子；子又有子，子又有孫；子子孫孫，無窮匱也；而山不加增，何苦而不平？」河曲智叟亡以應。

這是它的二、三段。其中第二段寫「自助」，以先反後正的順序，敘愚公選定投置土石的地點，並率領子孫實際去從事移山工作的經過。而第三段則寫「他助」，以先正後反的順序，敘智叟笑阻愚公，而愚公卻不爲所動，以爲只要堅定信心，努力不懈，便必然能獲得成功的一段對話。

**結構分析表**

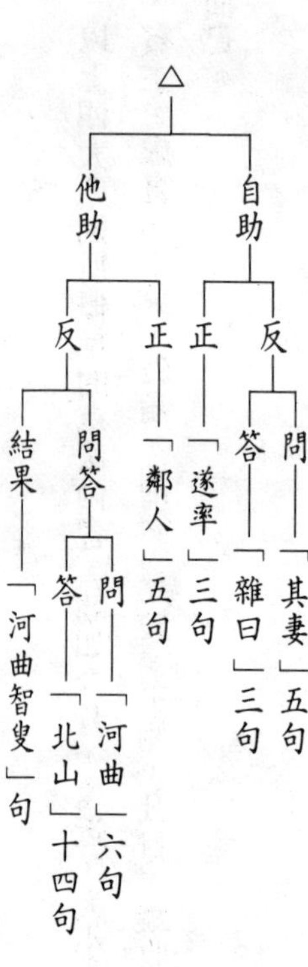

可見這兩段是以內容來統括形式的。用形式以統括內容者，如李密的〈陳情表〉：

> 臣以險釁，夙遭閔凶。生孩六月，慈父見背。行年四歲，舅奪母志。祖母劉愍臣孤弱，躬親撫養。臣少多疾病，九歲不行；零丁孤苦，至於成立。既無叔伯，終鮮兄弟；門衰祚薄，晚有兒息；外無期功彊近之親，內無應門五尺之僮；煢煢獨立，形影相弔。而劉夙嬰疾病，常在牀蓐；臣侍湯藥，未曾廢離。

這是它的第一段文字，作者以「先凡後目」的形式，先用「臣以險釁」兩句作一總括，這是「凡」的部分。再依序以「生孩六月」兩句寫慈父見背之事，以「行年四歲」四句寫舅奪母志之事，以「臣少多疾病」四句寫少多疾病之事，以「既無叔伯」四句寫晚有兒息之事，以「外無期功彊近之親」四句寫無次丁之事，以「而劉夙嬰疾病」四句寫祖母劉氏久病之事，來凸顯自己不得不終養祖母的事實；這是「目」的部分。

結構分析表

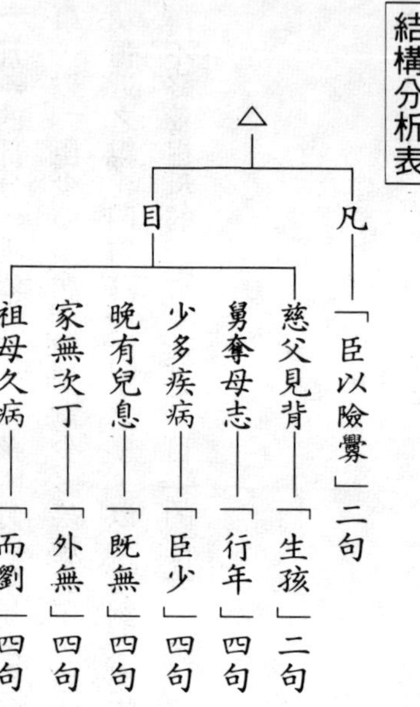


可見這一段是以形式來統括內容的。

㈡從整體看

由一篇文章之整體，也就是全篇（第一層）來看它的結構，可以發現幾乎全以形式來統括內容，這是由於謀篇時首重技巧的緣故。如劉蓉的〈習慣說〉：

蓉少時，讀書養晦堂之西偏一室。俯而讀，仰而思；思而弗得，輒起，繞室以旋。室有窪徑尺，浸淫日廣。每履之，足苦躓焉；既久而遂安之。

一日，父來室中，顧而笑曰：「一室之不治，何以天下國家為？」命童子取土平之。後蓉履其地，蹴然以驚，如土忽隆起者；俯視地，坦然則既平矣。已而復然；又久而後安之。

噫！習之中人甚矣哉！足履平地，不與窪適也；及其久，而窪者若平。至使久而即乎其故，則反窒焉而不寧。故君子之學貴慎始。

此文就結構而言，可大別爲「敍」與「論」兩大部分。其中「敍」屬「目」（條分）而「論」屬「凡」（總括）。屬「目」之敍，先以「蓉少時」七句，敍述自己繞室以旋的習慣，作爲引子，以領出下面兩軌文字來。再以「室有窪徑尺」五句，敍述室有窪而足苦躓，卻久而安的情事，這是第一軌；然後以「一日」十三句，敍述自己因父親取土平而蹴然驚，卻又久而後安的經過，這是第二軌。而屬「凡」之論，則先以「噫！習之中人也甚矣哉」，爲習慣對人之影響而發出感歎；再以「足履平地」四句，呼應屬「目」之第一軌加以論述；接著以「至使久而即乎其故」二句，呼應屬「目」之第二軌加以論述；最後以「故君子之學貴乎始」一句，由習慣轉入爲學，將一篇主意點明作結。作者如此以雙軌貫穿凡目，使一篇主意在兩相對照之下，更爲清晰，而富於說服力。

結構分析表

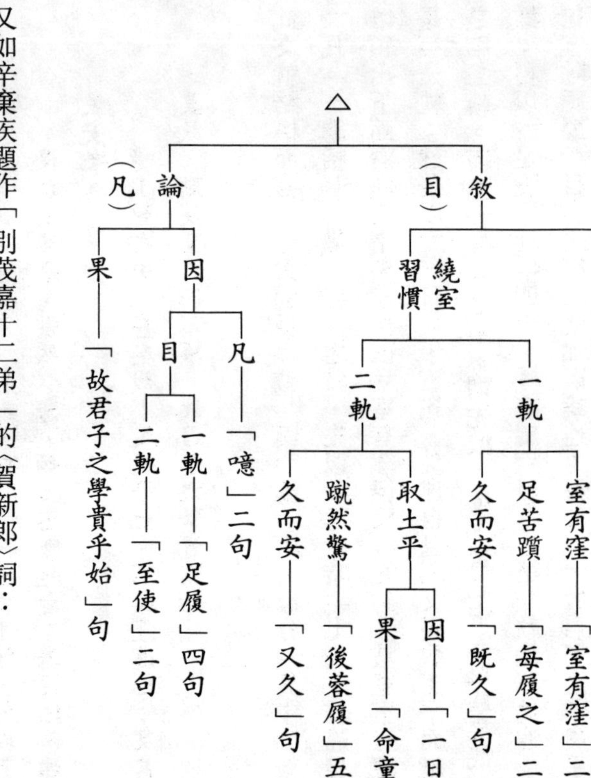


又如辛棄疾題作「別茂嘉十二弟」的〈賀新郎〉詞：

綠樹聽鵜鴂。更那堪、鷓鴣聲住，杜鵑聲切！啼到春歸無尋處，苦恨芳菲都歇。算未抵人間離別。馬上琵琶關塞黑，更長門翠輦辭金闕。看燕燕，送歸妾。　將軍百戰身名裂，向河梁回頭萬里，故人長絕。易水蕭蕭西風冷，滿座衣冠似雪。正壯士悲歌未徹。啼鳥還知如許恨，料不啼清淚長啼血。誰共我，醉明月。

此爲贈別之用，由「賓」和「主」兩個部分組成。「賓」的部分，先由啼鳥之苦恨寫到人間之別恨，然後合人、鳥雙寫，這是採「先目後凡」的形式寫成的；而由此所帶出的送別之意，即結尾「誰共我，醉明月」兩句，則爲「主」的部分。就在寫啼鳥之苦恨時，直接敍三種啼鳥，藉牠們的鳴聲以增添送別之恨；而在寫人間的別恨時，則臚列了古代有關送別的恨事，來表達難言之痛，從而推深眼前的送別之情。以上由開端至「滿座衣冠似雪」止，是「目」的部分。至於緊接而來的「正壯士悲歌未徹」三句，合人與鳥來寫，則爲「凡」的部分；它的上句，用側注以回繳整體的技巧，上收人間的別恨；而下二句，則用以上收啼鳥的苦恨；並表示這種苦恨與別恨的悲劇依然繼續上演，並未結束，以抒發作者滿腔悲憤。寫「賓」寫到這裡，才過到了「主」，正式點出惜別之意作結。所謂「有恨無人省」（蘇軾〈卜算子〉詞），作者之恨，在茂嘉十二弟離開後，將要變得更綿綿不盡了。

結構分析表

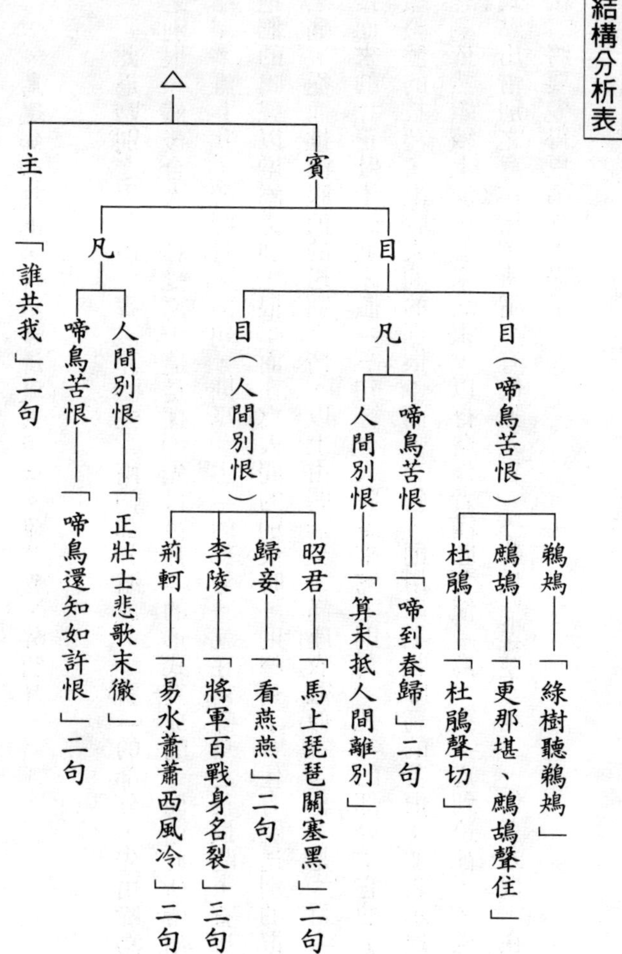
△
主
賓
「誰共我」二句
凡
目
人間別恨
啼鳥苦恨
「正壯士悲歌未徹」
「啼鳥還知如許恨」二句
目（人間別恨）
凡
目（啼鳥苦恨）
昭君
「馬上琵琶關塞黑」二句
歸妾
「看燕燕」二句
李陵
「將軍百戰身名裂」三句
荊軻
「易水蕭蕭西風冷」二句
啼鳥苦恨
「啼到春歸」二句
人間別恨
「算未抵人間離別」
鵜鴂
「綠樹聽鵜鴂」
鷓鴣
「更那堪、鷓鴣聲住」
杜鵑
「杜鵑聲切」

## 五、結語

由上舉各例，可以清楚地看出分析文章結構時，必須兼顧內容與形式。通常要以形式來疏理它的第一層，再在第二層或第三層以下，針對文章的義蘊、脈絡，用內容或形式加以統合，以凸顯其特色。雖然篇章結構的分析，會因切入角度的不同而得出不同的結果，但總要多方嘗試，以找出最妥當的一種結構型態來。能這樣，自然可藉以深入內容的底蘊、尋繹文章的脈絡、判定節段的價值，更可理清聯貫的關鍵、辨明布局的技巧，而收到鑑賞的最大效果。

（原載民國八十八年十、十一月《國文天地》十五卷五、六期，頁六十五～七十一、五十七～六十六）

# 談篇章結構分析的切入角度

要分析一篇文章的篇章結構，由於沒有絕對的是非可言，而必須從不同角度切入，看看那一種角度最足以呈現它內容與形式的特色，所以掌握切入的角度便成爲分析篇章結構成敗的關鍵所在。底下就舉幾篇文章爲例，作概略的說明。

首先看劉禹錫的〈陋室銘〉：

山不在高，有仙則名；水不在深，有龍則靈；斯是陋室，惟吾德馨。苔痕上階綠，草色入簾青。談笑有鴻儒，往來無白丁。可以調素琴，閱金經。無絲竹之亂耳，無案牘之勞形。南陽諸葛廬，西蜀子雲亭。孔子云：「何陋之有？」

此文若從「敍論」的角度切入，則篇首至「無案牘之勞形」止，爲「敍」的部分；「南陽諸葛廬」四句，是「論」的部分。

結構分析表

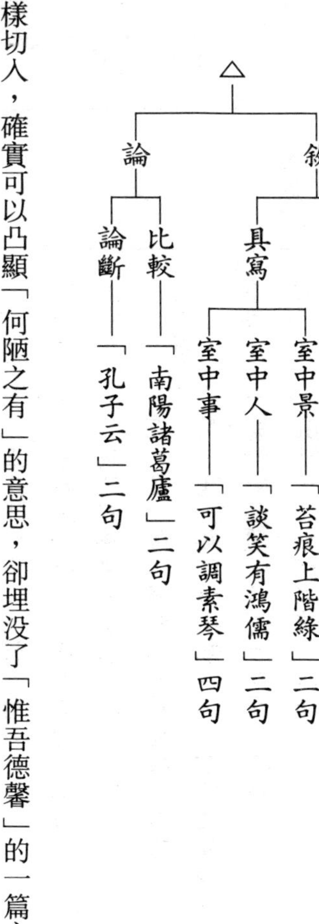


這樣切入，確實可以凸顯「何陋之有」的意思，卻埋沒了「惟吾德馨」的一篇主旨；因此這個角度有它不足之處。而如果從「凡目」切入，則剛好可彌補這個缺陷。

## 結構分析表

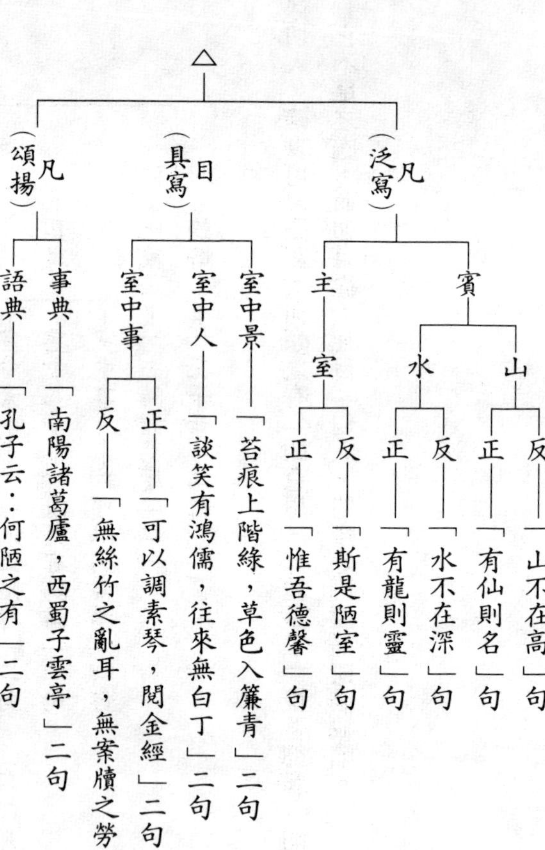


如此使前一個「凡」（總括）的「惟吾德馨」與後一個「凡」所含「君子居之」的意思作了完密的照應（詳見拙著《文章結構分析》頁六十五），當然會比以「敍論」切入的好得多。

其次看岳飛的〈滿江紅〉詞：

怒髮衝冠，憑闌處、瀟瀟雨歇。抬望眼、仰天長嘯，壯懷激烈。三十功名塵與土，八千里路雲和月。莫等閒、白了少年頭，空悲切。　靖康恥，猶未雪。臣子恨，何時滅。駕長車、踏破賀蘭山缺。壯志饑餐胡虜肉，笑談渴飲匈奴血。待從頭、收拾舊山河，朝天闕。

這首詞由於主旨「臣子恨，何時滅」出現在篇腹，大可以用「凡目」的角度切入，看成是採「目、凡、目」的結構所寫成的作品。

**結構分析表**

- △
  - 目
    - 實—「怒髮衝冠」六句
    - 虛—「莫等閒」二句
  - 凡
    - 因—「靖康恥」二句
    - 果—「臣子恨」二句
  - 目
    - 破敵虜—「駕長車」三句
    - 朝天闕—「待從頭」三句

如此切入，當然很容易掌握主旨，但假設與事實卻無法分清，因爲透過假設、伸向未來的部分，除了「莫等閒」二句外，尚有「駕長車」五句；而此七句卻被「凡」的部分割裂了，以致無法看出它們之間的密切關係。所以由這個角度切入還不算最好。如果要看清這種關係，則必須從「虛實」（時間）的角度切入，用「先實後虛」的結構來呈現。

結構分析表

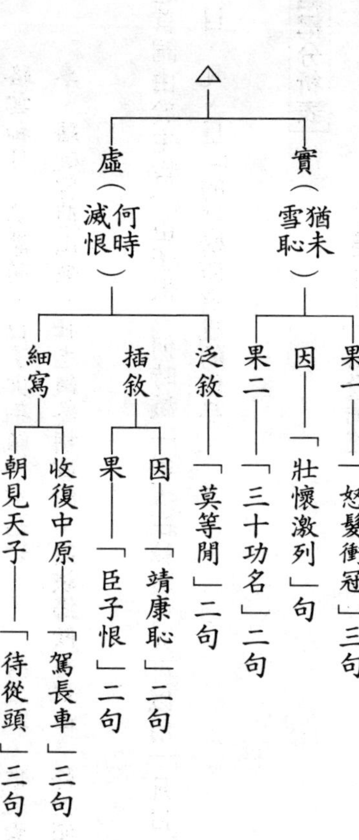


這樣以虛實形成對比，而藉插敘的方式帶出主旨（見拙著《國文教學論叢續編》頁二七七～二八八），雖不是完美無瑕，卻比較能凸顯此詞之特色。

又其次看歐陽修的〈縱囚論〉：

信義行於君子，而刑戮施於小人。刑入於死者，乃罪大惡極，此又小人之尤甚者也。寧以義死，不苟幸生，而視死如歸，此又君子之尤難者也。

方唐太宗之六年，錄大辟囚三百餘人，縱使還家，約其自歸以就死；是以君子之難能，期小人之尤者以必能也。其囚及期，而卒自歸，無後者：是君子之所難，而小人之所易也。此豈近於人情？

或曰：「罪大惡極，誠小人矣。及施恩德以臨之，可使變而為君子；蓋恩德入人之深，而移人之速，有如是者矣。」曰：「太宗之為此，所以求此名也。然安知夫縱之去也，不意其必來以冀免，所以縱之乎？又安知夫被縱而去也，不意其自歸而必獲免，所以復來乎？夫意其必來而縱之，是上賊下之情也；意其必免而復來，是下賊上之心也。吾見上下交相賊，以成此名也，烏有所謂施恩德，與夫知信義者哉？不然，太宗施德於天下，於茲六年矣，不能使小人不為極惡大罪；而一日之恩，能使視死如歸，而存信義；此又不通之論也。」

「然則，何為而可？」曰：「縱而來歸，殺之無赦；而又縱之，而又來，則可知為恩德之致爾。」然此必無之事也。若夫縱而來歸而赦之，可偶一為之爾。若屢為之，則殺人者皆不死，是可為天下之常法乎？不可為常者，其聖人之法乎？是以堯舜三王之治，必本於人情；不立異以為高，不逆情以干譽。

這篇文章，如就一般論說文的慣用角度切入，則第一、二段爲緒論，第三段與第四段前半的問與答爲申論，而第四段的後半爲結論。

**結構分析表**

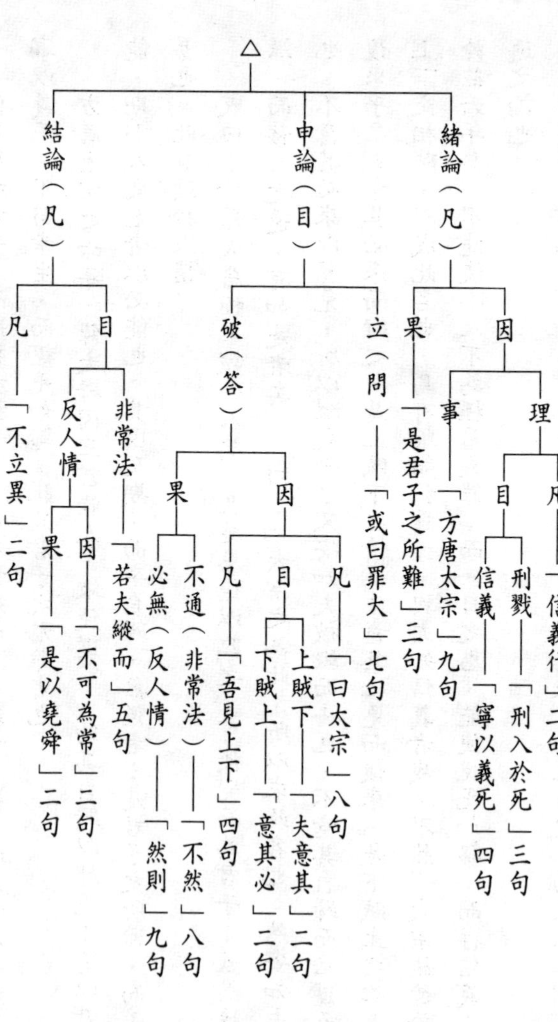

從此角度分析（詳見《文章結構分析》頁二四九），本無不可，但爲了突出它的翻案性質，則不如改由「立破」的角度加以分析。

結構分析表

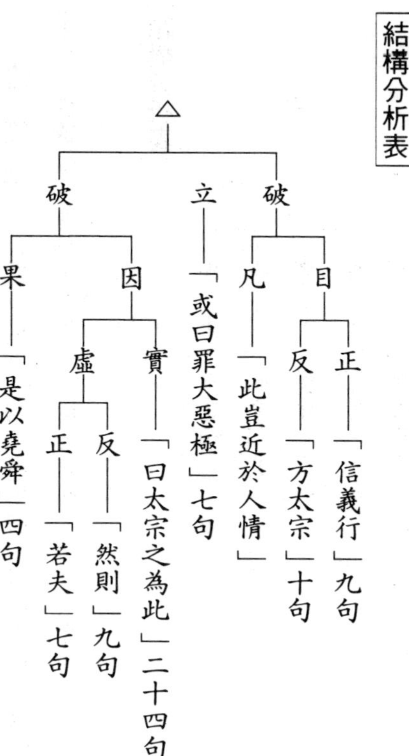


如此形成「破、立、破」的結構，將唐太宗縱囚的美事駁得體無完膚，而首尾照應的特點也由此呈現得更爲清楚。

再其次看王安石的〈讀孟嘗君傳〉：

世皆稱孟嘗君能得士，士以故歸之，而卒賴其力，以脫於虎豹之秦。

嗟呼！孟嘗君特雞鳴狗盜之雄耳，豈足以言得士！不然，擅齊之強，得一士焉，宜可以南面而制秦，尚何取雞鳴狗盜之力哉！雞鳴狗盜之出其門，此士之所以不至也。

這一篇短文，首就「抑揚」的角度來看，可以形成「先揚後抑」的結構，其中「揚」的部分是指「世皆稱」四句，「抑」的部分是指「嗟呼」至末。

**結構分析表**

- △
  - 揚
    - 因——「世皆稱」二句
    - 果——「而卒賴其力」二句
  - 抑
    - 實——「嗟呼」三句
    - 虛——「不然」五句
    - 實——「雞鳴狗盜之出其門」二句

由於「抑揚」具有兩者並重或偏重的性質，實在無法呈現此文之特色，所以從這個角度切入，是有點問題的。次就「虛實」的角度來看，可以形成「實、虛、實」的結構。

結構分析表

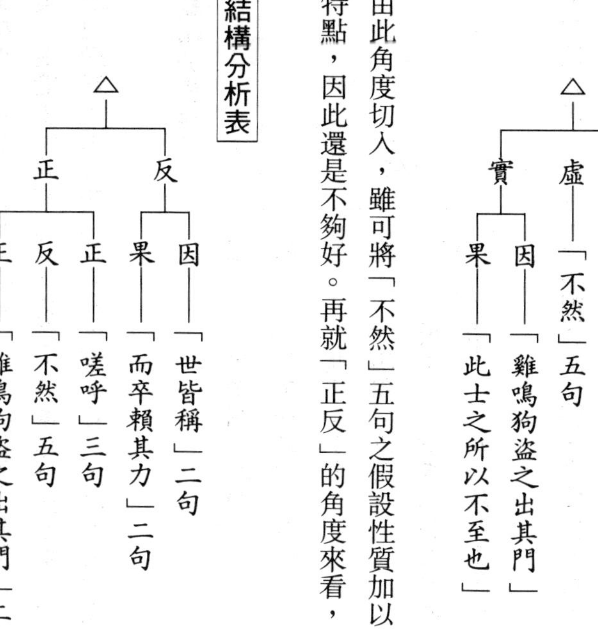


由此角度切入，雖可將「不然」五句之假設性質加以表明，卻忽略了此文「質的張而弓矢至」的特點，因此還是不夠好。再就「正反」的角度來看，可以形成「先反後正」的結構。

結構分析表

△
- 反
  - 因——「世皆稱」二句
  - 果——「而卒賴其力」二句
- 正
  - 正——「嗟呼」三句
  - 反——「不然」五句
  - 正——「雞鳴狗盜之出其門」二句

這樣以孟嘗君「能得士」爲反、「特雞鳴狗盜之雄」爲正來加以議論，確實比「抑揚」或「虛實」更能表現此文之某些特色，但還是無法刻畫出「質的張而弓矢至」的特殊效果，所以依然不能說最好。末就「立破」的角度來看，可以形成「先立後破」的結構。

**結構分析表**

△
- 立
  - 因——「世皆稱」二句
  - 果——「而卒賴其力」二句
- 破
  - 實——「嗟乎」三句
  - 虛——「不然」五句
  - 實
    - 因——「雞鳴狗盜之出其門」
    - 果——「此士所以不至也」

這顯然就比「正反」更能把握此文翻案之特色，真是一箭而貫紅心，雖文不滿百字，卻有極強的說服力。

最後看蘇軾的〈念奴嬌〉詞：

大江東去，浪淘盡，千古風流人物。故壘西邊，人道是三國周郎赤壁。亂石崩雲，驚濤裂岸，捲起千堆雪。江山如畫，一時多少豪傑。　遙想公瑾當年，小喬初嫁了，雄姿英發。羽扇綸巾，談笑間，檣櫓灰飛煙滅。故國神遊，多情應笑我，早生華髮。人生如夢，一尊還酹江月。

此詞先就「今昔」的角度來看，可以形成「今、昔、今」的結構。

**結構分析表**

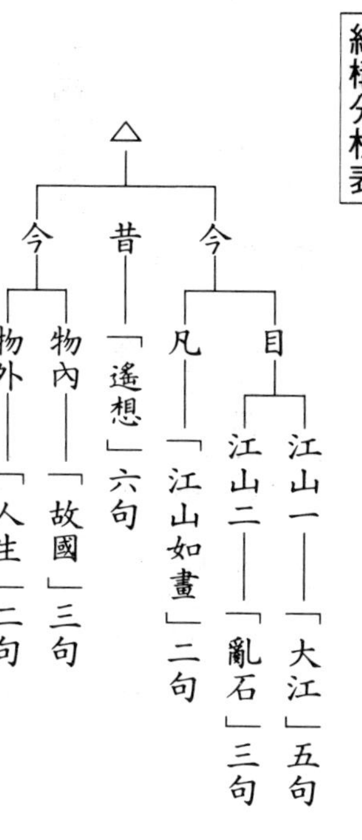


如此由時間切入，拿下半闋來說，不成問題；而上半闋，則雖主要用以寫眼前之景，但還是嵌入

了歷史人物，所以用「今」來統括，是有點籠統的；而最重要的是不能看出主旨究竟在那裡？再就「虛實」（情景）的角度來看，此詞可以形成「實、虛、實」的結構。

**結構分析表**

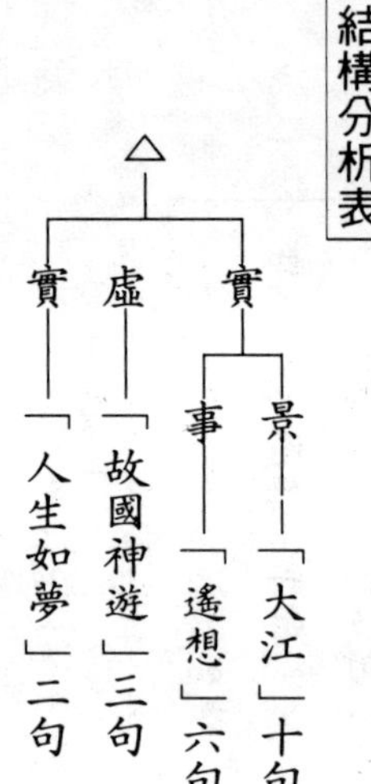


這是說此詞主要先用以寫景、敘事，再用以抒情，然後才以「以景結情」的方式來收束。這樣就情、景（事）來分析，的確能表示此詞的某些特色，並且讓人注意到「多情」這個主旨（詳見《文章結構分析》頁二五八～二五九），但是以「周郎自況」的這一層卻完全看不到，因此由這個切入也不是最好的。另就「正反」的角度來看，它可以形成「先反後正」的結構。

**結構分析表**

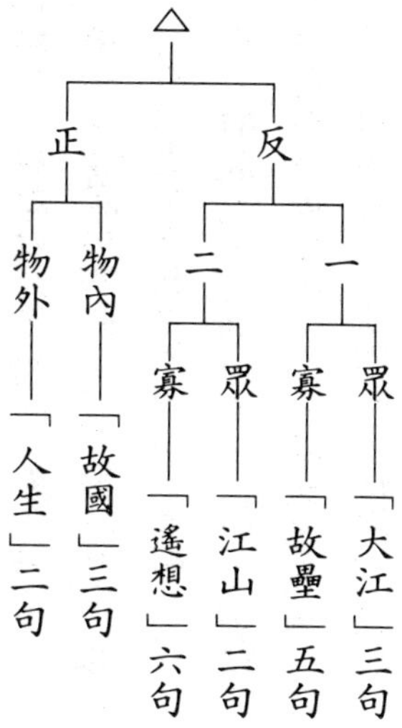

△
- 反
  - 一
    - 衆——「大江」三句
    - 寡——「故壘」五句
  - 二
    - 衆——「江山」二句
    - 寡——「遙想」六句
- 正
  - 物內——「故國」三句
  - 物外——「人生」二句

這所謂的「衆」，是指衆人，即「千古風流人物」與「多少豪傑」；而「寡」，是指「周郎」、「公瑾」。如此以出現在赤壁的人物爲主來分析，有它的好處，因爲這首詞雖寫了「景」，卻以「人」爲重心；而這個「人」即周瑜。他是當時主帥，年紀正輕卻成就不朽事業，正可用以反襯出作者時不我與、英雄無用武之地的悲哀。不過對情景的關係卻完全忽略了，這是不很妥當的。最後就「物內」、「物外」的角度來看，由篇首至「早生華髮」止爲「物內」，而結二句爲「物外」。

**結構分析表**

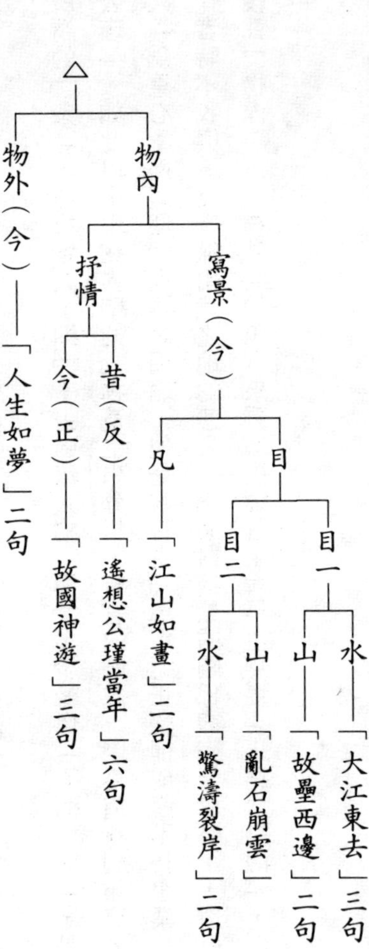


由這個角度，再配合其他角度，如今昔、正反、情景等加以疏理，雖無法突出衆寡這一特點，但透過「夢」使作者由物內之「多情」超脫於物外，達於物我合一的境界，卻可以由此呈現，這樣是比較可以顧到各個角度而照應全篇的。

由以上的說明，可知分析一篇文章的結構，要多方嘗試，從不同的角度切入，作最好的分析。而這種角度的掌握，則非熟悉各種章法之理論與實際不可，所謂「工欲善其事，必先利其器」，就是這個意思。希望我們在這一方面能多加耕耘，以收到讀寫或教學的最佳效果。

（原載民國八十九年一月《國文天地》十五卷八期，頁八十六～九十四）

# 談「平提側收」的篇章結構

## 一、前言

辭章中有一種「平提側注」的篇章修飾方法，宋文蔚在《評注文法津梁》裡解釋這種方法說：

> 篇中有兩項或三項者，如義均平列，則於總提後平分各項，用意詮發；若義有輕重，或偏重一項，則開首用筆平提，以下或用串說，或用側注，均無不可。又有擇其最重要之一項，用特筆提起，再分各串項者，尤見用法變化①。

這是說：將所要論說或敘述的幾個重點，以平等地位提明的，叫「平提」；而照應題面，對其中的一點或兩點加以關注的，叫「側注」。這種篇章修飾的方法，如單就「側注」的部分而言，則稱爲「側接」或「接筆」②；如所提重點只限於兩組，則又叫做「兩義相權」③。它無論是形成「先平提後側注」、「先側注後平提」、「平提、側注、平提」或「側注、平提、側注」等結構④，在辭章裡，都隨處可見，没什麼稀奇。但將所要論說或敍述的幾個重點，以同等的地位加以提明，而特別側於其中一點或兩點來收結，卻有回繳整體之功用的，則很少受到人的注意。茲爲凸顯這種篇章結構，特以「平提側收」爲名，舉一些古典詩文的例子，進行探討。

## 二、從散文看

在古典散文中，用了「平提側收」的結構來組織篇章的，相當常見。即單以《禮記》這部書而言，就可以找到不少例子。首先看《禮記・學記》的一段文字：

善學者，師逸而功倍，又從而庸之。不善學者，師勤而功半，又從而怨之。善問者，如攻堅木，先其易者，後其節目，及其久也，相說以解。不善問者，反此。善待問者，如撞鐘，叩之以小者則小鳴，叩之以大者則大鳴；待其從容，然後盡其聲。不善答問者，反此。此皆進學之道也。⑤

本段文字主要從「學」與「問」兩方面探討對學者學習成效的影響。它一開始就平提「學」與「問」加以論述。以「學」而言，先從正面論「善學者」，再從反面論「不善學者」。以「問」而言，首論學者之「問」，仍然先從正面論「善問者」，再從反面論「不善問者」；次論教師之「答」（待問），也照樣先從正面論「善待問者」，再從反面論「不善答問者」。這樣以「平提」的方式，兼顧正反，一一論述後，才以「此皆進學之道也」一句側收正面的意思。就在此句下，鄭玄注云：

> 此皆善問、善答也⑥。

顯然地，這一句只側收上文正面的部分，但把反面的意思，藉側收以回繳整體的作用，也包含在內。對這段大意，孔穎達在《禮記正義》中說：

> 此一節明善學及善問，並善答、不善答之事⑦。

雖然在內容上不是說得很完整，但提明了其中「不善答」的反面內容。這反面的內容，說全了，那就是：如果學者不善「學」、「問」，而師者又不善答問，則有害於「進學之道」，這樣才能將前後照應得周全無缺。

**結構分析表**

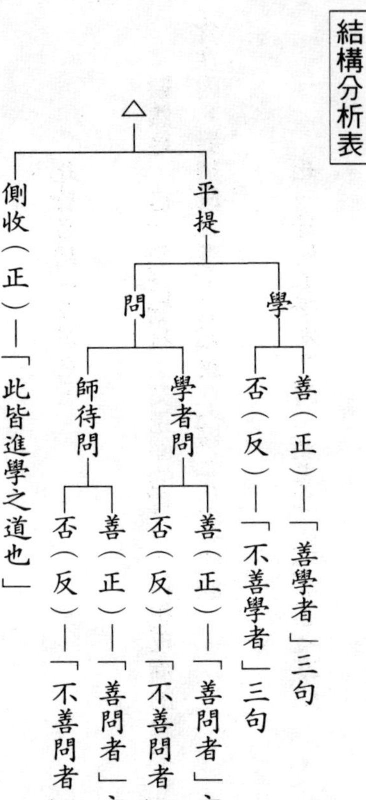


其次看《禮記・大學》的經一章⑧：

> 大學之道：在明明德，在親民，在止於至善。知止而后有定，定而后能靜，靜而后能安，安而后能慮，慮而后能得。物有本末，事有終始，知所先後，則近道矣。
>
> 古之欲明明德於天下者，先治其國；欲治其國者，先齊其家；欲齊其家者，先修其

> 身；欲修其身者，先正其心；欲正其心者，先誠其意；欲誠其意者，先致其知；致知在格物。物格而后知至，知至而后意誠，意誠而后心正，心正而后身修，身修而后家齊，家齊而后國治，國治而后天下平。
>
> 自天子以至於庶人，壹是皆以修身為本。其本亂，而末治者否矣；其所厚者薄，而其所薄者厚，未之有也。此謂知本，此謂知之至也⑨。

這章文字總論「大學」的目標與方法。論其目標的，爲「大學之道」四句，此即朱子所謂之「三綱」（見《大學章句》）。論其方法的，從「知止」句起至段末，在此，先泛泛地就步驟，論「知止」、「知先後」，既一面承上交代「三綱」之實施步驟，也一面啓下提明「八目」的實踐工夫。朱子《大學章句》在「則近道矣」句下注云：

> 此結上文兩節之意⑩。

又在「國治而后天下平」句下注云：

> 「修身」以上，明明德之事也；「齊家」以下，新民之事也；物格知止，則知所至

> 矣；「意識」以下，皆得所止之序也⑪。

可見這節文字在內容上，是既承上又啓下的。接著實際地就「八目」來加以論述。《大學》的作者在這個部分，先以「平提」的方式，依序以「古之欲明明德」十三句，逆推八目，以「物格而后知至」七句，順推八目；然後以「側收」的方式，就「八目」中的「修身」一目，說「修身」爲本，並說明所以如此的原因，朱子《大學章句》於「壹是皆以修身爲本」句下注云：

> 「正心」以上，皆所以修身也；「齊家」以下，則舉此而錯之耳⑫。

又於「未之有也」句下注云：

> 本，謂身也；所厚，謂家也。此兩節（自「天子」句至「未之有也」）結上文兩節（自「古之欲明明德」句至「國治而后天下平」）之意⑬。

而孔穎達《禮記正義》在「此謂知之至也」句下云：

本，謂身也；既以身為本，若能自知其身，是知本也，是知之至極也⑭。

由此可知這一節文字，是採「側收」以回繳整體的手法來表達的。這樣，不僅回應了具論條目的部分，也回應了論步驟與目標的二節文字，產生了以簡（側）馭繁（平）的效果。

**結構分析表**

△
- 目標—「大學之道」四句
- 方法
  - 步驟
    - 知止—「知止而后」五句
    - 知先後—「物有本末」四句
  - 條目
    - 平提
      - 逆推—「古之欲明」十三句
      - 順推—「物格而後」七句
    - 側收
      - 果—「自天子」二句
      - 因—「其本亂」七句

再其次看《禮記・大學》的第九章：

一家仁，一國興仁；一家讓，一國興讓；一人貪戾，一國作亂；其機如此。此謂一言僨事，一人定國。堯舜帥天下以仁，而民從之；桀紂帥天下以暴，而民從之。其所令，反其所好，而民不從。是故君子有諸己，而后求諸人；無諸己，而后非諸人。所藏乎身不恕，而能喻諸人者，未之有也。故治國在齊其家⑮。

這一節文字，主要在論「治國先齊其家」。它自「一家仁」起至「未之有也」句止，爲「平提」的部分，乃採「論、敍、論」的形式組合而成。其中「一家仁」九句，屬頭一個「論」，用「先因後果」的順序，從正反兩面泛論「成教於國」的道理。朱子注此云：

此言教成於國之效⑯。

這在字面上雖僅就正面來說，但反面的意思，自然也包含在內。「敍」的部分，爲「堯舜帥天下以仁」七句，先從正反兩面，平提堯舜與桀紂之事作例證，再以「其所令」三句，單就反面加以側收，卻包含了「其所令，如其所好，而民從之」的意思。後一個「論」，爲「是故君子有諸己」七句，照樣就正反兩面作進一步的論述。朱子注此云：

此又承上文「一人定國」而言。有善於己，然後可以責人之善；無惡於己，然後可以正人之惡；皆推己以及於人，所謂恕也。不如是，則所令反其所好，而民不從矣⑰。

所謂「一人定國」，雖只就正面來說，但「有善於己」句以下，卻兼顧正反兩面解釋，也就是說，「一言僨事」之意，是包含在內的。至於「故治國在齊其家」一句，是「側注」的部分，《大學》的作者在此，單從正面，將上文所論述的內容予以收結，而反面的意思，就不言而喻。所以朱子注此云：

通結上文⑱。

所謂「上文」，就是指「平提」的部分，是正反兼顧的。

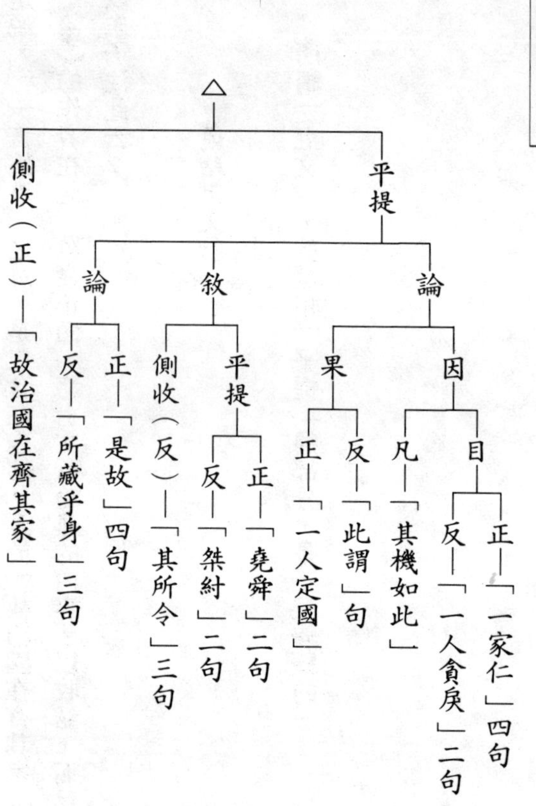


再其次看《禮記・中庸》的一章文字：

王天下有三重焉，其寡過矣！上焉者：雖善無徵，無徵不信，不信民弗從。下焉者：

雖善不尊，不尊不信，不信民弗從。故君子之道，本諸身，徵諸庶民，考諸三王而不繆，建諸天地而不悖，質諸鬼神而無疑，百世以俟聖人而不惑。質諸鬼神而無疑，知天也；百世以俟聖人而不惑，知人也。是故君子動而世為天下道，行而世為天下法，言而世為天下則；遠之則有望，近之則不厭。《詩》曰：「在彼無惡，在此無射；庶幾夙夜，以永終譽。」君子未有不如此，而蚤有譽於天下者也⑲。

此章文字主要在論君子知人知天、居上不驕的道理，是採「先因後果」的結構來論述的。其中自「王天下」句起至「不尊不信，不信民弗從」句止，爲「因」，主要是在交代「三重」與德、位之重要。自「故君子之道」句起至末，爲「果」，在此，自「君子之道」起至「知人也」句止，又是「因」，作者先以「君子之道」七句，平提「身」、「庶民」、「三王」、「天地」、「鬼神」、「聖人」來說明；再側於其中之「鬼神」與「聖人」來收結，指出「君子之道」是必須合於「天」（理）與「人」（情）的。而自「是故君子動而」句起至末，則爲「果」，依次以「是故」六句說明這樣在言行上就會有準則，而受到人民之信任；以「《詩》曰」五句，引《詩》爲證，來加强說服力；以「君子未有」兩句，强調知人、知天的重要。就在「側收」的部分裡，所謂「知人」，除了「俟聖人」外，還包括了「本諸身」、「徵諸庶民」、「考諸三王」而言；而所謂「知天」，則除了「質諸鬼神」外，還包括了「建諸天地」來說。鄭玄注此說：

知人、知天、謂知其道也。鬼神，從天地者也，《易》曰：故知鬼神之情狀，與天地相似。聖人則之，百世同道⑳。

所謂「鬼神，從天地者也」，指出了鬼神與天地不可分的關係；而所謂「聖人則之」的「之」，就是指「君子之道」，當然也包括「本諸身」、「徵諸庶民」、「考諸三王」等，也就是說「俟聖人」是要以此爲基礎的。

**結構分析表**

△
- 因
  - 正—「王天下」二句
  - 反—「上焉者」八句
- 果
  - 因
    - 平提
      - 人—「故君子之道」四句
      - 天
        - 天地—「建諸天地」句
        - 鬼神—「質諸鬼神」句
      - 人—「百世」句
    - 側收—「質諸鬼神……知人也」
  - 果
    - 因—「是故君子」五句
    - 果
      - 引證—「《詩》曰」五句
      - 結論—「君子未有」二句

## 三、從韻文看

一般說來，由於韻文篇幅較短，特別要講求含蓄、精緻，所以用到「平提側收」這種篇章結構的，比起散文來，更容易找到它的蹤影。首先看沈佺期的〈雜詩〉之三：

> 聞道黃龍戍，頻年不解兵。可憐閨裡月，長在漢家營。少婦今春意，良人昨夜情。誰能將旗鼓，一為取龍城㉑。

此詩旨在寫閨怨，從而反映出作者對戰事結束的無限渴望。它先以「先因後果」的順序，平提兩個重點，即「久不解兵」（因）和「對月相思」（果）。其中首聯爲「因」，頷、頸兩聯爲「果」；而「果」的部分，則以頷聯寫望月、頸聯寫相思。值得注意的是，在此無論是寫望月（即景）或是相思（抒情），都兼顧了思婦之「實」與征夫之「虛」，也就是說，寫思婦在「閨裡」望月相思，是「實」，而寫征夫在「漢家營」（黃龍）望月相思，是「虛」；這樣虛實相映，更增添了作品的感染力量㉒。接著以尾聯，採側收的方式，針對著起聯之「不解兵」，從反面表達出「解兵」的强烈願望。這種願望如果能實現，那麼思婦與征夫就都不必再對月相思了。

朱勤楚說：

「誰能將旗鼓，一為取龍城？」可謂別運生意了。「龍城」，匈奴名城，這裡代指敵軍要塞。少婦在苦思之餘，向天發問：哪年哪月，有一良將出馬，率領將士，一鼓而下，直搗龍城呢？這言外之意，就是到哪時頻年之兵可解，久戍之人可歸，明月不再分照，麗春可得共渡？在寫離愁別恨，相思之苦之後，突然出之以對和平的希望，這不僅揭示並深化了詩的主旨，而且還給人以積極的生活力量。以問句作結，更使作品臻於「詩已盡而意方永」（楊萬里《誠齋詩話》）的境界㉓。

作者如此就「不解兵」這一重點，從反面加以側收，卻含攝了從此不再對月相思的另一重點，自然就使得作品產生「言有盡而意無盡」的妙用。

：

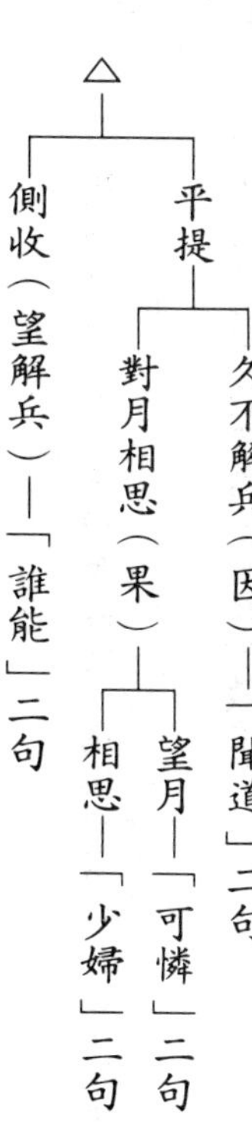


其次看杜甫的〈石壕吏〉詩：

暮投石壕村，有吏夜捉人。老翁踰牆走，老婦出看門。吏呼一何怒，婦啼一何苦。聽婦前致詞：「三男鄴城戍，一男附書至，二男新戰死。存者且偷生，死者長已矣。室中更無人，惟下乳下孫。有孫母未去，出入無完裙。老嫗力雖衰，請從吏夜歸。急應河陽役，猶得備晨炊。」夜久語聲絕，如聞泣幽咽。天明登前途，獨與老翁別㉔。

這首詩旨在寫石壕地方官吏的橫暴，以反映百姓的悲苦與政治的黑暗，乃作於唐肅宗乾元二年（西元七五九年）春。這時，作者正在由洛陽經潼關，返華州任所途中㉕。它先以開端二句，簡述事情發生的原因；再以「老翁踰牆走」二十句，以平提的方式，寫「老翁」潛走與「老婦」

被捉的事實。由於被捉的是「老婦」，所以只用「老翁」一句，提明「老翁」的情況，卻以「老婦」十九句，描述「老婦」被捉的經過。就在這十九句詩裡，「老婦」四句，用以泛寫「老婦」在悲苦中無奈地向前「致詞」的事；「三男」十三句，用以具寫「致詞」的內容，它自三男戍、二男死、孫方乳、媳無裙，說到由自己備晨炊，層層遞進，道出了一家悲苦至極的慘況；「夜久」二句，用以暗示「致詞」無效，結果「老婦」還是被捉了㉖。最後以「天明」二句，用側收的方式，回應篇首三句，說自己在天明時獨向「老翁」道別。這兩句，從表面看來，只著眼於「老翁」一面加以收結，但實際上，卻將「老婦」一面也包括在內。高步瀛說：

> 結與翁別，為起二句之去路，此一定章法，非獨結老翁潛歸而已㉗。

而劉開揚更明確地說：

> 結尾寫詩人自己「天明登前途，獨與老翁別」，見得老婦已應徵而去㉘。

如此側收，自然就收到含蓄、洗鍊的效果。

**結構分析表**

- △
  - 因—「暮投」二句
  - 果
    - 平提
      - 老翁潛走—「老翁」句
      - 老婦被捉
        - 因
          - 泛—「老婦」四句
          - 具—「三男」十三句
        - 果—「夜久」二句
    - 側收（老翁潛婦）—「天明」二句

又其次看蘇軾的〈南歌子〉詞：

海上乘槎侶，仙人萼綠華。飛昇元不用丹砂，住在潮頭來處渺天涯。　雷輥夫差國，雲翻海若家。坐中安得弄琴牙，寫取餘聲歸向水仙誇㉙。

這首詞題作「八月十八觀潮」，作於杭州，旨在讚美錢塘江潮，以爲是天下第一，是用「先平提後側收」的結構寫成的，它首先以上片四句，藉天河與海通及仙女萼綠華降世的道家故事，極寫遼闊的潮面；接著以「雷輥」句，藉夫差立國於此的典實，極寫如雷的潮聲；繼而以「雲翻」句，藉《莊子．秋水篇》的故事，極寫如雲的潮勢；以上是「平提」的部分。末了以「坐中」二句，藉伯牙隨師至蓬萊山而作〈水仙操〉的故事，側就「平提」部分的潮聲，讚美這裡的江潮，是可以向天下所有的江神（水仙）誇耀的，很明顯地，在此產生了側收以回繳整體的效果。

**結構分析表**

- △
  - 平提
    - 潮面
      - 因——「海上」句
      - 果——「飛昇」句
      - 因——「住在」句
    - 潮聲——「雷輥」句
    - 潮勢——「雲翻」句
  - 側收（潮聲）——「坐中」二句

最後看辛棄疾的〈賀新郎〉詞：

綠樹聽鵜鴂。更那堪、鷓鴣聲住，杜鵑聲切。啼到春歸無尋處，苦恨芳菲都歇。算未抵、人間離別。馬上琵琶關塞黑，更長門翠輦辭金闕。看燕燕，送歸妾。

將軍百戰身名

裂。向河梁回頭萬里，故人長絕。易水蕭蕭西風冷，滿座衣冠似雪。正壯士、悲歌未徹。啼鳥還知如許恨，料不啼、清淚長啼血。誰共我，醉明月㉚？

此詞題作「別茂嘉十二弟」，寫家國之悲、送別之苦，是用「先賓後主」的結構所寫成的。「賓」的部分，自篇首至「料不啼」句止，採「先目後凡」的形式來統合。其中「綠樹」五句，具寫啼鳥若恨；「馬上」九句，具寫人間別恨，而以「算未抵」句充當承上啓下的橋梁。就在具寫人間別恨的部分，臚列了二女二男的故實，首先是昭君和番。雖然有人以爲「更長門」句是用陳皇后事，但這「仍承上句意，謂王昭君自冷宮出而辭別漢闕」（鄧廣銘《稼軒詞編年箋注》㉛），所以不宜視作另一故實。其次衛莊姜送妾歸陳國。據載衛莊公夫人莊姜無子，以陳女戴嬀所生子完爲己子，莊公死後，完繼立爲君，卻被公子州吁所殺，於是莊姜送陳女戴嬀歸陳，並由石腊居間謀計，結果執州吁於濮而殺了他。這件事，若依衛國的角度來看，是在暗中通敵啊㉜。又其次是漢李陵送蘇武回中原。作者用於此，代表了淪陷於敵區而活著的愛國志士。最後是戰國末荊軻別燕太子丹入秦刺秦王。作者用於此，代表了在淪陷區犧牲生命的愛國志士㉝。以上是「目」的部分。至於「正壯士」二句，則爲「凡」的部分，其中「正壯士」一句，用側收以回繳整體的技巧，上收具寫人間別恨的四目，表面上雖然只針對荊軻（壯士）一目來收束，但實際上也包括了李陵、歸妾、昭君等三目在內，表示這種種的悲劇依然繼續上演，並未結束㉞。而

「啼鳥」二句，則用以上收啼鳥的苦恨，並由此推深人間的別恨，將作者滿腔悲憤傾瀉而出。寫「賓」寫到這裡，才過到了「主」，正式點出惜別之意作結。顯然地，作者之恨，在茂嘉十二弟離開後，將要變得更綿綿不盡了。

結構分析表

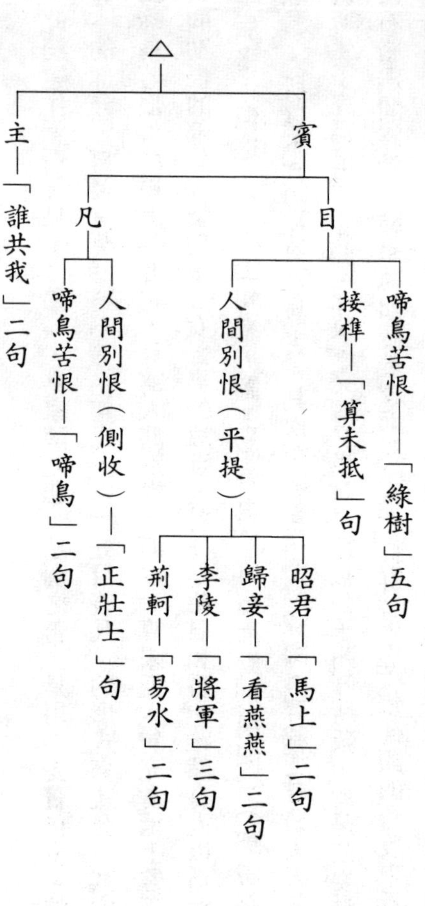

## 四、結語

由上舉各例，可清晰地看出「側收」的部分，都有回繳整體之作用，使得作品更爲精鍊、含蓄，臻於「言有盡而意無盡」的境界。這和一般的「側注」，顯然有所不同，因爲「側注」，有著特別側於一面加以重視的意思，可說是文章重心之所在，而非收結。所以兩者各有各的特色，是不能混爲一談的。

### 註　釋

①見《評注文法津梁》（復文圖書出版社，民國八十二年二月修訂二版），頁一〇九。

②羅君籌說：「側注題面，曰側接。」又說：「平提之後，多用側筆卸入題面。」見《文章筆法辨析》（香港上海印書館，一九七一年六月），頁四十七、五十二。

③許恂儒說：「兩義兼權者，一題之中有甲乙二義，而孰重孰輕，各抒所見以論定之是也。或注重甲義而偏輕乙義，或左袒乙義而薄視甲義，皆隨作者之命意以爲說數。」見《作文百法》㈡（廣文書局，民國七十八年八月再版），頁四十五～四十六。

④參見仇小屏〈平提側注法的理論與應用〉，《修辭論叢》（洪葉文化事業有限公司，一九九九年八月初版一

刷），頁五五一～五七三。

⑤見《禮記注疏》，《十三經注疏》五（藝文印書館，民國五十四年六月三版），頁六五五。

⑥同註⑤。

⑦同註⑤。

⑧依朱子《大學章句》，下併同，《四書集注》（學海出版社，民國七十三年九月初版）。

⑨同註⑧，頁三～四。

⑩同註⑧，頁三。

⑪同註⑧，頁四。

⑫同註⑪。

⑬同註⑪。

⑭同註⑤，頁九八四。

⑮同註⑤，頁九八六。

⑯同註⑧，頁十一。

⑰同註⑯。

⑱同註⑯。

⑲同註⑤，頁八九八。

⑳同註⑲。

㉑見《全唐詩》(二)（明倫出版社，民國六十年五月初版），頁一〇三五。

㉒朱勤楚說：「可憐閨裡月，長在漢家營。」頷聯以閨中少婦的口吻寫出了對月相思的愁懷。月夜孤棲，不由得想起當初和良人耳鬢廝磨、琴瑟和諧，在一起渡過了多少個明月良宵，如今月明依舊，但良人長年遠戍，遙想邊塞，今夜也應是明月高照，良人也定然在那裡望月思鄉吧。十字一句，一氣呵成，字字寫月，卻又處處見人。把閨裡和漢營這兩個間離的場景統一爲明月之下兩地相思的一幅動人畫面。境界頗爲『淒婉』。『少婦今春意，良人昨夜情。』頸聯承上更爲具體深入地寫出了少婦淒苦之情。昨夜依依無語、執手相別的情景宛如眼前，今春花好如故，鶯鶯燕燕依舊雙飛雙棲，面對融融的春光，又想起了昨春攜手踏青、掇英戲蝶的旖旎風景，對照今日的幽閨獨處，倍覺孤零淒清，只能在月光之下苦捱這相思的無眠之夜。這裡的『少婦』、『良人』、『今春意』、『昨夜情』，都是互文見義，一聯二句，寫出了多少個春天，多少個兩地傷懷的夜晚，互相苦思。當然這裡『少婦』是實思，『良人』是通過少婦聯想而起的虛思，虛實相映，婉轉而又淋漓地表現了少婦（包括良人）長期分離的淒苦情致。」見《中國文學名篇鑑賞辭典》（山東大學出版社，一九九七年八月一版三刷），頁一八一～一八二。

㉓同註㉒，頁一八二。

㉔見《全唐詩》(四)，頁二二八三。

㉕霍松林說：「唐肅宗乾元二年（西元七五九年）春，郭子儀等九節度使六十萬大軍包圍安慶緒於鄴城，

由於指揮不統一，被史思明援兵打得全軍潰敗。唐王朝爲補充兵力，便在洛陽以西至潼關一帶，强行抓人當兵，人民苦不堪言。這時，杜甫正由洛陽經過潼關，趕回華州任所。途中就其所見所聞，寫成了〈三吏〉、〈三別〉。〈石壕吏〉是〈三吏〉中的一篇。全詩的主題是通過對『有吏夜捉人』的形象描繪，揭露官吏的橫暴，反映人民的苦難。」見《唐詩大觀》（商務印書館香港分館，一九八六年一月香港一版二刷），頁四八三～四八四。

㉖霍松林說：「『夜久語聲絕，如聞泣幽咽。』表明老婦已被抓走，兒媳婦低聲哭泣。『夜久』二字，反映了老婦一再哭泣、縣吏百般威逼的漫長過程。『如聞』二字，一方面表現了兒媳婦因丈夫戰死、婆婆被『捉』而泣不成聲，另一方面也顯示出詩人以關切的心情傾耳細聽，通夜未能入睡。」同註㉕，頁四八五。

㉗見《唐宋詩學要》（學海出版社，民國六十二年二月初版），頁六十八。

㉘見《杜甫》（國文天地雜誌社，民國八十年七月初版），頁五十八。

㉙見龍榆生《東坡樂府箋》（華正書局，民國六十七年九月初版），頁一～二。

㉚見鄧廣銘《稼軒詞編年箋注》（華正書局，民國六十七年十二月），頁四二九。

㉛同註㉚，頁四三〇。

㉜這件事據《詩・邶風・燕燕・詩序》說：「莊姜無子，陳女載媯生子，名完，莊姜以爲己子。莊公薨，立完而州吁殺之，載媯於是大歸，莊姜遠送之于野，作詩見己志。」又《史記・衛世家》說：「州吁新立，好兵，弒桓公，衛人皆不愛。石碏乃因桓公母家於陳，詳爲善州吁。至鄭郊，石碏與陳侯共謀，使右宰

醜進食，因殺州吁于濮。」可見這件事，從某個角度來看，跟當日聯敵的作法是有著一些關係的。參見拙作〈唐宋詞拾玉㈣——辛棄疾的〈賀新郎〉，民國八十五年六月《國文天地》十二卷一期，頁六十六～六十九。

㉝劉揚忠說：「下片進而列舉李陵別蘇武、荊軻別太子丹等古代英雄離別的故事，感慨更深。這兩個典故之決絕情調和慷慨內容，則使人聯想到南宋義士訣別親友而赴金戰場的英雄行爲。」見《詞林觀止》（上）（上海古籍出版社，一九九四年四月一版一刷），頁五三四。又鞏本棟說：「鄧小軍先生所撰〈辛棄疾〈賀新郎·別茂嘉弟〉詞的古典與今典〉（載《中國文化》第十四期）一文即是。此文認爲，辛棄疾「賀新郎」詞的主要結構，『乃是古典字面，今典實指。即借用古典，以指陳靖康之恥、岳飛之死之當代史。從而亦寄托了稼軒自己遭受南宋政權排斥之悲憤，及對南宋政權對金妥協投降政策之判斷』。辛棄疾南歸之後，恢復之志難騁，屢遭沮抑擯斥，故其爲詞，『英雄感愴，有在常情之外，其難言者未必區區婦人孺子間也』（劉辰翁〈辛稼軒詞序〉）。然這種難言之情的表達，則是雖頗用比興之法，卻並不晦澀難解的。」見《辛棄疾評傳》（南京大學出版社，一九九八年十二月一版一刷），頁四〇〇～四〇一。

㉞劉揚忠說：「『正壯士、悲歌未徹』一句，收束典實的鋪排，折入現實，意含雙關；既說古代壯士有遺恨，也暗示現實社會的英雄業未竟，正慷慨悲歌。」見《詞林觀止》（上），頁五三四。

**（原載民國八十九年六月《第二屆中國修辭學學術研討會論文集》，頁一九三～二一三）**

# 文章主旨或綱領安置於篇腹的結構類型

## ——以蘇、辛詞爲例

### 一、前言

文章主旨或綱領的安置，就其部位而言，不外篇首、篇腹、篇末與篇外四種。其中置於篇之首、末與外者，極爲常見，也爲人所看重；而置於篇腹的，則比較少見，只有少數文論家注意到了它，如李穆堂在《秋山論文》中說：

> 文章精神全在結束，有提於前者，有束於中者，有收於後者（《古文辭通義》引，中華，卷十一，頁二）。

又如宋文蔚在《評注文法津梁》中說：

主意既定，或於篇首預先揭明，或在中間醒出，或留於篇終結穴，皆無不可（復文，頁四十八）。

所謂「束於中」、「在中間醒出」，指的便是這種安置法。卻很可惜地，不被大家所重視。於是早於民國七十四年六月在台灣師大《國文學報》十四期發表了〈談安排詞章主旨的幾種基本形式〉一文，特以詩、詞和散文爲例，說明了這種安置法的特點；又於民國七十七年一月在《國文天地》三卷八期發表了〈談主旨見於篇腹的幾篇課文〉的文章，以凸顯它的重要性；卻一直未就結構類型加以探討。就在這種需求下，本文特以凡目、虛實、賓主和因果法所形成的結構類型，與蘇、辛詞爲例，作一呈現，聊以彌補這種缺憾。

## 二、以凡目結構呈現者

所謂「凡」，是「總括」之意；所謂「目」，則指的是「條分」。以凡目法所形成的篇章結構，主有有「先凡後目」、「先目後凡」、「凡、目、凡」與「目、凡、目」等四種類型（見拙作〈凡目法在蘇辛詞裡的運用〉，《國文天地》十一卷十一、十二期）。而一般說來，其中「目、凡、目」一類的「凡」，便居於篇腹，是一篇主旨或綱領「醒出」之處。如：

> 春已老，春服幾時成。曲水浪低蕉葉穩，舞雩風軟紵羅輕。酣詠樂昇平。　微雨過。何處不催耕。百舌無言桃李盡，柘林深處鵓鴣鳴。春色屬蕪菁。（蘇軾〈望江南〉）

此詞當作於宋神宗熙寧九年（西元一〇七六年）的上巳日（三月三日）之前。其主旨爲「樂昇平」，出現在篇腹，爲「凡」。而篇首的「春已老」二句，盼春服早成（典出《論語·先進》）；「曲水浪低」二句，敍流觴曲水（事見《後漢書·禮儀志（中）》）。這四句，全透過設想，虛寫人事，以凸顯「樂昇平」，爲「目一」的部分。至於「微雨過」五句，則實寫眼前景。其中「微雨過」句，用以寫視覺；「何處」三句，用以寫聽覺；而「春色」句，又用以寫視覺。作者就這樣訴諸視、聽覺，展現大自然的無限生機，以襯托「樂昇平」的一篇主旨，爲「目二」的部分。就全篇而言，所形成的正是「目、凡、目」的結構。

**結構分析表**

△
- 目一（人事—虛）
  - 盼成春服—「春已老」二句
  - 流觴曲水—「曲水」二句
- 凡—「酣詠樂昇平」
- 目二（自然—實）
  - 視覺—「微雨過」句
  - 聽覺—「何處」三句
  - 視覺—「春色」句

又如：

蘇軾〈**減字木蘭花**〉

回風落景。散亂東牆疏竹影。滿座清微。入袖寒泉不濕衣。　夢回酒醒。百尺飛瀾鳴碧井。雪灑冰麾。散落佳人白玉肌。

這首詞作於宋哲宗元祐七年（西元一〇九二年）五月，題作「五月二十四日，會於無咎之隨齋。主人汲泉置大盆中，漬白芙蓉，坐客翛然，無復有病暑意。」據此可知本詞之內容與作意。開篇二句，形成一因一果的關係，寫斜陽下風搖竹影的清景，爲主人汲泉漬花的雅事，先安排好適當的環境，是「目一」的部分。第三句「滿座清微」，爲「凡」，而所謂「清微」（清和），就是本詞之綱領，也是中心意旨。不過，值得一提的是：這一句的位置，雖看似偏前，但就結構單元來說，則屬篇腹，這是分析文章時所應注意的。而第四句至末，用以實寫主人（晁補之）汲泉漬花的經過。其中「入袖」句，點出泉水；「夢回」二句，寫從井裡汲上來的泉水之形態、聲響；「雪灑」二句，寫泉水灑在荷花上清涼如冰雪的情景。這五句所寫的，乃此詞之主要內容，將「清微」作具體之描述，爲「目二」的部分。

**結構分析表**

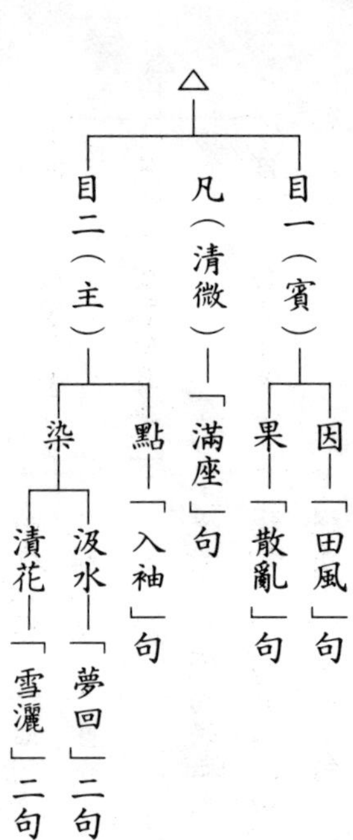

再如：

辛棄疾〈**鵲橋仙**〉

松岡避暑，茆簷避雨，閒去閒來幾度。醉扶怪石看飛泉，又卻是、前回醒處。　東家娶婦，西家歸女，燈火門前笑語。釀成千頃稻花香，夜夜費、一天風露。

此詞作於宋孝宗淳熙十六年（西元一一八九年），題無「己酉山行書所見」，而旨在寫閒情。它首先以開端二句，寫閒事之一，即避暑於松岡，避雨於茆簷，爲「目一」的部分。其次以「閒去」句，拈出一篇綱領，來統攝全詞，爲「凡」的部分。又其次以「醉扶」二句，寫閒事之二，即醉看飛泉，爲「目二」之一。再其次以「東家」二句，寫閒景之一，即婦女在喜慶時的笑語畫面；末了以「釀成」二句，寫閒景之二，即風露下稻花千頃的景象；以上四句，爲「目二」之二。作者如此以居中之「閒去閒來」，收上貫下，將閒情透過所行所見，表達得極爲生動。

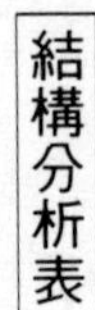


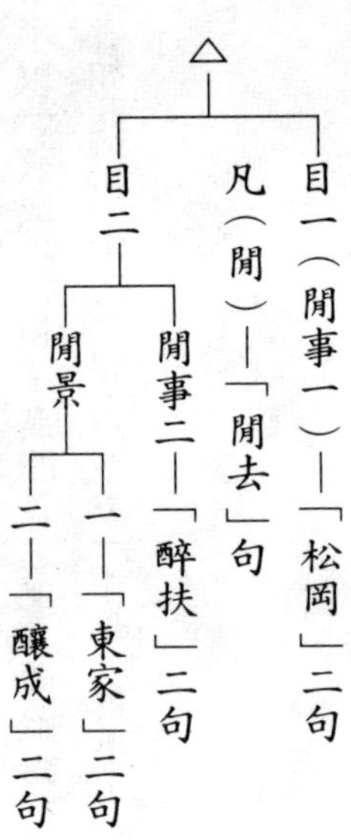


末如：

辛棄疾〈**賀新郎**〉

甚矣吾衰矣。悵平生、交遊零落，只今餘幾！白髮空垂三千丈。一笑人間萬事。問何物、能令公喜？我見青山多嫵媚，料青山、見我應如是。情與貌，略相似。　一尊搔首東窗裡。想淵明、〈停雲詩〉就，此時風味。江左沈酣求名者，豈識濁醪妙理。回首叫，雲飛風起。不恨古人吾不見，恨古人、不見吾狂耳。知我者，二三子。

這闋詞作於宋寧宗慶元年間（西元一一九八年前後），題作「邑中園亭，僕皆爲賦此詞。一日，獨坐停雲，水聲山色，競來相娛，意溪山欲援例者，遂作數語，庶幾彷彿淵明思親友之意云。」可見此詞主要是寫來「思親友」的。而作者由「思親友」而「悵」而醉而「狂」，正與當年陶淵明作〈停雲詩〉時的況味相似，所以辛棄疾特在此詞之腹，用「一尊」三句來表明這個意思。而所謂的「風味」，爲一篇之綱領，用以貫穿全詞。其中自篇首起至「略相似」句止，具寫「悵」之風味；而「江左」句起至篇末，則具寫「狂」之風味。在寫「悵」的部分裡，先針對「思親友」之意，以「甚矣」句起至「一笑」句止，寫零落失意，這是「因」；再以「問何物」句起至「略相似」句止，寫寄情山水，這是「果」。在寫「狂」的部分裡，先以「江左」二句寫醉酒，再以「回首叫」句寫高歌，這是「果」，然後以「不恨」句起至篇末，正面拈出「狂」字，並歎知音少作收，這是「因」。這樣的「目、凡、目」結構。

結構分析表

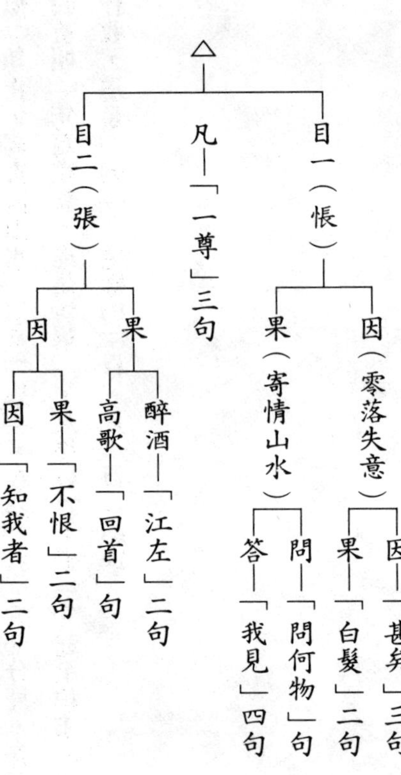


## 三、以虛實結構呈現者

虛實法的涵蓋面極廣，種類特多，除了涉及情與景、敘與論、泛與具（情與事、理與景）、設想（願望、夢幻）與真實外，還關係到時間、空間等（見拙作〈談運用詞章材料的幾種基本手段〉，《中等教育》三十六卷五期，另見仇小屏《文章章法論》，萬卷樓）。在這裡只就其中的情景與泛具（情、事）法爲例來探討。就此法而言，主旨或綱領置於篇腹的，都形成「實、虛、實」的結構。如：

蘇軾〈**行香子**〉

一葉舟輕。雙槳鴻驚。水天清、影湛波平。魚翻藻鑑，鷺點煙汀。過沙溪急，霜溪冷，月溪明。　重重似畫，曲曲如屏。算當年、虛老嚴陵。君臣一夢，今古空名。但遠山長。雲山亂，曉山青。

此詞作於宋神宗熙寧六年（西元一〇七三年），題作「遇七里瀨」。它首以開篇五句，寫輕舟欲下七里瀨時所見水天清景，藉驚鴻、翻魚與汀鷺，將一碧水天點綴得極其生動；次以「過沙溪急」三句，分三層寫輕舟正過七里瀨時所見溪邊變景，用「急」、「冷」和「明」等字，暗暗透露出隨著景致變化的不同心境來；末以「重重」二句，承上寫輕舟已過七里瀨時所見岸上靜景，很有次序地將所見靜、動之景串連成一體；以上是頭一個「實」的部分。接著以「算當年」三句，即景抒情，用嚴子陵與漢光武的故事（見《後漢書・逸民傳・嚴光》），表出對「君臣一夢」的無限感慨，這是一篇主旨所在，爲「虛」的部分。最後以結尾三句，以景結情，依然分三層，寫輕舟穿過嚴陵瀨時所見雲山變景，很技巧地襯托出作者當時由沈重而紊亂而明朗的心情，這是後一個「實」的部分。作者這樣以「實、虛、實」的結構來寫，寫得真是情景交錯，有著無盡的韻味。

**結構分析表**

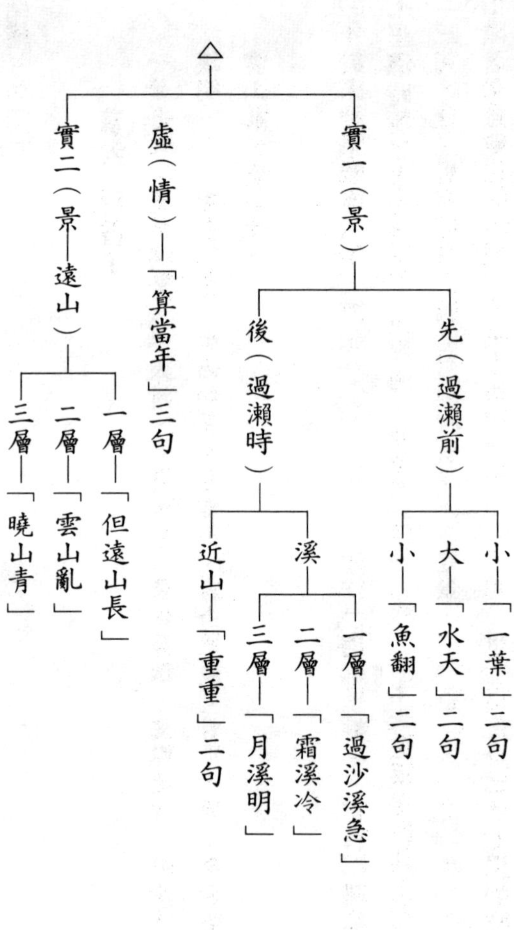

又如：

蘇軾〈**浣溪沙**〉

雪裡餐氈例姓蘇。使君載酒為回車。天寒酒色轉頭無。　薦士已聞飛鶚表，報恩應不用蛇珠。醉中還許攬桓鬚。

這首詞爲一組詞之第三首，作於宋神宗元豐四年（西元一〇八一年）。在組詞前有題序云：「十二月二日，雨後微雪。太守徐君猷攜酒見過，坐上作〈浣溪沙〉三首。」它首先以「雪裡」三句，敍太守徐君猷見過與主客醉酒的事，爲頭一個「實」。其次以「薦士」二句，形成因果關係，點明一篇綱領，表達自己對太守有恩於己（因）與無以爲報（果）的心意。最後以「醉中」句，用謝安捋桓尹鬚的故事（見《晉書．桓尹傳》），以表出自己對太守徐君猷的敬佩與感謝之意，爲後一個「實」。

結構分析表

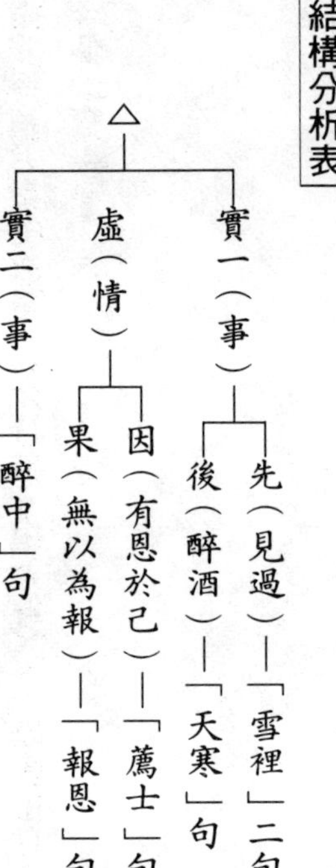


再如：

辛棄疾〈**清平樂**〉

遶牀飢鼠，蝙蝠翻燈舞。屋上松風吹急雨，破紙窗間自語。　平生塞北江南，歸來華髮蒼顏。布被秋宵夢覺。眼前萬里江山。

此詞當作於作者隱居帶湖年間（西元一一八六年前後），題作「獨宿博士王氏菴」。它的上片，先以「遶牀」二句，訴諸視覺，寫室內所見；再以「屋上」二句，訴諸聽覺，寫室外所聞；呈現一片淒涼陰慘的景象，以象徵國事之日非，爲頭一個「實」的部分。到了下片，則先以「平生」

二句，寫身世之感，雖非純抒情，但抒情的成分是極重的，這可說是一篇之主意所在，為「虛」的部分；再以結二句，寫夢覺後所見河山大景，暗示中原河山依然淪陷的事實，為後一個「實」的部分。這樣用「實、虛、實」的結構來寫，使得作品情景交融，很成功地造成了深沈悲涼的意境。

**結構分析表**

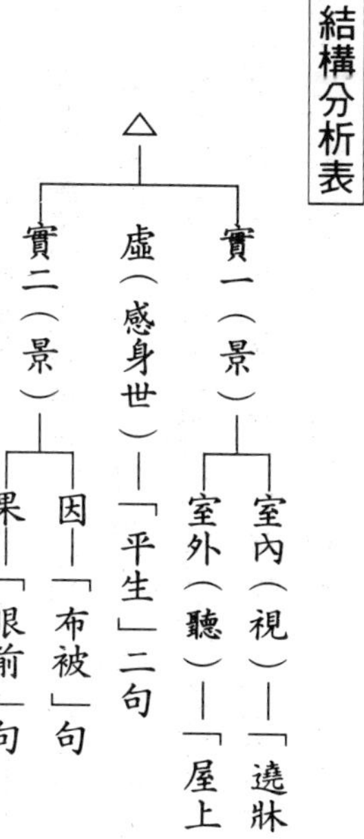


末如：

辛棄疾〈**八聲甘州**〉

故將軍飲罷夜歸來，來亭解雕鞍。恨灞陵醉尉，匆匆未識，桃李無言。射虎山橫一騎，裂石響驚弦。落魄封侯事，歲晚田園。　誰向桑麻杜曲，要短衣匹馬，移住南山。看風流慷慨，譚笑過殘年。漢開邊、功名萬里，甚當時、健者也曾閑。紗窗外、斜風細雨，一陣輕寒。

這首詞當也作於作者隱居帶湖年間（西元一一八五年前後），題作「夜讀〈李廣傳〉，不能寐，因念晁楚老、楊民瞻約同居山間，戲用李廣事，賦以寄之。」它自篇首起至「譚笑」句止，用以敘事。在此，先以「先目後凡」的結構，分宿亭下與射箭入石二層，在上片敘李廣事；然後在下片，以「誰向」五句，用杜甫〈曲江〉三章「自斷此生休問天，杜曲幸有桑麻田。故將移住南山邊，短衣匹馬隨李廣，看射猛虎終殘年」的詩意，一樣叩住李廣，敘「晁楚老、楊民瞻約同居山間」事；以上是頭一個「實」的部分。而「漢開邊」二句，依然針對上敘李廣事來抒感，爲健者李廣之「閑」而抱不平，這是全詞主旨之所在，爲「虛」的部分。至於結二句，則以景結情，暗用蘇軾〈和劉道原詠史〉詩「獨掩陳編弔興廢，窗前山雨夜浪浪」句意作結，爲後一個「實」的部分。

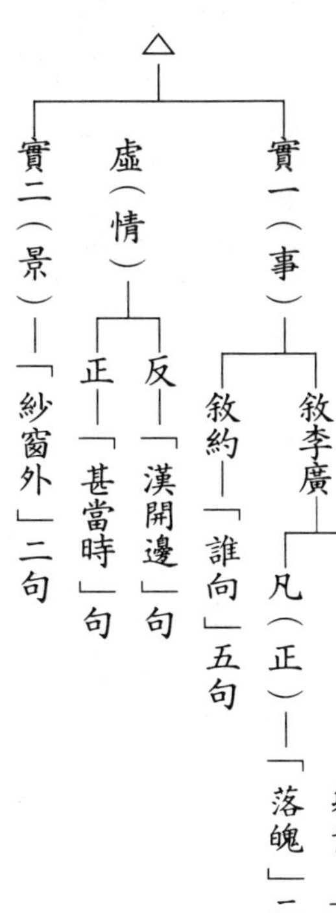


## 四、以賓主結構呈現者

「主」，指重心，是主要的；「賓」，指陪襯，是間接的。由這種賓主法所形成的結構，主要有「先賓後主」、「先主後賓」、「賓、主、賓」和「主、賓、主」等四種。而可能在主旨或綱領安置於篇腹，則是其中的「賓、主、賓」這一類型。如：

蘇軾〈**江城子**〉

鳳凰山下雨初晴。水風清。晚霞明。一朵芙蕖，開過尚盈盈。何處飛來雙白鷺，如有意，慕娉婷。　忽聞江上弄哀箏。苦含情。遣誰聽。煙斂雲收，依約是湘靈。欲待曲終尋問取，人不見，數峯青。

此詞作於宋神宗熙寧七年（西元一〇七四年）前，題作「湖上與張先同賦，時聞彈箏」。它的上片八句，主要用以寫湖景，爲「賓」，而這個「賓」本身又採「賓、主、賓」的結構來寫，頭一個「賓」，爲開端三句，寫湖上雨初晴的景象；而「主」爲「一朵」二句，寫一朵盛開的芙蕖；至於後一個「賓」，爲「何處」二句，寫一雙飛來的白鷺。這樣依序寫來，很技巧地將湖景，由遠而近地描繪得極爲清麗。到了下片，則先以「忽聞」五句，正面寫「聞彈箏」，從中帶出喻作「湘靈」之麗人，和她曲中所含的一片哀苦之情，而這哀苦之情，正是此詞所要表達的主要旨意，所以是「主」的部分。接著以結三句，用錢起〈省試湘靈鼓瑟〉「曲終人不見，江上數峯青」的詩句，回應開端的「鳳凰山」作結，這是後一個「賓」的部分。作者如此以清景爲賓來反襯居於主位的哀情，使得哀情更爲悠長不盡，有著無比的感染力。

**結構分析表**

- △
  - 賓一（景）
    - 賓—「鳳凰」三句
    - 主—「一朵」二句
    - 賓—「何處」三句
  - 主（人）
    - 聽覺—「忽聞」三句
    - 視覺—「煙斂」二句
  - 賓二（景）—「欲待」三句

又如：

蘇軾**〈減字木蘭花〉**

雙龍對起。白甲蒼髯煙雨裡。疏影微香。下有幽人晝夢長。　湖風清軟。雙鵲飛來爭噪晚。翠颭紅輕。時下凌霄百尺英。

這首詞作於宋哲宗元祐四年（西元一〇八九年）前後，題作「錢塘西湖，有詩僧清順。所居藏春塢，門前有二古松，各有淩霄花絡其上。順常晝臥其下。時余爲郡。一日，屏騎從過之，松風騷然。順指落花求韻。余爲賦此。」它首先以開端三句，寫「二古松」之幽景，爲前一個「賓」。其次以「下有」之句，寫正在松下晝眠之幽人，即「寺僧清順」，爲「主」；最後以「湖風」四句，寫被雙鵲蹴下淩霄花的幽景，爲後一個「賓」。很顯然地，作者在此，特以古松與落花之幽（賓），來襯托詩僧之幽（主）。

**結構分析表**

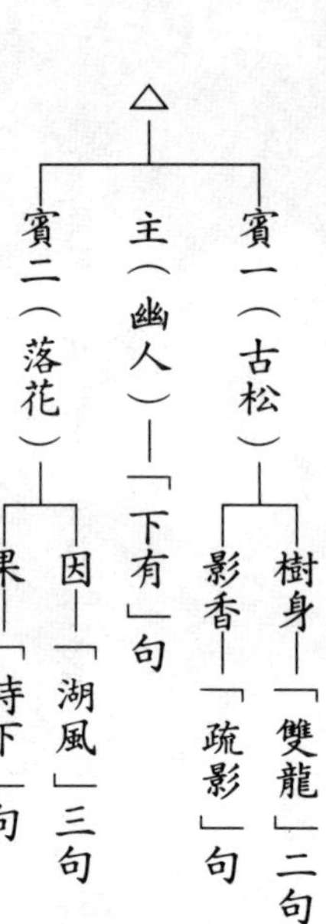


再如：

辛棄疾〈**洞仙歌**〉

江頭父老，說新來朝野，都道今年太平也。見朱顏綠鬢，玉帶金魚，相公是，舊日中朝司馬。

　　遙知宣勸處：東閤華燈，別賜〈仙韶〉接元夜。問天上，幾多春，只似人間，但長見、精神如畫。好都取山河獻君王；看父子貂蟬，玉京迎駕。

此詞作於宋孝宗淳熙元年（西元一一七四年），題作「壽葉丞相」。它在上片，先以「江頭」三句，實寫今年太平之喜；再以「見朱顏」四句，指葉丞相貴爲名宰之事，以頌贊葉丞相，爲賀壽先鋪好路，這是前一個「賓」的部分。而在下片，則先以「遙知」七句，敘天子爲葉丞相生辰賜樂，從而賀其長壽，這是「主」的部分；然後以「好都取」三句，虛寫葉丞相未來收復中原的功業，以加强賀壽的意思，這是後一個「賓」的部分。如此以天下太平、收復中原與葉丞相如今與未來的顯貴，作爲陪襯（賓），來賀葉丞相長壽（主），使得祝壽之本旨更爲醒豁。

**結構分析表**

- △
  - 賓一（如今貴）
    - 因——「江頭」三句
    - 果——「見朱顏」四句
  - 主（壽）
    - 賜樂——「遙知」三句
    - 長壽——「問天上」四句
  - 賓二（未來貴）
    - 因——「好都取」句
    - 果——「看父子」二句

末如：

辛棄疾〈**千年調**〉

巵酒向人時，和氣先傾倒。最要然然可可，萬事稱好。滑稽坐上，更對鴟夷笑。寒與熱，總隨人，甘國老。　少年使酒，出口人嫌拗。此箇和合道理，近日方曉：學人言語，未會十分巧。看他們，得人憐，秦吉了。

這首詞作於宋孝宗淳熙十三年（西元一一八六年）前後，題作「蔗菴小閣，名曰巵言，作此詞以嘲之。」它首先以開端九句，依序用「巵」、「滑稽」、「鴟夷」等酒器與「甘國老」之藥材，從反面來寫隨聲應和、阿諛奉承的小人，爲前一個「賓」。其次以「少年」六句，主要由正面寫作者自少剛拙自信、不合時宜的做人態度，爲「主」的部分。然後以「看他們」三句，又倒回反面，寫由於善學人言而爲人喜愛的「秦吉了」（八哥），爲後一個「賓」。如此以賓形主，把諷刺的意思表達得極爲淋漓盡致。而這種賓主結構，可由下表（參考夏薇薇《文章賓主法析論》，台灣師大碩士論文）呈現得一清二楚：

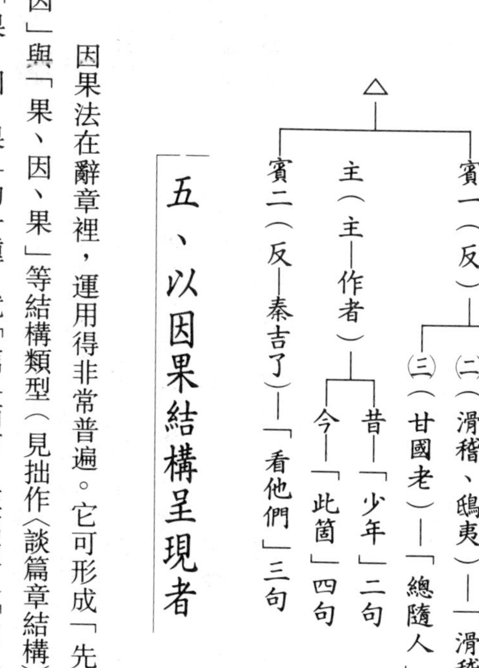


## 五、以因果結構呈現者

因果法在辭章裡，運用得非常普遍。它可形成「先因後果」、「先果後因」、「因、果、因」與「果、因、果」等結構類型（見拙作〈談篇章結構〉，《國文天地》十五卷五、六期）。其中「果、因、果」的一種，就「篇」而言，在篇腹之「因」，就可能出現主旨或綱領。如：

蘇軾〈**江城子**〉

翠娥羞黛怯人看。掩霜紈。淚偷彈。且盡一尊，收淚聽〈陽關〉。漫道帝城天樣遠，天易見，見君難。

畫堂新創近孤山。曲闌干。為誰安。飛絮落花，春色屬明年。欲棹小舟尋舊事，無處問，水連天。

此詞作於宋神宗熙寧七年（西元一〇七四年），題作「孤山竹閣送述古」，據知是一送別之作，而這種送別之情，也就是一篇主旨，作者特安排於篇腹，用「漫道」三句來表出。有了這個「見君難」之「因」，那麼安置於前、後的「果」，就有一根無形的繩子加以維繫了。先就前一個「果」而言，它針對席上的美人（即官妓。龍沐勛以爲此乃「代妓作」，見《東坡樂府箋講疏》，廣文，頁二十一），以「翠娥」三句，寫她偷偷彈淚；以「且盡」二句，寫她喝離酒、唱離歌；這都是因「見君難」而傷別的結果。再就後一個「果」來說，它首先叩緊陳襄（述古）所新建的「孤山竹閣」，以「畫堂」三句來交代；然後回到美人身上，以「飛絮」五句，虛寫明年在竹閣闌干之前，呈現一片春色時，想要「尋舊事」而無處追尋的情景，這當然也是因「見君難」而傷別的結果。可見這首詞就是採「果、因、果」的結構所寫的作品。

**結構分析表**

- △
  - 果一
    - 先（掩紈落淚）—「翠娥」三句
    - 後（喝酒唱曲）—「且盡」二句
  - 因
    - 果—「漫道」句
    - 因—「天易見」二句
  - 果二
    - 實（如今）—「畫堂」三句
    - 虛（明年）—「飛絮」五句

又如：

蘇軾〈**醉落魄**〉

分攜如昨。人生到處萍飄泊。偶然相聚還離索。多病多愁，須信從來錯。　尊前一笑休辭卻。天涯同是傷淪落。故山猶負平生約。西望峨嵋，長羨歸飛鶴。

這首詞也作於宋神宗熙寧七年（西元一〇七四年），題作「席上呈楊元素」。楊元素，即楊繪，時任杭守，和東坡不但是舊識，而且也一樣是失意者。這一次，東坡正要離京口赴密州，和楊元素不得不匆匆作別，很自然地引生了濃烈的淪落之心。因此，蘇軾在此篇之腹，就有「天涯同是傷淪落」之句，這可說是作者傷別離、動歸思的根本原因。而這首詞自篇首起至「須信」句止，主要就是針對「傷別離」來寫；至於「故山」三句，則完全針對「動歸思」來寫。所以全篇便形成「果、因、果」之結構。

**結構分析表**

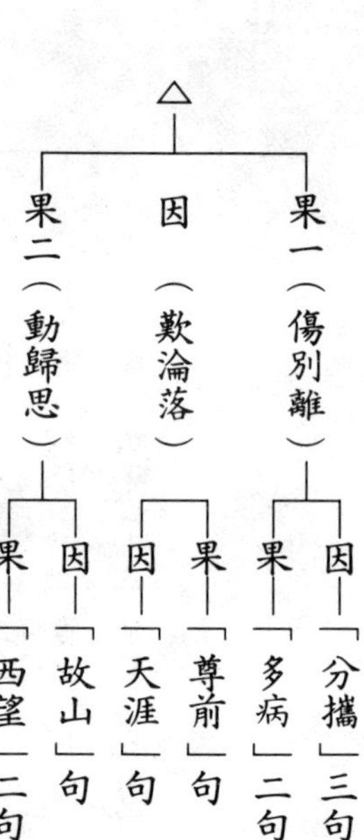


再如：

辛棄疾〈**水龍吟**〉

楚天千里清秋，水隨天去秋無際。遙岑遠目，獻愁供恨，玉簪螺髻。落日樓頭，斷鴻聲裡，江南遊子。把吳鉤看了，欄干拍遍，無人會，登臨意。　休說鱸魚堪鱠，儘西風，季鷹歸未？求田問舍，怕應羞見，劉郎才氣。可惜流年，憂愁風雨，樹猶如此！倩何人、喚取紅巾翠袖，揾英雄淚？

此詞當作於宋孝宗淳熙元年（西元一一七四年），題作「登建康賞心亭」，旨在寫「無人會登臨意」（請纓無路）的愁緒。它首先以「楚天」五句，寫登亭所見景物，依序是天、水、山，而將愁恨寓於其中；接著以「落日」五句，用落日與斷鴻為媒介，把流落江南的自己（遊子）帶出來，以交代題目，並進而寫自己久看吳鉤、遍拍闌干的無奈；這可說是請纓無路的結果；為前一個「果」的部分。其次以「無人會」二句，正面寫「請纓無路」的痛苦，這是一篇主旨所在，為「因」中「主」的部分。又其次以「休說」九句，藉張翰、許汜與桓溫的故事，依次寫自己有家歸不得，求田不成與時不我予的困窘。從旁將請纓無路的痛苦推深一層，為「因」中「實」的部分。最後以「倩何人」三句，由實轉虛，表達請纓的強烈願望，以收拾全詞，這是後一個「果」的部分。透過這種結構，作者便將自己胸中的積鬱傾洩而出了。

**結構分析表**

- △
  - 果一（實）
    - 物—「楚天」五句
    - 人
      - 點—「落日」三句
      - 染—「把吳鉤」二句
  - 因
    - 主—「無人會」二句
    - 賓
      - 一—「休說」三句
      - 二—「求田」三句
      - 三—「可惜」三句
  - 果二（虛）—「倩何人」三句

末如：

辛棄疾〈**水調歌頭**〉

我飲不須勸，正怕酒尊空。別離亦復何恨，此別恨匆匆。頭上貂蟬貴客，苑外麒麟高塚，人世竟誰雄。一笑出門去，千里落花風。

孫劉輩，能使我，不為公。余髮種種如是，此事付渠儂。但覺平生湖海，除了醉吟風月，此外百無功。毫髮皆帝力，更乞鑑胡東。

這闋詞作於宋孝宗淳熙五年（西元一一七八年），前有題序云：「淳熙丁酉，自江陵移師隆興，到官之三月被召，司馬監、趙卿、王漕餞別。司馬賦〈水調歌頭〉，席間次韻。時王公明樞密薨，坐客終夕爲興門戶之歎，故前章及之。」從這裡可看出辛棄疾此作，除了抒發別離之恨（賓）外，最主要的還是在抒發身世之痛（主），而這種痛、這種恨，作者特別安排在篇腹加以「醒出」。這個部分，自「別離」句起至「不爲公」句止：其中「別離」二句，寫別離之恨；「頭上」三句，寫門戶之歎，而以「一笑」二句，用虛景加以渲染，以上都屬於「賓」。而「孫劉輩」三句，說到自己不見信於主而受到排斥，這可說是「主」，而一篇之主意便在這裡。如弄清這個「因」，則置於篇首和篇末的「果」，就全部可以一目了然。以前一個「果」而言，爲開篇二句，寫醉酒，這正是感身世（含傷別離）的結果。以後一個「果」來看，它先以「余髮」二句，說自己已衰老；再以「但覺」三句，寫自己醉風月；然後以「毫髮」二句，說自己乞歸隱；這些又何嘗不是感身世（懷才不遇）的結果呢？可見這闋詞用的是「果、因、果」的結構。

結構分析表

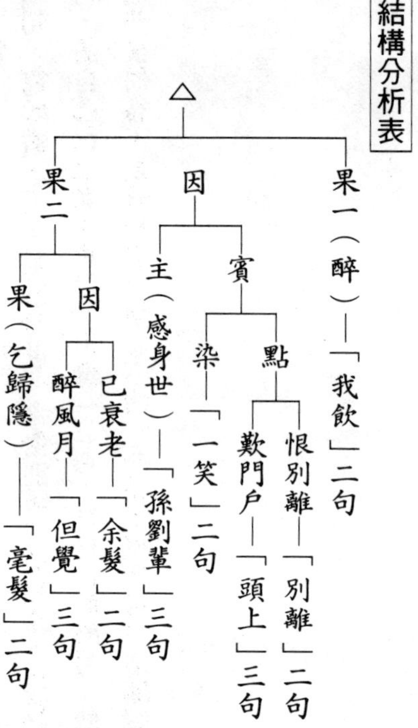


## 六、結語

綜上所述，可知文章之主旨或綱領要安置於篇腹，能用不同的章法來形成多樣結構類型，以達成任務。由於它們有居於中（高）而前後顧盼的特色，所以會造成凸出（就主旨或綱領言）與對稱（就前後言）的美感，可說是相當特殊的。當然他如本末、遠近、正反、敍論、平側（平提側注）……等章法所形成的某些結構類型，也有此可能，這是需要另文作更進一步的探討的。

（原載民國八十九年十月《人文及社會學科教學通訊》十一卷三期，頁四十二～五十七）

# 談篇章的縱向結構

## 一、前言

無論是那一類辭章，由章法切入，辨明其篇章結構，都要涉及縱、橫向的問題。如果單就章法，如遠近、大小、本末、深淺、賓主、虛實、正反、平側、縱收、因果……等①著眼，則所呈現的，大都只是橫向的關係；而其完整的結構，卻是非縱、橫交織不可的。因此在多年以前，即主張在分析辭章時，先要透徹弄清辭章中「情」、「理」、「景」（物）、「事」的成分，再結合章法來掌握它們的結構②。而在去年，也寫了一篇文章，從「情」、「理」、「景」（物）、「事」等成分切入，並結合由章法所形成的形式結構，來談篇章結構③，但還是沒有直接而凸出地論述「縱向」的問題。很湊巧地，八月末，在一個同學會裡，遇到文化大學的中文系教授洪順隆先生，談及章法，他對吳應天先生分說明、議論、敍述、插寫與複合等文，來論其結構體系④，很是贊賞，這就涉及了篇章結構的縱向問題，於是引起了寫作本文的動機，擬就此作一探討。

## 二、單一類型

所謂的「單一」，是指構成辭章的「情」、「理」、「景」（物）、「事」等個別的主要成分而言。通常要掌握一篇辭章的篇章結構，首先要從這些構成辭章的主要成分入手，以確定篇章結構的各個層級。這些層級，無論它是屬那一主要成分，只要單獨出現，便屬於單一類型，這轉成章法而言，就是「全實」（事或景）或「全虛」（情或理）⑤。茲分述如下：

### ㈠單「事」類型

這是指一篇辭章的「篇」或「章」，主要用以敍「事」的類型。這類辭章的篇旨或章旨，全置於篇外，所謂「意在言外」⑥，所謂「不著一字，盡得風流」⑦的，大都就是指此而言的。如《列子》的〈愚公移山〉：

太形、王屋二山，方七百里，高萬仞，本在冀州之南、河陽之北。北山愚公者，年且九十，面山而居，懲山北之塞，出入之迂也，聚室而謀曰：「吾與汝畢力平險，指通豫南，達於漢陰，可乎？」雜然相許。

其妻獻疑曰：「以君之力，曾不能損魁父之丘，如太形、王屋何？且焉置土石？」雜曰：「投諸渤海之尾、隱土之北。」遂率子孫荷擔者三夫，叩石墾壤，箕畚運於渤海之尾，鄰人京城氏之孀妻有遺男，始齔，跳往助之；寒暑易節，始一反焉。

河曲智叟笑而止之曰：「甚矣，汝之不慧！以殘年餘力，曾不能毀山之一毛，其如土石何？」北山愚公長息曰：「汝心之固，固不可徹；曾不若孀妻弱子。雖我之死，有子存焉；子又生孫，孫又生子；子又有子，子又有孫；子子孫孫，無窮匱也；而山不加增，何苦而不平？」河曲智叟亡以應。

操蛇之神聞之，懼其不已也，告之於帝，帝感其誠，命夸娥氏二子負二山，一厝朔東，一厝雍南。自此冀之南，漢之陰，無隴斷焉。

這是我國著名的一則寓言故事，這則故事裡，作者寄寓了「人助天助」、「有志竟成」的道理於篇外，是非常耐人玩味的。文凡四段：作者首先在起段記敘愚公鑒於太行、王屋兩座大山阻礙了南北交通，便決意要剷平它們並獲得家人贊可的情形；再在次段記敘愚公選定投置土石的地點，並率領子孫實際去從事移山工作的經過；然後在三段記敘智叟笑阻愚公，而愚公卻不爲所動，以爲只要堅定信心，努力不懈，便必能成功的一段對話；最後在末段記敘愚公的偉大精神，終於感動了天地，獲得神助，完成了移山願望的圓滿結局。顯而易見，起、次、三等段是針對著「有志」、「人助」來寫的，而末段則寫的是「天助」、「竟成」。作者就這樣用一個簡單的故事，使人在趣味盎然中領悟出見於篇外的做人、做事的道理和天人間的密切關係⑧，這可說是寓言故事的普遍特色，是其他的各類文體所無法趕上的。不過，這種寓言體的文體，也有將道理直接在篇內點破的，如柳宗元的〈黔之驢〉，便在末段透過「向不出其技，虎雖猛，疑畏卒不敢取。今若是焉，悲夫！」幾句話，將諷喻的意思表達出來，這樣，主旨即直接見於篇內，與正體的寓言故事將主旨置於篇外的，便兩樣了。

結構分析表

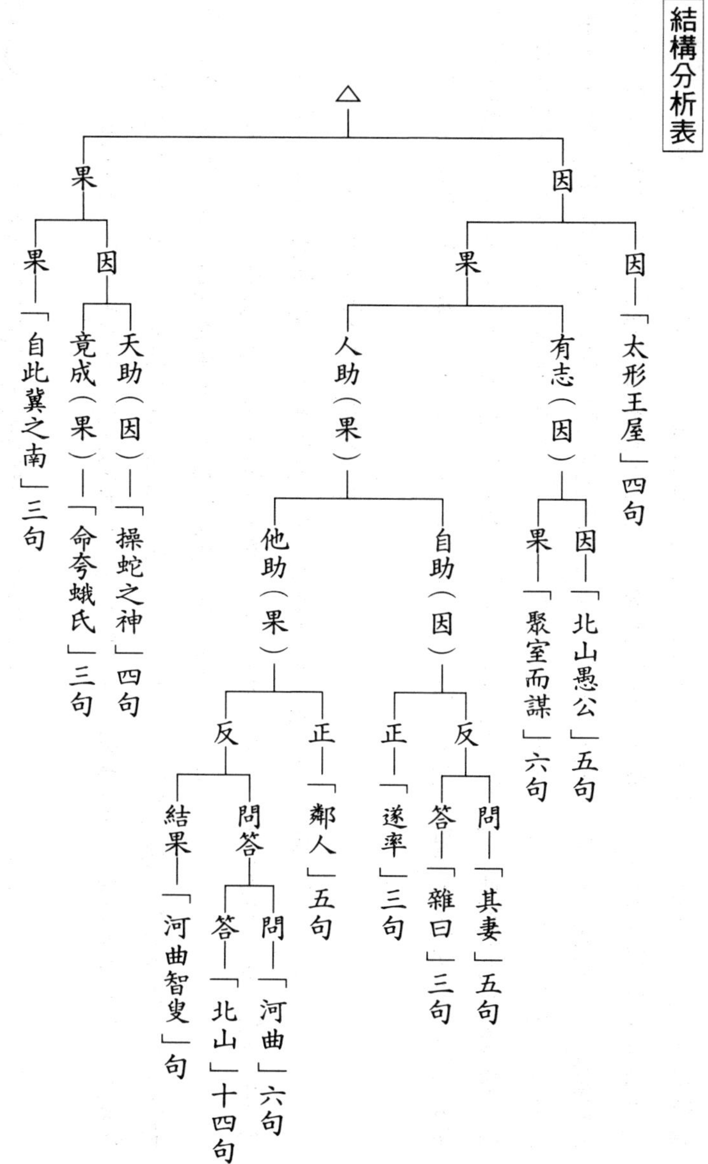
△
果
因
果
因
果
因
「自此冀之南」三句
竟成（果）—「命夸蛾氏」三句
天助（因）—「操蛇之神」四句
人助（果）
有志（因）
「太形王屋」四句
他助（果）
自助（因）
果—「聚室而謀」六句
因—「北山愚公」五句
反
正—「鄰人」五句
正—「遂率」三句
反
結果—「河曲智叟」句
問答
答—「北山」十四句
問—「河曲」六句
答—「雜曰」三句
問—「其妻」五句

由上表可看出，作者敘述這一神話故事，用了因果、正反、問答等章法來形成篇章結構，如果拿掉了這些章法，是很難形成完整的結構的⑨。又如《韓詩外傳》的一則故事：

> 齊景公遊於牛山之上，而北望齊曰：「美哉國乎！鬱鬱泰山，使古而無死者，則寡人將去此而何之？」俯而泣沾襟。國子、高子曰：「然。臣賴君之賜，疏食惡肉，可得而食也，駑馬柴車，可得而乘也。且猶不欲死，況君乎？」俯泣。晏子曰：「樂哉！今日嬰之遊也，見怯君一，而諛臣二。使古而無死者，則太公至今猶存，吾君方將被蓑笠而立乎畎畝之中。惟事之恤，何暇念死乎？」景公慚，而舉觴自罰，因罰二臣。

本則主要在記述晏子譏齊景公貪生畏死的故事。它一開始就提明這個故事的主角與故事發生的地點，從而領出「美哉國乎」五句，以寫齊景公面對大好河山的哀傷，他哀傷的不是國事，而是「使古而無死者，則寡人將去此而何之？」這明顯是畏死的表現。《晏子春秋．內篇．諫》上記此事云：「景公遊於牛山，北臨其國城而流涕曰：『若何滂滂去此而死乎！』而《列子．力命》也說：「景公遊於牛山，北臨其國城而流涕曰：『美哉國乎！鬱鬱芊芊，若何滴滴去此國而死乎！』」這兩則記載，在語意上表達得更直接明白。當時羣臣陪侍在旁，見景公如此，本當勸諫才對，而國子和高子卻逢迎君意，不僅說「臣賴君之賜」等七句話，更隨著景公「俯而泣沾襟」而「俯泣」，這明顯是諂諛的表現。既然君怯臣諛如此，那麼晏子見了，就不得不進諫了。進諫時，晏子首先以「樂哉！今日嬰之遊也」，用委婉的口氣，從反面打開話頭；再扣緊所見君臣之表現，從正面說「見怯君一，而諛臣二」；然後撇開陪襯的國子與高子不談，獨對主角景公「使古而無死者」之嘆，用「使古而無死者」八句，間接地指出「太公至今猶存」的後果是「君又安得此位而立者」《列子・力命》、「君亦安得此國而哀之」（《晏子春秋外篇》），以感悟景公。晏子這番話果然見效，收到了使「景公慚，而舉觴自罰，因罰二臣」的圓滿結句。晏子這種當機婉言進諫的例子很多，此即其一。

**結構分析表**

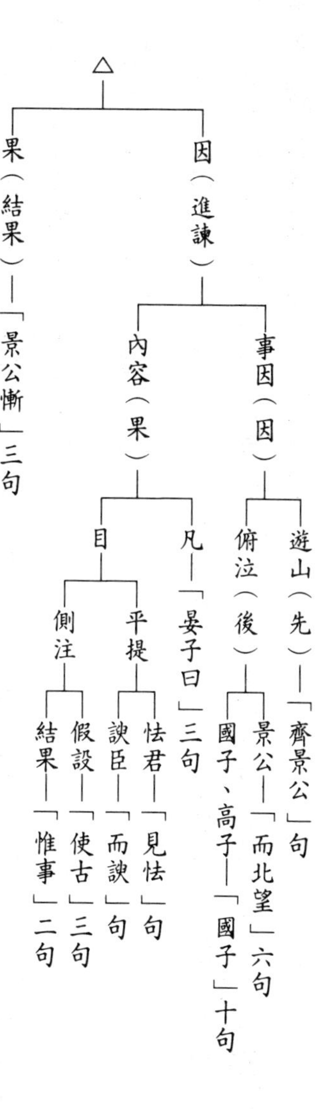

從上表可知，作者敘述這一有關晏子的故事，主要用了因果、先後（今昔）、凡目、平側等章法來形成它的篇章結構，條理十分清晰。

### (二)單「景」（物）類型

這是指一篇辭章的「篇」或「章」，主要用以寫「景」（物）的類型。這種辭章的篇旨或章旨，也全置於篇外，而在篇內則只是用「景」（物）加以襯托而已。王國維說：「一切景語皆情語」⑩，說的就是這個道理。如歐陽脩的〈采桑子〉詞：

> 春深雨過西湖好，百卉爭妍，蝶亂蜂喧，晴日催花暖欲然。　蘭橈畫舸悠悠去，疑是神仙。返照波間，水闊風高颺管絃。

這是作者詠西湖十三調中的一首，旨在詠雨過春深的潁州西湖好景，以襯托作者閑適的心情。作者在此，先以起句「春深雨過西湖好」作一總敘，再以「百卉爭妍」三句，藉花卉、蜂蝶、晴日等自然景物，寫西湖堤上的春深好景，然後以「蘭橈畫舸悠悠去」四句，以畫船、返照、水闊、風高與管絃等糅合自然與人事的景物，寫西湖水上的春深好景。敘次由凡而目，將西湖的春深好景，描寫得異常生動。

**結構分析表**

- 凡（西湖好）—「春深」句
- 目
  - 近（西湖好之一—隄上）
    - 百卉—「百卉」句
    - 蜂蝶—「蝶亂」句
    - 暖花—「晴日」句
  - 遠（西湖好之二—水上）
    - 視覺—「蘭橈」三句
    - 聽覺—「水闊」句

由上表可看出，作者寫穎州西湖「春深」好景，主要用了凡目、遠近、感覺轉換⑪等章法來形成它的篇章結構，敍次井然。又如周密題作「吳山觀濤」的〈聞鵲喜〉詞：

天水碧，染就一江秋色。鰲戴雪山龍起蟄，快風吹海立。　數點煙鬟青滴，一杼霞綃紅濕。白鳥明邊帆影直，隔江聞夜笛。

這闋詞詠錢塘江潮，是按時間的先後，由潮起（先）寫到潮過（後）的。寫潮起（先）的部分，爲上片。先以起二句，寫江天一碧的秋色，爲潮起設下遠大的背景。後以「鰲戴」二句，寫潮水陡起的迅猛景象；作者在此，除用鰲背雪山、龍騰水底來加以形容外，又以「快風」來推波助瀾，這樣當然就使「海」空高立了。而寫潮過（後）的部分，爲下片。它先以「數點」二句，寫潮過後的遠山和雲霞，在煙水上，一青一紅，顯得格外綺麗。後以「白鳥」二句，就視覺，寫帆影邊的鷗鷺；就聽覺，寫隔江傳來的夜笛。作者就這樣以平和的靜景，和上片所寫潮來時壯觀的動景，形成强烈對比，產生了映襯的最佳效果。李祚唐分析此詞說：「上片依人的視覺，由遠及近，潮來時雷霆萬鈞之勢，已全在眼前。下片復由上片的劇烈動態轉爲平緩，逐漸消失爲靜態。」又針對著下片說：「這種平靜，正是在洶湧喧囂過後，才體驗得分外真切；而它反過來，不也襯托出錢塘江潮的格外壯觀嗎？詞人寫潮，即充分借助了這種靜與動的相互對比和彼此轉換，因而著語雖不多，效果卻非常明顯」⑫。體會得很真切。

## 結構分析表

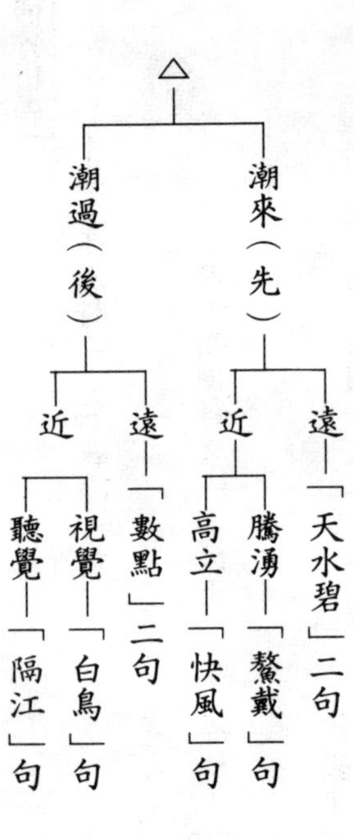

從上表可知，作者寫這次的「觀潮」，主要用了先後（今昔）、遠近、感覺轉換等章法來形成其篇章結構，感染力極強。

### ㈢單「理」類型

這是指一篇辭章的「篇」或「章」，主要用以說「理」的類型。一般而言，這個「理」，無論是議論或說明，常會引「事」[13]作例證來呈現，所以全篇純說理的長篇辭章，是極少見的。在此，只舉篇幅較短者來說明，如《孝經》的〈紀孝行〉章：

> 子曰：「子之事親也，居則致其敬，養則致其樂，病則致其憂，喪則致其哀，祭則致其嚴。五者備矣，然後能事親。
>
> 事親者，居上不驕，為下不亂，在醜不爭。居上而驕則亡，為下而亂則刑，在醜而爭則兵。三者不除，雖日用三牲之養，猶為不孝也。」

本章文字原屬《孝經》之第十章，旨在論「孝子事親之行」（邢昺〈疏〉），是採「由內而外」的順序寫成的。以「內」而言，自「孝子之事親也」起至「然後能事親」止，先以「孝子之事親也」六句；分別就「居」、「養」、「病」（以上生前）、「喪」、「祭」（以上死後）五者，說明孝子依序要致其「敬」、「樂」、「憂」、「哀」、「嚴」；然後以「五者備矣」二句，作一總括，針對家庭之內事奉父母的表現，加以說明。以「外」而言，自「事親者」起至章末，先以「事親者」四句，將孝道由內推擴至外，從正面論「居上」、「爲下」、「在醜」時應有的表現；然後以「居上而驕則亡」六句，用「先目後凡」的形式，從反面論「居上」、「爲下」、「在醜」時不該有的行爲，並且指出這樣就是「不孝」。《孝經．開宗明義》章說：「夫孝，始於事親，中於事君，終於立身。」說的就是這個意思。

## 結構分析表

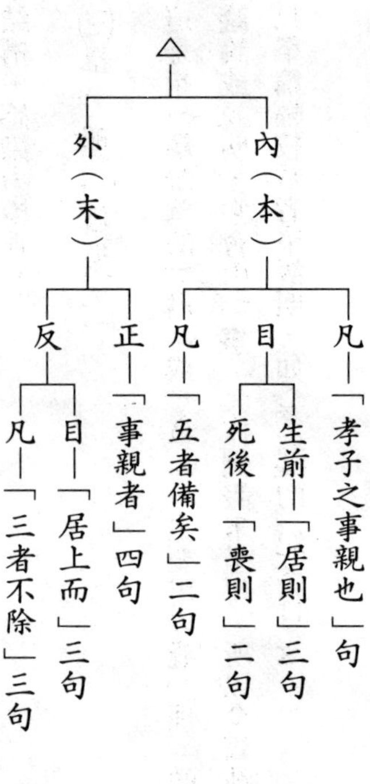

由上表可看出，作者在此，主要用本（內）末（外）、凡目、正反、先後（今昔）等章法來形成其篇章結構，篇幅雖短，而所用章法卻多樣。又如《孝經》的〈廣要道〉章：

子曰：「教民親愛，莫善於孝；教民禮順，莫善於悌；移風易俗，莫善於樂；安上治民，莫善於禮。禮者。敬而已矣！故敬其父則子悅，敬其兄則弟悅，敬其君則臣悅，敬一人而千萬人悅。所敬者寡而悅者眾，此之謂要道也。」

本章文字原屬《孝經》之第十二章，旨在論實踐孝道的效果，是採「先平提後側注」的結構寫成的。「平提」的部分，自「教民親愛」起至「莫善於禮」止，先就「齊家」一層，講孝、講悌；然後將範圍擴大，就「治國」一層，講樂、講禮。《論語‧學而》說：「孝弟也者，其爲仁之本與！」而〈八佾〉又說：「人而不仁，如禮何？人而不仁，如樂何？」這就是說禮樂源自於孝悌，行孝之效果，由此可見。「側注」的部分，自「禮者」起至篇末，採「凡、目、凡」之形式，專就「平提」部分的「禮」字加以申論。在這裡，孔子特別拈出一個「敬」字來貫穿。先由頭一個「凡」提明「禮」即「敬」；再分別就「父」、「兄」、「君」，回應「平提」的部分，說明「敬一人而千萬人悅」的道理，這就是「目」的部分；然後將上文之意作個總括，指出這就是「要道」，此即後一個「凡」的部分。這篇文字告訴我們：禮主敬，而孝也離不開敬和禮。

《論語．爲政》載孔子的話說：「今之孝者，是謂能養，至於犬馬，皆能有養，不敬，何以別乎？」又載孔子答孟孫之問孝說：「生，事之以禮；死，葬之以禮，祭之以禮。」由此可知「孝」、「敬」、「禮」，是合爲一體，不可分的。

**結構分析表**

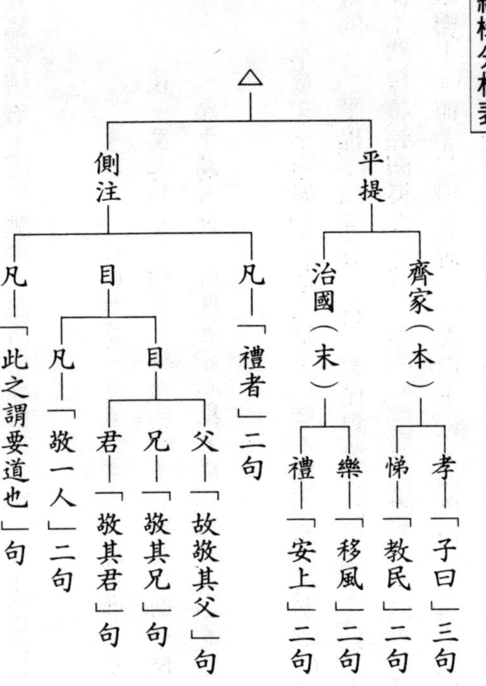

從上表可知，作者在此短文中，主要用了平側、本末、凡目等章法來形成它的篇章結構，很合乎秩序、聯貫、統一的原則⑭。

### ㈣單「情」類型

這是指一篇辭章的「篇」或「章」，主要用以抒「情」的類型。由於這個「情」，往往是要用「景」（物）或「事」加以襯托的，所以這種全篇或全章用以抒情的辭章，也極罕見，只有在民歌或類似民歌的作品中才有可能找到一些。如無名氏的〈子夜歌〉：

> 儂作北辰星，千年無轉移。歡行白日心，朝東暮還西。

這首詩直抒胸臆，將自己（思婦）的感情譬作「北辰星」，而對方則爲「白日」，作成「不變」與「變」的强烈對比，以表出怨情。表達雖然直接，卻有韻味⑮。

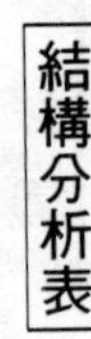


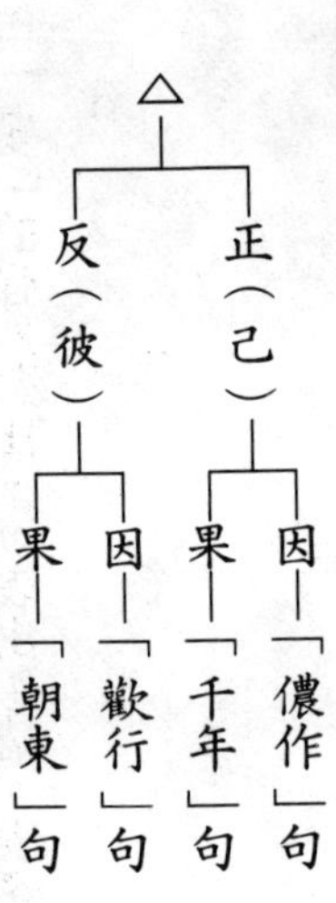


由上表可看出，作者在這短歌中，主要用了正（己）反（彼）及因果等章法來形成其篇章結構，是很容易掌握的。又如無名氏的〈望江南〉詞：

莫攀我，攀我太心偏。我是曲江臨池柳，者（這）人折了那人攀。恩愛一時間。

這首敦煌曲子詞，完全以娼女的口吻，要人不要對她「太心偏」。爲什麼會發出這樣子的呼喊呢？那是因爲別人把她看成是「臨池柳」，人人可攀。既然人人可攀，那麼所謂「恩愛」，當然只是「一時間」的了⑯。

**結構分析表**

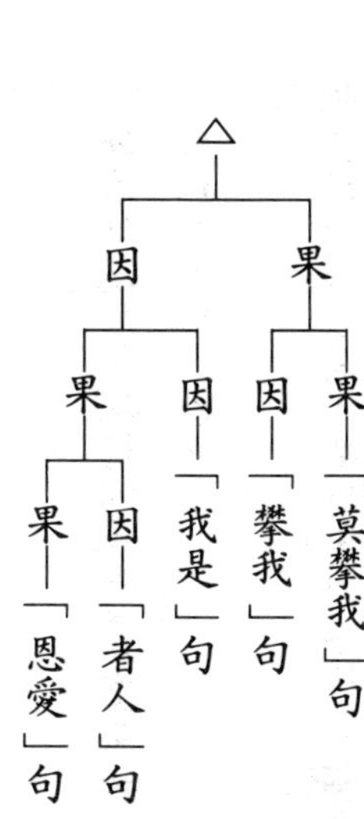


從上面可知，作者在這裡，主要用了因果章法來形成其篇章結構，而因果法是相當原始的⑰。

## 三、複合類型

所謂的「複合」，是指從「情」、「理」、「景」（物）、「事」等主要成分中，選取兩種或兩種以上來組合的意思。這種組合類型，在章法來說，歸於「虛實」，是最爲常見的，而且大都呈現主從的關係⑱。其中「情」與「理」，是「主」；而「景」（物）與「事」，爲「從」。這可藉王國維的「一切景語皆情語」一語加以擴充，那就是：

一切景語皆情語
事語皆理語

也就是說，作者用「景」（物）、「事」來寫，是手段，而藉以充分凸顯「情」與「理」，才是目的[19]。了解了這點，才能完全掌握作者真正要表達的是什麼情理，而不至於迷惑不明。以下就分類舉例加以說明。

## ㈠「情」與「景」（物）的複合類型

這是指複合「情」與「景」（物）以形成「篇」或「章」某一層結構的類型。這種類型又可大別爲「先景（物）後情」、「先情後景（物）」、「景（物）、情、景（物）」、「情、景（物）、情」……等不同結構[20]。「先景（物）後情」的，如杜甫的〈旅夜書懷〉詩：

細草微風岸，危檣獨夜舟。星垂平野闊，月湧大江流。名豈文章著，官應老病休。飄飄何所似？天地一沙鷗。

此詩爲泊舟江邊、觸景生情之作。起聯藉孤舟、風岸、細草，寫江邊的寂寥；頷聯藉星月、平野、江流，寫天地的高曠；這是寫景的部分，爲實。頸聯就文章與功業，寫自己事與願違、老病交迫的苦惱；尾聯就旅舟與沙鷗，寫自己到處飄泊的悲哀；這是抒情的部分，爲虛。一虛一實，就這樣產生相糅相襯的效果，使得滿紙盈溢著悲愴的情緒㉑。

**結構分析表**

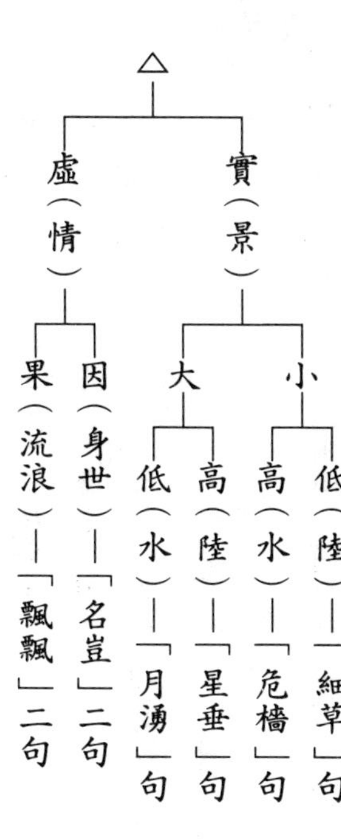


由上表可看出，作者寫這首詩，主要是用虛（情）實（景）、大小、因果、高低等章法來形成其篇章結構的。「先情後景（物）」的，如李煜的〈望江南〉詞：

多少恨，昨夜夢魂中。還似舊時遊上苑，車如流水馬如龍。花月正春風。

這闋詞首先以起二句，直接將自己夢後的滿腔怨恨傾洩而出；其次以次句，交代他「怨恨之由」㉒；然後以「還似」三句，寫夢境。這樣以「先情後景」的結構來寫，篇幅雖短，卻充分地抒發了他亡國之痛㉓。

**結構分析表**

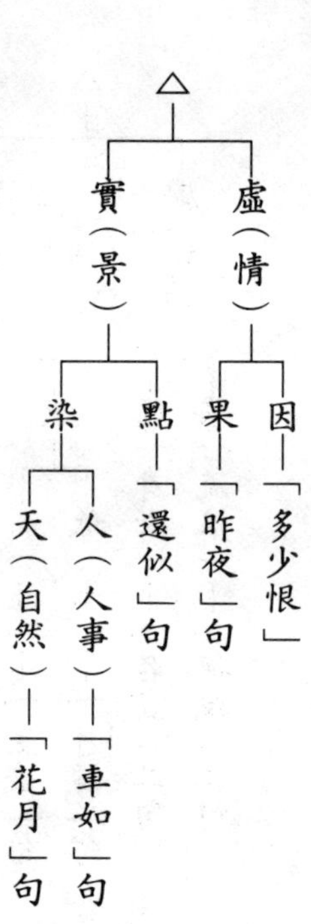


從上表可知，作者在此，主要是用虛（情）實（景）、因果、點染、天人㉔等章法來形成其篇章結構的。「景（物）、情、景（物）」的，如白居易的〈長相思〉詞：

汴水流，泗水流，流到瓜州古渡頭。吳山點點愁。　思悠悠，恨悠悠，恨到歸時方始休。月明人倚樓。

作者在上片，寫的是自己置身於瓜州古渡所見到的景物：首以「汴水流」三句，寫向北所見到的「水」景，藉汴、泗二水之不斷奔流，襯托出一份悠悠別恨；再以「吳山點點愁」一句，寫向南所見到之「山」景，藉吳山之「點點」又襯托出另一份悠悠別恨來，使得情寓景中，全力爲下半的抒情預鋪路子。到了下片，則即景抒情，一開頭就將一篇之主旨「悠悠」之恨拈出，再以「恨到歸時方始休」作進一層的渲染。然後以結句，寫自己在樓上對月相思的樣子，將「恨」字作更具體之描繪，所謂「以景結情」，有著無盡的韻味。黃屏說：「這是白居易寫閨怨的一首名作，前人認爲這是他的作品中最『純粹的詞體』，因爲它充分表現了詞最初含而不露、婉轉多情的特色」㉕看法很正確。

**結構分析表**

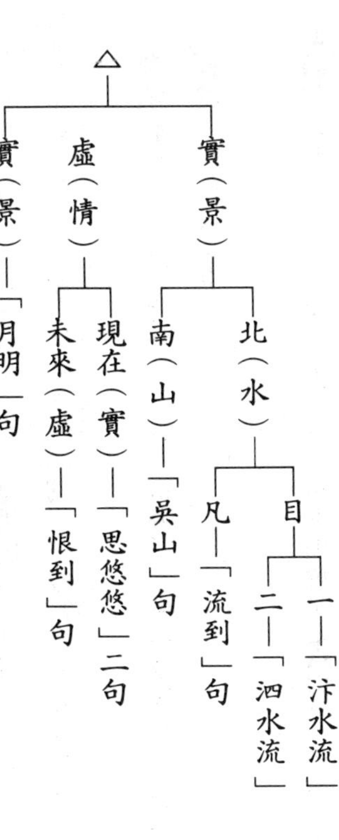

由上表可看出，作者在這闋詞裡，主要是用虛實（情景、時間）、凡目和方位轉換等章法來形成其篇章結構的。「情、景（物）、情」的，如杜審言的〈和晉陵陸丞早春遊望〉詩：

> 獨有宦遊人，偏驚物候新。雲霞出海曙，梅柳渡江春。淑氣催黃鳥，晴光轉綠蘋。忽聞歌古調，歸思欲霑巾。

此詩先以起三句，泛寫「偏驚」（特別地會觸生情思）之情。再以「雲霞」四句、具寫「物候新」的景象，分由「雲霞」、「梅柳」、「黃鳥」、「蘋」等具寫「物」，由「曙」、「春」、「淑氣」、「晴光」等具寫「候」，由「出海」、「渡江」、「催」、「轉綠」等具寫「新」，使「物候新」由空泛轉爲具體，以加强尾聯的感染力量。然後藉末聯承「偏驚」，並交代題目的「和」字，寫讀了陸丞詩後所湧生的「歸思」（即歸恨），點明主旨作收[26]。很顯然地，這是採「情、景、情」的結構所寫成的作品。

**結構分析表**

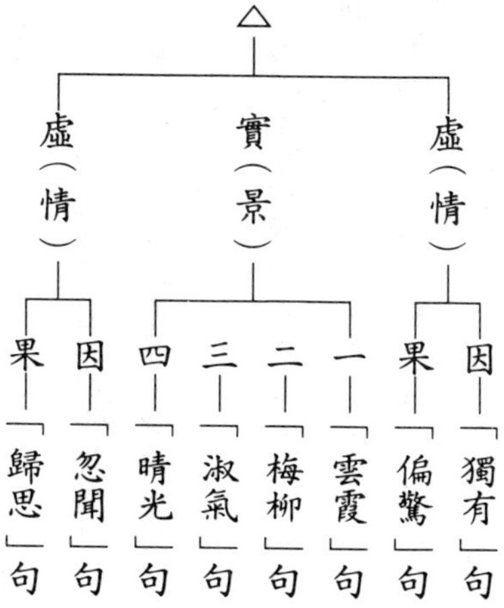

- △
  - 虛（情）
    - 因——「獨有」句
    - 果——「偏驚」句
  - 實（景）
    - 一——「雲霞」句
    - 二——「梅柳」句
    - 三——「淑氣」句
    - 四——「晴光」句
  - 虛（情）
    - 因——「忽聞」句
    - 果——「歸思」句

從上表可知，作者此詩，主要是用虛（情）實（景）、因果等章法來形成其篇章結構的。

另外，有景（物）、情疊用的，如辛棄疾的〈鷓鴣天〉（翠木千尋上薜蘿）詞，就呈現了「景、情、景、情」的結構㉗，可供參考。

### (二)「理」與「事」的複合類型

這是指複合「理」與「事」，以形成「篇」或「章」某一層結構的類型。這種類型又可大別爲「先事後理」、「先理後事」、「事、理、事」、「理、事、理」……等不同結構㉘。「先事後理」的，如劉蓉的〈習慣說〉：

蓉少時，讀書養晦堂之西偏一室。俛而讀，仰而思；思而弗得，輒起，繞室以旋。室有窪徑尺，浸淫日廣。每履之，足苦躓焉；既久而遂安之。

一日，父來室中，顧而笑曰：「一室之不治，何以天下國家為？」命童子取土平之。後蓉履其地，蹴然以驚，如土忽隆起者；俯視地，坦然則既平矣。已而復然；又久而後安之。

噫！習之中人甚矣哉！足履平地，不與窪適也；及其久，而窪者若平。至使久而即乎其故，則反窒焉而不寧。故君子之學貴慎始。

此文旨在說明習慣對人影響之大，藉以讓人體會「學貴慎始」的道理。它就結構而言，可大別爲「敍」與「論」兩大部分。其中「敍」屬「目」（條分）而「論」屬「凡」（總括）。屬「目」之敍，先以「蓉少時」七句，敍述自己繞室以旋的習慣，作爲引子，以領出下面兩軌文字來。再以「室有窪徑尺」五句，敍述室有窪而足苦躓，卻久而安的情事，這是第一軌；然後以「一日」十三句，敍述自己因父親取土平而蹴然以驚，卻又久而後安的經過，這是第二軌。而屬

「凡」之論，則先以「噫！習之中人也甚矣哉」，爲習慣對人之影響而發出感歎；再以「足履平地」四句，呼應屬「目」之第一軌加以論述；接著以「至使久而即乎其故」二句，呼應屬「目」之第二軌加以論述；最後以「故君子之學貴慎始」一句，由習慣轉入爲學，將一篇主意點明作結。此文誠如宋廓所說「文章以『思』爲經，貫穿始末。因『思』而『繞室以旋』，從『旋』而極其自然地引渡到主題的闡發㉙」，這樣所闡發的主題，便更爲明晰，而富於說服力了。

**結構分析表**

- △
  - 敘（事）
    - 點（引子）—「蓉少時」五句
    - 染（繞室習慣）
      - 先（一軌）
        - 室有窪—「室有窪」二句
        - 足苦躓—「每履之」二句
        - 久而安—「既久」句
      - 後（二軌）
        - 取土平
          - 因—「一日」五句
          - 果—「命童子」句
        - 蹴然驚—「後蓉履」五句
        - 久而安—「又久」句
  - 論（理）
    - 因
      - 凡—「噫」二句
      - 目
        - 一軌—「足履」四句
        - 二軌—「至使」二句
    - 果—「故君子之學貴慎始」句

由上表可看出，這篇文章主要是用敘論（凡目）、點染、因果、先後（今昔）等章法來形成其結構的。「先理後事」的，如蘇軾的〈超然臺記〉：

凡物皆有可觀；苟有可觀，皆有可樂，非必怪奇偉麗者也。餔糟啜醨，皆可以醉；果蔬草木，皆可以飽；推此類也，吾安往而不樂？

夫所謂求福而辭禍者，以福可喜而禍可悲也。人之所欲無窮，而物之可以足吾欲者有盡；美惡之辨戰乎中，而去取之擇交乎前，則可喜者常少，而可悲者常多；是謂求禍而辭福。

夫求禍而辭福，豈人之情也哉？物有以蓋之矣。彼遊於物之內，而不遊於物之外。物非有大小也，自其內而觀之，未有不高且大者也，彼挾其高大以臨我，則我常眩亂反覆，如隙中之觀鬥，又焉知勝負之所在？是以美惡橫生，而憂樂出焉，可不大哀乎！

余自錢塘移守膠西，釋舟楫之安，而服車馬之勞，去雕牆之美而蔽采椽之居，背湖山之觀，而適桑麻之野。始至之日，歲比不登，盜賊滿野，獄訟充斥，而齋廚索然，日食杞菊，人固疑余之不樂也。處之期年，而貌加豐；髮之白者，日以反黑。余既樂其風俗之淳，而其吏民亦安余之拙也，於是治其園圃，潔其庭宇，伐安丘、高密之木，以修補破敗，為苟完之計。而園之北，因城以為臺者舊矣，稍葺而新之。時相與登覽，放意肆志焉。南望馬耳常山，出沒隱見，若近若遠，庶幾有隱君子乎？而其東則盧山，秦人盧敖之所從遁也。西望穆陵，隱然如城郭，師尚父齊桓公之遺烈猶有存者。北俯濰水，慨然太息，思淮陰之功，而弔其不終。

臺高而安，深而明，夏涼而冬溫。雨雪之朝，風月之夕，余未嘗不在，客亦未嘗不從。擷園蔬，取池魚，釀秫酒，瀹脫粟而食之，曰：樂哉遊乎！

方是時，余弟子由適在濟南，聞而賦之，且名其臺曰「超然」，以見余之無所往而不樂者，蓋遊於物之外也。

此文凡分七段，其中一、二、三等段爲「論」（理），而四、五、六、七等段爲「敍」（事）。「論」（理）的部分，先從正面寫「可樂」，再由反面寫「不樂」，以領出「敍」（事）的部分來。而「敍」（事）的部分，用自己由杭州移官密州的經歷，先就反面寫「宜不能樂」㉚，然後就正面，依序採順敍法，寫「樂形於外」㉛，採補敍法，敍明臺名及如此命名之用意，以回抱前文作收㉜。

結構分析表

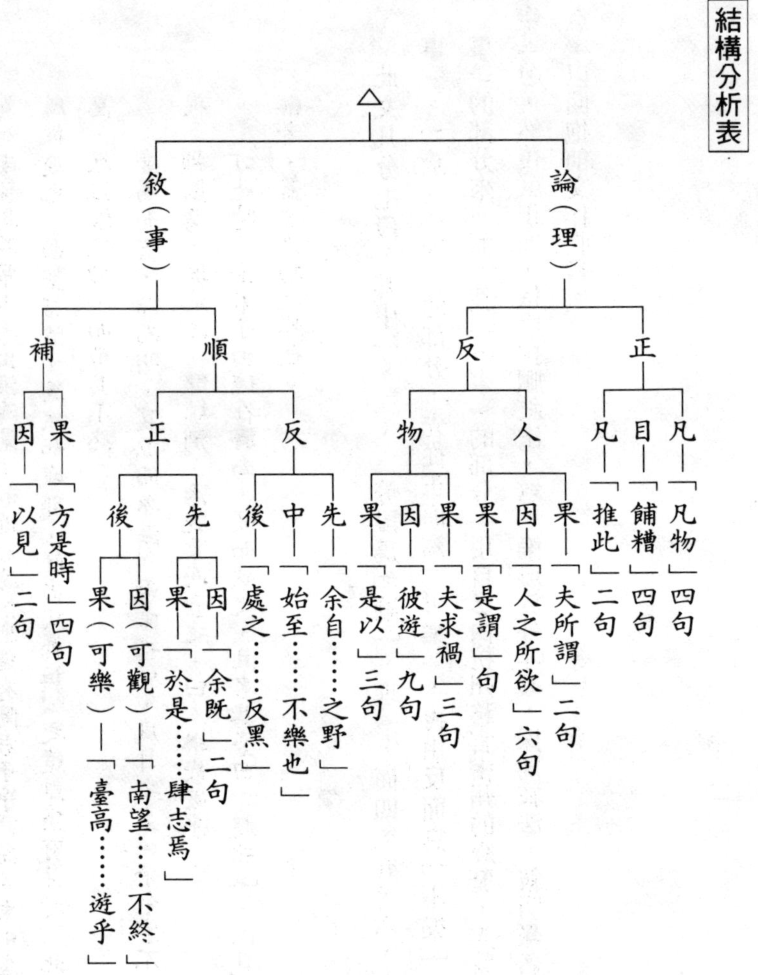

△
論（理）
正
凡—「凡物」四句
目—「餔糟」四句
凡—「推此」二句
反
人
果—「夫所謂」二句
因—「人之所欲」六句
果—「是謂」句
物
果—「夫求禍」三句
因—「彼遊」九句
果—「是以」三句
敘（事）
順
反
先—「余自……之野」
中—「始至……不樂也」
後—「處之……反黑」
正
先
因—「余既」二句
果—「於是……肆志焉」
後
因（可觀）—「南望……不終」
果（可樂）—「臺高……遊乎」
補
果—「方是時」四句
因—「以見」二句

從上表可看出，此文主要是用敍論、正反、凡目、因果、順補（今昔）、先後（今昔）等章法來形成其篇章結構的。「理、事、理」的，如彭端淑的〈爲學一首示子姪〉：

天下事有難易乎？為之，則難者亦易矣；不為，則易者亦難矣。人之為學有難易乎？學之，則難者亦易矣；不學，則易者亦難矣。

吾資之昏，不逮人也；吾材之庸，不逮人也。旦旦而學之，久而不怠焉；迄乎成，而亦不知其昏與庸也。吾資之聰，倍人也；吾材之敏，倍人也。屏棄而不用，其昏與庸無以異也。然則昏庸聰敏之用，豈有常哉？

蜀之鄙有二僧，其一貧，其一富。貧者語於富者曰：「吾欲之南海，何如？」富者曰：「子何恃而往？」曰：「吾一瓶一缽足矣。」富者曰：「吾數年來欲買舟而下，猶未能也。子何恃而往？」越明年，貧者自南海還，以告富者，富者有慚色。西蜀之去南海，不知幾千里也：僧之富者不能至，而貧者至焉。人之立志，顧不如蜀鄙之僧哉？

是故聰與敏，可恃而不可恃也；自恃其聰與敏而不學，自敗者也。昏與庸，可限而不可限也；不自限其昏與庸而力學不倦，自立者也。

這篇文章共分四段，其中一、二兩段，是「論」（理）的部分，先指明「學」在於「力學不倦」，不在於難易；然後配合資材昏與敏，作進一步的說明。而第三段爲「敍」（事）的部分，特舉西蜀之二僧，一去南海而一否的事例，來證明肯努力的終能成功、不肯努力的必將失敗的道理。至於末段，則又是「論」（理）的部分，作者此文，首收上文的「不爲」、「聰」、「敏」、「屏棄不用」與「富者不能至」，用「是故聰與敏」四句，從反面指明人若自恃聰敏而不去學習，則必然會走上失敗之路；次收上文「爲之」、「學之」、「昏」、「庸」、「旦旦學之」與「貧者至」，用「昏與庸」四句，從正面指出人若不自限昏庸而力學不已，則必將步上成功大道，以點明主旨作收㉝。

結構分析表

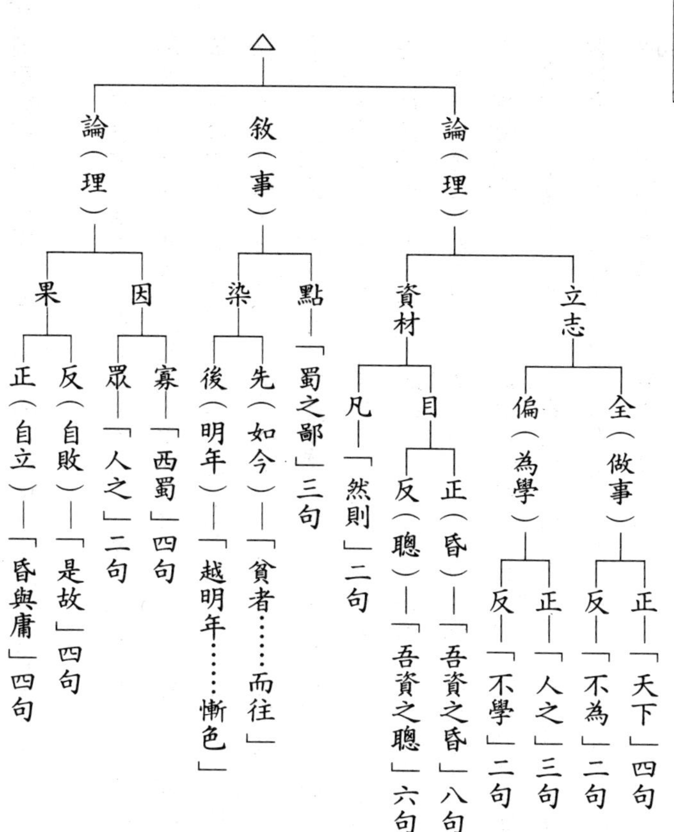
△
論（理）
立志
全（做事）
正—「天下」四句
反—「不為」二句
偏（為學）
正—「人之」三句
反—「不學」二句
資材
目
正（昏）—「吾資之昏」八句
反（聰）—「吾資之聰」六句
凡—「然則」二句
敘（事）
點—「蜀之鄙」三句
染
先（如今）—「貧者……而往」
後（明年）—「越明年……慚色」
論（理）
因
寡—「西蜀」四句
眾—「人之」二句
果
反（自敗）—「是故」四句
正（自立）—「昏與庸」四句

由上表可知，這篇文章主要是用敘論、正反、凡目、因果、偏全、先後（今昔）、點染等章法來形成其篇章結構的。「事、理、事」的，如歸有光的〈項脊軒志〉：

項脊軒，舊南閤子也。室僅方丈，可容一人居。百年老屋，塵泥滲漉，雨澤下注，每移案，顧視無可置者。又北向，不能得日；日過午已昏。余稍為修葺，使不上漏。前闢四窗，垣牆周庭，以當南日。日影反照，室始洞然。又雜植蘭、桂、竹、木於庭，舊時欄楯，亦遂增勝。借書滿架，偃仰嘯歌，冥然兀坐，萬籟有聲。而庭階寂寂，小鳥時來啄食，人至不去。三五之夜，明月半牆，桂影斑駁，風移影動，珊珊可愛。

然余居此，多可喜，亦多可悲。先是，庭中通南北為一，迨諸父異爨，內外多置小門牆，往往而是。東犬西吠，客踰庖而宴，雞棲於廳。庭中始為籬，已為牆，凡再變矣。家有老嫗，嘗居於此。嫗，先大母婢也，乳二世，先妣撫之甚厚。室西連於中閨，先妣嘗一至。嫗每謂余曰：「某所，而母立於茲。」嫗又曰：「汝姊在吾懷，呱呱而泣；娘以指扣門扉曰：『兒寒乎？欲食乎？』吾從板外相為應答。」語未畢，余泣，嫗亦泣。余自束髮讀書軒中，一日，大母過余曰：「吾兒，久不見若影，何竟日默默在此，大類女郎也？」比去，以手闔門，自語曰：「吾家讀書久不效，兒之成，則可待乎！」頃之，持一象笏至，曰：「此吾祖太常公宣德間執此以朝，他日汝當用之。」瞻顧遺迹，如在昨日，令人長號不自禁。

軒東故嘗為廚，人往，從軒前過。余扃牖而居，久之，能以足音辨人。軒凡四遭火，得不焚，殆有神護者。

項脊生曰：「蜀清守丹穴，利甲天下，其後秦皇帝築女懷清臺。劉玄德與曹操爭天下，諸葛孔明起隴中。方二人之昧昧於一隅也，世何足以知之？余區區處敗屋中，方揚眉瞬目，謂有奇景。人知之者，其謂與埳井之蛙何異？」

余既為此志，後五年，吾妻來歸，時至軒中，從余問古事，或憑几學書。吾妻歸寧，述諸小妹語曰：「聞姊家有閣子，且何謂閣子也？」其後六年，吾妻死，室壞不修。其後二年，余久臥病無聊，乃使人修葺南閣子，其制稍異於前。然自後余多在外，不常居。

庭有枇杷樹，吾妻死之年所手植也，今已亭亭如蓋矣。

此文凡分六段。其中第一、二、三等段，爲前一個「敍」（事）的部分，採平敍（今）與追敍（昔）法寫成。平敍的部分爲第一段，扣緊「可喜」，敍述項脊軒內外的環境；追敍的部分爲二、三兩段，扣緊「可悲」，追敘在項脊軒內外所發生的一些事情，特爲下一部分的「論」（理）蓄勢。而第四段爲「論」（理）的部分，仿《史記》之論贊筆法，以古爲喻，自比爲蜀清、孔明，以抒發兼濟天下的偉大抱負[34]。至於第五、六兩段，則是後一個「敍」（事）的部分，補敘了亡妻在軒中的一段生活、項脊軒的變遷經過，及亡妻所手植樹已「亭亭如蓋」的情形，如此以「可喜」爲賓、「可悲」爲主㉟，依序寫來，有無比之情韻。

結構分析表

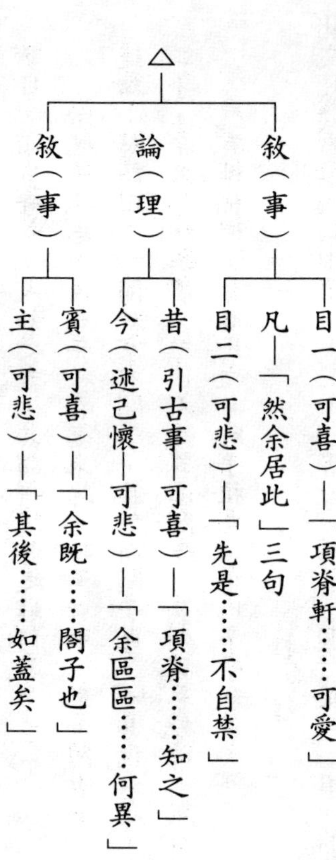


從上表可看出，作者此文，主要是用敘論、凡目、賓主、今昔等章法來形成其篇章結構的。

此外，有敘（事）論（理）疊用的，如曾鞏的〈墨池記〉，就呈現了「敘、論、敘、論」的結構㊱，可供參考。

### ㈢其他類型

所謂「其他」，是指「景」與「理」、「事」與「情」、「事」與「景」與「情」或「景」與「事」，在「篇」或「章」上之複合而言。前三者，以章法而言，歸入「泛具」，而後者則屬於「全實」㊲中「景」與「理」的複合類型，如朱熹的〈觀書有感〉二首之一：

半畝方塘一鑑開，天光雲影共徘徊。問渠那得清如許？為有源頭活水來。

此詩先以開端二句，描寫反映著天光雲影的一面方塘，它的形象因爲「能使人心情澄淨，心胸開朗」㊳，所以十分自然地帶出三、四兩句來。而三、四兩句，則採設問技巧，爲「方塘」之所以能「清」得反映「天光雲影」，找到「源頭活水」這個答案，使得全詩充滿著理趣㊴。

**結構分析表**

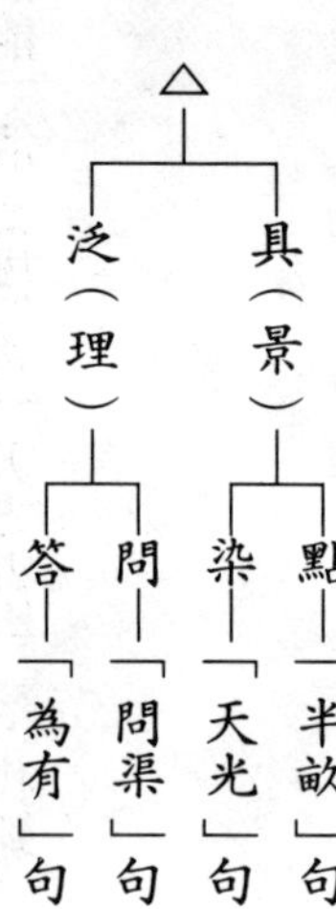


由上表可知，這首詩主要是用泛具、點染、問答等章法來形成其篇章結構的。「事」與「情」的複合類型，如李之儀的〈卜算子〉詞：

> 我在長江頭，君住長江尾。日日思君不見君，共飲長江水。　此水幾時休，此恨何時已。只願君心似我心，定不負相思意。

這闋相思詞，是用「先事後情」的形式寫成的。作者在上片，以起二句，寫相隔之遠，這是敘事的部分。以後二句，寫相思之久；換頭以後，則以前兩句，敘恨無已時；以結兩句，敘兩情不負；以上六句是抒情的部分。就這樣，以「長江」爲媒介，以「不見」爲根由，純用「虛」的材料，始終未雜以任何寫景的句子來襯托，卻將「思君」的情感表達得極其真切深長，無論從其韻味或用語來看，都像極了古樂府。唐圭璋說它「意新語妙，直類古樂府」㊵是很有見地的。

**結構分析表**

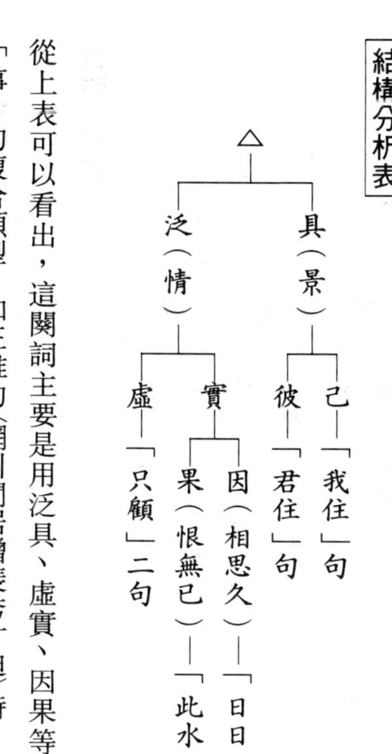


從上表可以看出，這闋詞主要是用泛具、虛實、因果等章法來形成其篇章結構的。「景」與「事」的複合類型，如王維的〈輞川閒居贈裴秀才迪〉詩：

寒山轉蒼翠，秋水日潺溪。倚杖柴門外，臨風聽暮蟬。渡頭餘落日，墟里上孤煙。復值接輿醉，狂歌五柳前。

這首詩是王維和裴迪秀才相酬爲樂之作，旨在藉自然景物與人物形象的刻畫，以寫作者閒逸之趣。它在首、頸兩聯，特地描繪了「輞川」附近的水陸秋景與暮色，勾勒出一幅有色彩、音響和動靜結合的和諧畫面。而在頷、末兩聯，則於一派悠閑的自然圖案中嵌入了作者自己倚杖聽蟬和裴迪狂歌而至的人事景象，兩兩相映成趣，形成物我一體的藝術境界，將「輞川閒居」之樂作了具體的表達[41]。

**結構分析表**

- △
  - 先
    - 景
      - 陸—「寒山」句
      - 水—「秋水」句
    - 事
      - 倚杖—「倚杖」句
      - 聽蟬—「臨風」句
  - 後
    - 景
      - 水—「渡頭」句
      - 陸—「墟里」句
    - 事
      - 友至—「復值」句
      - 狂歌—「狂歌」句

由上表可知，此詩主要是用全「具」、先後（今昔）等章法來形成其篇章結構的。「事」、「景」與「情」的複合類型，如辛棄疾的〈摸魚兒〉詞：

> 更能消、幾番風雨，匆匆春又歸去。惜春長怕花開早，何況落紅無數。春且住，見說道、天涯芳草無歸路。怨春不語。算只有殷勤，畫檐蛛網，盡日惹飛絮。　長門事，準擬佳期又誤，蛾眉曾有人妒。千金縱買相如賦，脈脈此情誰訴。君莫舞，君不見、玉環飛燕皆塵土。閒愁最苦。休去倚危闌，斜陽正在，煙柳斷腸處。

這闋詞題作「淳熙己亥自湖北漕移湖南，同官王正之置酒小山亭，爲賦。」爲抒寫怨憤之作。起首「更能消」兩句，泛寫春歸之速；「惜春」四句與「怨春」四句，依序藉無數落紅、天涯芳草及殷勤蛛網盡日惹絮的殘景，具寫春歸之速，含有無限「惜春」、「怨春」之情，預爲下片的即事抒情鋪好路子。下片開端五句，用漢朝陳皇后被禁冷宮，請司馬相如作賦以感悟孝武帝的典故，抒寫自己當有新除而又遭讒，以致落空的怨憤；「君莫舞」兩句，用漢后趙飛燕與唐妃楊玉環的典故，以痛斥小人必不會有好的下場，把怨憤之情再予推深；「閒愁」句，以「閒愁」（即怨憤之情）點明一篇主旨，以統攝全詞。結尾三句，以煙柳上的斜陽，暗喻日非的國運，借景結情，結得悲涼沈鬱，無可倫比㊷。如此以「具（景、事）」、泛（情）、具（景）」的結構詠來，其姿態之飛動、情思之激切，千古罕見。

結構分析表

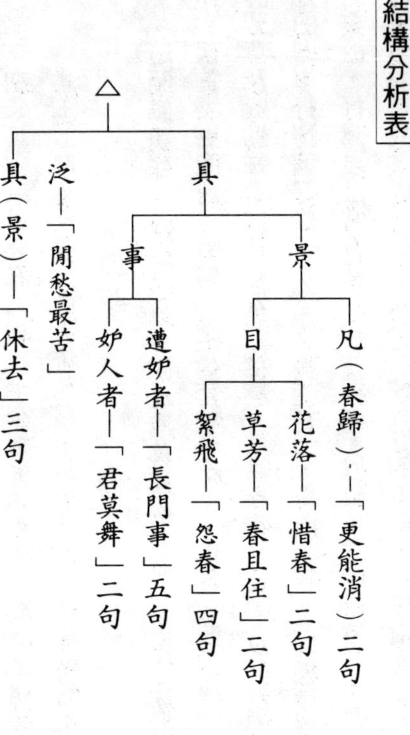


從上表可看出，作者寫這首詞，主要是用泛具、凡目等章法來形成其篇章結構的。

## 四、篇章的縱向結構與章法

篇章結構包含了內容與形式，而內容結構卻含核心與外圍兩大成分，其中核心成分，即一篇或一章之主要意旨，它如安排在篇、章之內時，都以「情」語或「理」語來呈現；至於外圍成分，則指所用的具體材料，是用「事」語或「景」（物）語來表出的㊸。所以要探討篇章之內容，一定得掌握「情」、「理」、「景」（物）、「事」等辭章之主要成分。這些成分由於具普遍性與一致性，便自然地和組成形式結構的章法結合在一起，甚至成為章法的重要內容。就以「情」、「理」、「景」（物）、「事」等的單一類型來說，為虛實章法中的「全虛」（情或理）或「全實」（景或事）；而其複合類型，則為標準的虛實（情與景、理與事）法或泛具（情與事、理與景、情與事與景）法，甚至於是泛具法中的「全具」（景與事）或「全泛」（情與理）。由這虛實、泛具兩種章法為核心，再擴及其他的章法，如今昔、久暫、遠近、內外、左右、高低、本末、淺深、因果、衆寡、凡目、賓主、正反、立破、抑揚、問答、平側、縱收、插補……㊹，及天人、偏全、點染、疏密㊺等，就幾乎可以切入任何辭章的篇章，包括上述之單一與複合類型，分析出它完整的結構來。這樣以橫向（主要靠章法）結合縱向（主要靠情、理、景、事）來分析一篇辭章，便形成了層級分明的結構。由於這種層級，是因文而異的，所以

「情」、「理」、「景」（物）、「事」，雖然和各種章法一樣，會重複出現在各個層級，卻特別地由某些層級加以凸顯它，以統括內容。如蘇軾的〈日喻〉：

生而眇者不識日，問之有目者。或告之曰：「日之狀如銅槃。」扣槃而得其聲；他日聞鐘，以為日也。或告之曰：「日之光如燭。」捫燭而得其形；他日揣籥，以為日也。日之與鐘、籥亦遠矣！而眇者不知其異，以其未嘗見而求之人也。

道之難見也甚於日，而人之未達也無以異於眇。達者告之，雖有巧譬善導，亦無以過於槃與燭也。自槃而之鐘，自燭而之籥，轉而相之，豈有既乎？故世之言道者，或即其所見而名之，或莫之見而意之，皆求道之過也。

然則道卒不可求歟？蘇子曰：「道可致而不可求。」何謂致？孫武曰：「善戰者致人，不致於人。」子夏曰：「百工居肆以成其事，君子學以致其道。」莫之求而自至，斯以為致也歟！

南方多沒人，日與水居也，七歲而能涉，十歲而能浮，十五而能沒矣。夫沒者豈苟然哉？必也將有得於水之道者。日與水居，則十五而得其道。生而不識水，則雖壯，見舟而畏之。故北方之勇者，問於沒人，而求其所以沒，以其言試之河，未有不溺者也。故凡不學而務求道，皆北方之學沒者也。

昔者以聲律取士，士雜學而不志於道。今也以經術取士，士知求道而不務學。渤海吳君彥律，有志於學者也，方求舉於禮部，作日喻以告之。

本文採「先目後凡」的結構寫成，屬第一層。「目」的部分爲一、二、三、四等段，其中一、二兩段屬「反」，三、四兩段爲「正」，形成了「先反後正」的結構，這是第二層。而「反」的部分，係用「先事（敘）後理（論）的結論寫成；「正」的部分，則用「先理（論）後事（敘）」的結構寫成；此屬第三層。至於「凡」的部分，爲末段，採「先反（論）後正（敘）」的結構寫成，此爲第二層。其中「昔者」四句，爲「正」，敘述作此文贈吳彥律，乃是由於他能「學以致其道」的緣故，扣緊了「學以致道」的一篇主意㊻作收。

結構分析表

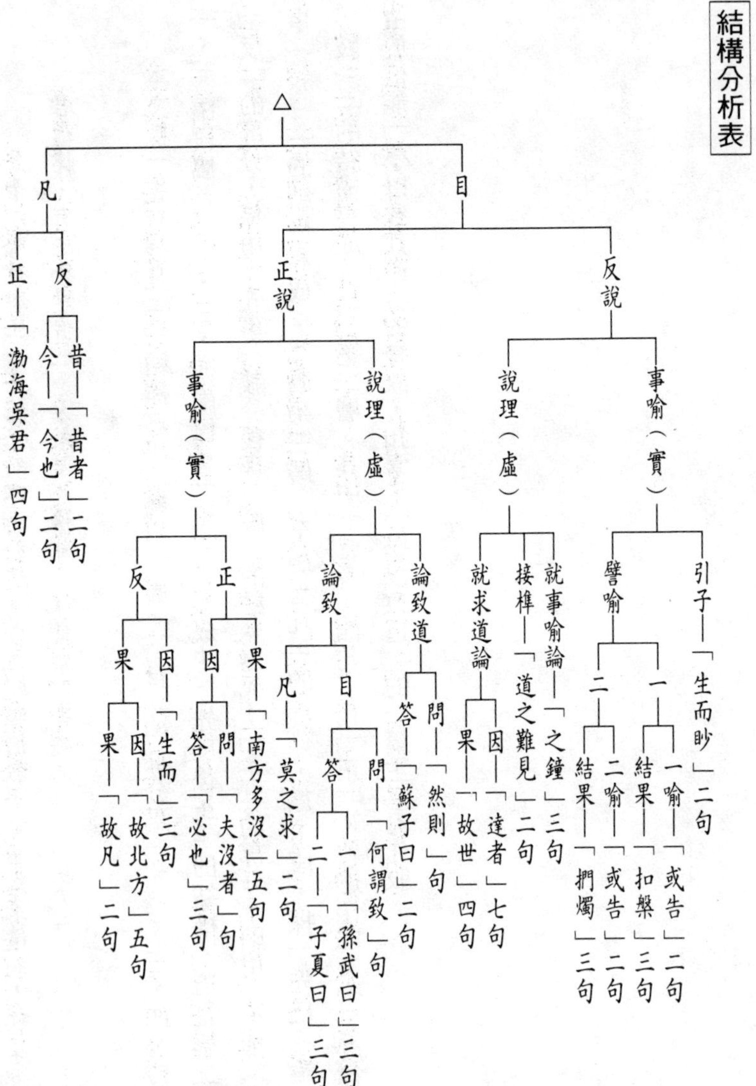
△
凡
目
正
反
「渤海吳君」四句
昔
今
「昔者」二句
「今也」二句
正說
反說
事喻（實）
說理（虛）
說理（虛）
事喻（實）
反
正
論致
論致道
就求道論
接榫
就事喻論
譬喻
引子
果
因
因
果
凡
目
答
問
果
因
「道之難見」二句
「之鐘」三句
二
一
「生而眇」二句
果
因
「生而」三句
答
問
「南方多沒」五句
「莫之求」二句
答
問
「蘇子曰」二句
「然則」句
「故世」四句
「達者」七句
結果
二喻
結果
一喻
「故凡」二句
「故北方」五句
「必也」三句
「夫沒者」句
二
一
「何謂致」句
「捫燭」三句
「或告」二句
「扣槃」三句
「或告」二句
「子夏曰」三句
「孫武曰」三句

由上表可知，此文的篇章結構，由第一層到第三層，就用了凡目、正反和虛實等章法。而單就「理」與「事」而言，在「凡」的部分，特別凸顯在第三層；而在「目」的部分，則特別凸顯在第二層；是有所變化的。又如姜夔的〈揚州慢〉詞：

> 淮左名都，竹西佳處，解鞍少駐初程。過春風十里，盡薺麥青青。自胡馬、窺江去後，廢池喬木，猶厭言兵。漸黃昏，清角吹寒，都在空城。　杜郎俊賞，算而今、重到須驚。縱荳蔻詞工，青樓夢好，難賦深情。二十四橋仍在，波心蕩、冷月無聲。念橋邊紅藥，年年知為誰生。

此詞有題序云：「淳熙丙申至日，余過維揚。夜雪初霽，薺麥彌望。入其城，則四顧蕭條，寒水自碧，暮色漸起，戍角悲吟。余懷愴然，感慨今昔，因自度此曲。千巖老人以爲有〈黍離〉之悲也。」可知是一篇感懷今昔的作品，寫於宋孝宗淳熙三年（西元一一七六年），即金主完顏亮大舉南犯後的十五年。由於這時揚州依然未從兵燹中恢復過來，於是作者在目睹揚州蕭條的景象後，便不禁傷今懷昔，而填了這首詞，以寄託對揚州昔日繁華的追念與今日河山殘破的哀思。起首三句，以「名都」、「佳處」，泛寫揚州昔日的繁華，從而交代自己所以選揚州爲旅程首站的原因。「過春風」八句，轉就揚州今日之荒涼，寫自己「過維揚」之所見所聞：其中「過春風」

兩句，藉「薺麥青青」，寫城外的荒涼，「自胡馬」六句，藉廢池喬木、空城寒角，寫城內的荒涼，將情寓於景，以抒發無限的今昔之感。下片開端五句，藉杜牧的〈贈別〉與〈遣懷〉兩詩，帶出揚州昔日的繁華，以「重到須驚」、「難賦深情」，側寫揚州今日的蕭條，在相互對比下，把無限的今昔之感又推深一層。「二十四橋」五句，就二十四橋和橋邊，寫盛景不再，以進一步抒發今昔之感作收。縱觀此詞，以今昔之感貫串全篇，寫得悽愴至極，千巖老人以爲有〈黍離〉之悲，是一點也沒錯的。

## 結構分析表

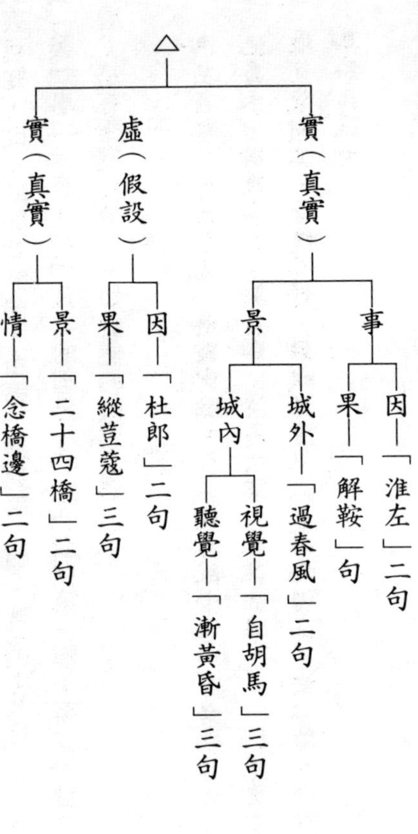

從上表可看出，這首詞的篇章結構，由虛實法中的「假設與真實」㊼形成第一層；由虛實法中「情與景」與泛具法中的「事與景」（全具）及因果法形成第二層；由因果、內外法形成第三層。而單就「情」與「景」、「景與事」來說，就凸顯在第二層，和上引杜甫的〈旅夜書懷〉，是有所不同的。

本來，一篇辭章從頭到尾，都離不開「情」、「理」、「景」（物）、「事」，照理說，單靠它們便可形成嚴密的結構。不過這種結構，由於只顧到縱向的內容，而忽略了橫向的形式，自然是不夠精善的。所以除了把這「情」、「理」、「景」（物）、「事」轉換爲虛實法、泛具法，以兼顧內容與形式之外，非大力求助於其他的章法，更進一步地求得精善不可。這樣，「情」、「理」、「景」（物）、「事」凸顯在「篇」或「章」的層級，雖會因文而異，而且和其他的章法也會產生重疊的情形，但一般而論，如單就「情」、「理」、「景」（物）、「事」而言，無論它們凸顯在「篇」或「章」那一層級，各有它們適用一些章法。首先以「情」而言，適用的章法，主要有因果、淺深、問答、今昔、點染、虛實（時、空）、正反、偏全……等，如陸游〈釵頭鳳〉詞：

紅酥手，黃縢酒，滿城春色宮牆柳。東風惡，歡情薄。一懷愁緒，幾年離索。錯！錯！錯！　春如舊，人空瘦，淚痕紅浥鮫綃透。桃花落，閒池閣。山盟雖在，錦書難託。

莫！莫！莫！

根據周密《齊東野語》和陳鵠《耆舊續聞》等書的記載，陸游初娶表妹唐琬，雖伉儷情篤，卻因得不到陸母的歡心而離異。後陸游另娶，而唐琬也改嫁趙士程。有一年春天，陸游與唐琬不期在紹興禹迹寺南的沈氏園見面，唐琬徵得趙士程之同意，遣致酒餚，陸游因而悵然不已，爲賦一詞，題於園壁，相傳即此〈釵頭鳳〉詞。此詞體現作者對前妻唐琬的無比深情，是用「先昔後今」的順敍法所寫成的。「昔」的部分，爲上片十句。先以「紅酥手」二句，寫唐琬當年勸酒的情景；再以「滿城」句，寫當年沈氏園的春色；然後以「東風惡」七句，由景轉情，寫出對當年美滿婚姻不能維持長久的悔恨，以及對唐琬的無盡思戀。其中「東風惡」二句，寫婚姻遭到破壞；「一懷」一句，寫分離後之相思與傷痛；而「錯！錯！錯！」則强烈地表達了悔恨情緒。「今」的部分，爲下片十句。先以「春如舊」三句，寫眼前之人，說春雖依舊，而人卻不僅消瘦，並且也流著眼淚，就連手巾都沾濕了；接著以「桃花落」二句，寫花落閣閒之春日殘景，恰與當年「滿城春色」之春日盛景，作成强烈對比，以鮮明地反映出人事之變遷，將傷痛推深一層；最後以「山盟」三句，寫雖有愛情不渝之盟誓，卻因如今已各另有婚配，無法互通書信，因此只有忍痛作能，所謂「莫！莫！莫！」表達了無限的傷痛與絕望之情㊽。

**結構分析表**

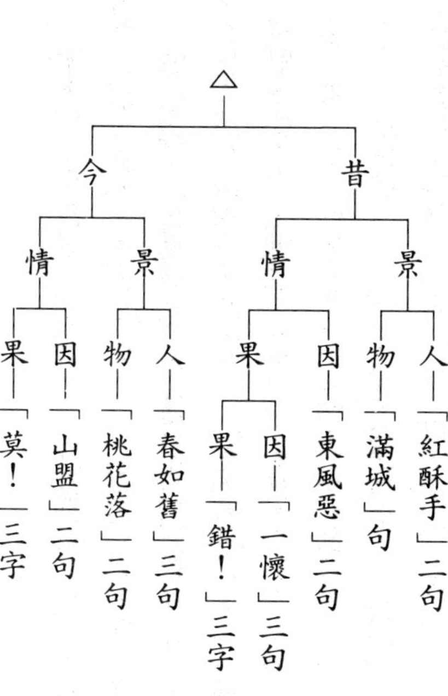


由上表可知，陸游此詞，主要用了今昔、因果等章法來抒情。

其次以「理」而言，適用的章法，主要有問答、正反、因果、賓主、平側、抑揚、縱收、立破、凡目、本末……等，如《韓詩外傳》的一則文字：

戴晉生弊衣冠而往見梁王。梁王曰：「前日寡人以上大夫之祿要先生，先生不留；今過寡人邪？」

戴晉生欣然而笑，仰而永嘆曰：「嗟乎！由此觀之，君曾不足與遊也！君不見大澤中雉乎？五步一噣，終日乃飽；羽毛悅澤，光照於日月；奮翼爭鳴，聲響於陵澤者，何？彼樂其志也。援置之囷倉中，常噣粱粟，不旦時而飽；然猶羽毛憔悴，志氣益下，低頭不鳴。夫食豈不善哉？彼不得其志也。今臣不遠千里而從君遊者，豈食不足？竊慕君之道耳。臣始以君為好士，天下無雙，乃今見君不好士明矣！」辭而去，終不復仕。

本則的主體部分，在戴晉生「欣然而笑，仰而永嘆」後所說的一段話。爲了帶出這段話，作者特在篇首敘戴晉生往見梁王，以引出梁王之問，而梁王所謂「以上大夫之祿要先生，先生不留」的兩句話，正是逼戴晉生非答不可的關鍵所在。至於說了這段話後，結果究竟如何呢？作者又在篇末用「辭而去，終不復仕」兩句作交代。這樣將戴晉生說這段話的前因後果一一敘明，使文章雖著墨不多，卻氣完而神足，這是不得不令人激賞的。而在本文的主體的部分裡，作者乃採「主、賓、主」的形式來寫，其中「由此觀之」二句，是「主」的部分，直接承梁王之問，指明梁王「不足與遊」；由「君不見大澤中雉乎」句起至「彼不得其志也」句止，是「賓」的部分，在此針對梁王所謂的「祿」字，以大澤中之雉爲喻，說明「食善」（祿）而「不得其志」的道理；而由「今臣不遠千里而從君遊者」句起至「乃今見君不好士明矣」句止，又是「主」的部分，進一步指出梁王「不好士」，所以「不足與遊」，以回應前面「主」的部分作收。經由這樣的敘寫，將「士」出仕，貴行其志，而不貪重祿的一篇主旨，表達得一清二楚，說服力極強。

**結構分析表**

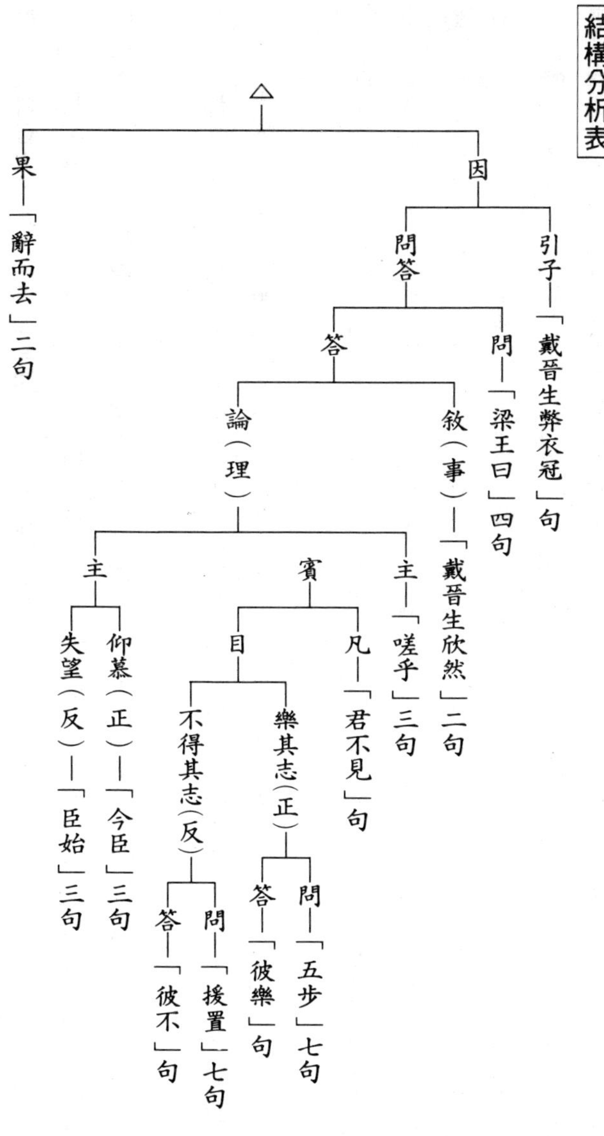

從上表可看出，此文在「論」的部分，主要用了賓主、凡目、正反、問答等章法來說理。

又其次以「景」（物）而言，適用的章法，主要有遠近、大小、內外、左右、高低、偏全、點染、凡目、視覺轉換、狀態變化、虛實（時空）……等，如辛棄疾的〈鷓鴣天〉詞：

> 枕簟溪堂冷欲秋，斷雲依水晚來收。紅蓮相倚渾如醉，白鳥無言定自愁。　書咄咄，且休休，一丘一壑也風流。不知筋力衰多少，但覺新來嬾上樓！

此詞題作「鵝湖歸，病起作」。上片由內寫到外，寫的是溪堂內外的寂寥夏景，而下片由隱退寫到衰病，寫的則是作者晚年落寞的情懷。一實一虛，先後相應，把作者廢退後的失意心境，刻畫得非常生動。依詞意看來，此詞當作於淳熙十三年（西元一一八六年）前後，題中所說的鵝湖，在鉛山附近，記遊該地之作，屢見不鮮。據題作「鵝湖道中」的一首〈鷓鴣天〉詞的描述。稼軒當時爲了趕路，曾「衝急雨，趁斜陽」，他的病或即緣此而起；「病起」後，獨對眼前溪堂周遭的寂寥夏景，想起自身被控以莫須有的罪名而落職的事，不由得也像晉朝的殷浩一樣，終日書空，發出失意的感歎來。稼軒此時情懷之落寞，於此可見一斑㊾。

結構分析表

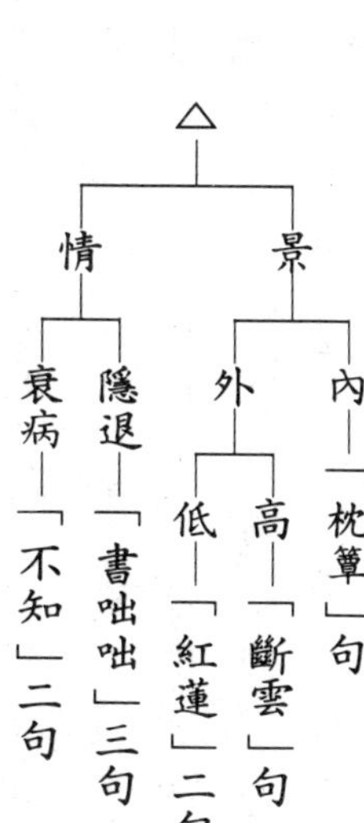


由上表可知，此詞主要是以內外、高低等章法來寫景（物）的。

最後以「事」而言，適用的章法，主要有今昔（先後）、點染、因果、凡目、問答、虛實（時間、假設與真實、虛構與真實）、疏密（詳略）、眾寡、插補……等，如《孟子．離婁》下的一章文字：

齊人有一妻一妾而處室者，其良人出，則必饜酒肉而後反。其妻問所與飲食者，則盡富貴也。其妻告其妾曰：「良人出，則必饜酒肉而後反。問其與飲食者，盡富貴也，而未嘗有顯者來。吾將瞷良人之所之也。」

蚤起，施從良人之所之。遍國中無與立談者。卒之東郭墦間，之祭者乞其餘；不足，又顧而之他。此其為饜足之道也。

其妻歸，告其妾曰：「良人者，所仰望而終身也。今若此！」與其妾訕其良人，而相泣於中庭。而良人未之知也，施施從外來，驕其妻妾。

由君子觀之，則人之所以求富貴利達者，其妻妾不羞也而不相泣者，幾希矣！

此章文字凡分四段，首段共分三節：首節「齊人有一妻一妾」三句，敘齊人常「饜酒肉而後反」，以「驕其妻妾」的事實，作爲故事的引子；次節「其妻問所與飲食者」兩句，敘齊人與妻答問的內容，以「盡富貴」，卻「未嘗有顯者來」，來引起妻子的疑心，而領出末節妻告妾的一串話來，預爲下段敘其妻一探究竟的行動伏脈。次段共分四節：首節「蚤起」兩句，承上段「吾將瞷良人之所之」句，敘其妻跟蹤齊人的行爲；次節「遍國中無與立談者」一句，承上辭「未嘗有顯者來」句，敘齊人走在城裡沒有人跟他立談的現象，三節「卒之東郭」七句，敘其妻跟蹤所見齊人至墓地乞討剩餘祭品的經過；末節一句，總括上見情事，作一論斷。三段僅分兩節，首節「其妻歸」七句，敘其妻在發現真相後，歸告其妾，並相泣於中庭的經過；次節「而良人未之知也」三句，用「而」字作一轉折，敘齊人從外歸來，照常「驕其妻妾」，一無所覺的情形，回應起段，將故事作一結束。末段則以「由君子觀之」一句，總括上三段的故事，領出「則人之所以求富貴」三句，引發感慨，以爲人追求富貴利達，很少不像齊人那樣寡廉鮮恥，充分的將諷喻的意旨表露出來。顯而易見，本文的前三段爲「敍」的部分，而末段爲「論」的部分，先敍而後論，很有章法。

**結構分析表**

- 敘（事）
  - 因
    - 因（引子）—「齊人者」五句
    - 果（起疑）—「其妻告」七句
  - 果
    - 先（經過）
      - 因
        - 先（跟蹤）—「蚤起」二句
        - 後（所見）—「遍國中」五句
      - 果（所悟）—「此其為」句
    - 後（結果）
      - 眾（妻妾）—「其妻歸」七句
      - 寡（良人）—「而良人」二句
- 論（理）—「由君子」四句

從上表可看出，此文在「敍」的部分，主要是以因果、今昔（先後）、衆寡等章法來敍事的。

以上所舉各適用章法，雖是憑經驗與常理推得，難免和真實的情況會有些出入，但不致相差過大。而其中，無論是表情、說理，還是寫景（物）、敍事，用到因果、今昔、虛實、凡目、正反等章法的，最爲普遍，因爲它們是最能融合形象與邏輯思維[50]的。

## 五、結語

任何一篇辭章的篇章結構，都可掌握「情」、「理」、「景」（物）、「事」等成分與各種章法，從縱橫向切入，以理清它完整的面貌。雖然切入的角度，一有不同，就會得出不同的結果[51]，但只要多去嘗試，一定會找到最好的角度來加以疏理，以呈現它最妥切的結構。經過多年的努力，如今我們對「章法」，可說已集樹成林，以四大規律（秩序、變化、聯貫、統一）來作精細的規範[52]，而「建立了一個章法學的體系」[53]，並且也正逐步結合它的心理基礎與美感效果來探討，希望能因而將篇章結構呈現得更爲完整、精確。

## 註釋

①參見拙作〈談詞章章法的主要內容〉（上）、（下）（民國八十六年十二月、八十七年一月《國文天地》十三卷七、八期），頁八十四～九十三、一〇五～一一七，及仇小屏《篇章結構類型論》（萬卷樓圖書公司，民國八十九年二月初版），頁六二〇。

②見拙作〈如何畫好國文課文結構分析表〉（《國文教學津梁》，台北市教師研習中心，民國七十九年六

月），頁六十五。

③見拙作〈談篇章結構〉（上、下）（民國八十八年十、十一月《國文天地》十五卷五、六期），頁六十五～七十一、五十七～六十六。

④見《文章結構學》（中國人民出版社，一九八九年八月三刷），三六〇頁。

⑤即虛實之單用。見拙作〈談運用詞章材料的幾種基本手段〉（民國七十四年十月）《中等教育》三十六卷五期），頁八～九。

⑥胡仔《苕溪漁隱叢話後集》卷十五：「〈宮詞〉云：『監宮引出暫開門，隨例雖朝不是恩。銀鑰卻收金鎖合，月明花落又黃昏。』此絕句極佳，意在言外，而幽怨之情自見，不待明言之也。詩貴夫如此，若使人一覽而意盡，亦何足道哉？」（商務印書館，民國五十七年六月台一版），頁五二二。

⑦司空圖《詩品二十四則‧含蓄》：「不著不字，盡得風流。語不涉難，已不堪憂。是有眞宰，與之沈浮。如淥滿酒，花時返秋。悠悠空塵，忽忽海漚。淺深聚散，萬取一收。」（商務印書館，民國二十八年十二月初版），頁六。

⑧周溶泉、徐應佩：「《愚公移山》故事本身簡單，但由於在情節的處理上沒有平鋪直敘，而是從矛盾相繼出現的尖銳性上去顯示複雜性，這樣就增强了文章跌宕的氣勢，引人入勝。解決矛盾，沒有簡單化，愚公說服其妻，不是以空話大話壓服，而是靠衆人拿出辦法，駁倒智叟，不是泛泛頂撞，而是據理而言。愚公的『理』，非等閑之說，它是作品中哲理思想的精髓，字字如錘擊出的火星，句句似脫了弦的利箭，

都是性格化的語言，又都是有哲理思想深度的語言。正是如此，理直才能氣壯，理屈必然詞窮，愚公駁得智叟啞口無言。兩個人的辯說將故事情節推上了高潮，使寓言的寓意得到充分的展示。」（《古文鑒賞辭典》，江蘇文藝出版社，一九八七年十一月一版），頁一三六。

⑨同注③。

⑩見王國維《人間詞話刪稿》（《詞話叢編》（五），新文豐出版公司，民國七十七年二月台一版），頁四二五七。

⑪見仇小屏《篇章結構類型論》，同注①，頁一四八～一六二。

⑫《詞林觀止》（上）（上海古籍出版社，一九九四年四月第一版），頁六九四。

⑬見拙作〈談詞章的義蘊與運材的關係〉（民國八十三年十一月《國文天地》十卷六期），頁四十四～四十七。

⑭見拙作〈章法教學〉（民國七十二年十二月《中等教育》三十四卷五、六期），頁五～十五。

⑮同注⑪，頁二五三～二五四。

⑯張錫厚：「該詞雖然直寫妓女，卻又不明言『妓女』二字，而是以『曲江臨池柳』設喻。這是因為任人攀折的柳枝恰恰符合妓女那種任人玩侮的生活特性，如唐代傳奇《柳氏傳》寫妓女柳氏答韓翃的詩云：『楊柳枝，芳菲節，可恨年年贈離別。一葉隨風忽報秋，縱使君來豈堪折。』正是以柳枝自喻。這首敦煌詞同它相比，有異曲同工之妙，不過，在表現手法上敦煌詞已脫盡幽恨綿綿的情調，而以質直明快的筆觸，

直抒其情。詞中寫道：你不要企圖騙取我的愛，在你們的心中我好比曲江池畔的楊柳，任人攀折，不能自主。所謂『昨日下淚而送舊，今已紅妝而迎新，倡樓之本色也』（《絕句衍義》卷一）有著更深一層的意思，不是妓女生來就水性楊花，而是客觀現實逼迫她們不得不走上這種送舊迎新的道路。」（《唐宋詞鑑賞集成》，中華書局香港分局，一九八七年七月初版），頁十五。

⑰因果結構常見於西周銅器銘文中，參見陳秀玉〈西周銅器銘文章法試探——以賞賜銘文爲例〉，民國八十八學年度國立台灣師範大學國文研究所「國文教學專題研究」課堂報告。

⑱吳應天：「這是兩種結構體系依照主從關係結合在一起的一種複合形式。許多文學作品，特別是許多散文都是這種複合形式。這種結構形式，一般都是形象思維占了主導地位，因而具有較强的藝術性，歷來受到人們的重視，並有許多優秀作品成爲傳世的傑作。」同注④，頁三一一。

⑲參見拙著《文章結構分析》（萬卷樓圖書公司，民國八十八年五月初版），頁三三一。

⑳同注⑪，頁二四八～二六六。

㉑傅思均：「王夫之《姜齋詩話》說：『情景雖有在心在物之分，而景生情，情生景，……互藏其宅。』情景互藏其宅，即寓情於景和寓景於情。前者寫宜於表達詩人所要抒發的情的景物，使情藏於景中；後者不是抽象地寫情，而是在寫情中藏有景物。杜甫的這首〈旅夜書懷〉詩，就是古典詩歌中情景相生、互藏其宅的一個範例。」（《唐詩大觀》，商務印書館香港分館，一九八六年一月一版二刷）頁五六四。

㉒王沛霖、傅正谷：「次句『昨夜夢魂中』，寫其怨恨之由。原來是昨夜做了一個夢。一個『中』字，說明夢

裡有很多使人產生怨恨的情節。」同注⑯，頁一一九。

㉓王沛霖、傅正谷：「一覺醒來，方知是黃粱一夢，立刻想到現實的處境。兩兩相較，能不『困愁萬種，無語怨東風』嗎？詞章寫到這裡，亡國之痛已經溢於言表。然而語言含蓄，感情蘊藉，頗耐人尋味。」同注㉒，頁一二〇。

㉔天，指自然；人指人事；都屬於材料。在寫景時，這種著眼於材料，將「天」與「人」並呈，以形成結構的情形很普遍，因此，把「天人」視爲章法，是相當合理的。如馬致遠的套曲〈題西湖〉，便是著例。見拙著《文章結構分析》，同注⑲，頁二九五～二九七。

㉕見《詞林觀止》（上），同注⑫，頁二十四。

㉖倪其心：「『古調』是尊重陸丞原唱的用語。詩人用『忽聞』以示意外語氣，巧妙地表現出陸丞的詩在無意中觸到詩人心中思鄉之痛，因而感傷流淚。反過來看，正因爲詩人本來思鄉情切，所以一經觸發，便傷心流淚，既點明心思，又點出和意，結構謹嚴縝密。」同注㉑，頁十六。

㉗見仇小屏《篇章結構類型論》，同注⑪，頁二六〇～二六一。

㉘同注㉗，頁二六七～二八八。

㉙宋廓語，見《古文鑒賞辭典》（上海辭書出版社，一九九八年四月三刷），頁二〇〇四。

㉚杜雲銘在「人固疑予之樂也」句下評注：「無一事非捨樂而就悲，宜不能樂。」見《古文析義》卷六（廣文書局，民國五十四年十月再版）頁三一七。

㉛林雲銘在「髮之白者，日以反黜」句下評注：「樂形於外，則其中可知。」同注㉚。

㉜分析詳見拙作〈談運用詞章材料的幾種基本手段〉，同注⑤，頁十三～十四。

㉝分析詳見拙著《文章結構分析》，同注⑲，頁五十九～六十一。

㉞張遠芬：「接下去，仿《史記》說贊筆法，藉蜀清與孔明的典故，表達了青年歸有光對於前途的自信。自己『揚眉、瞬目、謂有奇景』，而他人卻譏之爲『坎井之蛙』。這種主客觀的反差，作者以自嘲的筆調寫出，卻更能顯示强烈自尊的態度。」同注⑧，頁一二三七。

㉟林紓：「〈項脊軒〉一記，亦別開生面。然有『軒』字爲主人翁，則人事變遷，家道坎壈，皆歸入此軒，作睹物懷人寫法，與〈瀧岡阡表〉面目又大不同。〈阡表〉步步敍悲。悲盡，皆其得意處；〈項脊軒記〉亦步步敍悲，然名位去歐公遠甚，不能不生其蕭寥之感：綜之皆各肖其情事。」見《畏廬論文．述旨》（文津出版社，民國六十七年七月），頁三～四。

㊱見仇小屏《篇章結構類型論》，同注⑪，頁二八四。

㊲同注⑪，頁二八九～二九六。

㊳霍松林語，見《宋詩大觀》（商務印書館香港分館，一九八八年五月一版一刷），頁一一一九。

㊴霍松林：「後兩句，當然是講道理，發議論，朱熹雖是理學家，但這和『語錄講義』很不相同：第一、這是對前兩句所描繪的感情形象的理性意識；第二、『清如許』和『源頭活水來』，又補充了前面所描繪的感性形象。因此，這是從客觀世界提煉出來的富有哲理意味的詩，而不是『哲學講義』。用古代詩論家的話

說，它很有『理趣』，而無『理障』。『方塘』由於有『源頭活水』不斷輸入，所以永不枯竭，永不陳腐，永不汙濁，永遠深而且『淸』，『淸』得不僅能夠反映出『天光雲影』，而且能夠反映出它們『共徘徊』的細微情態。——這就是這首小詩所展現的形象及其思想意義。」同注㊳，頁一一一八。

㊵見《唐宋詞簡釋》（木鐸出版社，民國七十一年三月初版）頁一一五。

㊶趙慶培：「這是一首詩、畫、音樂完美結合的五律。首聯和頸聯寫景，描繪輞川附近山水田園的深秋暮色；頸聯和尾聯寫人，刻畫詩人和裴迪兩個隱士的形象。風光人物，交替行文，相映成趣，形成物我一體、情景交融的藝術境界，抒寫詩人的閒居之樂和對友人的眞切情誼。」同注㉑，頁一四九。

㊷常國武：「結拍以眼前哀景烘托滿腹閒愁，綜合全篇，極哀怨淒婉之致。陳廷焯《白雨齋詞話》評云：『結得愈淒涼、愈悲鬱。』信然。」同注⑫，頁一四九。

㊸同注③，頁六十八～七十一。

㊹同注①。

㊺疏密，原指風格，見劉衍文、劉永翔《文學鑑賞論》（洪葉文化公司，民亞八十四年九月初版），頁四九五～五一四。不過，也可視爲章法，向宏業等主編之《修辭通鑑》在〈篇章修辭〉中即列有「疏密」一法說：「疏密指的是布局謀篇時，按照一定的表達意圖，處理詳寫和略寫關係的章法。略寫稱疏，詳寫稱密。疏密關係包括：事件主體與過程的關係，中心事件與一般事件的關係，主要材料與次要材料的關係，具體刻畫與概括描述的關係等。詳寫略寫的原則，一般是：重要的方面宜詳，次要的方面宜略；具

體刻畫宜詳，概括描述宜略；人所未言者宜詳，人所已言者宜略；人所難言者宜詳，人所易言者宜略。疏密是對材料詳略處理的問題，而不是對材料的選擇取舍問題。疏和密是矛盾的兩個方面，互相依存，不可分割。在一篇文章中，有疏必有密，有密必有疏。疏密可分爲：先疏後密、先密後疏、疏密錯綜。疏密的修辭效果，可求得文章整體與局部之間的和諧統一；可節省筆墨而突出重點，使文章的中心思想（主腦）得到充分的表現。」（中國青年出版社，一九九八年五月一版二刷），頁七五三。

㊻林天佑：「『道』的內涵是非深奧的。『未嘗見而求於人』不行，『莫之見而意之』不行，『即其所見而名之』也不行，作者在對以上幾種流弊進行否定之後，從而得出結論說：『道可致而不可求』。求知的路上是沒有捷徑可走的，欲速則不遠。『君子學以致其道』，『莫之求而自至』。『道』與急功近利的人是無緣的，只有埋頭苦幹，扎扎實實地做學問，不圖虛名、不患得患失的人，才能在必然中獲得自由。至此，文章的主旨已十分明了。」（《唐宋八大家鑒賞辭典》，北岳文藝出版社，一九八五年十月一版），頁八八二。

㊼同注⑪，頁三二〇～三三三。

㊽耿百鳴：「銘心刻骨的愛戀和被這離異的悔恨是貫穿全詞的感情基調。往日夫妻歡會的甜蜜回憶更映襯出今日邂逅的惆悵難堪，從『紅酥手』到『人空瘦』，鮮明的形象對比揭示出感情的刺痛與折磨，從『滿城春色』到『桃花落』，景色的變化又絕好地反映出了人事的變遷。映襯對比的手法，配合著激憤宕蕩的情感、緊促急切的節奏，營造出一種深沈慨嘆的氣氛，是詩人感情歷程的實錄。」同注⑫，頁四八三～四八四。

㊾趙乃增：「上片寫鵝湖秋景。以斷雲、紅蓮、白鳥諸意象組合成一幅溪堂秋冷，黃昏聚斂浮雲，蓮花豔紅如醉，白鳥悠然閒靜的淒豔、安寂境界而以『冷』字傳達出溪堂環境之孤寂、冷清，以『醉』、『愁』二字互文見義，交映出詞人陶然於鵝湖秋景而無以遣愁的深怨。下片抒情。『書咄咄』三句遣典達意，——『不知』二句以『衰』、『懶』二字寫出詞人隱退鵝湖，病後衰弱，不知不覺筋力疲乏之感，『只覺』復轉進一步，强調出上樓登高眺望，新近越來越見慵懶無聊，流露出『烈士暮年』無用武，『壯心不已』竟蹉跎的悲憤和淒愴，較之其激昂慷慨之作，此詞則表現得深婉、沈鬱，別具一格。」見《宋詞三百首譯析》（吉林文史出版社，一九九九年一版三刷），頁三六〇～三六一。

㊿吳應天：「形象體系中寓有邏輯性，邏輯體系中也包含著形象性，兩者不能互相聯繫、互相滲透，而且還互相結合、互相轉化。原因在於形象性和邏輯性具有對立統一關係。正由於這個緣故，由於簡明扼要的邏輯系統很容易爲人們所理解，而生動具體的形象體系更容易使人感動，所以許多文學作品往往是形象性和邏輯性結合的複合文。」同注④，頁三四五。

(51)見拙作〈談篇章結構分析的切入角度〉（民國八十九年一月《國文天地》十五卷八期），頁八十六～九十四。

(52)同注①。

(53)見王希杰〈讀仇小屏博士《文章章法論》〉（民國八十九年九月《國文天地》十六卷四期），頁一〇一。

# 談縱橫向疊合的篇章結構

文章的篇章結構，含縱、橫兩向。其中縱向的結構，由內容，也就是情、理、景、事等組成；而橫向的結構，則由形式，也就是各種章法，如今昔、遠近、大小、本末、賓主、正反、虛實、凡目、因果、抑揚、平側……等組成。因此捨縱向而取橫向，或捨橫向而取縱向，是無法分析好文章的篇章結構的。唯有疊合縱、橫向而爲一，用「表」爲輔，加以呈現，才能真實地凸顯一篇文章在內容與形式結構上的特色。茲舉數例說明如次：

王維〈**渭川田家**〉

斜光照墟落，窮巷牛羊歸。野老念牧童，倚杖候荊扉。雉雊麥苗秀，蠶眠桑葉稀。田夫荷鋤立，相見語依依。即此羨閒逸，悵然歌式微。

這首詩藉「渭川田家」黃昏時的閒逸之景，以興欣羨之情，從而表出自己急欲歸隱田園的心願，是採「先因後果」的結構寫成的。「因」的部分，自篇首至「即此」句止。在此，先以「斜光」八句，實寫引起作者欣羨之情的一些景物；再以「即此」句，虛寫面對「田家」閒逸景物時所湧生的欣羨之情，形成「先景（實）後情（虛）」的結構。就在實寫「田家」閒逸景物的八句裡，首先就「近」，也就是村巷，以「斜光」二句，寫自然閒逸之景；以「野老」二句，寫人事閒逸之景。然後就「遠」，也就是田野，以「雉鴝」二句，寫自然閒逸之景；以「田夫」二句，寫人事閒逸之景。由於王維這時在政治上失去了張九齡的依傍而進退兩難，所以經由這些融合自然與人事的閒逸之景，而引生他欣羨之情，便很自然地由「因」而「果」，帶出末句，用《詩經．邶風．式微》「式微，式微，胡不歸」的詩意，以表達自己「踵武靖節」（高步瀛《唐宋詩舉要》注）的意思。

**附構分析表**

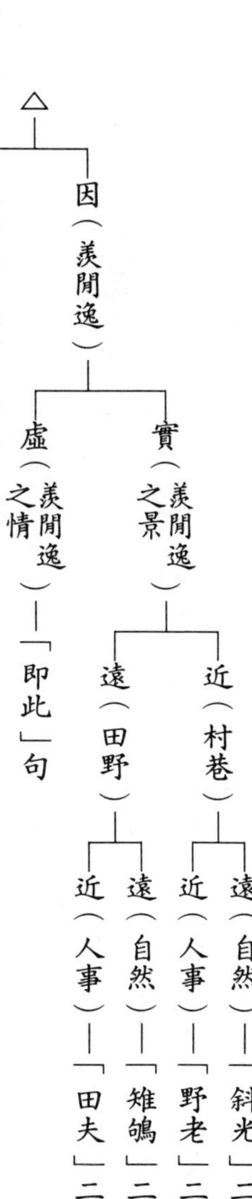


由上表可看出：首層的「因」與「羨閒逸」、「果」與「歌〈式微〉」，二層的「實」與「羨閒逸之景」、「虛」與「羨閒逸之情」，三層的「近」與「村巷」、「遠」與「田野」……，是縱橫疊合在一起的。

沈佺期〈**雜詩．三首之一**〉

聞道黃龍戍，頻年不解兵。可憐閨裡月，長在漢家營。少婦今春意，良人昨夜情。誰能將旗鼓，一為取龍城？

此詩旨在寫閨怨，從而反映出作者對戰事結束的無限渴望，採「先平提後側收」的結構寫成。在「平提」的部分裡，先以「先因後果」的順序，平提兩個重點，即「久不解兵」（因）和「望月相思」（果）。其中首聯為「因」，頷、頸兩聯為「果」；而「果」的部分，則以頷聯寫望月、頸聯寫相思。值得注意的是，在此無論是寫望月（即景）或是相思（抒情），都兼顧了思婦之「實」與征夫之「虛」，也就是說，寫思婦在「閨裡」望月相思，是「實」；而寫征夫在「漢家營」（黃龍）望月相思，是「虛」。如此虛實相映，更增添了作品的感染力量。接著以尾聯，採側收的方式，針對著起聯之「不解兵」，從反面表達出「解兵」的強烈願望。這種願望如能實現，那麼思婦與征夫就不必再望月相思了。

**結構分析表**

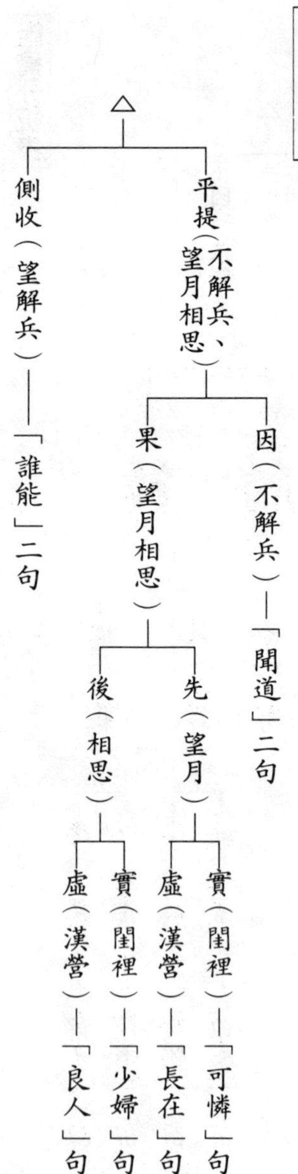

從上表可知，首層的「平提」與「不解兵、望月相思」、「側收」與「望解兵」，二層的「因」與「不解兵」、「果」與「望月相思」，三層的「先」與「望月」、「後」與「相思」……，是縱橫疊合在一起的。

蘇軾〈**南鄉子**〉和楊元素，時移守密州。

東武望餘杭，雲海天涯兩渺茫。何日功成名遂了，還鄉，醉笑陪公三萬場。　不用訴離觴，痛飲從來別有腸。今夜送歸鐙火冷，河塘，墮淚羊公卻姓楊。

此詞作於宋神宗熙寧七年（西元一〇七四年），朱祖謀注：「甲寅九月，楊繪再餞別於湖上作」，可知此詞作於杭州西湖，是採「虛、實、虛」的結構寫成的。它首先在上片，透過設想，將空間移至「密州」、時間推向未來，虛寫別後之相思與重會，為頭一個「虛」。接著以下片「不用」二句，藉眼前之醉酒來寫離腸，把一篇之中心意旨交代清楚，為「實」（分時分地）的部分。末了以結三句，將時間移後，虛寫「送歸」時鐙火之冷與主人之淚，以推深送別之情，為後一個「虛」，這種結構相當罕見

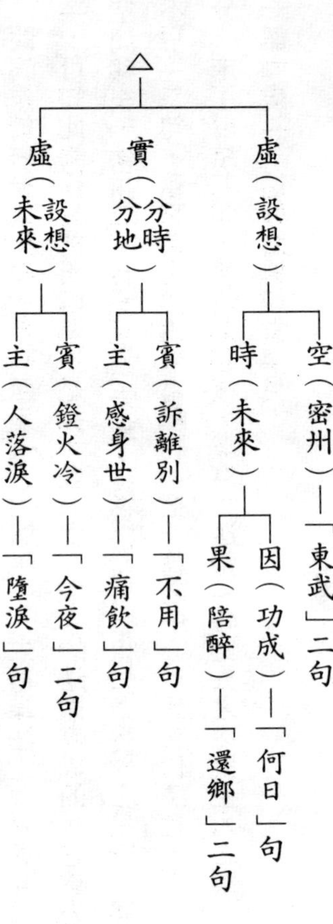


由上表可看出，首層的「虛」與「設想」、「實」與「分時分地」、「虛」與「設想未來」，二層「空」與「密州」、「時」與「未來」、「賓」與「訴離別、鐙火冷」、「主」與「感身世、人落淚」，三層的「因」與「功成」、「果」與「陪醉」，是縱橫疊合在一起的。

辛棄疾〈**鷓鴣天**〉離豫章，別司馬漢章大監。

聚散匆匆不偶然，二年歷遍楚山川。但將痛飲酬風月，莫放離歌入管絃。　縈綠帶，點青錢。東湖春水碧連天。明朝放我東歸去，後夜相思月滿船。

這首詞作於作者離開豫章（江西省南昌市）前夕，採「先實後虛」的結構寫成。「實」的部分，自篇首起至「東湖」句止，先以「聚散」二句敘別，爲「因」；再以「但將」二句敘醉，爲「果」；以上是敘事的部分。然後以「縈綠帶」句寫東湖四周之水，以「點青錢」句寫湖中之荷，以「東湖」句，將上二句作個總括，寫全東湖之水，以上是寫景的部分。而「虛」的部分，爲結二句，則將時間推向「明朝」，寫別後的相思，而身世之感，也一併帶了出來，足見藝術匠心。

**結構分析表**

△
- 實（事、景）
  - 事（醉別）
    - 因（敘別）——「聚散」二句
    - 果（敘醉）——「但將」二句
  - 景（東湖）
    - 目（水、荷）
      - 大（水）——「縈綠帶」
      - 小（荷）——「點青錢」
    - 凡（全湖）——「東湖」句
- 虛（情—相思）——「明朝」二句

從上表可知，首層的「實」與「事、景」、「虛」與「情」，二層的「事」與「醉別」、「景」

與「東湖」，三層的「因」與「敍別」、「果」與「敍醉」、「目」與「水、荷」、「凡」與「全湖」……，是縱橫向疊合在一起的。

左丘明《**左傳．曹劌論戰**》

十年春，齊師伐我，公將戰。曹劌請見，其鄉人曰：「肉食者謀之，又何間焉？」劌曰：「肉食者鄙，未能遠謀。」遂入見。問何以戰？公曰：「衣食所安，弗敢專也，必以分人。」對曰：「小惠未徧，民弗從也。」公曰：「犧牲玉帛，弗敢加也，必以信。」對曰：「小信未孚，神弗福也。」公曰：「小大之獄，雖不能察，必以情。」對曰：「忠之屬也，可以一戰。戰則請從。」公與之乘，戰於長勺。公將鼓之，劌曰：「未可。」齊人三鼓，劌曰：「可矣。」齊師敗績。公將馳之，劌曰：「未可。」下視其轍，登軾而望之。劌曰：「可矣。」遂逐齊師。

既克，公問其故，對曰：「夫戰，勇氣也。一鼓作氣，再而衰，三而竭。彼竭我盈，故克之。夫大國難測也，懼有伏焉；吾視其轍亂，望其旗靡，故逐之。」

此文是採「先順後補」的結構寫成的。「順」的部分，含三段，即第一、二、三段。第一段敍齊師伐魯，曹劌入見莊公之情事，藉鄉人之問領出曹劌之答，拈出「遠謀」二字，作爲全文之綱領，這是「凡」的部分。第二段藉曹劌之一「問」三「對」，與莊公之三「曰」，由「小惠未徧」遞至「小信未孚」，進而逼出「忠之屬也」，敍明魯國抗齊之憑藉，以見曹劌能「遠謀」於未戰之先，這是「目一」的部分。第三段敍曹劌指揮魯軍作戰之經過，分兩「未可」與「可矣」，來寫曹劌能「遠謀」：先以齊人三鼓而後鼓（養士氣），來寫他能遠謀於方戰之時；再以視轍登軾而後馳（察敵情），來寫他能遠謀於既勝之後；這是「目二」的部分。而「補」的部分，爲末段，用「既克」二句，引出曹劌之答，寫曹劌所以「遠謀」於方戰時和既勝後的理由。縱觀此文，很明顯地，作者是以「遠謀」二字來貫穿全篇的。他拿「十年春，齊師伐我」、「（公）戰於長勺」、「齊師敗績」的史實作爲本文的大背景，而中間則安排了曹劌和鄉人、莊公的問答，以曹劌爲主，鄉人、莊公爲賓，以寫魯國之所以大敗齊師，即在於曹劌能「遠謀」，真可謂「一意盤旋」，了無渣滓。

**結構分析表**

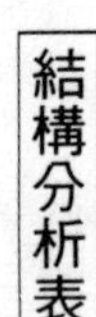

- △
  - 順（敘齊與魯戰之事）
    - 凡（泛提遠謀）
      - 先（曹請見）
        - 因（齊伐魯）—「十年春」三句
        - 果（曹請見）—「曹劌」七句
      - 後（曹入見）—「遂入見」
    - 目（具寫遠謀）
      - 先（戰前）
        - 問（何以戰）—「問何以戰」
        - 答（何以戰）
          - 小惠—「公曰衣」六句
          - 信—「公曰犧」六句
          - 忠—「公曰小」七句
      - 後（戰時）
        - 泛（泛敘戰）—「公與」二句
        - 具（具敘戰）
          - 先（敗）—「公將」七句
          - 後（逐）—「公將馳」八句
  - 補（敘戰時遠謀之故）
    - 問（敗逐之故）—「既克」二句
    - 答（敗逐之因）
      - 一（敗）—「對曰」八句
      - 二（逐）—「夫大國」五句

由上表可看出，首層的「順」與「敘齊與齊戰之事」、「補」與「敘戰時遠謀之故」，二層的

「凡」與「泛提遠謀」、「目」與「具寫遠謀」、「問」與「敗、逐之故」、「答」與「敗、逐之因」，三層的「先」與「曹請見、戰前」、「後」與「曹入見、戰時」……，是縱橫向疊合在一起的。

**《史記·秦楚之際月表序》**

太史公讀秦、楚之際，曰：初作難，發於陳涉；虐戾滅秦，自項氏；撥亂誅暴，平定海內，卒踐帝祚，成於漢家。五年之間，號令三嬗。自生民以來，未始有受命若斯之亟也。

昔虞、夏之興，積善累功數十年，德洽百姓，攝行政事，考之於天，然後在位。湯、武之王，乃由契、后稷，修仁行義，十餘世，不期而會孟津八百諸侯，猶以為未可；其後乃放弒。秦起襄公，章於文、繆；獻、孝之後，稍以蠶食六國，百有餘載，至始皇乃能并冠帶之倫。以德若彼，用力如此，蓋一統若斯之難也！

秦既稱帝，患兵革不休，以有諸侯也。於是無尺土之封，墮壞名城，銷鋒鏑，鉏豪桀，維萬世之安。然王迹之興，起於閭巷，合從討伐，軼於三代。鄉秦之禁，適足以資賢者，為驅除難耳。故憤發其所為天下雄，安在無土不王？此乃傳之所謂大聖乎？豈非天哉！豈非天哉！非大聖孰能當此受命而帝者乎？

這篇文章採「先點後染」的結構寫成，「點」指「太史公讀秦、楚之際曰」九字，是本文的引子；「染」指「初作難」起至篇末的主體，爲本文的具體內容。而這主體的部分，則是採「先敘後論（贊）」的結構寫成的。「敘」的部分，包括一、二兩段，用一正一反的對照寫法，記漢高祖受命之快速與先王一統之艱難。其中「正」的部分，用層遞的手法（三疊），簡述秦楚之際號令三嬗的過程與結果；「反」的部分，也用層遞的手法（三疊），簡述虞夏、湯武與秦國統一天下的過程與結果。這樣以「反」映「正」，可以充分看出漢高祖受命之可貴，以帶出「論」（贊）的部分。而「論」（贊）的部分，則爲末段，用「先因後果」的結構寫成。「因」的部分，自「秦既」句起至「爲驅除」句止，先以「秦既」八句，從反面寫秦之過，再以「然王迹」六句，從正面寫如此正是以爲漢之資。「果」的部分，自「故憤發」句起至末，分四層來讚美高帝，認爲秦爲漢驅難，雖屬天意，但如非大聖，也不能獨得天眷，這樣快速地受命爲帝，以回應一、二段作結。

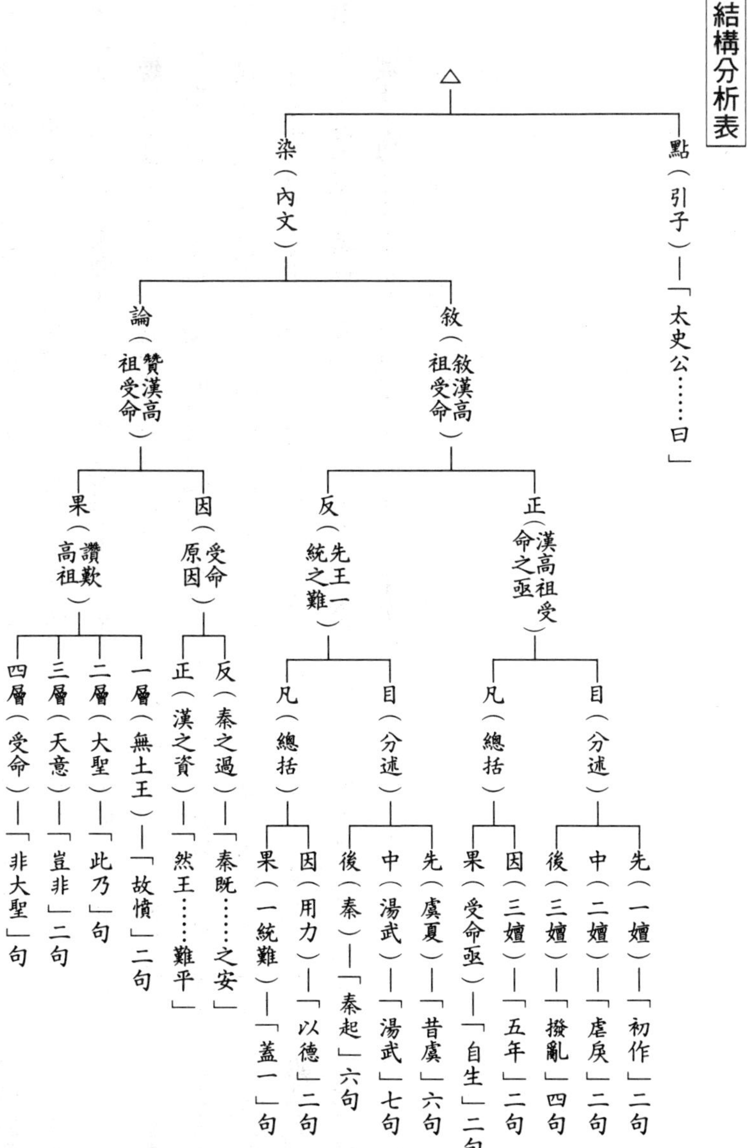
結構分析表
點（引子）—「太史公……曰」
染（內文）
敘（敘漢高祖受命）
正（漢高祖受命之亟）
目（分述）
先（一嬗）—「初作」二句
中（二嬗）—「虐戾」二句
後（三嬗）—「撥亂」四句
凡（總括）
因（三嬗）—「五年」二句
果（受命亟）—「自生」二句
反（先王一統之難）
目（分述）
先（虞夏）—「昔虞」六句
中（湯武）—「湯武」七句
後（秦）—「秦起」六句
凡（總括）
因（用力）—「以德」二句
果（一統難）—「蓋一」句
論（贊漢高祖受命）
因（受命原因）
反（秦之過）—「秦既……之安」
正（漢之資）—「然王……難平」
果（讚歎高祖）
一層（無土王）—「故憤」二句
二層（大聖）—「此乃」句
三層（天意）—「豈非」二句
四層（受命）—「非大聖」句

由上表可知，首層的「點」與「引子」、「染」與「內文」，二層的「敍」與「敍漢高祖受命」、「論」與「贊漢高受命」，三層的「正」與「漢高受命之亟」、「反」與「先王一統之難」、「因」與「受命原因」、「果」與「讚歎高帝」……，是縱橫向疊合在一起的。

綜上所述，足以看出一篇文章的篇章結構，如能疊合縱橫向來分析，是最為周全的。但要用「表」來呈現時，由於某些章法涉及內容，如先後、因果、正反、抑揚、泛具、本末、問答……等，便是如此，所以很多時候，可捨「縱」而取「橫」；又由於某些內容，如人事（人）、自然（天）、山（高）、水（低）、景（實）、情（虛）、理（虛）、事（實）……等，與形式有所關連，因此在某些時候，捨「橫」而取「縱」，也是可以的。這樣視文章的個別情形，酌予簡化，則所呈現在「表」上的，必定更能使人一目而了然。

國家圖書館出版品預行編目資料

章法學新裁／陳滿銘著. --初版. --臺北市
：萬卷樓，民 90
面；　公分

ISBN 957-739-324-1(平裝)

1. 中國語言-作文　2. 寫作法-論文,講詞等

802.7　　　　89020003

# 章法學新裁

著　　者：陳滿銘
發 行 人：許錟輝
責任編輯：李冀燕
出 版 者：萬卷樓圖書有限公司
台北市羅斯福路二段 41 號 6 樓之 3
電話(02)23216565・23952992
FAX(02)23944113
劃撥帳號 15624015
出版登記證：新聞局局版臺業字第 5655 號
網站網址：http://www.wanjuan.com.tw/
E-mail：wanjuan@tpts5.seed.net.tw
經銷代理：紅螞蟻圖書有限公司
台北市內湖區文德路 210 巷 30 弄 25 號
電話(02)27999490
FAX(02)27995284
承印廠商：晟齊實業有限公司
電腦排版：浩瀚電腦排版股份有限公司
定　　價：500 元
出版日期：民國 90 年 1 月初版



ISBN 957-739-324-1